忧郁的田园

曹/文/轩/精/选/集

曹文轩 著

新世界出版社
NEW WORLD PRESS

图书在版编目（CIP）数据

忧郁的田园：曹文轩精选集 / 曹文轩著. -- 北京：新世界出版社, 2021.12
ISBN 978-7-5104-7339-5

Ⅰ. ①忧… Ⅱ. ①曹… Ⅲ. ①中国文学－当代文学－作品综合集 Ⅳ. ①I217.2

中国版本图书馆CIP数据核字(2021)第191778号

忧郁的田园：曹文轩精选集

作　　者：曹文轩
责任编辑：熊文霞
装帧设计：主语设计
责任校对：宣　慧
责任印制：王宝根　苏爱玲
出　　版：新世界出版社
网　　址：http://www.nwp.com.cn
社　　址：北京西城区百万庄大街 24 号（100037）
发 行 部：(010)6899 5968（电话）　(010)6899 0635（电话）
总 编 室：(010)6899 5424（电话）　(010)6832 6679（传真）
版 权 部：+8610 6899 6306（电话）　nwpcd@sina.com（电邮）
印　　刷：北京亚通印刷有限责任公司
经　　销：新华书店
开　　本：710mm×1000mm　1/16　尺寸：160mm×230mm
字　　数：283 千字　　　印张：24.75
版　　次：2021 年 12 月第 1 版　2021 年 12 月第 1 次印刷
书　　号：ISBN 978-7-5104-7339-5
定　　价：45.00 元

目录

辑一　中短篇小说

阳光照着一树饱满的、黄亮亮的像涂了一层油的甜橙。它们又有点儿像金属制成的，随着风的摇动，在阳光下，一忽一忽地打亮闪。

辑二

长篇小说节选

声音一会儿像蓝晶晶的冰雹在蓝晶晶的冰上跳着，一会儿像一束细长的金色的光线，划过荷田的上空，一会儿又像有人往清潭里丢了几枚石子。笛声一响，似乎万籁俱寂。那高阔神秘的夜空下，也只有这一缕笛声了。

辑三

散文随笔

它孤独地立着，徒有一树好好的果实。从这里经过的人，是不会有一个人来光顾它的。它永不能听到人在吃了它的果实之后对它发出的赞美之词。

代序

解读四个成语

曹文轩

这四个成语可能与文学有关，与文学的生命有关。它们分别是“无中生有”“故弄玄虚”“坐井观天”和“无所事事”。

无中生有

从某种意义上讲，文学就是无中生有。无中生有是文学的基本能力。也可以说，无中生有应是文学终生不渝地追求的一种境界。

由于永无止境的精神欲求和永无止境的创造生命的冲动，人类今天已经拥有一个极为庞大的、丰富的、灿烂辉煌的精神世界——第二世界。上帝创造第一世界，而人类创造第二世界。这不是一个事实的世界，而是一个无限可能的空白世界，创造什么，并不是必然的，而是自由的。

我们要丢下造物主写的文章去写另一篇完全出自我们之手的文章。上帝是造物主，我们就是“准造物主”。我们眼前的世界，既不是造物主所给予的高山河流、村庄田野，也不是喧嚣的人世，而只是一片白色的虚空，是“无”。但我们要让这白色的虚空生长出物象与故事——这些物象与故事实际上是生长在我们无边的心野上。

我们可以对造物主说：你写你的文章，我写我的文章。

空虚、无，就像一堵白墙——一堵高不见顶、长不见边的白墙。我们把无穷无尽、精彩绝伦、不可思议的心象，涂抹到了这堵永不会剥落、倒塌的白墙上。现如今，这堵白墙已经色彩斑斓，美不胜收，上面有天堂与地狱的景象……这个世界已变成人类精神生活中不可分割的部分。

这个世界不是归纳出来的，而是猜想演绎的结果。它是新的神话，也可能是预言。在这里，我们要做的，就是赋予一切可能性以形态。这个世界的唯一缺憾就是它与我们的物质世界无法交会，而只能进入我们的精神世界。我们的双足无法踏入，但我们的灵魂却可完全融入其间。它无法被验证，但我们却坚信不疑。

无中生有就是编织，就是撒谎。

劳伦斯反复说：“艺术家是个说谎的该死的家伙，但是他的艺术，如果确是艺术，就会把他那个时代的真相告诉你。”而这一思想最富个性的表述是由纳博科夫完成的：“一个孩子从尼安德特峡谷里跑出来大叫‘狼来了’，而背后果然跟着一只大灰狼——那不是文学；孩子大叫‘狼来了’而背后并没有狼——这才是文学。那个可怜的小家伙因为撒谎次数太多，最后真的被狼吃掉了纯属偶然，而重要的是下面这一点：在丛生的野草中的狼和夸张的故事中的狼之间有一个五光十色的过滤片，一个棱镜，这就是文学的艺术手段。……我们也可以这样说：艺术的魔力在于孩子有意捏造出来的那只狼，也就是他对狼的幻觉；于是他的恶作剧就构成了一个成功的故事。他终于被狼吃了，从此，坐在篝火旁边讲这个故事，就带上了一层警世危言的色彩。但那个孩子是小魔法师，是发明家。”

写作者应该是那个放羊的孩子。

故弄玄虚

要体会这个成语，可以回味一下两个早就听得耳朵起了老茧的作家：博尔赫斯和卡尔维诺。

博尔赫斯的视角永远是出人意料的。他一生中从未选择过大众的视角。当人们人头攒动地挤向一处，去共视同一景观时，他总是闪在一个冷僻的、无人问津的角度，用那双视力微弱的眼睛去凝视别样的景观。他去看别人不看的，看出别人看不出的。他总有自己的一套——一套观察方式、一套理念、一套词汇、一套主题……

这个后来双目失明的老者，坐在那把椅子上所进行的是玄想。

他对一切都进行玄想——玄想的结果是一切都不再是我们这些俗人眼中的物象。

我同意这种说法，博尔赫斯的作品是写给成年人的童话。而另一个写成年童话的作家卡尔维诺更值得我们注意。他每写一部作品，几乎都要“处心积虑”地搞些名堂，这些名堂完全出乎人们的意料，并且意味深长。我不知道这个世界上还有哪一位作家像他那样一生不知疲倦地搞出一些人们闻所未闻、想所未想的名堂。他把我们带入一个似乎莫须有的世界。这个世界十分怪异，以至于让人觉得不可思议。我们总会有一种疑问：在我们通常所见的状态背后，究竟还有没有一个隐秘的世界？这个世界另有逻辑，另有一套运动方式，另有自己的语言。

“世界正在变成石头。”卡尔维诺说，世界正在“石头化”。我们不能将石头化的世界搬进我们的作品。我们无力搬动。文学家不是比力气，而是比潇洒、比智慧。面对博尔赫斯与卡尔维诺的玄想——故弄玄虚，我们是否应该得到一些启发：中国文学应该如何启动自己关注一些玄虚的问题——形而上的问题的功能？

坐井观天

我们假设，这个坐井者是个智者，他将会看到什么？坐井观天，至少是一个新鲜的、常人不可选择的观察角度，并且是一种独特的方式，而所有这一切，都将会为我们提供另一番观察的滋味与别样的结果。

什么叫文学？

文学就是一种用来书写个人经验的形式。

从这个意义上讲，只要那个作家在创作时尊重了自己的个人经验，是以个人的感受为原则的，那么他在实质上就不能不坐井观天。

“每个人在不同的时空背景之下，会得到不同的经验。”这几乎是一个常识性的问题。许多年前，一个打工的女孩经常来北大听我的讲座，她告诉我，她小时候在冬天的晚上最喜欢做的一件事是：帮家里洗碗。我觉得这太奇怪了。洗碗是我们很多人最不愿意做的一件事，所以才发明了洗碗机嘛。她解释道，小时候家里很穷，穷到连几分钱一盒的蛤蜊油都买不起，于是，她想通过洗碗在干燥的手背上找到一点点油腻的感觉。我敢断言，这种经验是她个人所独有的。

我们没有理由不在意我们自身的经验。我们应当将自己的作品建立在自己经验的基础上。经验是无法丢失的前提。

《红瓦》刚出来的时候，一位批评家指出，他没有想到我会这样写"文化大革命"。因为在此之前，作家一涉及"文化大革命"，都在写集体性的记忆：戴帽子游街的"文化大革命"、批斗的"文化大革命"、蹲牛棚的"文化大革命"。但其实，不同人的"文化大革命"是不一样的。《红瓦》的背景是"文化大革命"，但绝不是现在一般作品中所记忆的集体性的"文化大革命"。那时，我才十一岁，刚上中学。我的父亲把我交给一个女语文老师。她领着我们一群孩子过长江到上海去串联，途中要经过苏北小城南通。当时，我的感觉是：整个世界沦陷坍塌了，所有的人都集中到了南通。因为人流滚滚，我们小孩子经常被挤丢。老师很着急，用张艺谋的电影来讲，"一个都不能少"。她经常是找到一个孩子，另一个孩子又没了，让她非常紧张。于是，她在街头给我们每个小孩买了一个玩具。那是一种用塑料做的鸟，灌上水，鸟尾巴上有一小眼，嘴对着小眼一吹，水就在里面跳动，会发出一种欢鸣。她告诉我们，如果谁掉队了，就站着别动，吹水鸟，她就会循着声音去找。这样的效果很好。当时，男孩女孩全拿着一只水鸟一路走在南通小城，那真是南通小城的一道风景线。

后来，我们这个串联小分队得到了一张集体船票，准备坐"东方红一号"轮船到上海。码头上人山人海，非常混乱。老师知道把一个队伍完整保持到船上，根本不可能。于是，她让大家上船以后在大烟囱下集合。队伍哗的一下散掉了，大家各奔东西。我开始拼命吹水鸟，但是没有一个人呼应我。我很焦虑。吹了很久，远处终于有一个人呼应我，我当时的心情不知道有多么激动，就像一个地下党员跟组织接头，接了好久没接上，现在终于接上了。然后，我吹一个长声，他就吹一个长声；我吹一个短声，他就吹一个短声；我吹一长一短，他也吹一长一短——像两只小鸟在合鸣。

后来，我上了船，到了大烟囱下，却发现没有我的老师和同学。随着一声汽笛长鸣，“东方红一号”缓缓离开江岸，向江心开去。我到处找大家，不停吹水鸟，吹得嘴唇都麻木了。最后回到大烟囱下，依然没有一个人。这时，我知道了，今天上了船的就只有我一个人。一个十一岁的只去过县城两三次的小男孩，在秋天的黄昏，一个人在长江之上，会是一番什么样的心情？当然，他是非常悲哀的。我印象很深，我当时趴在栏杆上哭，不是那种悲愤的号啕大哭，好像哭声中还带着一种甜丝丝的感觉。看着眼泪随着风儿飘忽摇摆，我觉得很好玩，就再哭；哭累了，就在大烟囱下睡着了。睡到深夜，迷迷糊糊的，不知道什么时候醒来了，就拿起水鸟接着吹。这时，隐隐约约觉得一个苍茫的地方有人用水鸟呼应我。我怀疑这是幻觉，摸摸头上的帽子，再摸摸身边的行李，确信这是真的，于是便拼命地一边吹一边往船尾跑，那个人也拼命向我这里跑。最后，我们会合了。在灰暗的灯光下，我看到竟是一个女同学，而且，最让人尴尬的是，那是自从我上初中以后全班同学拿她和我开玩笑的那个女孩……

这就是我的“文化大革命”。

文学必须回到个人的经验上来。

一个小说家自己的鲜活感觉大概永远是最重要的。

无所事事

卧病在床的普鲁斯特留给我们“无所事事”的印象，而“无所事事”恰恰可能是文学写作所需要的上佳状态。由无所事事的心理状态而写成的看似无所事事而实际有所事事的作品，在时间的冲刷下，最终反而突兀在文学的原野上。

中国文坛少有无所事事的作家，也少有无所事事的作品。我们太紧张了。我们总是被沉重的念头压着。我们不恰当地看待文学的社会功能，将文学与社会紧紧捆绑在一起，对当下的社会问题表现出过分的热情。普鲁斯特对于我们来说，是一个启发。他在无所事事的状态之下，发现了许多奇妙的东西，比如说姿势——姿势与人的思维、与人的心理，等等。在《追忆似水年华》中，他用了许多文字写人在不同姿势之下会对时间产生微妙的、不同的感觉：当身体处于此种姿势时，可能会回忆起十几年前的情景；而当身体处于彼种姿势时，就可能在那一刻回到儿时。“饭后靠在扶手椅上打盹儿，那姿势同睡眠时的姿势相去甚远……”他发现姿势奥妙无穷：姿势既可能会引起感觉上的变异，又可能是某种心绪、某种性格的流露。因此，普鲁斯特养成了一个分析人姿势的习惯。当别人去注意一个人在大厅中所发表的观点与理论时，普鲁斯特关闭了听觉，只是去注意那个人的姿势。他发现格朗丹进进出出时，总是快步如飞，就连出入沙龙也是如此。原来此公长期好光顾花街柳巷，却又怕人看到，因此养成了这样步履匆匆的习惯。

人在无所事事的佳境，要么就爱琢磨非常细小的问题，比如枕头的问题、姿势的问题、家具的问题，要么就爱思考一些大如天地的、十分抽象的问题。这些问题自有人类历史的那一天就开始被追问，是一些十分形而上的问题。在普鲁斯特这里，他是将这些细小如尘埃的问题与宏大如天地的问题联系在一起思考的——在那些细小的物象背后，他看到了永世不衰、万古长青的问题。

作家也是知识分子，而且是特殊的一类知识分子。他既需要具备一般知识分子的品质，同时又需要与一般知识分子明确区别开来。作为知识分子，他有责任注视“当下”。面对眼前的社会景观，他必须发言，必须评说与判断。“知识分子”这一角色被规定为：他必须时刻准备投入“当下”。当一个知识分子对他所处的环境中所发生的种种事件竟然无动于衷、麻木不仁时，他就已经放弃了对“知识分子”这一角色的坚守。在庞大的国家机器中，知识分子永远是强劲的驱动力。

然而，当他在作为知识分子中的一种——作家时，他则应该换上另一种思维方式。他首先必须明白，他要干的活儿，是一种特别的活儿。作家所关心的“当下”应含有“过去”与“将来”。他并不回避问题，但这些问题是跨越时空的：过去存在着，当下存在着，将来仍然会存在着。这些问题不会因为时间推移而消失。此刻，那些琐碎的、有一定时间性和地域性的事物在他的视野中完全消失了——他可以视而不见，而看到的——用米兰·昆德拉的话讲，是“人类存在的基本状态”。

“小说应该写的，这是小说存在的唯一理由。”米兰·昆德拉说的千真万确。

辑一

中短篇小说

阳光照着一树饱满的、
黄亮亮的像涂了一层油的甜橙。
它们又有点儿像金属制成的，
随着风的摇动，在阳光下，
一忽一忽地打亮闪。

月白风清

秋天的深夜。

田野间的一条大路正中间，盘腿坐着一个叫九瓶的孩子。他困倦却又有点儿紧张地在等待着一支“送桩”的队伍。他知道，他们肯定会从这条大路的尽头过来的。

这地方，无论是婚丧嫁娶，还是新舍落成、大船下水、插秧开镰，都各有一套习俗。许多别具一格的仪式和特别的活动，都有别样的味道与情趣，并极有想象力。其中一项叫“送桩”。

这宗活动究竟是谁发明的，又始于何年，这里的人已经不是很清楚了，但这活动却一直未曾中断过。

这一活动的全部目的在于：叫一个久未开怀的女人生养一个男孩。

这台大戏由十六个大汉唱演。或许是嘴馋了想打牙祭，或许是真的同情那横竖生不出孩子的人家，在向主人表示了愿意出力又得主人默许后，经过一番精心策划，这十六个大汉趁着夜色去一个姓成的人家悄悄偷了拴公牛的牛桩，然后用红布仔细裹好，放在一只大盘中，令一人捧着，其他各位前后保卫，在夜幕的掩护下送给这户不生养的人家。主人家早在家中静悄悄地等着。送桩队伍到了，又是一套仪式，等将这用红布包着的牛桩放在床的里侧之后，就听主人说："开席！"那十六个汉子一律被奉为上宾，酒席恭维，叫他们狂饮饱啖，直至酩酊大醉，倒的倒，闹的闹，钻桌底的钻桌底。据讲，那女人当年就可开怀，并且生下的一定是个白胖小子。事实是否如此，无人论证，但都说极灵。至于为什么偷人家牛桩，大概是因为牛桩这一形象可作为男性的某个象征吧。至于为什么又一定要偷姓成人家的牛桩，估计是沾一个"事竟成"的美意。源远流长的民间活动年复一年地进行着，但很少会有人想起去研究它的出处和含义的。

就在这天，九瓶放学回家，正在院子里抽他的陀螺，就听母亲对父亲低声说："二扣子他们几个，要给东边二麻子家送桩呢。""哪天？""说是后天，后天是个好日子。""怎么漏了风声？要是有别人去劫桩，不就白摆了两桌酒席了？"母亲说："不知道是怎么走漏风声的……"她望了一眼门外，"劫桩比送桩还灵呢。他三舅那年劫了人家的桩，送给他二舅家，当年不就得了阿毛！"转眼看见了九瓶，她忙叮咛道："别出去乱说，乱说撕你嘴！"

九瓶正一门心思地在抽他的陀螺，母亲的话像风一样从他的耳边刮过去了，他依然抽他的陀螺。

他的陀螺很丑，是自己用小刀刻的，刀也没有一把好刀，因此看上去，那只陀螺就像狗啃的。抽陀螺的鞭子，说是鞭子，实际上不知是从什么地方捡来的人家扔掉的一根烂裤带。那裤带拴在一根随手捡来的还有点儿弯曲的细棍上。九瓶买不起陀螺，哪怕只是五分钱一只的陀螺。九瓶不好意思在学校当着那么多同学的面玩他的陀螺。在学校，他只是看别人玩陀螺。那些陀螺是彩色的，一旦旋转起来，那些线条，就会旋成涡状，十分好看。一片大操场，几十只五颜六色的陀螺一起在旋转，仿佛开了一片五颜六色的花。鞭子抽着那些陀螺，发出一片“啪啪”响，没看到的还以为是放爆竹。那场面会看得九瓶心突突跳。但他却装着并不十分感兴趣的样子。他摸摸书包中自己的那只拿不出手的陀螺，咽了咽唾沫，仰着脸，背着手，哼着歌上厕所去了。没有尿，就站在尿池旁看天上的鸟，等尿一滴一滴地流出来。

现在，九瓶在院子里使劲地抽着他的陀螺。他已憋了一整天了。

九瓶将院子里抽得灰蓬蓬的。

陀螺在泥灰里旋转着……

“……劫桩比送桩还灵呢……”

这聚精会神抽陀螺的孩子，耳朵旁莫名其妙地响起这句话来。他下意识地回头看了一眼，并未看到母亲——她早和父亲进屋里去了。

后来，这孩子的注意力就有点儿集中不起来了，地上的陀螺也就转得慢了下来。

一个念头像一条虫子钻进了他的脑子。

陀螺慢得能让人看到它身上的一个小小的疤痕了。它有点儿踉踉跄跄。他手中的鞭子有一搭无一搭、很稀松地抽着。陀螺接不上力，在挣扎着。他再也无心去救它。它终于在灰尘里倒了下去。

他呆呆地站在院子里，鞭子无力地垂挂在他的手中。

吃晚饭了。一盏小煤油灯勉强地照着桌子。

桌子上很简洁，除了一碗碗薄粥，就是桌子中间的一碗盐水。祖父、祖母、父亲、母亲还有似乎多得数不过来的兄弟姐妹，人挨人地围着桌子。喝粥的声音、嘞盐水的声音交织在一起，听起来像是风从枯树枝间走过。

今天，九瓶与家人喝粥、嘞盐水的节奏似乎不太一样，要迟钝许多。像有十几架风车在“呼呼”地转，转得看不见风叶，但其中有一架不知是为什么，转也转，但转得颇有点儿慢，那风叶，一叶一叶地在你眼前晃过。

一忽儿，大家都吃完了饭，九瓶却还没有丢碗。

母亲收拾着碗筷，顺手用一把筷子在他的头上敲了一下：“快吃！”

他大喝了几口，抬头问：“妈，劫桩比送桩灵吗？”

母亲疑惑地：“你问这个干吗？”

九瓶低下头去，依然喝他的粥。

晚上，九瓶坐到了屋前的池塘边。在这个孩子的心里，一个念头在蠢蠢地生长着。

月亮映照在池塘里。水里也有了一个月亮。有鱼跃起，水晃动起来，月亮就在水里一忽儿变圆，一忽儿拉长。

来了一阵凉风，这孩子浑身一激灵，那个念头就一下蹦了出来：我要劫桩！

这念头的蹦出，就好像刚才那条鱼突然从水中蹦出一样。本在心里说的话，但他却觉得被人听见了，赶紧转头看了看四周……

“送桩”必须秘密进行。因为万一泄露天机，让别人摸清了送桩人的行动路线，只需在路上的一个隐秘处悄悄放一根红筷或一枚铜板，送桩队伍踏过之后，那牛桩上的运气、喜气就会全被劫下了。

九瓶还是个孩子，他还根本不明白也不关心女人们的生养之事，更无心想到自己日后也要捞个儿子，只知道这事一定妙不可言，一定会给这个人家带来什么吉利和幸事，不然主人干吗花了那样的大价钱仅仅为了获得一根破牛桩还乐颠颠的呢？

这孩子将牛桩抽象成了幸福与好运。

九瓶有点儿痴。这里的人会经常看到这孩子坐在池塘边或是风车杠上或是其他什么地方想心事。

九瓶幻想着。他将幸福与好运具体化了：我有一个好书包，是带拉链的那种，书包里有很多支带橡皮的花杆铅笔；我有一双白球鞋，鞋底像装了弹簧，一跃，手能碰到篮球架的篮板，再一跃，又翻过了高高的跳高横杆；口袋鼓鼓的，装的净是带花纸的糖块，就是上海的大姑带回来的那种世界上最好看的、引得那帮小不点儿流着口水跟在我屁股后头溜溜转的糖块；桌上再也不是空空的，有许多菜，有红烧肉，有鸡有鹅，有鱼，有羊腿，有猪舌头，有猪头肉，有白花花的大米饭；有陀螺，是从城里买回来的，比他们所有人的陀螺都棒，我只要轻轻地给它一鞭子，它就滴溜溜地转，转得就只剩下了个影儿，我还能用鞭子把它从地上赶到操场上的大土台上……

后来，这陀螺竟在九瓶的眼前飞了起来，在空中往前旋转着，眼见着就没了影儿，一忽儿却又旋转回来了，然后就在他的头顶上绕着圈旋转着……

牛桩撩拨着九瓶，引逗着九瓶，弄得九瓶惶惶然。

母亲在喊他回家睡觉。

接下来的两天时间里，这孩子既坐卧不安，又显得特别沉着。他在精心计算着送桩队伍的行走路线。他在本用来写作文的本子上，画满了路线图。

“送桩”的路线是很讲究的：必须是去一条，回来又是一条，不可重复，而且来去必须各跨越五座桥。这中间的用意，九瓶不甚了了，那些送桩的人也未必了了。九瓶在与母亲的巧妙谈话中，搞清楚了一点：附近村里，共有三户姓成的人家养牛，而施湾的成家养的是一头母牛，实际上只有两户姓成的人家可能被偷牛桩。他又是一个喜欢到处乱走的孩子，因此，他扳着手指一算，马上就知道了附近桥梁的数目。然后，他就在本子上计算：假如要来回过五座桥，且又不重复，应该走哪一条路线？他终于计算出了路线——这是唯一的路线。清楚了之后，他在院门口的草垛顶上又跳又蹦，然后从上面跳了下来。

这天傍晚，九瓶看到了二扣子他们三三两两、鬼鬼祟祟的样子。他当作没有看见，依然在门口玩陀螺。

晚上，他说困，早早地就上了床。

他藏在被窝中的手里攥着一枚铜板。那是他从十几块铜板中精心选出的一块“大清”铜板——其他的铜板都在玩“砸铜板”的游戏中被砸得遍体都是麻子，只有这一块铜板还没有太多的痕迹。

他将它拿了出来。铜板被汗水浸湿了，散发着铜臭。九瓶觉得这气味很好闻。他将铜板举了起来，借着从窗子照进来的月光，他看到它在闪光。

等父亲的鼾声响了起来，他悄悄地爬下了床，悄悄地打开了门，又悄悄地关上了门，然后就悄悄地跑进了夜色中。

他沿着狭窄的田埂，跑到了这条远离村庄的安静的大路上。他跳下大路，低头看了看路下面的涵洞。他从涵洞的这头看到了涵洞的那头。他像一条狗一样钻进了涵洞，然后将铜板放在了涵洞的正中间。他又爬到了大路上，然后就坐在路上等待着。他知道，距送桩的队伍通过这里还要有一段时间。

月亮在云里，云在流动，像烟，月亮就在烟里模模糊糊地飘游。

初时，九瓶并不太害怕，但时间一长，他就慢慢怕了起来。他的脑海里老是生出一些令人毛骨悚然的形象来：七丈黑魔、袅袅精灵、毛茸茸的巨爪和蓝幽幽的独眼……

起风了，是深秋之夜那种侵入肌骨的凉风。芦苇“沙沙沙”作响，让人总觉得这黑暗里潜伏着个什么躁动不安、会随时一蹿而出的黑东西。天幕垂降的地方是片老坟场。蓝晶晶的鬼火在隆起的坟间跳跃着，颤动着。

此时，那些在瓜棚豆架、桥头水边听到的鬼怪故事都复活了。那风车，那树，那土丘，都变成了有生命的东西，并且看它们像什么就是什么。

黑不见底的林子里，不时传来一声乌鸦凄厉的叫声。风也渐渐大了起来。

九瓶有点儿坚持不住了，他朝家的方向望着。

眼前又出现了陀螺。他就告诉自己，不要想别的，就只想陀螺。陀螺就在打谷场上转了起来，在学校的操场上转了起来，在路上转了起来，在桥上转了起来，在空中转了起来，在水上转了起来……

“唰、唰……”

从远处传来了这样一种声音，这个孩子的心一下收紧，陀螺像一束光一样消失了。他跳下大路，钻进了路边的芦苇丛。他没有往芦苇丛的深处去，他要守着他的涵洞和铜板。他要亲眼看到他们从涵洞上、铜板上跨过。

送桩的队伍正走过来。走在前面的是八个大汉，分两列，各执一把大扫帚。他们一路走，一路横扫着路面。他们要扫掉有可能掩藏于路上的暗物，使那些可能正在暗中实施着的劫桩计划不能够实现。

月亮从云罅里洒下一片白光。

九瓶轻轻扒开眼前的芦苇。他已能清楚地看见长长的送桩队伍了：八个大汉有节奏地扫着路面，一路的灰尘，中间一个大汉捧着牛桩，后面还有七个大汉保护着，一副煞有介事、神圣不可侵犯的样子。田野上，笼罩着一种神秘的气氛。

九瓶看呆了，一不小心碰响了芦苇。

队伍忽地停下了。

九瓶像一只受惊的猫，紧紧地伏贴在地上，不敢出气：按这里的乡民们一律都得服从、不可违抗的铁规，一旦发现有人劫桩，全部费用都得由劫桩者承担，没有二话。

“唰唰唰”声又重新响起。

九瓶慢慢地抬起头来，身上却早出了一身冷汗。

扫帚声洪大起来。队伍已经开始通过涵洞。走在前面扫路的几个汉子，是极负责任的，他们扫得很卖力，灰尘、草屑被扫到了路下，甚至扬到了芦苇丛里。

九瓶在心里骂了一句："狗日的，把灰全扫到我眼里了。"

队伍又停了下来。

有人说："我记得这儿有个涵洞。"

九瓶在芦苇丛中将眼睛睁大了。

后面的一个汉子就跳下了路，低头朝涵洞里望着，还伸手朝里面捅了捅。也没有说一声他所观察到的情况，就又回到路上。

"唰唰唰"声又响了起来，然后越来越远，越来越小……

九瓶从芦苇丛里站了起来。他踮脚远眺，侧耳细听了一阵，知道他们确已远去，便冲出了芦苇丛，扑到涵洞口，就地趴下，将一只手颤颤抖抖地伸进涵洞里急促地抓摸起来：咦！那铜板呢？九瓶将头伸进了涵洞，两只手在里面胡乱地抓摸着，半天也没有抓摸到，急得把手抠到烂泥里。

他停住了，趴在涵洞里不动弹了：狗日的，把铜板给摸走了！

风从涵洞的那头吹来，凉丝丝的。

九瓶不知趴了多长时间。

树林里，传来了乌鸦声。

他将身子慢慢朝后退着。他的手掌好像碰到了什么，他浑身哆嗦起来——他从砖缝里找到了铜板！

攥着铜板，他沿着田埂撒腿朝家跑去。在过一座独木桥时，他走到中间时就有点儿不能保持平衡了，终于未等完全走过去，跌落到了桥下，重重地摔在了河坎上。他挣扎了半天也不能起来，腰好像被跌断成了两截。他索性躺在了缺口里哼哼着。一边哼，一边张开碰破了皮正在流血的手，他见到了那枚铜板在月光下闪闪发亮。

回到家，九瓶把铜板放在一个不知从哪儿捡来的空罐头铁桶里，搂在怀里睡着了。

第二天上学前，九瓶轻轻地摇了一下小铁桶，铜板撞击着，发出清脆悦耳的声音。九瓶把它放在耳边，那金属的余音还久久地响着。他认定好运都传到了这枚铜板上，都被它给留住了。

他把小铁桶放在窗台上。它受着阳光的照射，给了这个孩子无限的遐想……

大约过了一个星期，不知是为什么，他开始莫名其妙地不安和烦躁起来……

二麻子家离九瓶家约百步之遥。每日上学，九瓶必经他家门前。二麻子其实并非麻子，只是他的哥哥和弟弟都是麻子，按排行叫顺了，他也成了麻子。这人很厚道，平素总是笑模笑样的。不知是因为九瓶长得招人喜爱，还是因为九瓶总甜丝丝地叫他叔叔，他似乎特别喜欢九瓶。他爱捕鱼，总是叫九瓶给他提着鱼篓，临了分九瓶一碗小鱼小虾带回家去。他已四十出头，但还没有孩子。大概是他夫妇俩想到他们再也没有时间了，才决定答应让人送桩的。虽然看上去，他家的日子要比九瓶家好一些，但花这笔钱也是很不容易的。因为，九瓶上学放学路过他家门前时，眼睛一瞥，总看见他们夫妻俩一日三顿尖着嘴，“稀溜稀溜”地喝带野菜的粥。咸菜都舍不得吃（拿到市上卖了），只是像九瓶家一样也“吧嗒吧嗒”地用筷子蘸盐水。但夫妻两个却满面荡漾着笑容。

“捕鱼去吧。”他几次邀请九瓶。

“不。”九瓶头一低就走了。

一天，他在路上遇到了九瓶，有点儿生气了：“喂，你为什么不叫我叔叔了？”

九瓶抬头看了一眼他那双和气细小的眼睛，赶紧从路边上溜了。

回到家，九瓶望着窗台上的小铁桶，就有点儿发呆。

“看，看，成天看，一个破铁桶怎么就看不够？”母亲唠叨着。

九瓶把铁桶藏到了让猫进出的门洞里。

过了几天，九瓶晚上放学回家，老远就闻到一点儿鱼味：“妈，哪来的鱼？”

“你二麻子叔叔给你送来的。你怎么不叫他叔叔了？你这孩子怎么这样没心肝？白眼儿狼！打上回受桩，他欠了人家的债，打的鱼连自己都舍不得吃，卖了挣钱，却还给你留点。”

那鱼，九瓶是一筷子未动，全被弟弟妹妹们吃了。从此九瓶上学不再从二麻子家门前经过，而是绕了一个很大的弯儿走另一条道。

此后，九瓶少不了在田埂上、小河边撞见二麻子。他瘦了，肩胛耸起，大概日子过得过于俭朴。但那对蝌蚪状的眼睛里，两撇短而浓黑的眉间，厚实而拉得很开的嘴唇边，却流露着喜滋滋的神态。九瓶甚至听见他在捕鱼时，竟不怕人见笑地用喑哑的嗓子哼起粗俗的小调来。他每次见到九瓶，总是宽厚甚至讨好地对九瓶笑笑。仿佛他真的在什么地方不小心得罪了九瓶，希望九瓶谅解他。

见到那对目光，九瓶逃遁了。

学校的老师同学、家里的人都发现了这一点：九瓶常常走神，并且脸色看上去好像生病了。但家里孩子多，家里人也没有将他太当回事。

一天母亲从外面回来，对父亲说：“二麻子家的还真怀上了。”

九瓶听见了，冲到了外面，爬上了门口的大草垛。站在垛顶上，他望着天空，张开双臂，并摆动双臂，像要飞起来，还“嗷嗷”大叫。

后来，他躺在草垛顶上，将两只胳臂垂挂在草垛顶的两侧，头一歪，竟然睡着了。

这样过了几天，九瓶却又很快地陷进焦灼的等待中。大人们都在说，怀孕不等于送桩成功，还必须在九个月后再看是不是个男孩，女孩不算，女孩是草芥，是泡灰。

二麻子的妻子似乎因为自己突然怀孕而变得情绪亢奋，脸颊上总是泛着新鲜的红光。她的腹部日甚一日地鼓大，大摇大摆、笑嘻嘻地从人面前晃过。她似乎最喜欢到大庭广众之中。因此常常从九瓶家门前经过到村头那个石磨旁——那儿经常不断地有人聊天。

九瓶则常常悄悄地闪到村头的那棵银杏树后，探出半个脸，用一只眼睛望着她隆起的腹部：那里面到底是个女孩还是个男孩呢？

她发现了九瓶，笑了：“小鬼！瞅什么哪？”她低头看了一眼那隆得很漂亮很帅气的腹部，笑得脆响，“你妈当年就这样怀你的。尖尖的，人都说她要生男孩。结果生下你，真是，一个好看的大小子，福气！”

九瓶不敢看她。

“哎，”她走过来，小声说，“你说叔母一定会生个小子吗？”

九瓶点点头，撒腿就跑。

她在九瓶身后“咯咯咯”地笑着：“小鬼，羞什么呢？”

她不再出来走动了。一天，九瓶在田埂上挖野菜，忽见二麻子气喘吁吁地朝村子里跑去，人问他干吗那么着急，他结结巴巴地说妻子肚子疼了，要带接生婆。

九瓶把野菜挖到了离他家不远的地方，藏在树丛里。从那里，能听到二麻子家的一切动静。他的呼吸有些不均匀，他能听到自己快速的心跳。

夜幕降临之际，从茅屋里传出了“呱呱”的啼哭声。

黑暗里，路上开始有人说话了：“二麻子家的生啦！”“男的女的？”“丫头片子！”

九瓶愣了，忘了拿竹篮和铁铲，在野地里遛了半天才回了家。

母亲正在屋里与几个女人议论桩是否被人劫了去了。意见差不多：被劫了。于是，她们就用狠毒的字眼骂那个劫桩者。

夜深了，九瓶蹑手蹑脚地爬起来，从门洞里摸出那个小铁桶，倒出了那块铜板。月光下，它依然闪烁，十分动人。

九瓶在手里将它翻看了几下，用手捏住它的边缘，然后手指一松，它就“当”地跌进了铁桶。

第二天，九瓶觉得很多人在用眼睛看他。

第三天，九瓶觉得所有的人都在用眼睛看他。

第四天，正当九瓶要把小铁桶深深地埋葬掉时，二麻子一脚跨进了九瓶家院门。

九瓶一下子靠在了院子里的石榴树上。

二麻子显得十分激动，厚嘴唇在颤抖，套在胳膊上的竹篮也在颤抖。

九瓶以为二麻子会过来一把抓住他。可是，二麻子却笑了，揭掉盖在竹篮上的布，露出一篮子染得通红的鸡蛋来。

母亲已迎出来：“他二叔？……”

“添了个小子，请你家吃红蛋！”

母亲依旧怔怔地望着他。

他像是明白了："接生婆的主意，说我四十出头得子不易，按过去的老规矩来，先瞒三朝。"转而冲着九瓶："接呀！"

九瓶疑惑着，站着不动。

二麻子过来，抓过九瓶的两只手："在这个村里，我最喜欢的孩子就是你了。"他在九瓶的两只手上各放了一个鲜红的鸡蛋。

九瓶又愣了一会儿，一手抓了一个红蛋，高高地举着，冲出了院子。

太阳很好，阳光灿烂。天空净洁，显得无比高远。林子里，荷叶间，草丛中，鸟叫虫鸣。万物青青，透出一派新鲜的生机。九瓶把两只红蛋猛力抛向空中。它们在蓝天中划了两道红弧。

晚上，九瓶又想起了门洞里那个小铁桶儿。他把它摸出来，捧着，来到了门前的池塘边坐下。他轻轻地摇了摇，那金属的声音依旧那么清脆。

他忽然有点儿伤感，有点儿惆怅，有点儿惋惜，还有点儿失望。

清夜无尘，月色如银。

九瓶将铁桶高高地举起，然后使劲摇着。铜板在铁桶里"哗啦哗啦、哗啦哗啦"……

九瓶终于不摇了。他取出铜板，用手捏住，举在眼前。它的边缘镶了细细一圈光圈。他将它拿到鼻子底下闻了闻，然后站了起来，用力将它抛进了月光里……

一九八六年五月于北京大学二十一楼一〇六室

暮色笼罩下的祠堂

起床后，我来到户外，见一个少年一动不动地站在院子里。他看着我，我也打量着他。

这是一个难得一见的英俊少年，岁数约在十七八岁上，头发自成微波，黑如墨染，耷拉下来，一直遮住眉毛，脸光滑、纯净，带有女性的秀气和柔润，若不是眉间直下的挺削鼻梁和唇上刚出的绒毛显示其男性的特质，极容易使人误认为他是一个文静、安恬的女孩儿。

“轩哥。”他露出一种姑娘式的腼腆叫我，低着头，不断把手搓得沙沙响。

“你是……？”

父亲从门里探出头来，说：“这是亮子。”

亮子？就是那个小时候脱光了衣服、精着身子在雪地里跑的亮子？

那年冬天，我扛一张网到野地里捕雀子。雪连下了三日，刚住，地上积了足有半尺多深的厚雪，在阳光下白皑皑地发亮。我正欲支网，听见远处有群小孩“嗷嗷”欢叫成一片。掉头一看，只见一个身上一丝不挂的小男孩在雪地里朝这边跑来。

那就是亮子，才六岁。

这孩子很特别，似乎一来到这个世界上，那颗小脑袋里就盛有各种各样的奇思怪想。今天，或许是被大孩子们哄了（他天真单纯得要命，常被大孩子们欺骗），或许小脑袋里又冒出了什么神经兮兮的念头，竟脱得一丝不挂，赤条条暴露在空旷的雪野上。

亮子像一颗闪光的肉团儿滚过来了。

“亮子！”我扔下网，“快穿衣服！”

他把小手合在胸前，歪着脖子仰望着我：“黑他们说我不敢光身子！”说完，他撒腿就在雪地上欢跑，被冻得紧绷绷的皮肤闪着缎子般的光泽。他一会儿昂头直冲，一会儿把头勾到胸前，斜着身子兜圈儿，一双粉嫩的小脚溅起一路银色的雪屑。

孩子们在雪地跳跃着，拍着手：“嗷——嗷——”

我本想抓住他，却莫名其妙地兴奋、躁动起来，混在那堆孩子中间，完全失掉一个大人应有的矜持，也手舞足蹈地喊叫起来，快活、激动地看着他在雪地上尽情地撒欢。

他向漫无尽头的雪野远方跑去。一支由孩子们和我组成的庞大队伍拉成一个巨大的半圆形，就尾随着他向远方推进。

宁静的原野一片欢声雷动。

雪如同一条柔软洁白的羊毛毯，覆盖着整个田野。他细嫩的皮肤冻得鲜红，像温暖的红光在雪地上划过，平滑的雪面上留下他一行小小的、深浅不一的脚印。

他忽然扑倒在雪地上，随即，像一只刚下水的毛茸茸的雏鸭，在雪地上“游动”起来，并把雪一把一把地往身上、脸上撒。后来，索性在雪地上无比快乐地滚动，并把头钻到雪里。

孩子们围成圈，活像一群小疯子，跳，叫。

他站起来——一个纯白的孩子。

他一阵抖动，又是一个粉红色的孩子。

一阵大风吹来，雪野顿时雾茫茫一片。亮子朦胧了，消失了。听见他欢叫了一声，随着风去，又渐渐显露在远处的雪地上。

他累了，站立在那儿。

我们跑过去，静静地望着他。

他头发上沾的雪已被热汗融化，头发黑泽闪闪，在白雪映衬下，显得格外地黑。他的两个小屁股蛋儿冻得尤其红。那张湿润的小嘴在喘息，嘴边散发出淡蓝的热气。两腿间，那个小宝贝疙瘩冻得收缩起来，像一只刚出壳的小鸟儿，让人爱怜。他浑身冒着似有若无的淡蓝色热气。那双充满好奇和幻想的眼睛，心满意足地眨巴着。在这冰天雪地之间，他却没有一丝寒冷的感觉。

他的母亲赶来了，扑过来用条大被子把他捂走了。他在被窝里快乐地挣扎着，终于挣出黑黑的小脑袋，并挥舞着小手……

十多年过去了，而今，他已长成一个如此英俊的小伙子。

“是亮子！”我认出来了，赶紧说，“进屋里去坐。”

他站着不动："我给你寄过信，收到了吗？"

"信？没有呀！你寄哪儿啦？"

"北京中文系。"

"你应该写北京大学中文系。"

"噢……"他知道自己写错了，不好意思地点点头。

"进屋吧。"

他依然不肯，从怀里掏出一沓香烟纸来："轩哥，我知道，你现在是作家了。前天，我还看过你的小说……"他变得局促起来，说话结结巴巴，光用眼睛呆呆地盯着我，"轩哥……我……我也想做……做作家，早就想了。这……这是我写的小说，你能帮我看……看一看吗？"他把那沓香烟纸递给我。

我便接过来。

他显出很过意不去的窘样，搓着手，一个劲说："水平不行，让轩哥发笑呢……"

这时，父亲走过来，在我身边轻微地说了一句："他脑子有问题了。"

我的心猛地一收缩，再看他那双眼睛，就觉得确实有点儿不太对头：眼珠儿发涩，很不灵活，人老是定定地驻在那儿；目光呆滞，老是看一个地方。

"我还有部长篇，马上就要写完了，叫《崩溃》，三十万字……"他絮絮叨叨，声音很低，像是这些话根本没有从他的脑子里经过，只是嘴唇发出的一些他自己毫未觉察到的声响。

我随手翻一页他写的小说——

……我们为什么会生病呢？因为我们有很多机器，感冒机、高血压机、脑炎机、疟疾机、心肌梗死机……

前不久，我的弟弟竟遭到了感冒机的迫害。

这些机器掌握在国家安全部后院一个首长的一个叫小蜜蜂的小孙女手里。小蜜蜂非常可爱……

我根本无法看懂这些令人费解的荒诞呓语。我想笑，却笑不出来。望着两眼空洞无光但长得绝对英俊的亮子，我说：“你轩哥一定好好地看。”

亮子僵直地望着我，浑身颤抖起来，越颤越厉害。他张嘴想对我说些什么，但思路似乎被紧紧地堵塞了，欲说无言，最后，朝我鞠了一躬，走了……

他走后，我从父亲那里知道了关于亮子的一切——

亮子的病跟那座祠堂有关。

祠堂矗立在村前的河岸边。它是这地方上最高大的建筑。这地方的村民所居，基本上是泥墙草盖的屋子；阔绰一点儿的，也不过是檐口盖几片瓦，但墙依然是土坯垒就，屋顶的中央依然还是草。唯独这座祠堂，墙是用一色的青砖砌成，是现在的砖窑根本不烧的小砖，而且还是扁着砌成；上面盖的都是半圆形小瓦，少说也得上万片。进去看，大梁粗一围有余，椽子也是上等的木料破成的方木。这祠堂许多年前就矗立在这条大河的岸边了。

除了一年一度的清明祭祖，烧香上供外，祠堂还有其他若干用处，如抓住私奔的男女，它便是关押并对之拷打的地方。听人说，对那些私奔者的惩罚，往往是不分男女，剥光了衣服，令其赤裸着身体跪在列祖列宗的牌位前。有许多人来围观，甚至有人还给以侮辱性的动作。再如，有人触犯了族长或家长，就会被缚到这里，同样令其下跪，让其忏悔，并由族长在一旁当着列祖列宗的牌位对其进行教化。

据讲，历史上这里曾死过不止一个人。

后来，祠堂被征来用作小学校的办公室了。

关于祠堂，这个地方有许多令人毛骨悚然的传说。凡在里面睡过觉的老师差不多都说到这样一些情况：在祠堂里睡觉，夜里总会被魇住，喊，喊不出声；动，动弹不了。醒来时，只觉得自己冷汗淋淋，衬衣都粘在了身上；将近五更天时，屋顶上就会有声响，如人掷石子于屋顶，石子就顺着瓦垄往下骨碌骨碌地滚动，你就会在床上等那石子往下落的那一声，却总也等不到，这里你好不容易要睡着了，那屋顶上的石子声又再度响起，依然没有石子落地的声音。

有一年冬天，一个女教师在食堂吃完晚饭，惦记着一大堆作业未改，先端着罩子灯走向办公室，拐弯到了祠堂门口，只见门口站一位个头矮矮的白胡子老头，浑身穿一套雪白的衣服，便尖叫一声，灯落于地跌得粉碎。全体男老师闻声一齐冲出，问："怎么啦？怎么啦？"女老师僵在那里不作声，半天，才说："白胡子老头！门口站一个白胡子老头！"说完就抱着头往食堂跑。男老师们一边寻武器，一边心惊肉跳地大叫："白胡子老头！"不一会儿，把村里的人都引来了，无数支手电筒划来划去，像前沿阵地的探照灯一般，然而，屋里屋外、上上下下一通寻找，连白胡子老头的一根胡须也未找着。

从此，“白胡子老头”就成为这里的人们经常谈论的话题。一伙人夜里走在路上，忽有一个促狭鬼一声喊：“白胡子老头来了！”大家就大呼小叫地跑起来，漆黑的夜空下就会响起一片混乱的“哧通哧通”的脚步声，有摔倒的，“哇”的一声惊叫，慌张地爬起来继续跑，还有跌到烂泥塘里的，就成了个泥人，泥人忘了自己是个泥人，拼命往前抢，弄得许多人也是一身的泥。其中那些喊声最大的人，实际上并不完全害怕，他们虽然也感到有些恐怖，但同时也领略到了一种令心头战栗的快感。

“白胡子老头”还常被大人们用来吓唬小孩子：“再闹，把你送给白胡子老头！”于是，那些孩子便立即安静下来，变得异常老实。

我的父亲是这所小学校的校长。我的家就在校园里，距祠堂很近。受“白胡子老头”困扰与折磨的机会也就比别人多。尽管父亲当着很多人的面，也在晚上点一盏罩子灯走向祠堂，然后告诉大家，那“白胡子老头”可能是灯光穿过屋前的一棵梧桐树的枝叶照在白墙上而形成的错觉，但没有人相信他的话，我自然也不相信。就是在白天看到那座黑灰色的祠堂，心里都有一种恐慌。天黑后，我就不太敢从它门口经过了。心里老想着那个白胡子老头，就觉得他真的站在祠堂门口，还笑嘻嘻的。若碰到去远处看电影，深夜才回来，我就一定会绕过一个池塘，不从它的门口走，即使这样，我满脑子还是祠堂与“白胡子老头”，为了壮胆，我就大声地唱《智取威虎山》中最昂扬的一段：打虎上山。

这个学校的一些老师对学生所采用的最严厉的惩治办法，就是罚他们独自一人站在祠堂里，并关上大门。

当然，这个办法一年里也用不了一两次，不到万不得已、怒不可遏时绝对不用。即使用，也一定是限制在白天。

亮子的班主任是黄老师。这地方上，除学生们称老师外，大人们还沿用旧时的叫法，称老师为先生。黄先生排行为三，于是就叫“三先生”。三先生在旧社会是教私塾的，对《三字经》《百家姓》能倒背如流，绝不打一个磕巴。自然而然地过渡为“人民教师”后，也每每露出旧时的痕迹。如读书，他不读，而喜欢唱，并且配以摇头晃脑。他的裤子至今还是一把刹的缅裆裤，裆很肥大，里头好像装了一只兔子。学生们不太尊重他，常在背后取笑他的裤子，而他却又是很讲尊严的，并要求学生们绝对听话。

亮子那孩子，天性活泼，并有无穷无尽的奇特念头，常常上课时提一些让三先生根本想不到也根本无法解答的问题。既然三先生老也答不出所以然来，亮子也就失望了，便常常偷空写他的小说。对此，三先生有很大的不满，极不喜欢他“这个东西”，常想收拾“这个胡思乱想的家伙”。这天，一个喜欢讨好的学生告诉他：“亮子又写小说了，并且写的就是祠堂。我看了。亮子还说，他要推倒这座祠堂呢！”

于是，三先生把亮子关进祠堂：“你也想写小说？还要推倒这座祠堂！能耐不小哇！推吧，你就推吧！”说完，关上大门，气哼哼地走了。这大概是这所学校有史以来第一次放晚学后还把学生关在祠堂里。三先生自顾吃晚饭去了。

天黑得很。

父亲从镇上开会回来，路过祠堂门口，听见里面有断断续续的呻吟声，心一惊，手电一照，见亮子的脑袋正卡在窗条中间，进退不能。亮子的双手扒着外面的窗台，像是身后的黑暗里有什么东西在紧追他，他在拼命往外挣扎。父亲赶紧跑过去，使劲撑弯了窗条，并打开门。

亮子不说话，却赖在走廊里不肯走。

“你看见什么啦？”父亲见他满额头的冷汗，问他。

他不说，只是哭。

父亲好不容易把他劝了回去。

第二天，当他再上学时，父亲发现他的眼神就有点儿不对头了……

“他们家里没找学校闹？”

“没有。等他家里觉察到亮子的脑子出了毛病，说话已半个月过去了。有人对他父亲说：‘你家新盖了一幢房子，当时也没叫阴阳先生来看看，会不会是房子盖得不是地方？’他父亲果真请来阴阳先生。那阴阳先生说房子确实盖错了方向。他家就立即拆了房子，可是，亮子依然没有好起来，还一天天地严重了。最后，只好不念书了。以后，他就连日带夜地写，也不知写些什么东西。怕他脑子更往坏处走，家里就收了他的纸，他就到处去捡烟盒。”

夜晚，我躺在床上翻阅着亮子的小说。尽管满纸荒唐言，并有无数的错别字，也没有标点符号，可我却像一只久饿不食的野兽忽然觅到猎物，穷凶极恶地咀嚼着那些奇怪而富有魔力的文字。我看得呼吸急促，粗浊地喘息起来。他的笔下是一个根本不存在的荒诞世界，像一架钢琴散了架，一个根本不懂音乐的人将它胡乱拼凑起来，音阶次序乱七八糟，发出杂乱无章的声响。但你又似乎不时被一种无形的、难忘的力量猛击，心就像垂挂在风中的最后一颗柿子在抖索。一会儿，又起了一种妙不可言的情绪，觉得在这个物质世界以外，还有一个灵魂世界。他的小说使我惊讶地发现，原来在我身上还有不知多少未被唤醒的感觉。

我憋不住，把那些小说扔在床上，披着衣服在屋里来回走动。

这孩子的想象力大胆得让人的灵魂战栗，他的奇特和敏锐的感觉简直不可思议。

我自愧不如，为自己的想象力感到害臊和悲哀。成为小说家的应该是他而不是我。然而，我现在毕竟是一个思维健全的人，而他却是一个“二百五”、“十三点”、神经病患者，一具没有灵魂的躯壳。香烟盒上的文字毕竟是痴人说梦，绝非小说——他也许永远做不了小说。

我推开门，走到寒冷的夜空下，久久不肯入户……

年已过了，离开学也没几天了，我该回北京了。

黄昏，天下着雪，我拎着皮箱，走向轮船码头。远远地看见亮子站在河边上。他见了我，仍原地站着，呆呆地望着我。雪不大，但他的头发几乎已被雪所覆盖，肩上的落雪也足有两寸厚。可想而知，他已站在这里很久了。

“亮子！”

“轩哥。”

“你怎么站在这里？”

“等你。你说过今天走。”

我把皮箱放在雪地上，望着他。他眉毛上的雪已经冻结，脸冻得青紫，浑身在微微发颤。我替他拂去头发上和肩上的雪。他没有任何表示，仿佛他的灵魂也已冻僵。

“回家吧，亮子。”

他从怀里掏出一个厚厚的、用香烟盒装订成的本子，用双手捧着递给我："轩哥，长篇，《崩溃》，写祠堂的，你带到北京，请人家帮我发表，好吗？"

这种东西，谁会发表呢？但见他那种痴痴的乞求而又期望的眼神，我稍微犹豫了一下，将它接了过来。

"回去吧，亮子。"

他望望大河尽头："轮船还没来呢。"他固执地站着不肯走。

也许是因为这些日子他昼夜不分地抢写这部所谓的长篇小说，他消瘦了许多，身体十分虚弱；加之衣着又那么单薄，他越抖越厉害，后来牙齿干脆"咯咯咯"地敲打起来。

我又不禁想起那年的情景：茫茫的雪野上，一个裸体小男孩，在雪地上风一般地撒欢……那个亮子呢？那个清明如水的亮子呢？

轮船到了。我把围巾解下，围在他的脖子上。他一动也不动，仿佛我的围巾不是围在他的脖子上，而是围在一根枯干了的树干上。我匆匆地上了船。我向他招手，他也没什么反应。船离开了码头。我朝他看，觉得他仍然很漂亮。

轮船一拐弯，亮子被一片树林遮住了。而这时，矗立在河边的祠堂却出现在我眼前。在黄昏的暮色笼罩下，祠堂显得越发高大和森严，它已不知经历了多少个年头的风吹雨打，居然还是显得那么牢固……

一九八四年十月于北京大学二十一楼一〇六室

网

离村百步，横躺一条河，七沟八溪与它相通，那水既深且清。夏日水枯，自有它两头的大河流水注入；秋天水涨，它便又流入了两头的大河。春夏秋冬，水流或缓或急，可总是流淌，日夜不息。河中水草肥嫩，在流水中宛如千百条马尾在风中悠然飘动。

这里的庄稼人几乎与它朝朝相见，然而，这些年却很少有人想到它，至于说意识到它价值的人，那就更寥寥无几了。

说来也怪，其貌不扬、毫不起眼的康泰老头，却用一对昏花老眼盯住了它，干咽着唾沫，搓着粗糙、干燥而发僵的手，心里热烘烘地躁动着——他准备在它身上好好做一番文章。

如今天下，八仙过海，各显神通。康泰老头不是仙，甚而不如人。那些呆头呆脑了几十年的庄稼人，忽如一个大傻子挨了一记响亮的耳光竟一下醒来了似的，一个个变得像精明的猴子一般，眼观六路，耳听八方，都寻觅到了生财之道。唯有他康泰老头，至今仍呆呆地死守着一亩二分薄地和两间低矮茅屋，苦苦搞不活日子。他受到葫芦、李三滑这些能棍棍们的小觑，自不必说，还早早晚晚地受着老伴的奚落："驴脑袋！你就穷等着吧，早晚要被人家挤到墙角上去！一点儿本事都没有……"也是实话。康泰老头无用、低能，什么都矮人一头。人家儿孙满堂，他连一个女儿都没摊上。柳塘人将这也归结于康泰老头的无能。罢了罢了，康泰老头并不反驳。对于老伴喋喋不休的唠叨，他却多少有点儿不满了："得了！让我用泥包土豆冒充松花，讹人家城里人的钱？让我把瘟鸡瘟鸭酱了拎到街上去卖？断子绝孙的事，咱不干！"说到最后一句，他显然锐气大减，他一生没做过缺德事，可上苍不公，为什么不赐他个一儿半女？他不免有点儿黯然神伤。过一阵子，也就罢了，依然惦记着日子。

泡灰也会发热，康泰老头也总有发迹的一天。

那天，他到河边割草，累了，坐到水边小憩，见着水草丛里有一溜鲫鱼互相咬着尾巴嬉闹，最初只是觉得好看、好玩，但看着看着，突然狠狠地打了一下自己的脑勺，连草也不要了，颠颠颠地直往家跑，人未到，声先到：

"网……网！……"

老伴出来，见他得意得没个模样，把眼皮一耷拉："瞎咋呼什么呀？！"

康泰老头好不容易才让老伴搞清楚他那主意：他从小在渔船上长大，钩叉网钓，样样都行。他要结一张网，打鱼卖钱！

老伴着实高兴了一阵子，不过马上又沉下脸来：老头子这辈子也总算放出个响屁来，真不易，可是，结张网要花多少钱啊！

“一张拦河大网，没千元下不来。”康泰老头坐在磨损了的门槛上，抱着那颗很不活泛的脑袋，一点儿辙没有了。

这一夜，老伴没有合眼，她拿定了主意。五更天，她用脚蹬了蹬康泰老头瘦小的屁股：“网，咱织！”

“钱呢？”康泰老头完全丧失了信心。

老伴盘算着说：“把那二百块塞到东墙缝里的防老钱拿出来，再把那笔一百块棺材钱加上。寿大呢，一时半时也死不了。再说，咱又无后，眼一闭，还不是由着村里打发？一阵青烟，完了，没哪块闲地方给你埋棺材……”

康泰老头很有几分悲凉了：“那……那也不够。”

“下网就得在河边搭窝棚，一年到头，得住在那里。这两间房子落在学校的圈圈里，早撵咱拆迁了。听说，他们正缺个厨房呢。”

“卖了？”康泰老头惊讶不已。

“死心眼，赚了钱，再盖。活在世上，你也让我住上几年瓦房呀！”

老两口直商量到东方日出，方才决策。康泰老头到底保守些，主张结张半河网。限于财力，老伴也就顺水推舟，给了他面子。

老伴一梭一梭地织网，康泰老头忙着立桩，支架，做辘轳。经过一个月苦战，一张用猪血染就的大网，终于在一个西边天空布满橘红色晚霞的黄昏里，徐徐落进了一泓碧水之中，溅起一片喧闹的水花。

起网，落网；再起网，再落网……康泰老头熬了一宿，战果堪称辉煌：那半截埋在水里的大鱼篓里，足有十斤鱼！他像傻模傻样的孩子似的趴在岸上，朝鱼篓里观望着，一条性野的鲤鱼猛一甩尾巴，甩了他一脸水珠。他用手抹去，满足地笑了。然后，竟派头十足地支使起老伴来："拣大的，给我煨汤喝！"向老伴发号施令，这斗胆的事，恐怕要算康泰老头生平的壮举。

老伴听了，居然乐从。

往后，日日有喜，朝朝进财，毋庸赘言。

这张大网使康泰老头那饱经风霜的脸上泛起微微红光，使他对于淡然无味的生活有了足够的兴趣，甚至使他说话的嗓音都洪亮了许多（这大概是鱼汤补的）。更神奇的是，康泰老头那僵化的头脑竟然也有了很丰富的想象力：是得盖幢像样的瓦房，要飞檐的；要盖就盖在村子当中。怎么，就不该我康泰老头显摆显摆吗？我不是那种碌碡轧不出屁来的赖汉！我是康泰，晓得吗？！得花钱给老婆添置些衣服。跟上我，也算倒霉，没穿过几件好衣服，补丁摞补丁，叫花子似的，该她穿穿料子衣服了，走出来也有个人样儿。现在只是老了，放在年轻时，她也着实是个体面女人呢。不然，当年我康泰会娶她？多留些钱吃。干吗不吃？膝下无小，留给谁？傻呢，吃！拣好的吃，不吃白不吃，吃光用光，跟老太婆一起走，只留下一幢高巍巍的房子，让人记住，这是康泰的！

还是老伴沉得住气，她没有狂想，更没有张扬。一早上，她用一块布盖住鱼篓，到远远的小镇上把鱼卖了，遇到熟人打听打了多少鱼，总是说："见鬼呢，还不够腥猫嘴的。"一个好鬼的女人。这十多年，不让人打鱼撒网，大伙都早把这茬儿给忘了，你这么一张扬，一个个还不醒过梦来？平日里，那大鱼篓都被她蒙上口，深深地沉到水底，村里熟人来买鱼，她总是提起另一只装小鱼的篓子："全在这里了。"

光天化日之下捕鱼，情形到底是个什么样子，瞒得了初一也瞒不过十五。康泰老头发财的消息还是不胫而走，在村民中间纷纷传开了。绝大部分人，这个耳朵进，那个耳朵出，并未引起特别关注。他们是很有几分瞧不起康泰老头的。但还是有人往心里去了。不过庄稼人讲究眼见为实。所以，不时就有人以各种借口光顾河边那间小窝棚。每逢这时，老伴就不让康泰老头起网了，硬是让人看不出名堂。

这天中午，太阳蛮好，暖烘烘的，直晒得人头脑昏昏，睡意沉沉。康泰老头一夜没睡，困乏得很，倚着辘轳便迷迷糊糊地睡着了。朦胧中，他突然听到一种特别的水响，凭他多年的经验，知道有条大鱼撞网了！瞧他身子一挺，蹦了起来，那气势，那敏捷，使人简直无法相信他已是六十出头的人了。他连忙扳动辘轳，三下两下，就把网口提出水面。果然，网里有条大鱼！那鱼性情凶猛，在网里蹿来撞去，激起团团水花。康泰老头清楚，碰到这般大的鱼，是万万不能将它起出水面的，若不然，它不是借水跃起蹦出网外，就是要将网撞破。康泰老头干啥啥不行，可唯独打鱼绝顶地精明。他把网起到与水面若即若离的样子，然后扒掉外衣，只穿条裤衩扑进河里，用双手掐进鱼鳃，等它终于无力动弹了，才像抱小孩似的，喜滋滋地抱着向岸边走来……

也就在这时，李三滑、葫芦等人，从地里观光来了。

他们大惊小怪地咋呼着，"哧通哧通"地从大堤上飞蹿而下，蜂拥到河边。

该是康泰老头露脸的时候了！他这一辈子，没有干出一件叫得响、过得硬的事来。在柳塘人的生活中，他实在是个无足轻重的人物，有他不多，没他不少。就是别人扎堆凑热闹，他都挨不上。现在怎么样？尽管那几十双惊喜、羡慕、含着妒意的眼睛是看着他手里那条大鱼的，但在康泰老头看来，那是看他呢！他心里先有几分得意，早忘了老伴的告诫，将那条大鱼抱在怀里，挺着肋骨分明的胸脯，像个很有雄风的将军似的。他把大鱼扔在河边的草丛里："看吧！"

李三滑说："有十斤！"

康泰老头嘿嘿一笑："你十三斤称得去，我白送你李三滑！"

老伴站在窝棚门口光搓手，她诚心希望没有打到这么条显眼的大鱼。她想过去提醒一下康泰老头说话掐着点，无奈被人挡住了。

康泰老头用手抹着头发和胡子上的水珠："半个月了，这么大的，我一共才打了五条！"

人们不由得互相交换了一下眼色，一齐用眼睛打量着康泰老汉的尊容，给他们的印象是：康泰老头虽不算气宇轩昂，雍容大度，倒也很有点儿样子，那浓重的眉毛，挺直的鼻梁，活生生显出一派尊严和福气。以前，怎么就没看出来呢？

算了算了，康泰老头肚大能撑船，完全原谅了乡亲们过去对他的那种轻慢态度。他转过身，从地上捡起衣服披在身上，从口袋里掏出一盒带锡箔的香烟（他已准备逐步用烟卷代替烟锅了），学着学校里老师的样子，用手指甲剔开口，再在烟盒屁股下一弹，一支烟蹦出半截来，他拔一根送给李三滑，再弹，又拔一根递给直到现在一言未发的葫芦，一根一根，分去大半盒。平素抠门得厉害的康泰老头，好一副大方样子。

老伴站在窝棚门口，咕嘟着嘴：见你妈的鬼，穷显摆什么呀！

康泰老头竟然变得能说会道了，衣服不换就跟人神气地聊开了。老伴终于憋不住，借给康泰老头送毛巾擦水的机会，挤到他跟前，向他挤了挤眼，又狠狠地瞪了他一眼。没想该死的康泰老头竟一点儿也体会不到老伴的旨意和警告，依旧说那河，说那网，说那鱼。

老伴只好公开“辟谣”了：“别信他胡吹了！打了几条虾米大点儿的鱼，就不知姓什么了。今天打到这么大一条鱼，也许这一辈子就轮到这么一回！”

康泰老头颇为生气：“咱一不偷，二不抢，自己的网，自己打的，藏着瞒着干吗？都是脸碰脸的老乡亲们。”

老伴气得直想掐他的肉。

人们笑了，但都不出声。

这时，镇上中学食堂的冯大胖子晃动着身子走过来了，他已成了康泰老头的老主顾。见了那条大鱼，喜出望外：“老头，称给我，上头局里来人了。”

人们用眼睛默默地看着这笔交易的进行：冯胖子把鱼搁在篮子里，把一张拾元和一张伍元的票子拍在康泰老头的手里，挎着篮子，气喘吁吁地晃动着身子走了。

那两张嘎嘎响的票子，在乡下人眼里，充满着遏制不住的魅力，也引起人们内心无法抑制的骚动不安。

不知是谁，也不知为什么，长叹了一口气，无力地说：“上工吧。”谁也不说话，便三三两两地朝大堤上爬去，没了刚才下坡的虎势。

老伴一见人散尽，一把就将康泰老头揪到窝棚里：“你疯啦？乡下人眼窝子浅，我告诉你，早晚要一哄而起，都来吃这条河，不砸你的饭碗，有鬼！……”

康泰老头眨了眨眼，脑子顿觉空了。他想扇自己的耳光。他懊恼地坐在地上，一动不动，像一堆泥巴。

人们上了大堤。

过了好一会儿，李三滑打破了沉默："别信他胡吹！河里堆着鱼哪？放屁打死只苍蝇，凑巧了！"

立即有人帮腔："有好事也轮不到他头上。"

连葫芦都说话了："我还不知道这条河？如今农药、化肥天天往田里撒，又随水流到河里，有鱼也盛不住。"

每个人都开动脑筋，竭尽全力编出一个一个的根据来，用很有说服力的口气，加上轻描淡写、不屑一顾的态度，力图使其他人相信：河里无鱼；当今世界，大路条条，架网打鱼，简直愚不可及；花那么大的本钱，也只有康泰这号平庸无能之辈干得出来。

第二天，人们没见李三滑和葫芦下地来。

这两位，在柳塘是人物。年近四十的三滑，八面玲珑，做事圆滑，那张嘴能把死人说活。年近五十的葫芦，平素金口难开，走路打着小九九，近于老谋深算了。不过，两人倒都不让人讨厌。谁家婚丧喜事只要请到了他二位，便不用操心了：三滑请客送客，一等的外交；葫芦记账结账，安排席位座次，大小巨细，保证不出丝毫差错，是一流的总管。他们也乐于为人办事。

两人路上相遇了。

"我说葫芦，你怎么没有下地？"李三滑问道。

"有点儿小事。"葫芦顾不得搭理他，双手倒背，走得匆匆。

李三滑看着他的背影，挠挠后脑勺，也急匆匆地走了。

第三日，葫芦怀揣一笔刚筹集起来的款子，在村里人还未出门走动的时候，悄然无声地进了城。

在城南大桥头，开着一个铺子，里面卖各式渔网。

葫芦看清了，摸摸怀里的钱包，点点头，微微一笑，走进门去，抬头一看，不禁大惊失色：李三滑站在渔网下，正用手指试那网眼为几指。他张了一会儿嘴巴，脚往后轻轻移去。

“你买网吗？”站柜台的笑着招呼。

李三滑回头一看，愣怔了一下：“葫芦！你……你来干啥？”

“你……你呢？”

“我？”三滑眼一眨，“你想让我在地里苦一辈子呀？不兴进城逛逛公园，坐坐戏院？哎，听说城北公园，那公猩猩见了女的就要往她身上扑，不去看看？……你进城干吗？”

葫芦沉着地说：“二闺女月底出门，给她买只箱子。”走了。

“我也走。”

两人各奔东西。

在这小城，卖渔网的仅此一家，别无分店。李三滑估计葫芦走远了，就返了回来。他一脚踏进门，第一眼看见的就是葫芦，两人相对，尴尬地笑了。

“说吧，葫芦，买多少钱一张的。”

“不瞒了。河宽我量了，五丈一尺。河多宽，网多宽。买吧，三指的。”

“你不要见笑，咱小鱼也要，买两指的。”

两人是天黑时才扛着五六十斤的网回到柳塘的。李三滑马不停蹄，让儿女们立即放下饭碗，扛起悄悄做好的辘轳、绳索之类的东西，跟他到河边架网。他之所以瞒着别人，就是怕人抢了他前天选好的风水宝地。那地方，距康老头的网不到百步，有东西两条小河从这里注入，四面有流。现在，既然葫芦知道他李三滑也买网，不怕葫芦抢先一步？

“没人！”李三滑把一根做支架用的毛竹放在地上，喘了口气，“葫芦，嘿嘿，你就到康泰老头下边蹲着吧！”

说话他们正要架网，葫芦领着儿女们扛着家伙也来了。

“来得晏，赶不上一碗蛋。这地方……嘿嘿！”

葫芦的三小子叫了起来：“我们要在这里支网！”

“嘿嘿，小子，你腿再长点不就好了吗？”李三滑转而对儿女们，“娘的，你们一个个木桩似的，动手啊！”

葫芦走上来：“先别动手。”

“葫芦，咱可是低头不见抬头见的老乡亲，别为了争这么个地方闹翻了脸。上茅房还讲个先来后到吧？”

葫芦不搭理，奔到河边，一条腿跪在岸上，一条腿伸到河里，在水里慢慢搜罗了一阵，只见他用脚趾缝钳起一根绳子来，然后用手抓住，一圈一圈往膀子上绕，绳子越拉越紧，最后，竟从水中拉起一副“人”字形的支架来。葫芦不愧为葫芦，胸有城府，棋高一着，提前一天，早打下了埋伏。

李三滑看傻了眼，嘴张簸箕大。

葫芦这才朝他点点头，笑道：“说的是，上茅房也要讲个先来后到，”转而朝他的儿女们，“娘的，你们一个个木桩似的，动手啊！”

“狗日的葫芦，我算服了！”李三滑自愧不如，恼也不是，怒也不是，哭笑不得地点点头，火气挺大地冲着儿女们：“钉在这里啦？”说完，扛起毛竹就走，还故意用毛竹梢扫了葫芦一下。

葫芦才大量大，当然不与他一般计较。

当晚，两家一个在康泰老头之上，一个在康泰老头之下，各安了一张拦河大网。

这一切，进行得悄然无声，竟使康泰老头毫无觉察。他只是有点儿纳闷：今夜里，鱼都到哪里游魂去了？他不看水，却看天，仿佛那些鱼是到天上去了。四方大亮，他环顾左右，方才大彻大悟：他被人家两头截住了！他呆呆地望着，脸色骤然阴沉下来。他生气、发急地把脚一跺，转身走到窝棚门口，没头没脑地朝里喊："网！"

老伴刚起来，用袖子擦了擦眼睛，莫名其妙地望着他。

"他……他们……网……"康泰老头结结巴巴地说不清楚，用手指着外边。

老伴一边扣着纽扣，一边趿拉着鞋走出窝棚，两头一看，举在腋下系纽扣的手停住了。过了半天，她转过身来："你跟他们……"一见康泰老头猫似的钻进了窝棚里，她气冲冲地走到门口："去叫他们走开！"

康泰老头闷头闷脑不吭声。

"你倒是跟他们说呀！"

"我……我不会说……"康泰老头深知自己的那块大舌头，一急起来就砖头似的玩不转。

老伴望着他那副又倔又憨又没能耐的模样儿："活见你妈的鬼！"她把衣袖捋了一下，拉了拉衣角，一撩头发，只得亲自出马了。她先跑到葫芦那里："我说葫芦，你也真能找地方！你把网支在这里，是掐我们老两口的脖子怎么的！"

葫芦的对策是：不吭声。他照样起网，把一条斤把重的鱼捞起，放到鱼篓里。

“我说你听见了吗？”

葫芦歪过头看她一眼，把手笼在袖筒里，蹲了下去。

“三百六十行，哪行不能挣饭吃，偏挤在一起下网呢？”

葫芦的三小子插嘴：“那你们家怎么下网呀？”

葫芦瞪了三小子一眼：“多嘴！”

康泰老伴唠叨了半天，不见葫芦搭腔，火了：“我说葫芦，你别装聋子，粪桶还有两只耳朵呢！”

葫芦眼一闭：“我听见了。”

“那你就把网拆了！”

葫芦挪了挪身：“这河是你家的？你能把它叫答应了？”

康泰老伴被噎住了半天：“葫芦，我跟你商量，你别把网支在这里。我跟你大哥支这张网，不容易啊！”她几乎是央求了。

有那么片刻时间，葫芦心软了。不过，当葫芦想起自己支这张网也是孤注一掷时，又硬起心肠，冷漠地蹲着。

康泰老伴见说不动他，又来找李三滑。

李三滑等康泰老伴诉说了一通后，笑笑说：“老婶子，有饭大家吃。这么一条大河，你老两口包了，也不怕撑了？都七老八十的人了，挣那么多钱带进棺材呀？咱两头漏点儿，就足够你们吃喝了……”他看康泰老伴急了，把事情一股脑儿往葫芦身上一推。“咦，好玩，你跟我急什么？我在你下边，”他努努嘴，“叫葫芦这老小子搬家！”他拉起网，把一条“草包”捞了起来。

康泰老伴终于败下阵来。欺不了聋子撵哑巴，她回来只能朝康泰老头嚷嚷了："你闷在窝棚里出不来了？你再去张扬呀！去啊！……"

康泰老头惧内，路人皆知，加之坏事确是因他癫狂所致，也就只好硬着头皮听着了。

哪知老伴今天一时难以败火，锥子般地硬顶住他不放，康泰老头终于憋不住跳起来："娘的，不打了！"说完，跑出窝棚，操起一把斧子，将网绳砍断了，悬在空中的网"刷"地落进水里。

忠厚老实人发脾气是令人震惊的。老伴这才头脑清醒些，觉得自己对老头子未免太过分了，闭住嘴，眼里却噙着一汪眼泪。

康泰老头蹲在那里半天，然后走到水里，摸起砍断的绳头，不声不响地又接了起来，转而朝老伴："他们有种，能把一河的鱼全打干净了？！"

这倒是，葫芦和三滑的网是不能完全封住刁钻的游鱼的，正如三滑所说的那样，两头总得漏一点。康泰老头的经营虽然大为削弱，可还能惨淡经营，每天还能打几斤鱼。碰得巧了，也能打条大的。

康泰老两口，自知年迈体衰，又无人高马大的儿女，那份微薄的力量是无法与人多势众的三滑、葫芦较劲的，也就只好忍气吞声了。康泰老头勤起勤落，加之捕鱼经验丰富，日子勉强能混。他和老伴估算了一下，有个两年工夫，还是可以赚回本钱来的，便不再与葫芦、三滑计较。"他们老小多，手头紧呀！"康泰老头甚至有了几分仗义和侠气：携带着他们点儿！

没出半月，他俨然以祖师爷的派头去指导他们。葫芦和三滑大有诚惶诚恐之态。康泰老头为自己能有如此不凡的气度，而油然升起一股得意、崇高的情感。老伴的内心也并不反对康泰老头的大度。

公正地说，葫芦和三滑也是有血有肉的人物。当他们看见康泰老头愤然断网的时候，心里十分不安：与这老两口抢食，天打五雷轰！可是，他们也没有办法。葫芦为买这张网七凑八凑，最后克扣了二闺女的嫁妆钱，这才凑齐。前日，二闺女出嫁，哭得泪人儿似的，不知情的人以为闺女懂事舍不得离开娘家，葫芦他心里透亮：闺女为他苦到二十五岁，竟只有一只木箱、一只木盆陪送她，孩子心里委屈。他忘了自己是男子汉，是父亲，把女人们轰出闺女的房间，向闺女保证："就算是你借给爹的，等过了年，爹加倍还你。"闺女抹着泪说不是为了这，做娘老子的养活她这么大，还欠她的吗？不过哭声显然低落下来。

至于三滑，更是有苦难言：为了支这张网，他惹恼了一位莫逆之交。如今各种各的地，有钱户自己买头牛自己使。他过去做过牛贩，正愁缺钱办网时，一位朋友送来一笔钱，托他买头小牛。他牙一咬，竟不顾朋友情分，挪用了人家的钱，暂且当网款了。那位朋友催了他两次，李三滑巧语对付了过去。当那位朋友终于知道了自己那笔钱的真正去向时，顿时跟他闹翻了脸，不是考虑到几十年的交情，差点没骂他"骗子"，最后总算宽容地给他三个月时间还钱，交情一刀两断了。

他们心里虽觉得对不住康泰老头，可如今也无路可走，想洗手不干都不成。他们现在能做的，只是有时将网停在空中的时间稍微长一些，让一些鱼游将过去。

过去，一对半死不活的老夫妻摆弄一张网，还并不显眼。如今又下了两道大网，网起网落，就不能不引起河两岸庄稼人的注目和动心了。更何况，网主是一对远近闻名不见兔子不撒鹰的当家好手呢？大约过了一个月，上游下游又有人架起了四张大网。

康泰老头被紧紧挤在了中间，心里叫苦不迭。到底还是老伴好，体谅他，没说一句埋怨话。可她自己心里却万分焦愁：怎么好呢？她后悔当初不该听从老头子的话。她一急，心里上火，嘴唇上起了一个个水泡，眼角烂了，嗓子也哑了。康泰老头心里闷得难受，不管三七二十一，沽了一壶酒，把一天打的鱼虾（也就可做一碗）一锅煮了，全当了下酒菜。他真想跟人打一架，可跟谁打呢？上上下下，那么多人呢！再说，人家招他惹他了？他只能自己跟自己生气，跟自己的网生气，跟自己老伴生气。

葫芦默默无声，嘴不闲的李三滑也没有了说笑声：他们也很少打到鱼了。

一边有人懊悔不已，一边却还有人不惜囊空如洗地支网。大家都支网，说明河里有鱼，都这么想，一个看着一个，一个多月，十几里长的河上，渔网一张挨着一张地支将起来，河里的鱼越打越少，人们急了，脾气变得很坏，河两岸不断发生争吵和斗殴事件。

康泰老头每天只能打两把二两小鱼。他胡子拉碴，不时地嘬着牙巴骨。看样子，他真要跟人干仗了！葫芦和李三滑已预感到了这点，总是小心地避着他。

没过多少日子，河里的鱼就几乎被打光了。不少人索性不打了，怕河水沤坏了渔网，都架在空中。谁都希望别人撤去，可是谁也不肯撤，一个看着一个。

那些因为经济实力不行而未能参加这场竞争的人，这时都会说风凉话：“一个个吃迷魂药了，见人下网眼红，一个看一个，下了那么多网，河里堆着鱼吗？”

“不是自吹，我早就料到这一天，驴子才干这种蠢事！”

“真他妈带劲，网比鱼多！”

这天，康泰老头一夜没睡觉，竟没打到一条鱼。他心里冒火，身上却感到凉丝丝的，钻进窝棚，抱起酒壶，仰起脖子把里面的酒喝了个精光。喝完了，扔下酒壶，踉踉跄跄跑到窝棚外边，结结巴巴地骂开了。起先，葫芦和李三滑还忍着：他年纪大了，不跟他啰嗦。哪知康泰老头越骂越起劲了。他们也憋了一肚子火呢，终于忍不住了，朝康泰老头压过来：“你骂谁？”

“就骂你们这些……龟孙子！”

“你嘴里干净些！”

“娘的！”他眼珠红了，拔下辘轳上的一根棍子，双手举着，朝李三滑扑来。李三滑连忙让开。他又踉跄着朝葫芦打去。葫芦看着那对通红的眼睛，惧怕了，连忙跑开。

老伴急急忙忙将康泰老头拉住，并从他手里夺下棍子。他倚在窝棚门口，气喘吁吁。

太阳升起来了。阳光下，那网一张挨着一张，高高地架在空中，像是鹏鸟舒张开的巨翅，煞是壮观。

在康泰老头的醉眼里，它们连成了一片，罩住了整条大河。

有两个上学的孩子调皮，绞起了康泰老头的渔网，惊叫起来：“爷爷，有鱼！”

康泰老头摇晃着走过来，眨了眨眼睛，真的瞧见那网中有个黑乎乎的东西在蠕动着。

老伴也跑过来一看：“唉，是蛤蟆！”

两个孩子欢叫起来："噢——蛤蟆！"

康泰老头倚着镐铲，突然大笑起来："哈哈……哈哈哈……"他一会儿仰起头，一会儿双手抱住镐铲，最后，一屁股坐在地上，把头埋在两膝间，"啊哈哈……啊哈哈……"

不知是谁跟着笑起来，紧接着，河两岸都发出了笑声。

康泰的笑声越来越低，直至无声无息，当他抬起头来时，两眼已满是浑浊的泪水。

老伴一边拭着眼泪一边唠叨着："这网，是用棺材钱买的，是卖了房子置的。说话到冬天了，我们老两口，住哪儿呀？……"

河两岸的人沉默了，河两岸的牛羊沉默了，河两岸的庄稼沉默了。

此时，被网覆盖着的河水畅快地流动着。快近中午，阳光透过网眼，只见水面上跳动着无数金币一样的光点……

一九八五年三月二十日于北京大学二十一楼一〇六室

泥　鳅

一

这地方抓泥鳅的手段很特别：将芦苇秆截成两尺多长，中间拴一根线，线的一头再拴一根不足一厘米长的细竹枝，那细竹枝只有针那么粗细，两头被剪子修得尖尖的，叫“芒”，往剪开的鸭毛管中一插，穿上四分之一根蚯蚓，然后往水中一插，觅食的泥鳅见了蚯蚓张嘴就是一口，哪知一用劲吞咽，芒戳破蚯蚓，在它嗓眼里横过来，它咽不下吐不出地被拴住了，然后可怜地翻腾挣扎出几个小水花，便无可奈何地不再动弹了。

这地方上的人称这玩意儿为“卡”。

傍晚插卡，一清早收卡。

十斤子和三柳各有两百根卡。

一年里头能插卡的时候也就三十来天，在冬末春初。过了这段时间，水田都放了水，让太阳烘晒，准备种庄稼了。即使仍有贮水的地方，泥鳅有了种种活食，也不再一见蚯蚓就不假思索地贪婪吞吃了。

这里冬末春初的田野，别有一番景致：到处是水田，水汪汪的一片，微风一来，水面皱起一道道细细的水纹，一道赶一道，往远处去，那水分明有了细弱的生命；风再大一些，田野上便会四下里发出一种水波撞击田埂的水音，柔软的，温和的，絮语样的，田野也便不再那么无聊和寂寞；中午若有一派好阳光一把一把洒下来，水面上便广泛地弹跳起细碎的金光，把世界搞得很迷人，很富贵。

十斤子和三柳对这样的田野很投入，有事没事总爱在田野上转悠、疯跑，或坐在田埂儿上犯傻、琢磨、乱想、编织荒唐的故事。若太阳暖和，便直条条地躺在松软的田埂儿上，那时耳畔的水声便会变得洪大起来，让人动心，让人迷惑不解。阳光、泥土、水、老草和新芽的气味融合在一起，好闻得很。

当然，最使他们投入的，还是这一片片水田里让人心儿一蹦一蹦的泥鳅。

但，这两个家伙之间似乎有隔膜。

十斤子的身体像榆树一样结实，细短的眼缝里，总含有几分“阴谋诡计”，平素风里土里地滚，又不喜清洗，黑皮肤便更黑，太阳一晒，如同紧绷绷的牛皮。他常用那对不怀好意的眼睛去瞟、去瞥、去盯那个三柳。

生性怯懦的三柳抵不住这种目光，便低下头去，或远远地避开他。

今天他们来得太早了点儿，太阳还老高。两人都知道，早插卡不好，会被一种只要有阳光就要四处活动的小鱼慢慢将芒上的蚯蚓嘬了去，便把卡放在田埂上，等太阳落。

田野尽头，有几只鹤悠闲地飞，悠闲地立在浅水中觅食。

十斤子觉得，瘦长的三柳长得很像那些古怪的鹤。当他在等待日落的无聊中，发现三柳与鹤有着相似之处时，不禁无聊地笑了。

三柳觉得十斤子肯定是在笑他，便有点儿不自在，长腿长胳膊放哪儿都不合适。

太阳落得熬人，十斤子和三柳便一人占一条田埂儿躺下来。

天很空大，田野很疏旷，无限的静寂中似乎只有他们两个。

可是十斤子却还容不下三柳。他对三柳插卡有一种本能的排斥。没有三柳，这眼前的水田全是他十斤子的，他爱往哪儿插卡就往哪儿插，今日在这块田插，明日就到那块田插，那是无边无际的自由。

十斤子又很有点儿瞧不上三柳：知道往哪块田插卡吗？知道在大风天怎么插卡吗？……你也会插卡？！

三柳从十斤子的目光中看出什么来了，很是小心翼翼，生怕触犯了十斤子。十斤子先到，可以不顾三柳，只管随便挑块田插，而三柳先到，却总要等十斤子先下田，而后自己才下田。

三柳是个微不足道的孤儿，连间房子也没有，住在久废不用的砖窑洞里，人们似乎有理由不在意他。

三柳也很知趣。

太阳终于沉没了，暮鸦从田野上飞起，鼓噪着，往村后的林子里去了。

十斤子用绳兜子提着卡，来来回回地选择了半天，也未选定一块田。

三柳今天有点儿心急，想：你就慢慢选吧，反正这块田你不会要的，今天就不等你了。想着，便第一回抢在十斤子的头里下了田。

十斤子心里很不得劲，跳进一块田就插，本来每隔五步就可插一根，他不，两条腿不停往前，将水弄得“哗啦啦”响，身后翻起一条白练来，十多步下去了，才又插一根。傍晚的田野很静，天空下只有十斤子喧闹的涉水声。

三柳刚插了一行，十斤子已插了一块田。

三柳的卡还有一半未插，所有的水田就已被十斤子插完了。十斤子爬上田埂儿，将空绳兜往腰里一系，在昏沉的天色里，朝三柳诡谲地一笑，一蹦三尺，仰天胡叫地回家了。

三柳站在水田里愣了老一阵，只好将剩下的卡补插在自己已插了卡的田里，那田里就密匝匝的到处是卡了。

第二天早晨天才蒙蒙亮，十斤子和三柳就下田收卡了。一人提一只水桶，若卡上有泥鳅，便抡圆了，将线绕回芦苇秆上，然后往桶边上那么很有节奏地一磕，泥鳅就被震落在水桶里。十斤子故意将芦苇秆在桶边磕得特别响，并且不时地将并没挂上泥鳅的芦苇秆也往桶边使劲磕。

而远远的三柳那边，半天才会响起一下微弱的敲击声。

十斤子心里有一种按捺不住的快乐，便在寂寥的晨野上，用一种故意扭曲、颤抖的声音叫唱起来：

新娘子，白鼻子，

尿尿尿到屋脊子……

天便在他的叫唱中完全明亮了。

初春的早晨，水田里还很冷，三柳收罢卡，拎着水桶，缩着脖子，哆哆嗦嗦地往前走。

“三柳！”十斤子叫道。

三柳站住了。

十斤子走上前来，打量着耸着肩胛、两腿摇晃的三柳，越发觉得他像只鹤。

“我要走了。”三柳说。

十斤子把自己的水桶故意挨放在三柳的水桶旁。他的桶里，那些金黄色的泥鳅足有四五斤重。而三柳的桶里稀稀拉拉十几条泥鳅，连桶底都未盖住。

“哟，真不少！”十斤子讥讽地一笑。

三柳并没有注意到十斤子的嘲讽，只是抬头朝远处的那棵大柳树下望去——

树下站着蔓。

“你在看谁？”

“……”

“她好像在等人。”

“在等我。”

“等你？”

“……”三柳提起水桶往前走，将背冲着刚露出地面的太阳，个儿越发地瘦长，像一晃一晃的麻秆。

随着太阳的上升，大柳树下的蔓变得鲜明起来，人在百步以外似乎都能感到她那对明亮动人的黑眸。

十斤子呆呆的，像只痴鸡。

二

蔓是从两百里外的芦苇荡嫁到这儿来的，才结婚半年，丈夫在雨中放鸭，被雷劈死在稻地里。

从此，人们用怯生生、阴沉沉的目光看蔓。

蔓长得很有几分样子，全然不像乡野间生长起来的。她走起路来，脚步很轻盈，腰肢扭动着，但一点儿不过分，恰到好处；眼睛总爱眯着，像一只猫受到了阳光的刺激，可一旦睁大了，就显得又黑又亮；说话带着西边的口音，很清纯，软软款款的很入耳，这大概是因为在水边长大的缘故。

蔓站在大柳树下。其实，这些天，这个时候，她总站在这儿，只不过十斤子没有注意到罢了。

蔓穿一件蓝布褂儿，头上戴着一朵白花。她的脸色在朝晖中显得很红润。她把嫩葱一样的手指交叉着，很自然地放在腹前。她宁静地微笑着，脸上全无一丝愁容。丈夫的死似乎在她身上、心上皆没有留下痕迹。

在她身后有十几只鸭，一律是白色的。丈夫死后，她把那些杂色的鸭全卖了，却留下这十几只白鸭。她喜欢这样颜色的鸭。鸭们很干净，洁白如雪，如云，如羊脂。一只只都是金红色的蹼、淡黄色的嘴，眼睛黑得像一团墨点。鸭们很乖，不远不近地跟着她，“嘎嘎嘎”地叫。有几只鸭为抢一根蚯蚓在追逐，她便回过头去责备它们："闹煞啦！"

每天，她都从三柳手中接过水桶，然后把鸭交给三柳，她去小镇上代三柳把泥鳅卖了。她总能卖好价钱。这些钱依三柳的意思，要拿出一半儿来给她做油盐酱醋的费用，她也不硬推辞，笑笑，但只用去很少一些，其余皆放入一个瓦罐里替三柳存着。

三柳哭丧着脸走到她跟前。

她眉叶儿一弯，笑笑。

三柳将特别小的几条泥鳅挑出，扔给鸭们，鸭们都已吃惯了，一见三柳放下水桶就会围过来，见着泥鳅就抢，就夺，就叼着到处乱钻，欢腾得很。

"总能卖几个钱的，"蔓说，"你赶鸭走吧，院门没关，早饭在锅里，洗了腿上的泥，鞋在篱笆上挂着，蚯蚓我已挖了，在那只小黑陶罐里。"说罢，将水桶挎在胳膊上，往小镇上去了。

她的背影真好看，路也走得很好看。

三柳望了望，便赶着鸭们上了小路。此时的三柳一扫丧气，心情很快活，十四五岁少年的那份天真、淘气和快乐，又都从这瘦弱的身体里钻了出来。他随手捡了根树枝，将它想象成枪，想象成马，想象成指挥棒，一路赶着鸭，一路自玩自耍，自得其乐。走田埂，爬河堤，穿林子，很是惬意，那样子像只善弹跳且又无忧无虑的兔子。

常常压抑，常常郁闷，常常自卑，此刻，三柳将它们都挣脱了。

此刻，三柳是一个纯粹的少年。

三柳甚至双眼一闭，忘我地打起旋转来。转呀，转呀，转得天旋地旋，欲站稳不能，一头撞在一棵大树上，两眼乱溅金花，一个趔趄，跌坐在地上。

鸭们惊得“嘎嘎”叫。

大堤上，十斤子像只青蛙往空中蹦，伸开双臂欢呼：“嗷——嗷——跌死一个，萝卜烧肉；跌死一双，萝卜烧汤！”

三柳爬起来，提了提裤子，低着头将鸭们赶到了一条偏道上……

十斤子回到家，一上午心里不痛快。到人家菜园里挖蚯蚓，挖完了连土都不平，坑坑洼洼地扔在那儿，人家主人要他平上，他却头也不回地就走。“看我下次还让你挖！”那主人指着他的后背发狠。“请我也不来！”他掉头回了一句。穿蚯蚓时，又常常不小心将那尖尖的芒戳了出来。他从心里希望此刻三柳就在他面前，他好用尖刻的话一句一句地刺激三柳。吃了午饭，他晃悠晃悠地来到了砖窑。

三柳不在。

十斤子就摸到了蔓的家。

即使初春，这里中午的太阳也有几分分量了。蔓拿了一个小木盆，把三柳叫到河边上：

“过来呀！”

三柳脚不离地，慢慢往前蹭。

“磨蹭什么呢？”

三柳走到河边：“水凉。”

“凉什么呀，河水温乎着呢。把褂子脱了。”

“我不洗。”

“看你脏的，还不肯洗。快脱了褂子呀！”蔓抓住了三柳的胳膊，直把他拽到水边上，“脱了！”

三柳半天解一个纽扣地拖延着。

十斤子过来，就站在篱笆墙下往这边看。

“哎呀呀！”蔓放下木盆，三下两下地脱了三柳的褂子。

三柳一低头，觉得自己瘦得像鸡肋一样的胸脯很丑，加之天凉，便缩着颈项，双臂抱住自己。

蔓打了一盆水，把三柳的手扒开，用毛巾在他身上搓擦起来。

三柳害羞了一阵，便也就不害羞了，仰起脖子，抬起胳膊，闭起眼睛，听任蔓给他洗擦，将他摆布。

蔓往三柳身上打了一遍肥皂，用毛巾擦去后，便丢了毛巾，用手在三柳的身上“咯吱咯吱”地搓擦着。

此时的三柳像一个温馨幸福的婴儿，乖乖的。

那双温热柔软的手在他的肋骨上滑动着，在他的颈项上摩挲着。

三柳觉得世界一片沉寂，只有那“咯吱咯吱”的声音在响。那声音很脆，又很柔嫩，很耐听。春日的阳光透过薄薄的半透明的眼帘，天空是金红色的。有一阵，他竟忘记了蔓在给他洗擦，觉得自己飘散到甜丝丝的空气里去了。

三柳朦朦胧胧地记得，还是四岁时，母亲把他抱到水塘里，给他这样擦洗过。母亲掉到潭里淹死后，他便再没有体味到这种温暖的擦洗了。

三柳的黑黄的肌肤上出现了一道道红色，接着就是一片一片，最后，整个上身都红了。那颜色是婴儿刚脱离母体的颜色。太阳光透过洗净的汗毛孔，把热直接晒进他身体，使他感到身体在舒展在注进力量。

蔓停止了洗擦，撩了一撩落在额上的头发，轻微地叹息了一声。

三柳紧合的睫毛间，沁出两粒泪珠来。

蔓给他换上干净的褂子，转身去唤在河边游动的鸭们："嘎嘎嘎……"

那群白鸭便拍着翅膀上岸来，摇摇摆摆地跟着蔓和三柳往院子里走。

十斤子赶紧蹲了下去……

三

傍晚，三柳提着卡来到田野，十斤子早坐在田埂儿上了。

十斤子眯起一只眼，只用一只眼斜看着三柳，嘴角的笑意味深长。

三柳的目光里仍含着胆怯和讨好。

使三柳感到奇怪的是，十斤子手里只有一只空绳兜，卡一根也不见。

太阳落下了。

三柳看了一眼十斤子。

十斤子一副无所事事的样子。

三柳等不得了，便卷起裤管下了田。

"喂，喂，那田里已插了我的卡了。"十斤子叫道。

三柳疑惑地望着并无芦苇秆露出来的水面。

十斤子懒洋洋地走过来，走进田里，卷起胳膊，往水田一伸，拔出一根卡来，在三柳眼前摇着："看清楚了吗？我插了闷水卡。"

三柳只好走上田埂，走进另一块田里。

“那块田里，我也插了闷水卡！”

三柳仍疑惑地望着并无芦苇秆露出的水面。

“不信？”十斤子跳进田里，顺手从水中又拔出一根卡来，“瞧瞧，这是什么？卡！”他上了田埂儿，撩水将腿上的泥洗濯干净，对三柳道：“新添了一百根卡，这些田里，我都插了卡了。”

三柳望着十斤子，那眼睛在问：我怎么办？

十斤子随手一指：“那儿有那么多水渠、小沟和池塘呢。”当他从三柳身边走过时，故意停住，用鼻子在三柳身上好好嗅了一通，“胰子味好香！”随即朝三柳眨眨眼，转身回家去了。

三柳愣了一阵，见天色已晚，只好一边生闷气，一边将卡东一根西一根地插在地头的水渠里、河边的池塘里。那些地方，泥鳅是很少的。

其实，十斤子是胡说，还有好几块田他并未插卡。

第二天，三柳抢在十斤子前面插了卡，但还是留下边上两块田未插，三柳不敢太激怒十斤子。三柳插的都是明卡。在十斤子眼里，那一根根竖着的芦苇秆，有点儿神气活现。

“你插的？”

“我插的。”

“那两块田是给我的？”

“给你的。”

三柳的回答是坚贞不屈的，但声音却如被风吹动着的一缕细丝，微微发颤。

十斤子再也不说什么，提着卡到三柳给他留下的那两块田去了。

三柳立起，看了看自己占领了的水面，带着战战兢兢的胜利，离开了田野。

身后传来十斤子的叫唱声：

新娘子，白鼻子，

尿尿尿到屋脊子……

夜去晨来，当三柳提着水桶穿过凉丝丝的空气来到田埂时，眼前的情景却是：凡被他插了卡的田里，水都被放干了，那两百根芦苇秆瘦长瘦长，直挺挺地立在污泥上。

三柳蹲下去，泪水便顺着鼻梁滚动下来。

晨风吹过，芦苇秆发出“呜呜”的声响，有几根摇晃了几下，倒伏在污泥里。

那边，十斤子在收卡，但无张狂和幸灾乐祸的情态，反而收敛住自己，不声不响。

三柳站起，突然将水桶狠劲掼向空中，那水桶在空中翻了几个跟头跌在田埂上，“哗啦”一声散瓣了。

三柳抹一把眼泪，猛一吸鼻涕，朝十斤子走过去，像头受伤的小牛。

十斤子第一回怕起三柳来，往田中央走。

三柳下了田，紧逼过去。离十斤子还剩七八步时，竟然“哗啦哗啦”扑过去。

十斤子放下水桶，将身子正过来迎对三柳。

三柳一把勒住十斤子的衣领，样子很凶恶。

“松手！”

三柳不松。

“你松手！”

三柳反而用双手勒住。

“你真不松？”

三柳勒得更用劲。

“我再说一遍，你松手！”

三柳就是不松。

十斤子脸憋红了，伸出双手揪住三柳的头发。

两人先是纠缠，后是用力，三柳被掼倒在泥水里，但双手仍死死揪住十斤子的衣领。

十斤子往后挣扎，企图挣脱。

三柳依然死死抓住，被十斤子在泥水里拖出几米远。

十斤子低头喘息着。

三柳双手吊住十斤子在泥水里半躺着。

两对瞪圆的眼睛对峙着。

又是一番挣扎和厮打，十斤子终于将三柳甩开。

三柳浑身泥水，摇摇晃晃站起来，坚忍不拔地朝十斤子走过去。

十斤子往后退却。十斤子的水桶在水面上飘着。

三柳走过去，抓起水桶，抛向空中。

水桶落下，倾倒在水里，泥鳅全都溜走了。

十斤子猛扑过来，将三柳摁在泥水里。

三柳便抓稀泥往十斤子脸上甩，直甩得十斤子两眼看不见。

打到最后，两人浑身上下都糊满稀泥，只剩下两对眼睛不屈不挠地对望。

十斤子先撤了。

三柳却叉着腿站在田里一动不动像尊泥塑。

是蔓将他劝了回去。

十斤子回到家，遭到父亲一顿狠打："不兴这样欺负人，"并被父亲用棍子赶上了路，"向人家三柳赔礼去！"

十斤子无奈，磨磨蹭蹭地朝前走。知道三柳这会儿肯定在蔓家，他便径直来了。

院里有哭泣声。

三柳坐在门槛上，双手抱膝，身子一耸一耸地呜咽着。

蔓没劝三柳，却也在一旁轻声啜泣。这啜泣声是微弱的，却含着绵绵不尽的苦涩、愁惨和哀怨。

站在院门外的十斤子把头沉沉地低下去。

这男孩和少妇的极有克制的哭泣声融合在一起，时高时低，时断时续，仅仅就在广漠的天空下这小小一方天地里低回着。

过了一会，蔓说："要么，你就不去插卡了。鸭快下蛋了，钱够用的。"

蔓又说："要么，我去找十斤子好好说说，十斤子看上去可不像是个坏孩子。"

十斤子没有进门，顺着院墙蹲了下去……

四

十斤子悄悄挖开水渠，往那些已干涸的田里又注满了水后，却佯称肚子整天疼，一连三日，未到田里插卡。

第四日，十斤子才又来到田边，但还不时地捂着肚子。两人都很客气，各自从最东边和最西边一块田插起，插到最后，中间的两块田都空着。一连好几日，都是如此。最后还是十斤子先说了话：“我们都插得稀一点。”

这天，两人只隔了一条田埂插到一块儿来了。三柳从怀里掏出两根粗细适中的鸭毛管给十斤子，说这是蔓从她家鸭身上取下的，让带给他穿蚯蚓用。十斤子看了看，心里很喜欢。

论插卡抓泥鳅，十斤子自然比三柳有经验多了。坐在田埂儿上，十斤子滔滔不绝地将这些门道全都教给了三柳：“蚯蚓不能太粗，粗了容易从芒上滑下来。穿了蚯蚓要放在太阳底下晒，让蚯蚓干在芒上。插下卡，用脚在它周围搅两下，搅出浑水来，不然，罗汉狗子（一种小鱼）要嘬蚯蚓，泥鳅却不怕水浑。风大，要顺着风插闷水卡。你想呀，秆直直地挺着，风把秆吹得直晃悠，线就在水里抖，泥鳅还敢来咬吗？线不能挂得太靠下，吃了芒的泥鳅够得着往泥里钻，就得了劲，能挣脱了，可悬在水里，它就不得劲了……”

三柳听得很认真，眼睛一亮一亮地闪。

除了说这些门道，十斤子总爱跟三柳打听蔓的事。有一点儿两人似乎都想不太明白：人们为什么不太想走近蔓？

一天，三柳对十斤子说，蔓可以帮他们两人挖蚯蚓，让十斤子拿了卡，也到她的院子里去穿蚯蚓。

十斤子虽然有点儿不好意思，但却很愿意。

这样一来，白天的大部分时间，十斤子便和三柳一起泡在了蔓家。

蔓的脸色就越发红润，眼睛也就越发生动。她跟这两个孩子有说有笑，并直接参与他们的劳动。她有无穷无尽的好处让两个孩子享受：一会儿她分给他们一人一根又鲜又嫩、如象牙一般白的芦根，一会儿又捧上一捧红得发亮的荸荠。蔓除了饲养她那群白鸭，所有的注意力都在两个抓泥鳅的孩子身上了。

小院很温馨，很迷人。

大人们很有兴趣地看着两个孩子从这院子里出出进进。

“你叫她婶，还是叫她姐？”十斤子悄悄问三柳。

三柳还没想过这个问题，很困惑：“我也不知道。”

天暖了，水田放了水，要种庄稼了，十斤子和三柳不能插卡了，但，一有空还是到蔓的院子里来玩。

大约是秋末，三柳跑来告诉十斤子：“她要跟一个远地方的男人走了。”

“那你怎么办？”

“她要带我走。”

“你走吗？”

“我不喜欢那个男的。他太有钱，可他却喜欢我。”

“那你跟她走吧。”

“……”

“你叫她婶，还是叫她姐呢？”

三柳依然说不好。

三柳临走的头天晚上，把他的两百根卡都拿来了：“她让把卡留给你。”

那卡的秆经过一个夏天一个秋天，红亮亮的。

“给你吧。”三柳用双手将卡送到十斤子面前。

十斤子也用双手接住。

两人默默地看了看，眼睛就湿了。

蔓和三柳上路那天，十斤子送了他们好远好远……

第二年冬末，十斤子提着四百根卡来到田边。三柳永远地走了，所有的水田都属于他了。插卡时，他的心就空落落的。第二天早晨收卡时，天底下竟无一丝声响，只有他独自弄出的单调的水声。水又是那么的冰凉，到处白茫茫的一片，四周全无一丝活气。十斤子忽然觉得很孤独。

他只把卡收了一半，便不再收了，并且从此把那些收了的卡洗干净，永远地悬吊在了屋梁上。

于是，这期间的田野，便空空荡荡的了。

一九九〇年五月二十日于北京大学二十一楼一〇六室

白栅栏

每个人的童年都会有一些微妙、朦胧、扑朔迷离的感觉。这些感觉会沉淀在记忆的茫茫黑海之中，直到生命的最后一星火花熄灭前的顷刻，还会突然浮现，然后像夏日黄昏时的落霞，向宁静的西方天空弥漫开来，于是时间倒流，这个人又梦幻般地回到了稚拙、清纯、金泽闪闪、充满花朵气息的童年时代。

小时候，我喜欢我的女老师……

一

我父亲是一所农村小学校的校长。我们家就跟随着他，安在这所小学校里。

我七岁那年，她从城里师范学校毕业后分到了父亲的学校。我第一次见到她，是在我们家门前。当时，门前那棵栀子树开花了，一树纯白的花朵。她就站在它下面，翘首望着其中一朵盛开着的。她的肤色很白，跟栀子花的颜色十分相近。十点钟的太阳正从天上斜照下来，她满脸阳光。阳光下，她脸上的茸毛闪着淡金色，像一枚刚刚成熟的桃子。对于那对眼睛，我当时只觉得我从未见到过，但却说不出感觉。后来多少年，那对眼睛时时浮现，但也始终不能用语言将它们表述。前年，我到南方一个山清水秀的风景区去游览，偶然间又获得了那种感觉。当时，我正跳到一条清澈的山溪中的一块石头上，刚要用手撩水玩，却又忽然停住了：深深的、凉咝咝的水底，有两卵黑亮的石子，本是溪水被微风所吹，轻轻波动，但我却觉得是那两卵黑石子像谜一样在闪动。就在那蓝蓝的山溪里，我又看到了她的眼睛。

“这花真好看。”她说。空气似乎立即变得甜丝丝的。

我呆呆地坐在门槛上，嘴里正很不雅观地啃着一大块白薯干，趁她没注意，我把那块白薯干悄悄地塞进怀里。

“这花真好看！”

我转身进屋搬出一张凳子，爬上去，把那朵花摘了，又跳回到地上，把它送到她面前。

她接过那朵清香清香的栀子花，朝我一笑：“你是校长家的？”

我点点头。

她把花戴在了头上：“好看吗？”

我点点头。

“以后我每天摘一朵，行吗？”

我点点头。

她又朝我一笑，走了。

过不一会儿，前面的屋子里传来了轻轻的、水一样的歌声。现在想起来，她并不会唱歌。我也从未听到过她真正地唱过歌。但，她的声音我却是永远忘记不了。那声音纯净而欢乐，像是从心的深处细细地流出，像是月光洒在夜晚的田野上。

她是在她的宿舍里唱的。后来，我常常听到她唱。她一唱，我就坐到门槛上去啃白薯干。啃着啃着，不知为什么停住了，待一串口涎“噗嗒”掉到手面上，才又拉回魂儿来继续啃。

后来，来了一个吹笛子的男人，我就只能听到笛子声了。

在她的宿舍与我们家之间，没有一堵高墙，只有一道矮矮的木栅栏。

那天，我从外婆家回来，就觉得在绿树中间忽然有了一道闪光，定睛一看，发现那道木栅栏忽然都变成了白色。

是她从父亲那里要来了一桶白漆刷成的。

正是秋天，地上到处开着淡蓝色的野菊花，映衬得那道白栅栏更加好看……

二

当她站在讲台上，微微羞涩地朝我们笑时，我才知道，她现在是我们的语文老师。

一年级小学生最难管教，一个个都是不安分的猴子，坐没坐样，站没站相，凳子没有被屁股焐热，就刺闹闹地难受。这时，就会做些小动作。记得小时候做作文，做到心中油然升起一股痛改前非的情感时，每每总要来这么一句："我以后一定不做小动作。"其他孩子几乎也是千篇一律地有这么一句。这次的作文里有这么一句，下一次的作文里依然还会有这么一句，可见小动作是那个年纪上最容易犯的毛病。只有那么十分钟的安静，就开始捏鼻头，扭身体，抓耳挠腮，像是满屋里蚊蚋横行。要不就交头接耳，或在桌肚里玩玻璃球和从家中箱底里盗出的铜板。老师说些什么，干脆全没听见。小时还尤其善于流鼻涕，一走神，那鼻涕就双双"过河"了。不知是谁"嗤"的一声，于是大家都忽然想起了鼻涕，教室里便"飒飒"有声，像夜风掠过林梢。这时再抬头看，讲台上的老师正把目光从眼镜上方射出来，狠狠地。我们屏住呼吸，把眼睛瞪得灯盏一般，意思是说：我们在听呢！过一会儿，教室里就又开始动作起来，起先声音如蚕食桑叶，最后就如同雨滴纷纷打在芭蕉叶上，盛时，教室里"轰轰嗡嗡"，像远处传来的山洪声。

谁也不愿教一年级。

她来了，并且还微笑。过去的几个老师大概都不会笑，因为我们就没瞧见他们笑过。她头上戴着栀子花，不一会儿，教室里就飘起淡雅的清香。我们没有做小动作，以后一直也没有做。几十双眼睛全神贯注地看着她。看她的眼睛，看她说话时弯曲的嘴形，看她捏着粉笔的手——她用三根手指捏粉笔，无名指和小拇指像兰花的花瓣儿开着。我们只看见她，却听不见她的声音——不，听见她的声音了，仅仅是声音而已，但不知她说了些什么。

当时，我们傻乎乎的样子一定非常可笑。

而且，我们竟然没有鼻涕了。其实鼻涕还是有的，只是不愿让她看见，用劲把它憋住罢了。

只要她一进教室，教室就像秋天的池塘那么安静。

可是期中考试，我们考得糟不可言，及格的才四五个人。父亲把她找了去，态度和蔼地问了情况。晚上，隔着那道白色的栅栏，我听见她在宿舍里哭了。

她再进教室时，不笑了。她从前排第一个孩子问起：

“为什么没有考好？”

那孩子叫大国。他只顾看着她的眼睛，却不回答。

“问你呢！为什么没有考好？”她生气了。她生起气来时，我们就会觉得她更好看。

大国结结巴巴：“我……我上课看你……”

“看我？看我什么？”

“看你眼睛了！”

她想笑，但却用洁白的牙齿咬住了嘴唇。她挨个问下去，回答如出一辙：

“我看你的眼睛了！”

当我低着头也这么回答时，我听见了她急促的喘气声。过了一会儿，她骂了一句：“你们是群坏蛋！我不教你们了！”我们抬起头来时，她已经跑出了教室。

我们坐在那里半天没动，心里感到非常害臊和难过，一个个像罪犯似的耷拉着脑袋。我们来到她的房间门口，靠着墙壁，一个挨一个地站着往她的门口挤。被挤到门口的，转身又挤进来，实在挤不进来的，就跑到队伍的尾巴上再拼命往门口挤。有几个女孩把耳朵贴到门上听，然后小声说：“她哭了。”于是一个传一个，像传口令似的传下去。“她哭了。”“她哭了。”“她哭了。”……

门打开了，她走了出来。

我们赶紧像一群小耗子闪到一边。

她轻声问：“以后上课，你们还看我的眼睛吗？”

我们全体立直了身子，几乎同时像呼口号一样：“不——看——了！”

三

她既文静又活泼，常和我们一起玩。玩起来，她纯粹是一个孩子，混在我们中间，她忘了她是老师。她有时把我们带到空旷的田野上，我们就像一群麻雀“叽叽喳喳”地围绕着她。她跑到哪儿，我们就呼呼地跟到哪儿。有时，她忽然跑起来，我们就欢叫着追赶她。见我们追不上了，她又回过头来望望。待快要追上她了，她又跑了。那回我去东北，在森林里追一头小鹿，就又想起她这副形象来。那小鹿伶俐可爱，用温柔而淘气的眼睛望着我。我向它走去，它又活活泼泼地跑了，像股轻风，像团柔云。可是跑了一阵，它又停住，回头望着我，那样子很让人怜爱。

她喜欢我们，尤其是我。

据母亲讲，我小时候长得很体面，十分讨人喜欢。两岁之前，我就很少在家喝母亲的奶，因为总是被邻居家抱了去玩，然后从这家传到那家，能顺着河边传出去一里多地。饿了，就喝也正在奶孩子的其他母亲的奶。母亲自己的奶水将衣服洇湿了，胀得受不了时，就沿着河边去找我，总要找半天才能把我找回家。七岁时，我很懂事了，说话很甜，品行不恶，不会骂人，很少做讨人嫌的坏事。大概是因为这些，所以她很喜欢我。

也正是这份喜欢，她让我生了一场病——

她家离这儿有十里地。每个星期六下午，她差不多都要回家去。她又要回去了，忽动了念头，将手放在我的肩上，对我母亲说："我带他去我家，行吗？"

母亲同意。

她又低头问我："去吗？"

我连忙点点头。

我跟着她，高高兴兴地走了十里路。

她也很高兴，一路上老轻声唱歌，还不时地顺手掐一两根已经枯萎了的狗尾巴草。

那时候没有电视，晚饭后洗洗脚，嗑嗑瓜子，就得睡觉。她家不穷，可也不能为我一个八岁的小孩专支一张铺，再说农村也没有这个习惯，来个人，都是与别人挤一挤。

"我要睡在谁的脚底下呢？"我心里在想。

"跟我睡。"她说。

我站着不动。

她端着油灯往里屋走去："跟着我呀。"

我磨磨蹭蹭地跟着。

她把油灯挂在墙上："你睡那头，我睡这头。"

我还是站着不动。

"脱衣服呀。"

我记得我脱得极慢，脱一件衣服像是足足花了一年时间。不像是脱衣服，倒有点儿像剥皮。

“快脱了钻被窝呀，冷。”

当时的农村孩子睡觉都没有衬衣衬裤，赤条条，一丝不挂，像个浪里白条。我终于剥光了上身。我低下头，很害羞地看着自己赤裸着的扁平的瘦胸脯，从未觉得光身子有那么难看，有那么别扭，情不自禁地用胳膊搂抱着自己。下面的裤子，我是无论如何也不肯脱了。

“把裤子脱了呀。”

我低头望着床上一条已经放开的花被子。

我窘极了，一点儿也不知道该怎么对付这个难堪的场面，额上竟汗津津的。我真想逃进黑暗里去。她却毫不在意，去外屋取东西去了。趁这当儿，我立即扒光了裤子。像一只被穷追的野猫忽然瞥见一方洞口，我爬上床，仓皇钻入被窝——啊，她终于看不见了！

“怎么这样快呀？”她说了这么一句，先摘下了头上的发卡，解掉了头绳，甩了甩头发，那些头发就一下子飞扬起来，仿佛被捆绑了一整天，现在终于得到了自由。然后，她就开始脱衣服。

我像巢中小鸟忽然看见了人，立即将脑袋缩进了被窝。什么也看不见了，但我还是把双眼紧闭，仿佛一睁了眼，还是能看到什么魔鬼似的。但我的耳朵和鼻子却是无法设防、堵住的。我听见了她脱衣服时的声音，闻见了她脱去衣服后身体散发出的那种温暖、新鲜、带着某种特别气息的味道。那气味永远流散在了我的记忆里。现在想起来，当时我心里似乎是有点儿喜欢听那声音和闻那气味的，虽然战战兢兢的像一只被人缚住了的小猎物。

大概是她用手掀起了被子的一角，因为我感觉到有一股凉气从被子的那头过来了。

她进了被窝。她的脚伸过来了。当碰到我的身体时，我如同被电猛击了一下，随即，一股温热的暖流，刹那间流遍全身，一直流到我的胸腔里，使心突突地剧跳起来。除了母亲和奶奶，这是我出生以来第一次在同一个被窝里接触一个成年女性。我有点儿发抖了，像是一只小鸡雏掉进了冰窟。

“冷吗？”她问。

“不……不冷。”我感觉到我的身体在打战。

“把被头压紧。”

由于我的胆怯，我不敢把被头掖得很紧。

“压紧呀。”她用脚背轻轻地摩擦着我的身子，脚背有点儿凉。

灯还未熄灭，在掖被子的时候，一束灯光照进被窝，我一眼瞧见了她赤裸的脚。脚弓弯弯的，脚趾头像一枚枚鲜嫩的新蒜。我赶紧把被子压住。

我不敢靠她。我只觉得她的身体很烫很烫，而且柔嫩得使我不好意思。我被一种八岁孩子所有的害臊弄得浑身紧张，一阵阵发热。于是，我就往墙壁那边靠、靠……

“冷。”她说了一声，却将身体往我这边紧紧地靠了过来。

我已经抵着墙了，毫无退路，再也无法躲让她的身体。

她仿佛真有点儿冷似的，欲从我身上取得一些温暖，便将身体紧紧地贴着我光光的后背。

在那个时刻，我最大的希望就是自己的身上能有一层布。我再也无法挣扎了。我只有闭起眼睛。我想起了自己一次抚弄刚出壳的毛茸茸的小鸭。我把它放在手上。它想跑，可是它跑不了。它试了几次，见根本没有可能了，也就死心了，老老实实、温温顺顺地由着我了。

现在，我就是那只小鸭。

我对她身体的感觉，起初很不清楚，只是觉得烫。不像是睡在被窝里，倒更像是沐浴在流动的温水里。后来，才慢慢有了一些其他的感觉。随着长大，经验的日益丰富，那些感觉便有了细微的层次，并且还在不断地增加着印象。我发现，有些感觉是不会消失的，会一辈子存活在你的灵魂里，并且会不时地复活生长，反而将当初还很朦胧的感觉丰满起来，明晰起来。她的身体特别光滑，像春风吹绿的油亮亮的白杨树叶那么光滑，像平静的湖水那么光滑，像大理石那么光滑。非常柔软，像水那么柔软，像柳絮那么柔软。渐渐地，我不再觉得她的身体烫人了，反而觉得她的身体有点凉阴阴的，像雪，像晨风，像月光，像深秋时的雨，像从阴凉的深水处刚刚取出的一支象牙色的藕，又像是从林间深处飘来的略带悲凉的箫声。

我睁开眼睛，望着天窗。

天上有一枚月亮，很纤弱，只淡淡地亮，像涂了一层薄薄的霜。天很蓝，河水那样的蓝。

或许是出于好奇，或许是因为空气清冷而一时难有睡意，她开始用手指抚弄我的脚趾。她的柔指是温暖的。我的脚微微有点发痒，但我坚持着没有动弹。像是怀疑我脚趾的总数可能不对似的，她一个个地核实着。数了一遍又一遍，最后好像终于弄清楚了脚趾的数量，一个也不少，就放下心来，不再数了。但，她的手并没有离去。她开始用手指捏我的脚。捏了左脚捏右脚，捏了右脚又捏左脚。先是轻轻地捏，然后就逐步加大了力量。有时捏得狠了点，让我生疼，可我不叫唤，随她捏去。奇怪的是，我的注意力并不都在脚上，我想到了我的那群鸽子，想到了在田野尽头的水塘里抓鱼，想到了妈妈、妈妈的手镯、妈妈的耳环，想到了院子里的那些栀子花……

夜风从门和窗的缝隙里溜了进来。夜越深，那风越凉。

她想暖得更为充足，欲往被窝深处来，而又似乎不怎么容易往深处来，于是就用双手抱住我脚踝处，稍微用劲一拉，她便往下来了一点，而我因为身体比她轻了许多，却像一根从雪坡上滑下的木头，往深处滑了一大截。我的脚碰到了什么，浑身一激灵，立即想要缩回来，却被她用力拖住，使我根本无法拔出。我的脚，我的腿，我的全身，像是一盆火。我知道，那就是一盆火，奶奶在冬天就喜欢我睡在她的脚下。奶奶对那些老人说："孙子在脚下像一盆火。"

她的身体被夜风吹得寒颤颤的，像一片叶子。她忘我地拥抱着我。有一阵，我感到我快要死了。

我慢慢清醒了些，知道自己的脚现在贴在她的什么地方。

我一动也不敢动。

在这样一个寒冷夜晚的被窝里，有了一个八岁的小男孩的体温，使她感到了无比的惬意。她要静静地、牢牢地守着这份温暖。

我觉得自己的脚在一团颤动的面坨上。许多年后，我再一次苏醒了当时的感觉时，觉得那儿似乎是一个温馨的家园。

我的脚渐渐变得敏感，像根导线一样。我感到了她的心跳：均匀、柔和而又异常纯净。我想起屋檐口的淡蓝色的冰凌，被阳光照晒后，一滴一滴地往下滴那亮晶晶的水珠。她的心跳，就像那水滴。

我有点儿迷迷糊糊了。不知过了多久，我觉得她的手越来越软了。

再过了一会儿，她的手像凋谢的花瓣松脱了，我的脚从她的胸前慢慢滑落了下来——她睡着了。

我小心翼翼地把脚拉回来，并把身体一点一点往上挪。每挪一寸，我都觉得花了一个世纪。最后，我的脑袋钻出了被窝。我蜷起身子，像一只小虾米。我的身体正在一点点与她的躯体脱离。渐渐地，在我们之间有了一个很大的空隙。凉风飕飕，沿着我的后脑勺、后脊梁钻进了被窝。不一会儿，我深深地打了个寒噤，身体微微哆嗦起来。

她睡得很安静，细细的鼾声，又柔又匀，像轻轻的小夜风吹过月下桑田。

困意袭来，不一会儿我就睡着了。但我睡得极不踏实，惊惊乍乍。因为我心里老惦记着必须在她醒来之前穿好衣服。

深夜，她在睡梦里仿佛丢失了什么，就用手在被窝里下意识地搜索，当终于摸到了我的身体时，就会重新将我的双腿抱住，并且又再一次将我拽向被窝的深处。

不久，她的手再一次如凋谢的花瓣，将我松开。我就又再一次将脑袋慢慢地钻出被窝……

朦胧里，从远处隐隐约约地传来了鸡鸣声。我用力睁眼一看，屋里已白白的。我不能再睡了，便爬出被窝，穿好衣服。然后就可怜巴巴地袖着手，像一个饿瘪了肚皮、无家可归的小乞丐那样蜷缩在墙角里。其实离天亮还早着呢，屋里白白的，是因为月光变得皎洁了。我等呀等呀，总等不到天亮，天反而越来越黑了。后来就又睡着了。等再醒来时，真的天亮了。

惊乍、出汗、受风，我病了。下午跟她往回走时，脑袋昏昏沉沉。

走了三分之二的路，她见我晃晃悠悠地走不动，又见我的脸红得火烧一样，连忙伸过手来摸我的额头，一摸吓了她一跳，没道理地四下里张望，也不知寻找什么。后来，她蹲了下来。

我站着不动。

她就将我拉到她的背上，将我背了起来。

我用胳膊勾着她的脖子，把头埋在她松软的、微带汗香的头发里。

四

来了一个男人，是找她的。

在我以后漫长的生活中，我见到过许多漂亮的男人，但没有一个能与他的那种不可言说的气韵、神气相媲美。他不属于剽悍雄健的那种人，也无矜持、傲慢、目空一切的绅士遗风。他是属于清雅、潇洒那一类，但又脱尽了白面书生的文弱和油头粉面的恶俗。他在这个世界上只一个。

他会吹笛子。

他来，好像就是专门为她吹笛子来的。他到达不久，我就能听到笛子声。而笛子声停了不久，我就又很快听到他离去的足音。他总是黄昏时到。校园前面，是一片足有几十公顷的荷田。他从不进她的宿舍，而是邀她到荷田边上。我曾几次借着月光看到他们的姿态。他倚着一棵大树，她静静地坐在田边，并不看他，而是托着下巴，朝荷田的远方望。荷叶田田，被风翻动着。远处仿佛有一个美丽的小精灵在飘游，在召唤着她。

我至今还觉得，世界上最好听的乐器是笛子。

他的笛子吹得很好。声音一会儿像蓝晶晶的冰雹在蓝晶晶的冰上跳着，一会儿像一束细长的金色的光线，划过荷田的上空，一会儿又像有人往清潭里丢了几枚石子。笛声一响，似乎万籁俱寂。那高阔神秘的夜空下，也只有这一缕笛声了。

销魂的笛声，常常把我的魂儿也勾走了。它使我的童年变得异常纯美，充满幻想。在以后的岁月里，当我的心起了什么俗念，当我的灵魂染上什么污渍，耳畔总能响起那清澈如大谷深潭的笛声。

有时，我在心里会对那个男人生出一丝莫名的嫉恨……

五

我长到十岁。

十岁是一个荒唐的年龄。

我变得非常可笑，竟那么乐于在她面前表现自己。这一年里，我所做的蠢事，比我这一辈子所做的蠢事还要多。

我是男孩子，但我天性怯懦，毫无男子气概。我容易红脸，羞于见人。我还害怕夜晚，夜里不敢起床撒尿，憋急了就闭着眼睛喊母亲点灯。而常常是还未把母亲从酣睡中唤醒，那尿就宛如一线瀑布，急急地冲了出来。我家门口的树枝上老挂着被子，上面有许多奇形怪状的淡黄色印痕，很像抽象派绘画。那是我的杰作。自从她来到父亲的学校，这种事就少多了，只是偶尔为之。那种时候，我总是央求母亲别在门前搞我的画展。我不想让她看见。到了九岁，这种羞事就杜绝了。但胆子依然小如绿豆。而到了十岁，忽然地，我就胆大包天了。漆黑的夜，风阴森森地呼号，荒野一派神出鬼没的恶样，我竟敢独自一人到路口去迎接辅导其他孩子学习的她。

“你胆真大。”她说。

“我才不怕呢！我什么也不怕，我小时候胆就很大。”我感到非常得意，并不知害臊地撒谎吹牛。而黑暗里，我的腿却像两根秋风中的芦苇在使劲摇颤。

在我童年的历史里，最荣耀的一页莫过于那次骑牛——

村里有条蛮牛，比我在《海牛》中写到的那头还要雄壮许多，还多一层阴恶。如今电视上经常播放西班牙人斗牛的场景。那场景令人魂飞魄散。每当我看见那些勾首颠臀、扭曲身体、像抽风一样狂奔乱跳的凶顽刁钻的牛时，我就会自然想到那头畜生。它曾撞倒一座泥墙小屋，差点儿压死小屋的主人。一次它野性发作，竟把牛桩从地里拔起，一路旋风，跑出几十里地去，一路撞伤三人，其中一个差点儿没被它用犄角挑死。至今，它的背上，还从未有过一个人敢问津。

那天，它的主人把它拴在学校门前的树上让它吃草。

小学校的老师和学生们都远远地围观着。

不知是谁说了一声 ：“谁敢骑上去？”于是，就有很多人问 ：“谁敢骑上去？”

我总觉得那些男老师有点儿嫉妒我，总有让我在她面前出出洋相的念头，尽管我才十岁。现在我才明白，十岁，二十岁，三十岁，反正都是男的。女老师们也是这样，有一个女老师，简直完全忘记了我的年龄，死劲抓住我的手，把我拉到前面，把我的手举起，大声地向众人宣布，说我就敢骑。

我赶紧埋下屁股。

那些男老师和孩子们就都嗷嗷地叫起来。

这时我一眼瞥见了她——她站在那里脸色微微发红地微笑着。

那个时候，我觉得整个世界都在嫉妒我，都想让我丢丑。当他们还要兴致勃勃地把玩笑往大里开时，我冲出了人群，朝蛮牛一步一步地走过去……我感到我的身后，死一般寂静，他们好像全都中风了。当我离蛮牛还剩几步远时，那个女老师首先惊慌地叫起来：

“回来！”

“回来！”他们一片恐惧。

我听见了她几乎绝望一般的喊叫：“别——去！”

而我置若罔闻，继续朝它走去。

蛮牛抬起了它硕大无朋的脑袋，我瞧见了那对琥珀色的阴沉沉的眼睛，听见了它的粗浊的喘息声。

身后又陷入死一般的寂静。

我抹了一把脸上的汗水，连连加速，猛地蹿上去，伸手抓住了它背上的鬃毛，然后纵身一跃，竟一下骑到了它的背上——这大概是我一生中第一次也是最后一次的英勇了。

那牛很怪，几乎没有动静。它大概做梦也没想到会有一个十岁的小屁孩子朝它背上爬。当它反应过来确实有人造次时，我已稳稳地骑在它的背上了。

在我向众人俯瞰的一刹那间，我觉得自己已经长大成人，并且非常伟大。

蛮牛立即狂颠起来。我紧紧揪住它的鬃毛。我觉得我的肠子要被颠断了，骨头也要散架了。热血直冲脑门，我闭起眼睛，觉得眼珠子就要一粒一粒地爆裂了。蛮牛挣脱了绳子，驮着我朝前奔突，我的屁股不断地被它颠得离开了它的脊背。

朝田野上冲去。

朝树林里冲去。

朝打谷场上冲去。

现在，这个世界上什么也没有，就只剩下了我与这头牛。而这头牛却横下心来要置我于死地。

我不敢想象我的结局。

日后，我无法理解自己在那样的时刻为什么竟然会想到在我家屋后的竹林里悬挂着的一个圆溜溜的黄雀窝、一条在月光下突然跃到空中的白跳鱼……

事情有点儿出人预料，我竟然获得了一个很体面的下场：在蛮牛冲向河边忽然发现自己没了出路而只好急拐弯时，我被甩到了水中。

蛮牛朝田野上跑了，人们都朝我跑过来。

我从水里爬上岸，英姿飒爽、威风凛凛地站在河堤上。

她拨开人群，扑到我跟前。她的眼睛里蒙着泪幕。她的双手抓住了我的手。我感觉她的手冰凉，浑身在发抖。

夜里，我的腰疼痛难熬，把一块枕巾咬烂了……

六

我十一岁那年，因为一件突然发生的事件，我们变得有点儿不大自然起来。

那是初夏的一个下午，我和一群孩子在草地上打仗，我的“金箍棒”被打折了，成了赤手空拳者。这时，我想起在她的门后有一根晾衣服的竹竿，便撒腿朝她的房间跑去。

她房间的门关着，我冒冒失失，猛地一推，门开了（事后我想，她本来是把门插了的，但没有插牢）。眼前的情景立即使我变成了一块传说中因偶然回头一望而顿时变成的石头！

我似乎听见她“呀”地惊叫了一声，又似乎看见她用双臂护住胸前，目光里充满惊慌和羞怯。

“快出去！”她跺着脚，水从洗澡盆里溅出，溅了一地。

我似乎还有一点印象：她当时的样子有点儿像我小时候跟母亲发脾气。

而我已经完全吓傻了，竟然站在门口动也不动。

“快出去呀！”她使劲地连连跺脚，并把身体转过去，“快出去……”

我这才猛然醒来，像一名被追赶的逃犯，转身就跑。我也不知跑出了多远，最后跑到了一片寂无一人的草地上，浑身发软地扑到上面，久久地把脸埋在茂密、湿润的草丛里。

其实，我并没有看见什么，只觉得屋里闪着一团亮光。这种经验，在后来的生活中又多次被唤醒过，那是在我有一次走进一座幽静的大山，看见绿阴深处倾泻下来一道雪白的瀑布的时候；那是在我有一次去草原，看见一个年轻姑娘把一桶鲜洁的牛奶往一只更大的木桶里倾倒的时候；那是在我有一次去北方一座城市，看见一座少女形象的晶莹剔透的冰雕的时候……

天黑了，母亲在呼唤我回家。

我坐在荒野里，没有回应母亲。

一直挨到月亮爬上田野尽头的树梢，我才回家。

我不敢看白栅栏那边微黄的灯光。第二天上课，我一直不敢抬头看她。那天，她的课讲得似乎也有点儿乱，声音有点儿过于平静。在以后的十多天时间里，我一见了她，总是低头贴着墙根溜，没有必要地把一块老大的空地让给她。我们的目光偶尔相遇时，她虽然还像以往一样微笑着，但脸上分明淡淡泛起羞涩的红晕。许多次，她力图摆出她是我的老师的样子来，并且想使我相信，我在她心目中纯粹是一个孩子，并且永远是一个孩子。

打破这种僵局，是在一个月以后。

那个吹笛人有一个星期不来了。我看出，她的眼睛里含着一种焦急，一种惶然和担忧。一天下午，她把我叫到她的宿舍，一把抓住我的手："替我送封信给他，能吗？"

我点点头。

我拿了信就跑。我现在太乐意为她做事情了。我觉得现在为她做点儿事，绝对是一种无与伦比的享受；并为她给予我的信任而深深感动。我几乎是一口气跑完十里路，来到了镇上学校——他就在那里任教。然而，当我跨进校门，想到马上就要把她的信交到他手上时，刚才的兴致勃勃顿时消失了。

我没有把她的信送到——他已在三天前调离那所学校，回三百里外东海边他的老家去了。

我痛恨起他来，并在心里狠狠地骂他。

走在回家的路上，我却又觉得自己走得很轻松，双脚极有弹性，仿佛踩在了云彩上。我好几次从高高的大堤上冲下去，冲到大河边上玩水漂漂。记得有一个水漂，在水面上像一只调皮的小鸟欢跳了十八次……

七

后来，我从父母亲的谈话中得知：那个吹笛人要带她远走，而她却希望他调到我父亲的学校，他不干，丢下她，坚决地回到了他的母亲身边去了。

她还是认真地给我们讲课，微笑着，把日子一寸一寸地打发走。我十二岁那年，当栀子花开了的时候，我和我的同学由于她精心的教育，全部考上了初中。当我们簇拥着她，把喜讯告诉她时，她转身哭了。

发榜后的第三天，我从外面玩儿回来，母亲对我说："她要走了。"

"上哪儿？"

"海边。"

"什么时候走？"

"就在这两天。"

我走了出去。

晚上，我收拾着一个行李。母亲问："干什么？"

"二舅下芦荡割芦苇，我帮他看船去。"

"你不是已对二舅说不去了吗？"

"我去。"

"你这孩子，也没有个准主意。"

第二天一早，我夹着小小的行李卷，望着白栅栏那边的屋子发一阵愣，跑到了二舅家。

当天，我们就开船，向两百里外的芦荡去了。

日夜兼程，两日后，我们的船已抵达芦荡。

密密匝匝的芦苇，像满地长出的一根根金条，一望无际。这里的水绿得发蓝，天空格外高阔。水泊里，我不时看到一种又一种我从未见过的鸟。有的叫得非常好听。二舅去看芦苇，还发现一窝小鸟，给我带了回来。那鸟是绿色的，十分可爱。

我很喜欢这个地方，愉快地给二舅看船，帮他捆芦苇。

我在芦荡很有兴致地生活了三天。到了第四天早上，我却向二舅提出："我要回家了。"

"这怎么行？我的芦苇才割了三分之一呀。"

"不，我要回家。"

"你这不是胡来吗？！"

"我就是要回家！"

"不行！"二舅生气地丢下我，独自一人去割芦苇了。

到了下午，我把船在树上系紧，从二舅口袋里偷了几块钱，终于逃掉了。我跑了三十里路，天黑时来到长途汽车站。在光椅上躺了一夜，第二天一早就上了汽车。下了汽车，又跑了三十里地，太阳还剩一竹竿高的时候，我满身尘埃地站在了家门口。

母亲惊讶地说："你怎么回来了？"

我却用眼睛慌慌张张看着白栅栏那边的屋子。

"她走了。"

"……"

"她等了你五天时间，前天才走的。"

"……"

"我给她掐了几十枝栀子花骨朵，找了只瓶子，装上清水，把它养着……她舍不得离开这儿……"母亲絮絮叨叨地说。

我坐在门槛上，觉得前面那间过去看着总是感到暖烘烘的房子，有点儿荒凉。我有点儿不想看它，就侧过身去。太阳在西边褐色的树林里漂游着。它像丢了魂儿，在枝丫间慌慌张张地寻觅着。大概觉得没有指望了，就慢慢地沉了下去。

八

第二年，栀子树没有开花。它旱死了。

她一走，从此我就再也没有见过她。

一九八六年十月于北京大学二十一楼一〇六室

忧郁的田园

一

细茶的活做得就像她人一般干净。插秧是泥水活，别人撩衣卷袖总弄得泥迹斑斑，可细茶呢？她穿一件人家姑娘出门做客才穿的白布褂，袖口轻轻往上只挽一道，然而一天活做下来，白布褂上都不沾一星泥点。

细茶做活又很漂亮，那全然不像农家女人的细长的十根手指，像十个修长的小美人儿，又是一般的心眼，和谐配合，将活做成应当做成的样子。她左手轻轻将秧苗均匀地剔出，右手用三根指头捏住，如同三月岸边柳烟下用长尾点水的灵燕子，轻轻往水中一点，那秧苗便站住了。快，动作却很柔和，像有一股小旋风在她两手之间无声地旋转着。

细茶还有一副银嗓子，唱出的声音像被清冽的泉水过滤过的。但并不总是唱得很温柔，却微带一些野性，把声音朝高阔的天空和广漠的原野深邃处播扬开去。于是这天和地似乎变得更加空旷起来。

谁都愿意与细茶一起做活。

歌声一起，众人觉得有一只兔子在撞心窝，情绪上来，手里的活快了许多。她家地广，是这河边上的首户。但每年插秧总是她家先关秧门。这都是因为她唱歌唱的。她家秧插完了，河边上的人家就争抢着请她帮忙。常弄得细茶不知去帮哪一家。

细茶似乎不是一个温顺的女人。

细茶的眉间有一颗微小的红痣，看倒也中看，但这里的人却认为那不是一颗善痣。长这种痣的女人，都很厉害，并总要欺负丈夫的。再加上这颗痣微微有点偏左，便又有了"丈夫很难管束住她"的疑虑。婆婆觉得儿子很无用，日后可能不是她的个儿，因此在她过门的那天，门顶上挂了一扇磨盘（意为压邪）。别人家新娘入屋，一般都是低着头让一位老妪搀入，而她在踏入门槛时，却把头高昂起来，那意思很分明："别想压住我，到你们家，我是要抬头做人的！"把众人吓了一跳。一作不行，婆婆又来二作。头天晚上，她把灶前的柴火一丝不剩地全都抱出屋去。她知道第二天早上细茶是要起来烧早饭的，新媳妇烧头朝早饭，是这里的规矩，细茶刚进门，什么也不熟悉，这样就逼着细茶要到她床前去问柴火堆在哪儿，她就可"拿"细茶一下。可第二天早上细茶并没有问她。婆婆家很富裕，屋里放了满满一大缸豆油，又有一大匹白布。细茶撕了几块白布，往油缸里一扔，然后用拨火棍将它摁到深处，等浸足了油，再用拨火棍挑起，点着了火，扔到灶膛里。她就这样烧一家人的早饭，弄得婆婆赶紧下床抱柴火。

“这媳妇以后不得了！”一条河两边上的人都这么说。

可是，以后也没有怎么太不得了。细茶并没有欺负她的男人。她男人槐子是根独苗，是那么一大笔家业的唯一继承人，从小娇惯，六岁上，他死了父亲以后，母亲便越发地疼爱他。长到十岁，站起来已到母亲肩膀了，却还在大庭广众之下钻到母亲怀里，掀起衣服，像只小犊子吮那早已稀松软瘪的奶子。小时候，他是一群小促狭鬼戏弄的对象。他很瘦弱，风能把他吹倒。细茶过门第二天，他被一群男人围住了，偏让他说夜里的事。他“不哩不哩”地拒绝着，但后来还是禁不住他们的哄骗、引诱和撅胳膊，说了：“我不中用哩。”细茶把他拉回家去，自己关起房门来哭了。以后谁再欺负槐子，她便拉下脸来骂人个狗血喷头。她给槐子做衣服，给他炖、煨猪爪，冬天给他盖被子，夏天给他弄洗澡水，处处一个好女人的样子。

对婆婆，细茶也不凶。婆婆原先就是个厉害人，死了丈夫以后更厉害——十个寡妇九个凶。五部风车、四条牛、上百亩田地，还有三条船，一个女人家，却管得滴水不漏。那些帮她家做活的人，背地里都叫她黑奶奶。黑奶奶是有了名的。细茶居然与这么个婆婆还能好好相处，事实并未像人们当初想象的那样会“不得了”。

但她泼辣，又是确实的。

姐在园中栽黄瓜，

哥在园中点葵花，

二人隔道竹篱笆。

等了黄瓜开了花，

瓜藤爬过竹篱笆，

葵花秸子当瓜架……

细茶领趟，一边插秧一边唱，几十双手便随着她的歌声，在茫茫的水田里点出一片水烟。

田埂上走过一个穿白大褂的闲人。他想挑逗一下细茶，用屋里主人的口气，朝细茶叫道："喂，钥匙呢？"

细茶放下手中的秧苗："你要进房里呀？钥匙在我怀里哩。"她温柔地笑着，朝田埂走去。离那闲人几步远时，她一弯腰，挖出一把污泥来，对着他就甩过去。那闲人的脸上和干净的白大褂上沾满了泥污，赶紧逃跑了。

插秧的人就笑，其中一个姑娘笑得歪倒在水田里。

细茶笑笑，洗洗手，到远处的芦苇丛里解小手去了，两个白腿肚子便在阳光下一闪一闪地亮。

解了小手，系了裤子往外走。没有走出芦苇丛，她站住了。她轻轻拨开芦苇，看见了瓜地里那个瓜人的宽阔的后背。

这个地方上的人不会种西瓜，可又很喜欢吃西瓜。每到清明前，就会从离这里几百里外的北方过来一些男人，让这里的人雇他们种西瓜。这里的庄稼人出远门的很少，因此不知外面天地到底有多广阔，两百里外的地方就被他们称为"北极"了。这位来自北极的瓜人同时被这河边上的许多人家雇用，管着上百亩的瓜地。

瓜人微微偏过头来。他看到了细茶。

细茶最初感觉到这对眼睛，是那天从河里往岸上拖船。她家有条这里最大的船，多年失修，便请了整个这条河边上的汉子们把船拖上岸来修理。河里落水，岸显得很陡很高，汉子们“哼唷哼唷”地打着号子，把身子倾斜到几乎着地，吃力地把大船往岸上一寸一寸地拖。拖上一小半时，绳子“咔吧”一声断了，那些人一吓，赶紧回头，双手死死抓住船帮，但船还是朝下滑去，而这时河坎上和水中还有十几个人。眼见着就要出事了，瓜人立即抱着一根上百斤重的方木，风一样穿过人群，往下一跳，钻到船底下，然后往地上一趴，像往炮膛里塞炮弹一般，将那根方木死死推了上去，下滑的大船颤悠了一下，顿时刹住了。

船拖上岸后，细茶用眼睛在人群里去寻瓜人，只见他站在河边的大树下，把胳膊抱在胸前，像现在一样，微微偏过头来，正看着她。

细茶把眼帘一合，转过身，穿过一片芦苇，心慌慌地从另一个地方回到了地里。

二

远处田野上，一架衰老的风车，在慢悠悠地转动着。它仿佛这样转了上千年了。几棵孤独的老树，东一棵、西一棵地站立在寂寞的天空下。一条弯曲的黄土路横在田野上，路旁野草萋萋。一个老乞丐蹒跚于路上。他已秃顶，只剩一圈如霜的白发。他的眼睛是浑浊的。他拄着一根随意捡来的、有点过长的竹竿。他的破衣服拴在裤带上，在炎烈的太阳下，光着瘦削、弯曲的胸膛。

早稻秧插完了，细茶现在歇着。她望了望这寂寥的田野，无由地叹息了一声，提了只水桶往河边去。

她坐在河码头的石阶上，空空地望着漠然的河水。

一只蜂子掉在水里了，两只翅膀把水扇出细密的波纹。这么吃力地扇了一阵，终于没了力气，两只发蓝的翅膀便贴在了水面上。过一会儿，小东西又扇起来，于是，水面上又出现了细密的波纹。几起几落，它真的再也扇不动了，完全没了再飞上天的意思，随水流漂去了。一根草秸漂到它身旁。它连忙用爪死死抱住。可怜的小东西，它以为得救了，却不知道那根草秸也是在水里漂着的。

细茶莫名其妙地哭起来。

细茶有点儿想家了，可家离这里有一百八十里水路。

细茶家在芦荡地区。细茶家原是书香门第。她是在安适、儒雅的家庭里长成的。小时候文静、安恬、羞涩。等她长成十六岁，家道已经衰败下来。隔一年，父亲潦倒去世了。十八岁，她来到槐子家。

细茶想念那一片碧绿青翠的芦苇，想念那水上停着的弯弯的乌篷船，想念那些在水汽里飞着的白色的鸟们，想念捕蟹人的小棚里袅袅飘出的湿烟……

她觉得对岸有个人，抬起头来——瓜人。

瓜人扛着一把鱼叉，一动不动地站在岸上。那鱼叉的杆很长，油光油光地亮。他戴着一顶破了檐的草帽。他赤着胸膛。他的皮肤很黑，阳光下，像棕色的缎子在闪光。他的眼睛被高耸的鼻梁的阴影遮住，加之它们本来就有点深陷，所以看不清那究竟是一双什么样的眼睛，但却又让人分明感觉到它们。他还是那样微微侧过头来看着她。那黑色的目光很粗野，像有麦芒的锋芒。他很固执地看人，一丝一毫都不动摇。细茶感到脸上有点灼热，很生气地扭过脸去。当她慢慢转过脸去再看他时，他的眼睛依然还是那么狠巴巴地看着她。细茶把眼珠转到眼角，睥睨着他。瓜人忽然听到了什么动静，不等细茶想清楚是为什么，他猛一转身，鱼叉已像箭一样射进河中。随即，他扑到水里，溅起一团很大的水花。他抓住鱼叉，然后把它举起来，一条大鱼便升到空中，像金子一般闪着亮光。他从水面上抓住草帽，爬上岸去，水珠便从他涂了油一般的身体上滴溜溜地滚下来。

细茶又感到了他的目光，赶紧提着空水桶回去了。

她进了院子，呆呆地坐着。她心里很气恼。院外，她家的小母牛令人爱怜地叫了一声。她便走出去，一看，那头好看的公牛正立在那里。它呈金黄色，阳光下，那一身毛，像一缕缕金丝。它的脑袋不大，但犄角巨长，显得锐利。它高大壮实威武凶猛。它身上还有水珠，可见它是挣脱了缰绳泅水过来的。她不好意思地看到了它腹部垂挂着的一件无神的东西，回头再看那头小母牛，知道大公牛已经欺负了它。她转身跑进院里，拿了根棍子过来就追打那头公牛。公牛跑动起来，撩起一蓬蓬尘埃。但依然围着小母牛不肯远走。她扔下棍子，瞪眼望它一阵，却转身回去，端了一铜盆奶一般鲜洁的豆浆，放到了它面前。它看了看她，低下头去，贪婪饥渴地喝着那豆浆。她退回来，一边轻轻抚摸着小母牛的背，一边朝那头公牛骂：

“回家吧，回家吧，你这不要脸的畜生！”

公牛依恋地望望安静的小母牛，转身像闪电一般朝田野上奔腾而去。

细茶低头看小母牛，见它眼睛里好像含着薄而透明的泪，她一边摸它的湿漉漉的鼻子，一边说：“谁让你不叫我一声呢？我就在河边上呀。以后，我不管你了……”

三

苍白的一钩下弦月，挂在五月灰蓝的天上。星星稀稀疏疏，黯然地放着微光。田野显得无限深远。这不是一个集中的村落，一家一户，往往相隔很远，傍水而住。茅屋里的豆油灯，将淡黄的光从窗里透出，像天上的星星一样稀疏，一样微弱。天热了，人们在院里，或者水边纳凉。似乎又不太热，手里的芭蕉扇只是用来赶蚊虫的。蚊虫又似乎不太多，芭蕉扇只是有一声无一声地拍击着身体，声音显得很单调，很迟钝。孩子们白天在野地里玩累了，这会儿都睡觉了，剩下在夜空下坐着的，全是些嫌夜长的老人。他们就一个或几个闷闷地坐着，什么也不想。偶尔有一搭无一搭说几句从前的事，沙哑、低沉的声音，在这广漠的天空下，显得极辽远。这期间，还会响起一两声慵懒的、没精打采的哈欠声。芦苇都长起来了，黑苍苍的。风一吹，叶子互相摩擦，发出粗糙的声音。三两只萤火虫，在麦地里、芦苇丛里飞着，发蓝的光寂寂地闪动。河里有时行过一只远路来的船，沉闷的橹声，水的"豁啷"声，船家吃烟后发出的干咳声，给这五月的乡夜，又添了几分幽怨和寂寞。

细茶明明知道睡不着，却老早熄灯上床了。

西厢房里，响着婆婆的磨牙声和长吸气以后的叹息声。那声音怪吓人的，让人觉得一口气像块石头落进水里沉下去了。槐子打着呼噜。这呼噜没有一点男人的劲头，那么软弱无力，那么不中听。细茶摸了摸他的瘦骨伶仃的身子，觉得有点凉，就给他拉了拉夹被。细茶毫无思想地、木然地躺在这个男人身旁。月光临窗了，照着她的身体。她的胸脯朦胧地耸着，眼睛黑黑地亮。

夜深了，凉凉的夜风将露水浸出的草木气味送进窗里，越发让细茶不能入睡。她心里烦躁，可也不太烦躁。

似乎在无边的草丛里，一只野雉不知是因为忽然觉得孤单了还是别的什么原因，叫了起来。懵懂里，它忽然又觉得叫得不合适，就又乖巧地不叫了，因此那叫声显得没头没尾的。不知谁家在连夜打场，赶牛人肯定是疲乏了，要闭着眼睛瞌睡着跟在石磙后面半天，才振作起来，响一声悠长的号子。这号子声在这凉咂咂的深夜，显得有点儿哀愁。

细茶觉得自己快要睡着了。朦胧里她似乎听到了一种歌声。这歌声使她一惊乍，又完完全全地醒了。

这歌声来自黑夜的胸膛。声音是慢慢响起来的，低沉、平缓，像一股舒缓流淌的河流。这歌声似乎染上了黑夜的颜色和五月乡夜的情绪。万籁俱寂，这歌声不受一丝其他声音的干扰，真真切切，仿佛能让人看见清晰如切的音缘。歌声没有音量大小，只有音符高低。声调总是平缓地向前延伸很长时间，然后一个跳跃，像在一根绳索上用力打了一个结。有时，仿佛情绪显得躁动不安，一连串打几个结，才又趋于安静，继续平缓地向前延伸。唱歌的自然是一个胸腔深如黑渊的男人，因为声音太浑沉苍凉了。他唱得并不好，音的上滑和下降生硬而掌握不住，音像是在颤索的钢丝上走着，但却很动人，甚至使人心痒难耐。有一阵，这声音简直让人受不了了——它像铁索一样在空中飞旋着，扭曲着，劈打着，空气似乎嗞嗞作响。这声音把人们从酣睡中弄醒，有人“叽里咕噜”地骂。后来，歌声又再一次平静下来，并且音量渐趋微弱，但始终不肯停住。

细茶无故地惊慌着，月光下，是她微颤着的身体的曲线。

当歌声变得微弱时，她从枕上抬起头来，屏住呼吸，侧耳去感应那即将消逝的声音。

歌声完全消失了，细茶觉得心一下子变得空空荡荡，好像就她一个人站在荒野里。她紧张地推了推槐子，槐子睡得像块石头。她在枕上摇了摇头，后来把头无力地侧向一边。

夜真长，像蚕丝一般，总也抽不完。她不想睡了，走出了屋子。

月光薄薄地照着，草垛和一丛丛的树木，像一座座笼在雾里的山。烟树迷离，万物混沌一片。似有似无的小夜风，柔柔地拭着她温热的脸、颈和胸脯。她抬头望远处，在深邃的黑暗里，有一盏发红的灯。她知道，这盏灯挂在瓜人窝棚前的竹竿上。小窝棚似乎比白天遥远多了，像是永远也走不到那儿似的。她倚在草垛上，呆呆地朝黑暗里望。

月亮越来越纤弱。

四

割了元麦，大麦熟了。割了大麦，小麦又熟了。细茶家有一块小麦地在离家很远的河滩旁，要穿过一大片庄稼地。小麦地三面是芦苇，一面是林子。小麦已经熟透了，白天不能割——太阳煌煌，把麦子晒脆了，一碰要哗哗掉麦粒，得五更天起来割。细茶起了个冒失早，拿把镰刀下了地。

这天是个好月亮，夜是透明的。蝙蝠在乳白色的空气里嗞嗞地飞，池塘上笼着银蓝色的雾，像一蓬蓬蛛丝轻轻地飘。成熟的麦子发出热烘烘的香味，与田埂边的苦艾发出的微带药味的清香融合在一起，弥漫在六月的夜空里。

天空下就只剩下一片寂静。

细茶的头发和肩头，笼着毛茸茸的光圈。她站在麦地里，望望月亮，望望在林子里闪烁的一汪池塘，便弯下腰去割麦子。一条鲤鱼从池塘里跃出来，在月亮下闪了一个优美的银弧，跌在水里，池塘发出清脆的水音。细茶不由得抬头朝池塘望，只见一个男人站在林子边。她一阵害怕，想大声喊叫，但她终于没有发出声音。

他披着衣服，依然侧着脸看她。

她赶紧低头割麦子。麦子哗哗倒下了。不知割了多久，她慢慢转过脸去，见他仍是那样一副姿态，像凝固在那儿了。她不敢看他的眼睛，那眼睛森森的让人害怕，其实她根本看不见他的眼睛。

她感觉到他朝她走过来了。

她看了看四周，寂无一人，微微颤抖起来。

他固执地朝她一步步逼近。

她颤颤地扬起银闪闪的镰刀。

他一点不在乎，继续走过来。

她小步朝后退去，惊恐地望着他的脸。他挨近了她，然后用强有力的大手抓住她的胳膊，将她手中的镰刀摘了，扔到了水塘里。她缩着肩膀，像只被狼盯着的羊羔哆嗦起来，并用恼怒而又不安的眼睛望着他。他突然粗鲁地将她拉到怀里。她用双手软弱地拒绝着，并咬他的手。

他把她夹在腋下，将她拖到了芦苇丛里。

她听到芦苇在他的脚下和她的身体下断裂，发出“嘎喳嘎喳”的声响。

他将她放在芦苇丛中的一片草地上，然后将衣服一件一件脱下扔在地上……

月亮快要落下去了，她在他汗津津的臂弯里醒来了。她坐起身，默默地望着星空，又想起家乡的芦荡、乌篷船、白色鸟和捕蟹的茅屋前袅袅的湿烟。

小虫像银子一般在草丛里鸣着。雾稠了，整个天地像泡在浓浓的奶里。林子上空已透出白光，离天亮近了。她推了推他，他一点儿也不动。他像一个贪睡的孩子，在黑甜梦乡里酣睡着。她看了看他变得柔和了的面孔，又用劲推了推，他仍然没有醒来。她无可奈何地叹息了一声。林子上空透出了淡淡的玫瑰色。她便狠劲地推着他，然而他依然如故。她捶了他几下，哭起来。哭了一阵，她朝林间那个池塘走去。

她把衣服放在池塘边，走进蓝色的池水里。她一直走去，直到水淹没了她的圆圆的肩膀。她的身体在清凉的池水中浸泡了一阵后，一点儿一点儿地又露出水面。水珠随着她身体的曲线往下滚动着。月光下，她的胴体宛如蓝色的冰。一团雾从林子里飘到池塘上，她被笼在了一片朦胧里。

瓜人走进池塘。

她朝前走着。

他只几步就追上了她。

池塘里激起一团团水花。

后来，一切归于平息，池塘静悄悄的，鱼在水面上张嘴呼吸着……

五

秋来了。空气清洁无尘，像蝉翼那么透明。满盈的池塘，寂然不动地映照着纯蓝的天空。白杨倒映在微微波动的水中，白色的树干像梦一样颤动着。河坡上，几只山羊被清澄的秋阳所照，像长了一身金毛。狗们在农舍前的空地上无忧无虑地跑着。若有风吹来，坡上的草便弯下柔软的腰，形成一条条金色的弧形。翅膀翡翠一般绿的纺纱娘，伏在芦苇叶上，屈起绿莹莹的腿，音质纯净地叫着。

细茶穿着蓝底白花褂子，坐在河边。她的神情，她的心，都是秋天的。她望着水中的细茶：乌黑的头发上插着一朵小黄花。她朝她笑。她很喜欢她。

水上停着一只船，弯弯的影子倒映在水里。一根芦苇梢上，站着一只翠鸟，就像一朵蓝色的花。一根芦苇低垂在水中，几条身体修长如柳叶儿一般的鱼，绕着它转，那蓝蓝的背和弯曲甩动的尾巴，有道不出的韵味。细茶从淘箩里取出几粒米来放在手掌上，然后将手放在水里逗着它们。它们先是在离她的手几寸远的地方转悠，并侧起小蓝眼睛望她的手。在清水里，她的手指显得越发细长，颜色鲜嫩。鱼们终于大胆地游来了。它们用圆圆滑滑的嘴吮着她的指头，几条小个的，竟然游到她掌上，把她手弄得痒痒的。她突然把手一合，一条小家伙便留在了她手中。它在她的手上扭动着，在阳光下闪动。后来，它没劲了。她怕它死了，把手放进水里。小家伙甩了甩尾巴，从她手里游走了，还回过头来看了她一眼。

身后有脚步声。

细茶掉头看，婆婆正高高地俯视着她。她拎起淘箩走上岸来，往家走去。她觉得婆婆侧目盯着她的脊背。那目光是十月里的霜。她不怕婆婆，但婆婆的目光扰乱了她的宁静，使她有点惶惶不安。

夕阳西下，暗红色的柔和的天空里，飞着无数归鸟的黑影。树冠像巨大的网子，在等待它们。太阳就像一只断了线的风筝，在枝丫间晃悠着，有点神不守舍的样子。随着它一寸寸沉落，细茶也一寸寸地害怕和渴望起来。她怕它落下去，又怕它老悬挂在枝丫上。

天终于黑了。她显出一副特别安静和没有任何心思的样子，用针拨着灯花，而耳朵却在听着四周的一切动静。她听到了西厢房的关门声。她看了一下已经睡着了的槐子，依然用针拨着灯花，但手在微微发颤。

她轻轻走出去。

西厢房的门缝背后，一双冷冷的目光在黑暗里看着她。

细茶走进流动着的银色的凉气里，往黑暗深处走。

婆婆打醒了槐子："她去那个小棚子了！"

细茶走过那座小木桥，看见了那座小棚子，便回头望，只见远远的有一个人影过来了。她跑进小棚里，扑到他怀里："我们到林子里去吧！"

瓜人把她推开，朝小桥走去。

她拦住他。

他把她又推开了。

她呆呆地站在田野上。

瓜人把小桥中间的一块板翻到水里，走回棚子。

她奋力地推开了他。

槐子一脚踏空，掉进水里。他不太会游水，在水里挣扎着。细茶不顾一切地跑过去，慌慌张张地滚下河坎，走进水中，把手伸给了槐子。

第二天槐子病了。

一群人拿着木棍来到了小棚子前。

瓜人从窝棚里走出来，侧脸斜看着他们，然后，将一把切西瓜用的寒丝丝的长刀扔在棚子前的矮桌上。

人们说着今年的西瓜长得不错，退了。

细茶默默地伺候着槐子。她给他熬药，给他擦身子。当槐子把那瘦长的手钻到她衣服下，战战兢兢地往上摸索时，她随他摸去。

她不再去那座棚子，甚至连看都不看一眼。

夜间，瓜人常常游荡在旷野上。有时甚至一直游荡到东方出现了曙色。

六

晚秋了，收割后的田野显得旷疏、萧条。土地沉默了，像躺下的老人。河湾上，有两株白杨，树叶金黄，在晚秋的最后一阵风尚未刮来之前，显得十分美丽。它们站在黑褐色的土地上。它们的根部，是一些农人们遗下的磨刀石、坏木犁和打坏了的瓦罐。田野在忧伤地等待冬天。

细茶家门前的树丫上，一张玉丝般的蛛网还很完整。上面粘着一只早在夏天就已粘在上面的白蝴蝶。它像一片凋谢了的白色花瓣，在秋风里整日飘忽不定。

细茶用船把稻草从地边往回运。这是最后一船了。船拐过河湾，她停住了篙子：瓜人在不远处的河滩上站着。船在水面上歪斜了。细茶把竹篙点入水中，一弯腰，船又正过来。到了瓜人跟前，细茶又收住了篙子。她望着他。他的脚浸在水里。他瘦得像一个在贫瘠的荒原上跋涉了无数天的流浪汉。他的肋骨一根根显出来，突出的喉结在错动，仿佛他在极度的饥渴中。他蓬乱焦黄的头发上沾着羽绒样的芦花，脸色枯黑，挨得很近、深不可测的两眼里发出的是野猫的亮光。

细茶把头低下去，在水里，她看见了自己苍白的脸和那对淡漠无神的眼睛，以及两片无动于衷的薄唇。

芦苇丛里，几只小如大拇指的雀子，在叶上“啾啾”地叫，声音有点儿凄凉。水面上漂着落叶和败絮。一根黑色的鸟的羽毛，像只小独船漂在白茫茫的水上。

瓜人像座泥塑。如果用重锤猛然一敲，就会“哗哗”瓦解。

细茶望着他，突然拿起篙子打在水上，水花腾起，纷纷倾泻在他身上。她哭着，嘴里含糊不清地呜噜着。竹篙越打越猛，水花一次次腾起，一次次没头没脑地泼浇着他。他浑身淋湿了，像在阳光下融化的丑陋的冰凌，但一动不动。

她停住了，泪汪汪地望着他。

他转身走了。

竹篙从她手中滑脱，掉在水上。

他往堤岸上走，身影越来越高大。他翻过堤岸，一寸一寸地消失了。

细茶坐在船头上，呜呜地哭……

没过几天，生熟不问，连大夹小，掐完最后一批西瓜，地里的瓜蔓就都被扯了，地赤裸着。

细茶走过地头，就听有人说：“‘北极人’要走了。”

“他要走了。”她这么淡淡地想着往家走。还没走到家，她似乎就把这事情忘了。

槐子依然躺在病榻上。他本是病秧子，一年有半年抱药罐子。又天性胆小，落水受了惊吓后，病就重了，身体瘦弱如背阴处一根细草。婆婆从几十里外的仙姑处索来了仙水，他服下后，病却越发地重了。他默默地躺着，凉凉的秋光晃动在他呆呆的额头上。

细茶觉得槐子挺可怜。

她准备给他熬药去，想起医生“放一张荷叶”的嘱咐，又把药罐放下，到荷塘去摘荷叶。荷塘离那个小棚子不远，她看到瓜人已在收拾他的行李。她摘了荷叶，心空空落落地往家走。

晚上，瓜人木然地坐在草棚门口。

天空飞过夜行的雁队，淡薄的星光下，可以瞧得见它们精灵一样的灰影子。它们疲惫地扇动着翅膀，并不时地响起一两声长旅上的哀鸣。在微寒的霜气里，落叶的林子显得稀疏和瘦弱，闪着黑光。七月的荷香早已消失，晚风里只有残荷的苦涩和泥土的腐烂气息。

“明天要走了。”他想——仅仅这么想，不往深处想。

细茶从田埂上走过来。

他老早就看见了。

她倚在棚子门口。

他没有看她。

她走进棚子里，借着月光，将他捆好的行李卷打开，把东西一样一样放回原处。然后她走出棚子往家去。走了几步她回过头来：“钱压在你枕头底下。冬天你不用去找活干了。明年开春，你还在这里种西瓜。”

七

槐子没有熬过冬天，无忧无虑地走了。

苍黄的天底下，一支长长的送葬队伍，行进在冬天的田野上。高高的灵旗在寒风中飞扬，索索地响。队伍像一道白色的寒流穿过了黑色的田野，迤逦着进入一片荒丘。

细茶跪在地上，四周是枯索的野草。她看着人们把土地一锹一锹掀开，直到他们把槐子掩埋了，也没有哭。后来她觉得人们都已走了，就她一个人还留在荒丘上。她哭了，但并不觉得多么悲痛。她爬起来，但因跪着的时间长，腿麻木了，又栽倒在地上。她索性一动不动地在草丛里躺下了。四周一片静谧。她用黯淡的眼睛，望着低垂的天空。一朵朵潮湿、沉重的云，在慢慢地移动着。她闻到了一股新土的气味，闭上了眼睛。

芦荡呢？乌篷船呢？白色鸟呢？好看的湿烟呢？

远处旷野上，响起一声沉闷的枪声。

细茶撑起身体，看到瓜人抓着一管猎枪站在天和地快要相交的地方。他站了很久，然后转身消失在林子里。

婆婆成日带夜地敲着木鱼儿念经。像用刀在砧板上剁一样敲着木鱼儿，冷冷地在嘴中念念有词。

细茶突然害怕起来，赶紧走到外面倚在一棵老树上。

茅屋、草垛、树木和芦苇都落了厚厚一层雪。黑色的田野，现在是一个铺满乱琼碎玉的世界。几只寒鸦从枝头上飞下，在田埂上慢条斯理地踏步，用嘴去拧着冒出雪的枯枝和残梗，留下一朵朵脚印。它们的喊声，又给天空增加了几分寒气。一群麻雀缩着身子，在芦苇丛下一块湿地上跳着。河凝住了，小船无可奈何地被冻在了河心。荷田里，断折的残荷茎被冰冻住。冰不是一天冻成的，有许多道白色的曲线。一群洁白的鹤，有的在冰上走着，有的在冰的上空飞着，使冬天变得十分圣洁和安宁，但同时也衬出冬天的阴霾和苍凉。

下雪了，针形的、六角形的、十字形的雪花，在变得瓦蓝的天空下飘。田野上升起淡蓝色的烟气。

细茶不肯回家，她害怕木鱼声和那座空大的屋子。

天黑下来，那盏孤灯在雪夜里战战兢兢地闪着。

她冷得哆嗦起来，这才走回去。

深夜，细茶听见窗外有“咯吱咯吱”的踏雪声。她用舌头舔破窗纸，只见月光下，晶莹的雪地上站着他。他走过来了，一直走到窗下。她听到了他粗浊的喘息声，甚至感觉到了他在寒冷中散发出的温热的气息。

他似乎也看到了映在窗纸上的细茶：她的脸，她战栗的胸脯。

细茶没有开门，一直倚在窗口。当黑暗退缩到林子里，黎明在天空翱翔时，她醒来了。借着晨曦，她看见他的阔背在往苍茫的远处移去……

八

深远的高空里，传来一阵水晶块倒进金杯里的纯音——回归的云雀叫响了第一声。春天来了。路上的冰融化了，露出畜粪，并在中午的阳光下散发着刺鼻的气味。河水又流动起来，鸭们把水往脖子上撩着，并欢快地扇动翅膀。茅屋上的雪变成了水，屋顶湿漉漉的，檐口滴着金色的水珠。没过几天，白杨林的梢头便笼上了淡淡的绿烟。土地在阳光下泛着油光。田埂上，草芽儿把泥土一小块一小块地拱翻了，打着寒噤来到空气里。狗们在田埂上、场院里整天追逐嬉闹着。

细茶家的母牛临产了。当一股瀑布似的鲜血从母牛躯体里流到干草上时，细茶吓得用手蒙住了眼睛，但心里充满了一种莫名的激动。她听见“扑通”一声，干草上多了一个黄乎乎、黏糊糊的东西。泪汪汪的母牛掉过头来，用舌头在它身上舔着。不一会儿，一条金黄色的小牛犊便出现在细茶面前。她连忙上去仔细看着，小家伙真漂亮，浑身亮闪闪的，四只小黑蹄子是那么好看，粉红色的小鼻子，一对鼓鼓的眼睛，像黑琉璃球儿。小家伙想站起来，但没有成功。“别急，别急！”细茶对它说。它还是急，又挣扎着——站起来了！可是直晃悠，细茶赶紧做好托住它的手势。它竟冒冒失失地朝前踉跄着走了。细茶急得叫着：“当心！当心！”它摔倒了。细茶望着这个让人怜爱的小家伙：“瞧你，就急！”小家伙喘了喘气，却再一次站起来。跌倒，站起，又跌倒，再站起，不一会儿工夫，它居然缠绕着它妈妈甩动的尾巴，稳稳当当地走来走去了。

从此，细茶一有空就来看小牛犊子。

当小牛犊跌在泥水里，身上沾了泥巴，她就把它领到池边，用清水给它洗刷。一边洗，她一边说它：“让你小心，让你小心，你总是不当心！”当小牛犊把篱笆钻了个洞，把菜园子踩得乱七八糟的，她就轻轻打它一巴掌，并发狠：“以后再也不管你了！”

她喜欢看小牛犊在田野上撒欢。一只蓝蝴蝶飞着，它先是偏着头，用眼睛好奇地看着蝴蝶，然后便横七竖八地乱跑一气。后来它不再去追蝴蝶，借着刚才那份疯劲儿，毫无理由地狂奔起来，像股金色的小旋风。她就叫：“别！别！”

她最喜欢看它吃奶。母牛在小溪边吃着青草，它钻到母牛肚子下，用小嘴叼住妈妈的乳头，贪婪地喝着。喝得差不多了，它就把脑袋偏过来看她，一副赖皮样子。她故意绷着脸："快喝！"它一点儿也不快，吮着就不肯松口，母牛往前走，它就吮着奶头跟着往前走，并且还是侧过脸来望她。

细茶变得很温柔。

一天，细茶从地里回来，见小牛犊屋前屋后地转，"哞哞"叫着，在找它妈妈。细茶忙上前去。小牛犊见了细茶，连忙跑过来，用舌头舔她的手指头。她蹲下身来，只见它眼里汪满了泪水。她用手给它擦去泪水，责备它："谁让你贪玩呢！"她摇了摇它的耳朵，"走，我带你去找妈妈。"

小牛犊乖乖地跟着她。

"我跟你说，以后我可再也不管啦。"她一路上不断地对它唠叨，像个老太婆。

母牛不知在什么地方把小牛犊丢了，也在找小牛犊。它在林子旁到处转着，叫着。小牛犊听到母牛的声音，"哞"的一声长叫，丢开细茶，不要命地跑过去。母牛朝小牛犊跑过来，把树挤得哗哗响。细茶走到时，它们正亲热着，像是失散了很多年头了。母牛用舌头在小牛犊身上到处舔着。小牛犊依偎在母牛身上，磨磨蹭蹭，并"哼哼唧唧"。

细茶坐在林子边，默默地瞧着它们。

它们慢慢平静下来。母牛沿着田埂，一边啃草，一边朝前走去。小牛犊寸步不离地跟着。它们渐渐走远了。

只留下细茶一人独自坐着。

暮色从四周悄然无声地弥漫上来。路渐渐变得短了。林子里响起归鸟的嘈杂声。远处，有个老人在唤鸡雏。那鸡雏大概是钻进菜园里了。有个母亲在唤贪玩不归的孩子，声音里含着埋怨和焦急。

细茶惊讶地站起来，朝四周看着。

那座小棚子，像一只渡船停在田野上。

细茶朝它急急地走去。

他从棚里走出来。

细茶扑在他身上，并用双手把他的衣服胡乱地解开、扒下……

九

清明前夕，烟雨蒙蒙，是种瓜种豆的好时光。篱笆下，一个母亲用锹往潮湿的沃土里一掘，掘出一口浅浅的小坑来，她的小闺女跟随其后，用小手在瓢里捏起三两枚棕色的豆种，往小坑里一丢，又用脚把泥土踢到坑里，将种盖上。田埂上，两户种豆的人家为了寸宽的土地而争执着。风车的铁缆下，它的主人已埋下了丝瓜的种子。主人拄着锹想：到了夏天，丝瓜就会缘索而上，爬到高空里，把一只只丝瓜悬吊着。

“你家地边上种豆了吗？”“东河坎上，我育了一片黄瓜苗。”“等你家南瓜苗起来了，我来移秧子。”……烟雨里，人们到处都在谈种瓜种豆。

在一条小溪边，瓜人却将西瓜种从一只大口袋里一把把抓出，撒在流水里。那种子实在是上等的，饱满结实，且又发亮。是他去年秋天好不容易收下的。

这里人家，今年谁也没请他种西瓜。

瓜种在水上漂成一条黑线。他倒提口袋，将瓜种一粒不剩地全都倾泻进溪水里。

细茶来到棚子里："我和你一起走。"

这里的人早都知道，细茶早晚会跟瓜人一起走掉的。

细茶在房里收拾着自己的东西。

婆婆在西厢房里敲着木鱼念经。

她把东西收拾好，发痴地坐在床边上。

瓜人将最后的枪药装进枪里，朝浓稠的黑空里放了一枪。

西厢房里"咕咚"一声，随即是木鱼掉在地上滚动时发出的"的的笃笃"声。

细茶并没在意，她想到的是那枪响：他在唤我走呢。可是屋里静得有点出奇，她便放下包袱，走向西厢房。她马上看到了跌倒在地上的婆婆。她想把婆婆扶起来，可怎么也扶不起来。婆婆是摔坏了。婆婆的脸破了，在流紫黑色的血。她把婆婆架到铺上，用清水给婆婆擦拭血迹。婆婆一动也不动，像是太乏了，想休息了。多少天来，细茶第一次好好打量婆婆：她的头发全都白了，脸瘦小得如一枚桃仁，胳膊才有拨火棍一般粗细。她端来一碗水，放了些白糖，用勺喂到婆婆嘴里。糖水流动得很慢，像是一滴一滴地在朝婆婆的躯体里渗透着。

婆婆瘫痪了，再也不能敲木鱼了，而且再也不能诅咒了。

月光下，细茶走到河滩上。

她没有哭，把衣服脱了，一件一件丢在草丛里……

细茶一直到天发白才回家。

过了一会儿，她就看见灰蒙蒙的晨雾里，那座草棚燃烧起来。朦胧的火光背后，是他变幻不定的身影。

人们都出来看火。

火灭了，小棚子消失了。

苍茫的田野上，一个灰色影子，用一根棍子挑着一个包袱，朝天与地的尽头走去……

一九八四年一月十五日于北京大学二十一楼一〇六室

蓝 花

一

一个秋日的黄昏，村前的土路上，蹒跚着走来一位陌生的老婆婆。那时，秋秋正在村头的银杏树下捡银杏。

老婆婆似乎很老了，几根灰白的头发，很难再遮住头皮。瘦削的肩胛，撑起一件过于肥大的旧褂子。牙齿快脱落尽了，嘴巴深深地瘪陷下去，嘴在下意识地不住蠕动。她拄着一根比身体还高的竹竿，手臂上挽一只瘦瘦的蓝花布包袱，一身尘埃，似乎是从极远的地方而来。她终于走到村头后，便站住，很生疏地张望四周，仿佛在用力辨认这个村子。

受了惊动的秋秋，闪到银杏树后，探出脸来朝老婆婆望着。当她忽然觉得这是一个面孔和善且又有点儿叫人怜悯的老婆婆时，就走上前来问她找谁。

老婆婆望着秋秋：“我回家来……回家……”她的吐词很不清晰，声音又太苍老、沙哑，但秋秋还是听明白了。她盯着老婆婆的面孔，眼睛里充满疑惑：她是谁？秋秋很糊涂，就转身跑回家，把七十多岁的奶奶领到了村头。

奶奶盯着老婆婆看了半天，举起僵硬的手，指着对方：“这……这不是银娇吗？”

“我回家来了……回家……”老婆婆朝奶奶走过来。

“你出去三十多年啦！”

“回来啦，不走啦……”

围观的人慢慢多起来。年轻人都不认识老婆婆，问年纪大的：“她是谁？”“银娇。”“银娇是谁？”“银娇是小巧她妈。”“小巧是谁？”“小巧淹死许多年了。”……

这天晚上，秋秋坐在奶奶的被窝里，听奶奶讲老婆婆的事，一直听到后半夜……

二

你银娇奶奶这一辈子就做一件事：给人家帮哭。这几年，帮哭的事淡了。放在十年前，谁家办丧事，总要请人帮哭的。办丧事的人家，总想把丧事办好。这丧事要办得让前村后舍的人都说体面，一是要讲排场，二是要让人觉得苦、伤心。办丧事那天，从早到晚，都有很多人来看。奶奶就喜欢看，还喜欢跟着人家掉眼泪，掉了眼泪，心里就好过些。谁家的丧事办得不好，谁家就要遭人议论：“他家里的人都伤心不起来，一群没良心的。”其实呀，也不一定是不伤心，只是那一家子没有一个会哭的。要让人觉得伤心，就得一边哭一边数落。有人就不会数落，光知道哭。还有一些不知事理的人，平素就不太会说话，一哭起来，就瞎哭了，哭了不该哭的事情。好几年前，西王庄周家姑娘死了，是瞒住人打胎死的，是件丑事，是不好张扬的。嫂子是半痴人，却当了那么多人的面，一把眼泪一把鼻涕地数落：“我的亲妹妹哎，人家打胎怎么一个个都不死呢，怎么你一打胎就死呢？我的苦妹子……”被小叔子一巴掌打出一丈远：“死开去吧，你！”有人倒不至于把事情哭糟了，但哭的样子不好看，怪，丑，声音也不对头，让人发笑，这就把丧事的丧给破了。这哭丧怎么那样要紧，还有一点儿你晓得吗？你小孩子家是不晓得的。奶奶告诉你：说是哭死人呀，实是为了活人的。人死了，可不能就让他这么白白地死呀，得会哭，会数落死人一生的功德。许多好人死了，就缺个会数落的，他一生的功德，别人也记不起来了。就这么不声不响地死了，活人没得到一点儿好处，多可惜！如果能有个会哭的，会数落的，把他一辈子的好事一一地摆出来，这个好人就让人敬重了，他家里的人，也就跟着让人敬重了。碰到死去的是个坏人、恶人，就更要会哭会数落了。谁也不会一辈子都做缺德事的，总会有些善行的。把他的好事都说出来，人心一软，再一想人都死了，就不再计较了，还会有点儿伤心他死呢，觉得他也不是个多么坏的人，他家里的人，也就从此抬起头来了。

就这么着，一些会哭的人，就常被人家请去帮哭。你银娇奶奶哭得最好，谁家办丧事，总得请她。村里人知道她会哭，是在她十六岁的时候。她十三岁那年秋天，到处是瘟疫。那天，早上刚抬走她老子，晚上她妈就去了。苦兮兮地长到十六岁，这年末春，村西头五奶奶死了。下葬这一天，儿女一趟，都跪在地上哭。人就里三层外三层地围着望哭，指指点点地说谁谁哭得最伤心，谁谁肚里苦水多。你银娇奶奶就打老远处站着。这五奶奶心慈，把你没依靠的银娇奶奶当自己的孙女待。在你银娇奶奶心中，五奶奶是个大恩人。这里，五奶奶家的人哭得没力气了，你银娇奶奶过来了。她“扑通”一声在五奶奶棺材前跪下了，先是不出声地流泪，接着就是小声哭，到了后来，声越哭越大。她一件一件地数落着五奶奶的善行，哭得比五奶奶的儿子儿媳妇孙子孙媳妇都伤心。她趴在五奶奶的棺材上哭成个泪人，谁都劝不起她来。哭到后来，她哭不出声来了，可还是哭。在场的人也都跟着她哭起来。打那以后，谁都知道你银娇奶奶哭得好。谁家再有丧事，必请你银娇奶奶帮哭。不过，没有几个人能知道你银娇奶奶怎么哭得那么好。她心里有苦，是个苦人……

三

银娇奶奶回来后，出钱请人在小巧当年淹死的小河边上盖了一间矮小的茅屋，从此，彻底结束了漂流异乡的生活。

秋秋常到银娇奶奶的小屋去玩。有时也与奶奶一起去，每逢这时，她就坐在一旁，静静地听着两个老人用了很大的声音却都言辞不清的谈话，看她们的脑袋失控似的不停地点着、晃动着。有时，她独自一人去，那时，她就会没完没了地向银娇奶奶问这问那。在秋秋看来，银娇奶奶是一个故事，一个长长的迷人的故事。银娇奶奶很喜欢秋秋，喜欢她的小辫、小嘴和一双总是细眯着的眼睛。她常伸出粗糙的颤抖不已的手来，在秋秋的头上和面颊上抚摸着。有时，银娇奶奶的神情会变得很遥远："小巧，长得是跟你一个样子的。她走的时候，比你小一些……"

秋秋一有空就往河边的茅屋跑。这对过去从未见过面的一老一小，却总爱在一块儿待着。秋秋的奶奶到处对人说："我们家秋秋不要我了。"

"你到江南去了几十年，江南人也要帮哭吗？"秋秋问。

"他们不会哭，说话软绵绵的，细声细气的，哭不出大声来，叫人伤心不起来。江南人又要面子，总要把丧事做得很体面，就有不少江北的好嗓子女人，到了江南。有人家需要帮哭就去帮哭。没帮哭活时就给人家带孩子、缝衣、做饭，做些零七碎八的杂活。江南人家富，能挣不少钱呢。"

"你要挣那么多钱干吗？"

"盖房子，盖大房子，宽宽敞敞的大房子。"

"怎么没盖成？"

"盖成了。"

"在哪儿？"

"离这儿三里路，在大杨庄。"

当秋秋问她为什么将房子盖在大杨庄，又为什么不住大杨庄的大房子却住在这小茅屋时，她不再言语，只把眼睛朝门外大杨庄方向痴痴地望，仿佛在记忆里寻找一些已经几乎逝去的东西。不一会，秋秋听到了她一声沉重的叹息。后来，在很长一段时间里，她总沉默着。

秋秋回到家，把这番情景告诉奶奶，并追问奶奶这是为什么。

奶奶就告诉她："那时，你银娇奶奶帮哭已很出名了。谁家办丧事，方圆十里地都有人赶来看她哭。她一身素洁的打扮，领口里塞一块白手帕，头发梳得很整齐，插朵小蓝花。帮哭的人总要插一朵小蓝花。她来了，问清了死人生前的事情，叹口气，往跪哭的人面前一跪，用手往地上一拍，头朝天仰着，就大哭起来。其他跪哭的人都忘了哭，直到你银娇奶奶一声长哭后，才又想起自己该做的事情，跟着她，一路哭下去。你银娇奶奶的长哭，能把人心哭得直打战。她一口气沉下去能沉好长时间，像沉了一百年，然后才慢慢回过气来。她还会唱哭。她嗓子好，又是真心去唱去哭，不由得人不落泪。大伙最爱听的，还是她的骂哭。哭着哭着，她'骂'起来了。如果死的是个孩子，她就'骂'：'你个讨债鬼呀，娘老子一口水一口饭地把你养这么大，容易吗？你这没良心的，刚想得你一点儿力，腿一蹬就走啦？你怎么好意思哟！'她哭那孩子的妈妈怎么怀上他的，怎么把他生下来的，又是怎么把他拉扯大的。哭到后来，就大'骂'：'早知道有今天，你娘一生下你，就该把你闷在便桶里了……'假如死的是个老人，她就'骂'：'你个死鬼哎，心太狠毒了！把我们一趟老老小小的撇下不管了，你去清闲了，让我们受罪了！你为什么不把我们也带了去呀！你害了我们一大家了！……'这么一说，这么多人跑这么远的路来听你银娇奶奶哭，你也就不觉得怪了吧？就在这听哭的人当中，有一个大杨庄的教小学的小先生。那个人很文静，脸很白，戴副眼镜。他只要听到你银娇奶奶帮哭的消息，总会赶到的。他来了，就在人堆里站着，也不多言，不出声地看着你银娇奶奶。每次帮哭之后，你银娇奶奶总像生了一场大病，脸色很难看，坐在凳上起不来。听哭的人都散去了，她还没有力气往家走。那个小先生总是不远不近地一旁站着。你银娇奶奶上路了，他就在她身后不远不近地跟着，一直把她送到家门口。后来，你银娇奶奶就跟他成家了。那些日子，你银娇奶奶就像换了一个人，整天笑眯眯的，脸色也总是红红的。孤零零的一个人，现在有家了，有伴儿了，还是一个识字的爱用肥皂洗面孔的男人，她自然心满意足。那些日子，她总是想，不能让他跟着她过苦日子，就四处去帮哭。可也不会总有帮哭的事，其余时间，她就帮人家做衣服，纳鞋底。后来，她生了一个闺女，叫小巧。等小巧过了四岁生日，她跟他商量：'我们再有些钱，就能盖房子了。我想去江南，高桥头吴妈她愿意带我去。你在家带小巧。'她就去了江南。两年后，她带回一笔钱来，在大杨庄盖起了一幢方圆十里地也找不出第二家的大房子。一家三口，和和美美地过了一段日子，她又走了。房子盖到最后，钱不够了，跟人家借了债。她又想，那么大一幢房子，总该有些家什，不然显得空空荡荡的。她还想给小巧他们父女俩多添置一些衣服，不让他们走在人前被人看低了。再说，她也习惯了在外面漂流。她就没有想到再隔一年回来时，小先生已喜欢上他的一个女学生了。那时候的学生岁数都很大。那姑娘长得很好看。而你银娇奶奶这时已显老了。一对眼睛，终年老被眼泪沤着，眼边都烂了，看人都看不太清爽。她很可怜地央求他，他说那姑娘已有孩子了。她没有吵没有闹，带着小巧又回到了这儿。我对她说：'那房子是你挣的钱盖的，你怎么反而留给他？你太老实，太傻！'她把小巧紧紧搂在怀里不说话。好多人对她说：'叫他出去！'她摇摇头，说：'我有小巧乖乖。'她把嘴埋在小巧的头发里，一边哭，一边用舌头把小巧的头发卷到嘴里嚼着。打那以后，她再也没去过大杨庄……"

秋秋走到门口去，用一对泪水蒙眬的眼睛朝小河边上那间小茅屋望着……

四

秋秋往银娇奶奶的小屋跑得更勤了。她愿意与银娇奶奶一起在小河边上乘凉，愿意与银娇奶奶一起在屋檐下晒太阳，愿意听银娇奶奶絮絮叨叨地说话。有了秋秋，银娇奶奶就不太觉得寂寞了。要是秋秋几天不来，银娇奶奶就会拄着竹竿，站到路口，用手在额上搭着，朝路上望。

九月十三，是小巧的生日。一大早，银娇奶奶就坐到河边去了。她没有哭，只是呆呆地望着秋天的河水。

秋秋来了，就乖乖地坐在银娇奶奶的身边，也呆呆地去望那河水。

银娇奶奶像是对秋秋说，又像是自言自语："我不该把她放在别人家就去了江南。她走的时候，才七岁。她准是想我了，跑到了河边上，用芦苇叶折了条小船。我知道，她想让小船带着她去找我呢。风把小船吹走了。这孩子傻，忘了水，连鞋也不脱，跟着小船往前走了。这河坎陡着呢，她一个悬空，滑倒了……"她仿佛亲眼看到了似的说着，"那天我走，她哭着不让。我哄她：'妈妈给你买好东西。'小巧说：'我要棒棒糖。''妈妈给你买棒棒糖。'小巧说：'我要小喇叭，一吹呜呜打响的。''妈妈给你买小喇叭。'我的小巧可乖了，不闹了，拉着我的手，一直走到村口。我说：'小巧回头吧。'小巧摇摇头：'你先走。''小巧先走。''妈妈先走。'……我在外拼命挣钱，跌倒了还想抓把泥呢。到了晚上，我不想别的，就想我的小巧。我给她买了棒棒糖，一吹就呜呜打响的小喇叭。我就往回走。一路上，我就想：秋天，送小巧上学。我天天送她去，天天接她回来，要让她像她爸那样，识很多字……这孩子，她多傻呀！……"她的眼睛直勾勾地望着水，仿佛要从那片水里看出一个可爱的小巧来。

快近中午时，银娇奶奶说：“我生下小巧，就这个时辰。”她让秋秋搀着，一直走到水边，然后在河坎上坐下，摸摸索索地从怀里掏出一个小布包包，放在掌上，颤颤抖抖地解开，露出一沓钱来。“小巧要钱用呢。”她把钱一张一张地放在水上。河上有小风，大大小小的钱，排成一条长长的队，弯弯曲曲地朝下游漂去。

秋秋用双手托着下巴，默默地看那些钱一张一张地漂走。有时，风有点偏，把钱刮向岸边来，被芦苇秆挡住了，她就会用树枝将它们推开，让它们继续漂去。

离她们四五十米远的地方，一个叫九宽的男孩和一个叫虾子的男孩把一条放鸭的小船横在了河心，正趴在船帮上，等那钱一张一张漂过来。他们后来争执起来了。九宽说：“明年让你捞还不行吗？”

虾子说：“不会明年让你捞吗？”

争来争去，他们又回到了原先商定好的方式：九宽捞一张，虾子捞一张。

秋秋终于发现了他们，沿着河边跑去。她大声地说：“不准你们捞钱！”

九宽嬉皮笑脸地：“让你捞呀？”

“呸！”秋秋说，“这是给小巧的钱！”

虾子“咯咯咯”地笑了：“小巧？小巧是谁？”

九宽知道一点儿，说：“小巧早死了。”

秋秋找来三四块半截砖头，高高举起一块：“你们再不走开，我就砸了！”她的面相很厉害。

九宽和虾子本来就有点儿怕秋秋，见秋秋举着砖头真要砸过来，只好把船朝远处撑去，一直撑到秋秋看不到的地方，但并未离去，仍在下游耐心地等着那些钱漂过来。

秋秋坐在高高的岸上，极认真地守卫着这条小河，用眼睛看着那钱一张一张地漂过去……

五

这地方的帮哭风曾一度衰竭，这几年，又慢慢兴盛起来。这年春上，往北边两里地的邹庄，一位活了八十岁的老太太归天了。儿孙一趟，且有不少有钱的，决心好好办丧事，把所有曾举办过的丧事都比下去。年纪大的说："南边银娇回来了，请她来帮哭吧。"年纪轻的不太知道银娇奶奶那辉煌一哭，年纪大的就一五一十地将银娇奶奶当年的威风道来，就像谈一个神话般的人物。这户人家的当家主，听了鼓动，就搬动了一位老人去请银娇奶奶。

银娇奶奶听来人说是请她去帮哭，一颗脑袋便在脖子上颤颤悠悠的，一双黑褐色的手也颤动不已。这里还有人记得她呢！还用得着她呢！"我去，我去。"她说。

那天，她让秋秋搀着，到小河边去，用清冽的河水，好好地洗了脸，洗了脖子，洗了胳膊，换了新衣裳，又让秋秋用梳子蘸着清水，把头发梳得顺顺溜溜的。秋秋很兴奋，也就忙得特别起劲。最后，银娇奶奶让秋秋从田埂上采来一朵小蓝花，插到了头上。

银娇奶奶是人家用小木船接去的。秋秋也随船跟了去。

一传十，十传百，数以百计的人从四面八方赶来：他们想看看老人们常提到的银娇奶奶，要领略领略她那闻名于方圆几十里的哭。

大多数人不认识银娇，就互相问："在哪儿？在哪儿？"

有人用手指道："那就是。"

人们似乎有点儿失望。眼前的银娇奶奶，似乎已经失去了他们于传说中感觉到的那番风采。他们只有期待着她的哭泣了。

哭丧开始，一群人跪在死者的灵柩前，此起彼伏地哭起来。

银娇奶奶被人搀扶着，走向跪哭的人群前面。这时，围观的人从骚动中一下安静下来，所有的目光皆跟随着银娇奶奶移动着。银娇奶奶不太利落地跪了下来，不是一旁有人扶了一下，她几乎要歪倒在地上。她从领口取白手帕时，也显得有点儿拖泥带水，这使从前曾目睹过她帮哭的人，觉得有点儿不得劲。她照例仰起脸来，举起抓手帕的手，然后朝地上拍下，但拍得缺了点儿分量。她开哭了。她本想把声音一下子扯得很高的，但全不由她自己了，那声音又苍老，又平常，完全没有从前那种一下子抓住人并撕人心肺的力量了。

围观的人群失去了平静，开始乱动起来。

钻在最里边的秋秋仰起脸，看着那些围观的人。她瞧见了他们眼中的失望，心里不禁为银娇奶奶难过起来。她多么希望银娇奶奶把声音哭响哭大哭得人肝肠寸断啊！

然而，银娇奶奶的声音竟是那样的衰弱，那样的没有光彩！

从前，她最拿手的是数落，那时，她有特别好的记忆和言语才能，吐词清晰，字字句句，虽是在哭泣声中，但让人听得真真切切，而现在，她像是一个人在僻静处独自絮叨，糊糊涂涂的，别人竟不知道她到底数落了些什么。

跟大人来看热闹的九宽和虾子爬在敞棚顶上，初时，还摆出认真观看的样子，此刻已失去了耐心，用青楝树果子互相砸着玩。

秋秋朝他们狠狠瞪了一眼。

九宽和虾子却朝秋秋一梗脖子，眨眨眼不理会，依然去砸楝树果子。

当虾子在躲避九宽的一颗楝树果子，而不小心摔在地上，疼得直咧嘴时，秋秋在心里骂："跌死了好！跌死了好！"

这时死者的家人，倒哭得有声有色了。几个孙媳妇，又年轻，又有力气，嗓子也好，互相比着孝心和沉痛，哭出了气势，把银娇奶奶的哭声竟然淹没了。

人们有点儿扫兴，又勉强坚持了一会儿，便散去了。

秋秋一直守在一旁，默默地等着银娇奶奶。

哭丧结束了，银娇奶奶被人扶起后，有点儿站不稳，亏得有秋秋做她的拐棍。

主人家是个好人家，许多人上来感谢银娇奶奶，并坚决不同意银娇奶奶要自己走回去的想法，还是派人用船将她送回。

一路上，银娇奶奶不说话，抓住秋秋的手，两眼无神地望着河水。风把她的几丝头发吹落在她枯黄的额头上。

秋秋觉得银娇奶奶的手很凉很凉……

六

夏天，村里的贵二爷又归天了。

银娇奶奶问秋秋："你知道他们家什么时候哭丧？"

秋秋答道："奶奶说，明天下午。"

第二天下午，银娇奶奶又问秋秋："他们家不要人帮哭？"

秋秋说："不要。"其实，她听奶奶说，贵二爷家里的人已请了高桥头一个帮哭的了。

"噢。"银娇奶奶点点头，倒也显得很平淡。

这之后，一连下了好几天雨。秋秋也就没去银娇奶奶的茅屋。她有时站到门口去，穿过透明的雨幕看一看茅屋。天晴了，家家烟囱里冒出淡蓝色的炊烟。秋秋突然对奶奶说："银娇奶奶的烟囱怎么没有冒烟？"

奶奶看了看，拉着秋秋出了家门，往小茅屋走去。

不一会工夫，秋秋哭着，从这家走到那家，告诉人们："银娇奶奶死了……"

几个老人给银娇奶奶换了衣服，为她哭了哭。天暖，不能久搁，一口棺材将她收殓了，抬往荒丘。因为大多数人都跟她不熟悉，棺后虽然跟了一条很长的队伍，但都是去看下葬的，几乎没有人哭。

秋秋紧紧地跟在银娇奶奶的棺后。她也没哭，只是目光呆呆的。

人们一个一个散去，秋秋却没走。她是个孩子，人们也不去注意她。她望着那一丘隆起的新土，也不清楚自己想哭还是不想哭。

田埂上走过九宽和虾子。

九宽说："今年九月十三，我们捞不到钱了。"

虾子说："我还想买支小喇叭呢。"

秋秋掉过头去，见九宽和虾子正在蹦蹦跳跳地往前走，便突然打斜里拦截过去，并一下插到他俩中间，不等他们反应过来，她已用两只手分别揪住了他俩的耳朵，疼得他俩吱哇乱叫："我们怎么啦？我们怎么啦？"

秋秋不回答，用牙死死咬着嘴唇，揪住他俩的耳朵，把他俩一直揪到银娇奶奶的墓前，然后把他俩按跪在地上："哭！哭！"

九宽和虾子用手揉着耳朵说："我们……我们不会哭。"他们又有点儿害怕眼前的秋秋，也不敢爬起来逃跑。

"哭！"秋秋分别踢了他们一脚。

他们就哭起来。哭得很难听。一边哭，一边互相偷偷地一笑，又偷偷地瞟一眼秋秋。

秋秋忽然鼻子一酸，说："滚！"

九宽和虾子赶紧跑走了。

田野上，就秋秋一个人。她采来一大把小蓝花，把它们撒在了银娇奶奶的坟头上。

那些花的颜色极蓝，极鲜亮，很远处就能看见。

秋秋在银娇奶奶的坟前跪了下来。

田野很静。静静的田野上，轻轻地回响起一个小女孩幽远而纯净的哭声。

那时，慈和的暮色正笼上田野……

一九八六年三月于北京大学二十一楼一〇六室

阿　维

一

阿维坚决地记住：他的双亲亡于他六岁那年一个秋天的夜晚。

那天，有路人捎来消息：五里外的邹庄要放电影。路远，父母怕阿维睡沉了骨头软，难抱，便掏给他五分钱买糖嘣，软硬兼施，终于将他哄住，跟老祖母待在了家中。

看电影的人很多，田埂上行人缕缕行行，互相呼唤着，黑空下到处是远远近近的人声和小马灯闪烁的黄火。

要过渡。

河边站满了急匆匆的人，船一靠岸，逃难一般都抢着上，船舷离水面只剩两三寸了，还又爬上两个大汉来。船离了岸，船上人一个挨一个，挺直了身子，棍子似的立着，战战兢兢，全不敢看水。船歪歪地行至大河中心，远处一艘轮船驶过，把波浪一层层地扩大过来，人一摇，船一晃，翻了。

各人顾各人，赶紧逃命，河上一片呼爹叫娘。会水的，自然不在乎。半会水的，呛几口水，也翻着白眼上了岸，直着脖子吐水。阿雏的父母皆是“旱鸭子”，听见喊了几声，沉了。

上了岸的人忽然想起似乎该下河救人，无奈天阴黑得让人胆怯，几个下河的光在水面上乱喊乱抓，动作不小，却是虚张声势，没有一个敢往河水深处扎的。待有胆大的赶到，时间又太迟了。

出事后几日，大狗的老子在河边村头说，当时，船翻了，阿雏的父亲一把死死抱住他的胳膊，两人就一起沉到了河底。他就又掐又拧，可阿雏的父亲任掐任拧死不撒手。他想自己小命这回要玩完了。吃了一嘴河底烂泥，他兀生一个大的智慧：拔出口袋里的手电筒，往阿雏父亲手里一塞！灵！阿雏父亲呛蒙了，以为一定抓住了什么救命的东西，松了他，却抓住那手电筒。他乘机一松手电筒，摆脱了阿雏父亲，钻出水面，一人爬上了岸。

说这话时，大狗老子的脸很活，很有光泽，显得自己的智慧比别人优越许多。

而那些听的人都惊呼：“险啊！”很有些佩服大狗老子的聪明和狡猾。

“放在我，早就跟着去阴曹地府充军了。”

“那你就不能抱着你胖老婆睡觉了。”

“嗤嗤”地，有两个女人笑。

说到最后，大狗的老子不免有点儿惋惜，道：“那只手电筒，我是刚买的。”

夹杂在人群中的阿雏，一直无声无息地听着，后来就蹲在了地上。人群散了，他还蹲在地上。蹲不住了，就瘫坐在地上，用目光呆呆地看着河水，看着河上漂过一段朽木、一只死鸡、一朵硕大的菊花……天黑了，还看。

过了三年，老祖母不在了，阿雏就一人过，有时到外祖母家混几顿，有时就在村子里东一家西一家地吃。他固执地认为村里人都欠他的。他的吃相很凶，像条饿极的荒原狼崽，不嚼光吞，饭菜里一半外一半，撒一桌、一地，鼻尖上常沾着米粒在外面闲荡。

二

阿雏养得极壮实，比同龄孩子足高一头。天生一头又黑又硬的鬈发，像一堆强力螺旋弹簧乱放着。眼睛短而窄，目光里总是藏着股小兽物的恶气。

村里的孩子都怕他，尤其是小他两岁的大狗。

他上学时，很气派，前呼后拥地跟着一大帮孩子。他让他们用一张凳子抬他走，这几乎成为一种嗜好。一到雨天，他越发爱这样做。他要看那些小轿夫们在泥泞中滑得东倒西歪，滑得“嘟嘟”放屁。要是把他摔了，他就一定用脚踢他们的肚子或屁股。他很少亲自做作业，他指定谁代做，谁就得做。从一年级到四年级，他几乎就没在家里吃过一顿早饭。他把谁的鼻子一点，说声“你！”，谁就得带煮熟的鸡蛋。那回轮到大狗带鸡蛋，恰好家里刚将鸡蛋卖掉，他便只好去偷，被人家抓住，连拍了三个后脑勺。

这里没有敢不听他话的孩子。不听？他会刁钻古怪地惩罚你：把你诓到麦地里，扒了你的裤子，让你露出“小茶壶”，光腚儿蹲着，羞得没法出去；逼你沿着梯子爬上屋顶，然后一脚蹬翻梯子，让你去受太阳的烤晒。最狠的一招是让全体孩子都来冷落你，把你干在一边，让你尝一份孤单，并不时受到各种各样的捉弄和各种各样的疼痛。你一天坚持不到晚，准要去偷家里的东西低三下四地去讨好他。

谁也不敢告诉家里的大人，告诉了，除了他本人落个不自在，还有可能会殃及他一家。

大狗是阿雏的尾巴。

三

阿雏读五年级了，管他的是“杨老头子”——阿雏从不叫“杨老师”。杨老头子年纪大了，眼睛高度近视，在黑板上写字时，脸挨黑板很近，鼻尖差点擦着黑板了，像在嗅什么味道。阿雏叫他“杨老头子”，甚至能叫得让“杨老头子”听见。“杨老头子”气了，要揪他的耳朵。可一般很难成功：阿雏只需溜出去十码开外，也就不在他视野之中了。

杨老头子梗着脖子，眼珠子鼓鼓地向校长韩子巷大声嚷：“不开除他，我不教了！”

于是，韩子巷就把阿雏叫了来，罚他半天站。

算起来，已罚站四次了。第四次罚站时，阿雏看见大狗在办公室门口晃过，眼睛里似乎有点嘲笑的意思。不是韩子巷拿眼盯住，他当时就想让大狗“吃生活”。

阿维恨起“杨老头子”来。

杨老头子每天起得绝早，第一件大事就是抓张早过期的破报蹲茅房。这地方称解小便为“解小手”，称解大便为“解大手”，又称之为“出恭”。出恭一般都是坐着出，那凳子叫“恭凳”。杨老头子坐恭凳极有功夫，一坐能坐个把小时。茅房前后都是青翠的竹林，早晨，有鸟立竹梢上叫，其声如水滴落入静潭那般清脆。杨老头子一边愉悦地听，一边翻来覆去“嗅”那最终要做手纸的一角废报，觉得浑身疏通。天天如此，“恭”是出得十分认真。

这天，他照常起早，照常做他的功夫，开头平安无事，中途大概是因为人老便秘，用足气力一蹬脚下的板子，“咔吧”一声，未及明白过来，恭凳的凳脚已断，人“扑通”跌落于粪坑。

这事倒也让几个年轻教师乐了好几日。

放鸭的老周五路遇杨老头子，也是多嘴，向杨老头子要了根烟抽，就向他耳语 :“那天，我在河里放鸭，见阿维拿把锯子猫在您茅房里。”

杨老头子掉头回走，查看了凳腿，果然为锯子所锯，顿时气得乱蹦乱跳，朝韩子巷大吼 :“你去教！”

阿维由人看着关押了一天。

杨老头子罢教一周，众教师像哄孩子似的，好不容易才把他哄上讲台。从此，杨老头子则以一种老人才有的冷目极讨厌地盯着阿维。

四

从此，老周五的鸭一惊一乍，时不时嘎嘎乱叫，扑着双翅在水上仓皇四窜，划无数条白练，像是被什么惊着了。

正是鸭踊跃下蛋的日子，这使老周五大伤脑筋。此时的鸭，只能在河坎的芦苇丛里安静地歇着，惊不得。惊了，肛门一松，蛋就都滑脱到水中。以往每天早上老周五要从鸭栏里拾溜尖尖一大柳篮子鸭蛋，乐得从嘴角流哈喇子。这几日早上，只能捡几枚，连篮底都不能被遮住。

他断定是黄鼠狼盯住了他的鸭。

当阿雏听到他狠狠地向人诉说黄鼠狼的罪恶时，乜他一眼，嘴角一撇，心里阴笑。此事当然是他所为：他抱了一只猫，悄悄潜在芦苇里，瞅准机会，突然地将猫往鸭群里一抛！

阿雏不想就此罢休，阿雏从没饶过人。

立秋了。此地有个风俗：立秋这天家家要吃瓜。至于为什么要吃瓜，谁也说不出道理，只知道立秋要吃瓜，吃就行。

早上，阿雏在河边钓鱼，见老周五搂着一个大西瓜回家去了。等人都下地干活了，阿雏便闪进老周五家。他用小刀在西瓜上挖了个小洞，寻来一把勺，掏那沙沙的红瓤一顿痛吃，直吃得肚皮西瓜一般溜圆。

阿雏认定：周五爷特别可恶！

他蓄了一泡尿，刚想撒去，转眼一瞥空了腹的西瓜，那对短而窄的眼睛恶恶地盯住了它……

晚上，老周五拿出做上人的慷慨派头，大声叫，把儿孙们都唤了来，说是请他们吃瓜。一刀劈去，瓜顿成两半，黄汤四溅，流一桌子。

老周五气疯了，冲进厨房，抓着砧板和菜刀，冲到巷子里，用刀在砧板上一下一下地狠剁！这是这地方上最恶毒的一种诅咒人的方法，轻易是不用的。据讲，作恶者的灵魂会被剁死。老周五并不像一般人边剁边骂，而是默默地，一步一步往前走。他脸色发灰，冰冷，高高的眉棱下，一对微黄的眼珠卵石一般凝着。每刀剁下去，总要在砧板上留一道深深的印痕。有时刀尖入木太深了，竟然要摇动几下方可拔出。

阿雏一动不动地坐在门槛上，只将目光从眼梢上射出去，盯着老周五往前挪动的曲腿，用白得发亮的牙齿咬啮着指甲，直把指甲咬成锯齿一般。

几天以后，阿雏在一座木桥头与老周五相遇。当时，老周五正把一担粪撂在桥头喘息，打算待积蓄了力量后再挑过桥去。

“五爷，我帮你一桶一桶抬过去吧。”

这使老周五十分震惊：阿雏也肯帮人忙？阿雏！阿雏帮过谁的忙呀？！

“来吧，五爷。”阿雏抓住他的扁担了。

“我可独一份呀！”老周五有点受宠若惊了，感动得想哭，“哎！”

一桶粪抬过桥去，老周五屁颠颠地欲要转身返回把另一桶抬过来，阿雏却立住不动了，狡猾地一笑：“是你告诉杨老头子的？”

老周五脑子一时转不过来，不知如何作答，眼眶里净有眼白。

“鸭还下那么多蛋吗？”

“你……”

“西瓜好吃吗？”

扁担抡起来了。

阿雏并不躲让，侧身将两只胳膊交叉于胸前，双眼一闭。

老周五两脚后跟皆离地面，身体往前倾斜，脖子抻得很长，所有青筋都涨得又粗又黑，如一束管子，血往脑子里涌，那筋便突突地跳，眼角咧眦着，扁担在空中颤颤的：“我劈死你！”

阿雏无一丝惧色。

只有老周五的喘息声，风箱一般响。

“劈呀？怎么不劈呢？”阿雏微闭双目，用脚一下一下打着节拍。

扁担落下了，却落在地上，打出一个小坑。

阿雏走了，走了十步远，突然把小屁股冲着老周五高高地撅起，继而用手在上面有节奏地拍——这是这地方上表示蔑视和“我怕你个老鬼”的一个专门性动作。

老周五本可以将一担粪挑过河的，现在粪桶一头一只，来去不能。他抓着扁担在桥上来回乱走了几趟，然后在桥中间呆呆地站住了。不知过了多久，他蹲下，望着河水：“不念他没娘没老子，我不劈死他！他知道这一点，这个坏种知道！”转而愤怒地想，“以为我不敢劈死他吗？不敢？”老周五的眼睛罩了一层泪幕，模糊起来。他这一辈子还未曾被人如此要弄过。

五

阿雏守在路口：这是大狗放学回家的必经之路。

大狗从阿雏邪恶的眼睛里看出，阿雏心里起了什么念头。他像只小鸡子，探头探脑张望着往前蹭，见阿雏盘坐在路口，两条小腿发软了。他用求救的目光四下里寻找大人，可已近黄昏，人皆归家，路空空，田野空空。他想往后撤，却见阿雏已站起，一步一步地逼了过来。

大狗站住了，小脸黄黄的，眼睛里含着乞怜，望着阿雏。

“跟着我！”阿雏说。

穿过一块块田地，气氛越变越荒凉。一群白嘴鸦从暮空里滑过，发出翅膀摩擦气流的干燥寂寞的声音。暮色渐浓，天色暗淡下来。绿色的田野已在身后，出现在他们面前的是一片荒丘。荒丘上孤独地立着一株长得七丫八杈、扭扭曲曲的老树，天光阴晦，那老树变成黑色影子，竟像一只巨爪。东一座，西一座，荒丘上散落着老坟。

大狗寒冷起来，抬头望望天空，想寻一颗星星，然而天只光光的一片蓝。

“那天，我站在办公室里，你高兴了！”

“我……我没……没有……”

“没有？我瞧见你笑了。转过身去！”

大狗面对着朦胧莫测、似乎危机四伏的荒丘。

阿雏在田埂上坐下：“你看见什么了吗？”

“没有。”

“没看见鬼火？我可看见了。蓝色的，有个绿莹莹的外圈，一跳一跳的，你没看见？”

大狗把眼睛闭得绝对严实。

“这里有鬼，村里的大人都这么说。老周五找鸭还碰到过，几个老鬼，都没面孔，光溜溜的一张板子脸。几个小鬼在坟上跳着玩……你听见了吗？”

“听……听见了……”大狗的声音跑调了，“阿雏哥，我们回……回家吧。”

“怕什么，我坐着陪你呢。”

大狗壮着胆偷看一下黑荒丘，又赶紧闭上眼睛。

夜风在荒丘上吹着，枯索的茅草瑟瑟抖动。一只野鸡在黑暗深处忽地鸣叫起来。这单调的声音，给四周又添了几分荒寂。

阿雏大概是累了，不说话了。时间一寸一寸地在荒野上走过。

“阿雏哥……”大狗觉得四下里空空的。

没人应。

“阿雏哥……”大狗觉得黑暗沉重地裹着他。

没人应。

大狗扭头一看，阿雏早没影了，顿时像一只受惊的兔子撒腿往回跑，一边跑，一边大声呼喊：“阿雏！阿雏！”呼喊了两声，觉着没有用处，又叫爹叫娘。恐怖的哭腔在夜空下传播开去……

六

大狗病了，连发两天高烧，才渐渐好转。

照理，大狗老子完全可以抓住阿雏把他揍出一裤兜子屎来。可他自己就是不明白，为什么一见到阿雏那对喜爱盯人眼睛的眼睛，心里就空空地发虚。

大狗上学后，不再充当阿雏的尾巴，离他远远的，并且脸上少了以往那种见了他畏畏缩缩的神气，甚至敢拿眼睛瞪他，这使阿雏大为恼火。

“明天，该你给我带两只鸡蛋了！”阿雏说。

第二天大狗上学时，见了阿雏伸到他面前的手，却往开一拨，昂首挺胸大踏步地走了过去。

这回轮到阿雏吃惊了，那只伸出去就没空着回过的手，好像不是他自己的似的停在那里好一阵。眼见大狗就要踏进教室去，他连跑几步，揪住大狗的衣领，甩了几个浑圆，把他掼倒在地。

大狗爬起来，依然笔直地朝前走。

阿雏再度把他摔倒。

大狗爬起来，鼻孔流着血，一提裤子，还是朝前走，无比坚勇。

全体孩子都站立一旁看，一片寂静。

阿雏站到大狗面前，拦住去路。

大狗眼睛里噙着泪，眼珠灼灼地瞪着阿雏。他把书包掷出三米，没等众孩子反应过来，他已把脑袋往胸前一勾，牛一样对着阿雏冲过去。

阿雏一闪，大狗跌趴在地。半天，他慢慢抬起头来，嘴角流着血，歪着脸，狠巴巴地看着阿雏的眼睛。

阿雏站定了不动。

大狗从地上挣扎起来，再次反扑。这孩子不管不顾了，揪住阿雏的衣服，乱抓乱咬乱踢。

最弱小的大狗竟反叛了！

那些围观的孩子们激动得脸红红的，心抖抖的，肩挤肩，手拉手，把圈子越缩越小。

阿雏恶狠狠一拳，将大狗打翻在两米外的地上。

许多老师来了。

大狗将脑袋高昂，满面尘埃的脸上两道泪流滚滚直下。

许多孩子跟着莫名其妙地哭起来。

这所小学校的全体老师一起走向校长办公室，向韩子巷正式宣布罢教——除非立即开除阿雏！

韩子巷走到廊下，望着阿雏，凄惨一笑。良久，他说："把阿雏的作业簿找出来。"

一个老师去了。

"把阿雏自己带的凳子搬出教室。"

一个孩子去了。

他没有再看阿雏……

七

阿雏像一个幽灵，村里村外，成天游荡着。

跟随他的是无边无际的寂寞。

他百无聊赖地倚在柳树下，斜眼瞧一群蚂蚁来来去去，热热闹闹，顿生一股灭杀的欲望。他用瓦片刮起一层浮土，筑成土圩，将那群细腰小生灵全体囿于其中，然后站起，一拉裤带，让裤子一直掉到脚面。他把裤带晾在脖子上，随即，一泡又粗又急的尿一滴不落地全都注入圩中。他也不急着去将裤子提起，而是欣赏玩味着那些小生灵在水中翻滚挣扎的各种形象。他觉得它们很滑稽，太可笑。

他在柳树下似睡非睡地躺了半天，抓根树枝一边把空气抽得呲呲响，一边漫无目标地溜达。

不知是谁家准备砌房子，脱了满满一打谷场土坯，正一块块竖在那里晒。阿雏用脚一踢，一块土坯倒下去，压倒了另一块土坯，不一会，大约五十块一行的土坯就都“扑嘟扑嘟”倒了下去。这很有意思，阿维很开心，又一脚，再一脚，一场的土坯皆趴在了地上。

他还是不能快活。

他甚至讨厌天上的太阳 :“狗娘养的太阳，天天一样地晒人！”

不觉中，他已走到宽爷家院门口，往里一瞥，他又瞧到了墙上挂着的那面大铜锣。这几天，他老用眼睛瞟这面铜锣。

这里的规矩 : 锣是不能单敲的，尤其不能急促地单敲。因为这是这地方上的人一起确定下来的报火警的信号。这面锣是过去各家出份子钱铸的，一年四季挂在居于村中心的宽爷家。

他从宽爷家院门口走过去……

不知过了多少日子，一天下午，在地里干活的人，忽听村里的大铜锣“咣咣咣”不停顿地响起来了，纷纷扔掉手中的工具。不知谁发一声喊 :“救火呀！”全体村民都呐喊起来，斜刺里穿过庄稼地，朝村里疾跑。

于是，邻近几个村子的铜锣也呼应起来。这里称“失火”为“走水”，因此到处在嚷嚷 :“前村走水了！”他们拿着水桶、盆子、铁桶、瓦罐，浩浩荡荡，气势磅礴而壮观。

这里是芦荡地区，房子皆用芦苇盖就，一家“走水”，周围的村子都得来救的。每个村子里都有一种救火的大型工具，这里的人叫它为“水龙”。一个铜铸的喷水器安放在一个巨大的木桶里，由四个大汉抬着，到了“走水”地点放下，立即会自动地有一条从河边往上递水的队伍排成，水倒进大桶，八个大汉分站两边一递一下揿着水龙上的一根杠杆，杠杆带动活塞，水就从铜管里喷出，能喷出足五十米远。

现在，有四架水龙正往这里抬来，无数的人前呼后拥着它们。抬水龙的汉子打着昂扬的号子。

四下里一片足音。

一群“鼻涕猴”又惊又快活，到处蹦跳：“嗷——失火啦！失火啦！”像是盼得很久了。

阿雏早扔下铜锣，攀到村头那棵老银杏树的枝叶里藏着。他可以俯瞰一切。见人流滚滚，人声鼎沸，鸡飞狗跳，他感到一次被开除后从未有过的满足，一心想在树顶上哼支关于小媳妇什么的歌。

“谁家走水？”互相急促地问。

谁也说不清谁家走水。不一会儿，就证实了谁家也没有走水。

按迷信，水龙来了没喷水是不能抬回去的，必须让它意思一下，证明火已被它所救，不然，什么地方一定还要“走水”的。人们一听说这里并没有“走水”，神经一松弛，全然再没有兴致递水和揿杠杆了。村里的老人们出来作揖，这才一个个老大不快活地排列到水边去。

四架水龙开始意思了，对着房屋乱喷。外村人忽然觉着今天被耍弄了，几个揿杠杆的汉子大声嚷：“上水！再上！”管水管的几个，闭着眼睛，任意改变水管方向，有时径直朝人群喷去，于是人抱着头四下里逃散，不是把某家栅栏挤倒了，就是把院门挤坏了。不一会儿，就有许多人被浇成落汤鸡，一些人家的屋里也进了水，巷子里一片水汪汪的。外村人这才肯罢手，全体喉结一上一下地错动，“呼呼”直喘息。

村里如同遭了一场洗劫。

望望村外被践踏的庄稼地，再望望水淋淋的村子，一个老头用拐棍戳着地：“是谁敲的锣？”

没有声音。

“是谁敲的锣？！”许多人大声地喊，样子要吃人。

从草垛上跳下大狗：“我知道！”

八

上游发大水了，村里人很紧张：大坝一旦决口，大水就会将整个村子淹没。各户人家都做了往高地上撤的准备，河边上拴了许多船。

那些孩子们不想这些，照常玩。

大狗趴在船边上，放芦叶小船玩。

阿雏早就盯住了他，趁他玩得入迷，悄悄解了缆绳，紧接着操起竹篙，将船推向河心，又将竹篙在河边一点，纵身跃向空中，然后落在了船上。

大狗惶恐地：“放我上岸！”

“上岸？跳水吧。你跳下去，我一定会像你老子当年一样！”阿雏说这话时，阴冷阴冷的，全然不像个孩子。

大狗不会水，只好听阿雏摆布。

阿雏闭口不言，将小船拼命撑出河口，进了无边无涯的芦荡。阿雏扔下篙子，盘坐在船头上，任小船随波逐流往芦荡深处漂游。

远离人群，独自一人处在阿雏面前，又是在小船上，加之四周是白茫茫的水泊和一块块黑苍苍的芦苇滩，大狗真是发怵了。

船离村子已经很远了。

阿雏躺在船上，说：“是你，我被学校开除了。是你，告诉了他们，锣是我敲的，我被他们抓去关了两天半。他们用脚踢我！踢我的裤裆！”

“你想干吗？”

“送你到一个芦苇滩上去。也饿你两天半，然后我再来接你！”

“爸——爸！”

“喊吧喊吧，他们听不见了。”

大狗的眼睛瞪得很大，充满了恐惧。

船又漂出去一段路，隐隐约约地听见远方有人喊：“大坝决口了！”

阿雏站起来，只见天边一线白浪朝这里涌来，不一会儿，河水就开始摇晃小船。大狗蹲到船舱里，用手紧紧抓住船的横梁哭起来。

阿雏在鼻子里轻蔑地发一声“哼”。

船被涌浪又冲出几里路，被一块芦苇滩挡住。阿雏跳上岸，把缆绳拴在一把芦苇上：“大坝决口了，船顺浪回不去，今晚上陪你了，算你小子运气！”

大狗躺在芦苇滩上不停地哭。

阿雏火了：“你再猪哼哼，我把你推到水里！”

大狗就不再“猪哼哼”，但还是小声啜泣。

第二天天亮，他们发现小船在夜里被风浪冲走了。

阿雏望着汪汪水泊，愣住了。

于是大狗更加用劲地“猪哼哼”，并声嘶力竭地喊他的娘老子，声音很凄厉。

阿雏捂住耳朵，倒在芦苇上动也不动。

大狗的喉咙渐渐地没有了声响，可还是跪在水边上大张着嘴喊。

阿雏忽然从地上跳起，把他拖回来：“你喊，你再喊！”

大狗软软地倒在一堆芦苇上，眼睛里透出绝望来，望着阿雏。

阿雏走向芦苇丛。他头也不抬，一根一根地将芦苇使劲地撅断，撅了一垛，然后扎成捆，不停地干了一整天，黄昏时，已在荒无人烟的芦苇滩上搭成一个小窝棚。

九

一条船也没从这里经过，三天过去了。

阿雏和大狗每天靠苦涩的芦根充饥，脸瘦小了，眼睛却瘦大了，牙齿闪着白生生的光。

阿雏觉得心又慌又空，烦躁不安。

大狗反而显得无声无息。这孩子没有勇气和力量再去想心事。

“船！”阿雏叫起来。

卧着的大狗立即跳出窝棚。

远远的，有一叶白帆，在水天相接处滑行着。

他们竭尽全力呼喊，但饥饿使他们的声音过于微弱，白帆渐渐模糊，后来完全消失。

大狗浑身哆嗦起来，目光里充满哀怜。

“村里的人会来找我俩的。”阿雏望着朦胧的远方。

“会来找我俩吗？会来吗？”大狗往阿雏身边靠了靠。

“会来的，他们一定会来找我俩的！”

拂晓，阿雏把大狗摇醒了：“你听，你听！”

有人在很远的地方呼唤。

他们像狗一样爬出窝棚，跪在水边上，静静地听着。

“听见了吧，他们在叫我俩！”阿雏兴奋得攥紧双拳。

“大狗……”

声音越来越大，而且分别是从几个地方传来的。

“大狗……”

“大狗……”

只叫大狗，没人叫阿雏。

空气里弥满了“大狗”的声音，竟没有一声“阿雏”！

阿雏突然跌倒了。当他挣扎着抬起头来时，脸颊上是鲜血和泥土。

大狗站起来，欲要对呼唤声回答。

阿雏猛然将大狗摔倒。他的眼睛里发出两束饥饿而凶恶的光芒。

“大狗……”

其呼唤声哀切动人，使人想象到呼唤者眼睛里含着泪花。

阿雏粗浊地喘息起来，继而猛扑到大狗身上，对他劈头盖脑一顿猛揍。

大狗闭着眼睛，不做丝毫反抗，任他打，泪珠一滴一滴从眼角往下滚。

阿雏眼里汪满泪水，扔下大狗，走到一边去，坐在一捆芦苇上。

秋很深了，芦苇一片惨淡的黄。灰灰的天空下，凋落的银白芦花在漫游。大雁一行，横于高空，发着寂寞的叫声，吃力地扇动着黑翅往南飞。

阿雏望着天空，望着无家可归的雁们，泪无声地流在腮旁。

大狗爬过来，久久地望着阿雏：“阿雏哥！”他虚弱地叫了一声，便晕倒了。

阿雏走了，走向芦滩深处。过了很久很久，他才摇摇晃晃地回来。他的衣服被芦苇撕豁，手、胳膊和脸被芦苇划破，留下一道道伤痕。他身后的路，是一个又一个血脚印——尖利的芦苇茬把他的双脚戳破了。

他双手捧着一窝野鸭蛋。

他跪在大狗的身边，把野鸭蛋磕破，让那琼浆一样的蛋清和太阳一般灿烂的蛋黄慢慢流入大狗的嘴中……

十

夜空很是清朗，那星是淡蓝色的，疏疏落落地镶嵌在天上。一弯明月，金弓一样斜挂于天幕。芦苇顶端泛着银光。河水撞击岸边，水浪的清音不住地响。

两个孩子躺在芦苇上。

“你在想你的娘老子？”阿雏问，口气很冷。

大狗望着月亮。

阿雏坐起身来，用眼睛逼着大狗：“他们都希望我死，对吗？”

大狗依然望着月亮。

“没说过？”

大狗点点头。

“你撒谎！”

夜十分安静。

有一只野鸭从月光里滑过。阿雏的目光追随着，一直到它落进西边的芦苇丛中……

天亮了，阿雏挪动着软得像棉絮似的双腿，拨开芦苇往西走，轻轻地，轻轻地……他从一棵大树后面慢慢地探出脑袋：一只野鸭正背对着他在草丛里下蛋。他把眼睛紧紧闭上了，浑身不由自主地哆嗦起来。

他抓了一块割苇人留下的磨刀砖，花了大约半个小时，才扶着树干站起来。他的双腿一个劲地摇着，那块磨刀砖简直就要掉到地上。有那么一阵，他一点信心没有了，甚至想大叫一声，把那只野鸭轰跑。他的眼睛瞪得很大，抓砖的手慢慢举起来。砖终于掷出去，由于力量不够，野鸭没有被砸死，负了重伤后，扑棱着翅膀往前逃了。

阿雏瘫在地上，望着五米外在流血的野鸭，无能为力。

野鸭歇了一阵，又往前扑棱着翅膀。

阿雏站起来跑了几步，眼见着就要抓住它，却又跌倒了。

下面的情景就是这样无休止地重复着：他往前追，野鸭就往前扑，他跌倒了，那野鸭也没了力气，耷拉着双翅趴在地上，嘎嘎地哀鸣，总是有那么一段似乎永远无法缩短的距离。

野鸭本想从窝棚这里逃进水里，一见大狗躺在那里，眼睛闪闪亮，又改变了方向。

阿雏爬到已经饿得不能动弹的大狗身边："等我，我一定能抓住它！"他自信地笑了笑，回头望着野鸭，目光里充满杀气。

大狗望着阿雏：他渐渐消失在芦苇丛里。

野鸭终于挣扎到水里。阿雏纵身一跃，也扑进水中……

村里的人找到了大狗。他还有一丝气息。醒来后，他用眼睛四下里寻找："阿雏哥！阿雏哥呢？"这个孩子变得像个小老太婆，絮絮叨叨，颠三倒四地讲芦苇滩上的阿雏："我冷，阿雏哥把他的裤衩和背心都脱给了我……"他没有一滴眼泪，目光呆呆，说到最后总是自言自语那一句话，"阿雏哥走了，阿雏哥是光着身子走的……"

世界一片沉默。

人们去寻阿雏。

“阿雏！”

“阿雏——”

“阿雏～～”

“阿雏……”

男人的，女人的，老人的，小孩的呼唤声，在方圆十几里的水面上，持续了大约十五天时间。

一九八八年一月十日于北京大学二十一楼一〇六室

第十一根红布条

麻子爷爷是一个让村里的孩子们很不愉快甚至感到害怕的老头儿。

他没有成过家。他那一间低矮的旧茅屋，孤零零地坐落在村子后边的小河边上，四周都是树和藤蔓。他长得很不好看，满脸的黑麻子，个头又矮，还驼背，像背了一口沉重的铁锅。在孩子们的印象中，他从来就没有笑过。他总是独自一人，从不搭理别人。他除了用那头独角牛耕地、拖石磙，就很少从那片树林子里走出来。

反正孩子们不喜欢他。他也太不近人情了，连那头独角牛都不让孩子们碰一碰。

独角牛之所以吸引孩子们，也正在于独角。听大人们说，它的一只角是在它被买回来不久，被麻子爷爷绑在一棵腰一般粗的大树上，用钢锯给锯掉的，因为锯得太挨根了，弄得鲜血淋淋的，疼得牛直淌眼泪。

要不是别人劝阻，他还要锯掉它的另一只角呢。

孩子们常悄悄地来逗弄独角牛，甚至想骑到它的背上，在田野上疯两圈。

有一次，真的有一个孩子这么干了。麻子爷爷一眼看到了，不吱一声，闷着头追了过来，一把抓住牛绳，紧接着将那个孩子从牛背上拽下来，摔在地上。那孩子哭了，麻子爷爷一点儿也不心软，还用那对叫人心里发怵的眼睛瞪了他一眼，一声不吭地把独角牛拉走了。背后，孩子们都在心里用劲骂："麻子麻，扔钉耙，扔到大河边，屁股跌成两半边！"

孩子们知道了他的古怪与冷漠，不愿再理他，也很少光顾那片林子。大人们似乎也不怎么把他放在心里。村里有什么事情开会，从没有谁会想起来去叫他。地里干活，也觉得他这个人并不存在，他们干他们的，谈他们的。那年，人口普查，负责登记的小学校的一个女老师竟将在林子里住着的这个麻子爷爷给忘了。

全村人都把他忘了。

只有在小孩子落水后需要抢救的时候，人们才忽然想起他——严格地说，是想起他的那头独角牛来。

这一带是水网地区，大河小沟纵横交错，家家户户住在水边上，门一开就是水。太阳上来，波光在各户人家屋里直晃动。"吱呀吱呀"的橹声，"哗啦哗啦"的水声，不时地在人们耳边响着。水，水，到处是水。这里倒不缺鱼虾，可是，这里的人却十分担心孩子掉进水里被淹死。

你到这里来，就会看见：生活在船上的孩子一会走动，大人们就用根布带将他拴着；生活在岸上的孩子一会走动，则常常被新搭的篱笆挡在院子里。他们的爸爸妈妈出门时，总忘不了对看孩子的老人说："奶奶，看着他，水！"那些老爷爷老奶奶腿脚不灵活了，撵不上孩子，就吓唬说："别到水边去，水里有鬼呢！"这里的孩子长到十几岁了，还有小时候造成的心理阴影，晚上死活不肯到水边去，生怕那里冒出一个黑乎乎的东西来。

可就是这样，也还是免不了有些孩子要落水。水太吸引那些不知道它厉害的孩子了。小一点儿的孩子总喜欢用手用脚去玩水，稍大些的孩子，则喜欢到河边放芦叶船或爬上拴在河边的放鸭船，解了缆绳荡到河心去玩。河流上漂过一件什么东西来，有放鱼鹰的船路过，卖泥螺的船来了……这一切，都能使他们忘记爷爷奶奶的告诫，而被吸引到水边去。脚一滑，码头上的石块一晃，小船一歪斜……断不了有孩子掉进水里。有的自己会游泳，当然不碍事。没有学会游泳的，有机灵的，一把死死抓住水边的芦苇，灌了几口水，自己爬上来了，吐了几口水，突然哇哇大哭。有的幸运，淹得半死被大人发现了救上来。有的则永远也不会回来了。特别是到了发大水的季节，方圆三五里，三天五天就传说哪里哪里又淹死了个孩子。

落水的孩子被捞上来，不管有救没救，总要进行一番紧张的抢救。这地方上的抢救方法很特别：牵一头牛来，把孩子横在牛背上，然后让牛不停地在打谷场上跑动。那牛一颠一颠的，背上的孩子也跟着一下一下地跳动，这大概是起到人工呼吸的作用吧，有救的孩子，在牛跑了数圈以后，自然会"哇"地吐出肚里的水，接着"哇哇"哭出声来："妈妈……妈妈……"

麻子爷爷的独角牛，是全村人最信得过的牛。只要有孩子落水，便立即听见人们四下里大声吵嚷着："快！牵麻子爷爷的独角牛！"也只有这时人们才会想起麻子爷爷，可心里想着的只是牛而绝不是麻子爷爷。

如今，连他那头独角牛，也很少被人提到了。它老了，牙齿被磨钝了，跑起路来慢慢吞吞的，几乎不能再拉犁、拖石磙子了。包产到户，分农具、牲口时，谁也不肯要它。只是麻子爷爷什么也不要，一声不吭，牵着他养了几十年的独角牛，就往林间的茅屋走。牛老了，村里又有了医生，所以再有孩子落水时，人们不再想起去牵独角牛了。至于麻子爷爷，那更没有人提到了。他老得更快，除了守着那间破茅屋和老独角牛，很少走动。他几乎终年不再与村里的人打交道，孩子们也难得看见他。

这是发了秋水后的一个少有的好天气。太阳在阴了半个月后的天空出现了，照着水满得就要往外溢的河流。芦苇浸泡在水里，只有穗子晃动着。阳光下，是一片又一片水泊，波光把天空映得刷亮。一个打鱼的叔叔正在一座小石桥上往下撒网，一抬头，看见远处水面上浮着个什么东西，心里一惊，扔下网就沿河边跑过去，走近一看，掉过头扯破嗓子大声呼喊："有孩子落水啦——"

不一会，四下里都有人喊："有孩子落水啦——"

于是河边上响起纷沓的脚步声和焦急的询问声："救上来没有？""谁家的孩子？""有没有气啦？"等那个打鱼的叔叔把那个孩子抱上岸，河边上已围满了人。有人忽然认出了那个孩子："亮仔！"

亮仔双眼紧闭，肚皮鼓得高高的，手脚发白，脸色青紫，鼻孔里没有一丝气息，浑身瘫软。看样子，没有多大救头了。

在地里干活的亮仔妈妈闻讯，两腿一软，扑倒在地上："亮仔——"双手把地面抠出两个坑来。人们把她架到出事地点，见了自己的独生子，她一头扑过来，紧紧搂住，大声呼唤着："亮仔！亮仔！"

很多人跟着呼唤："亮仔！亮仔！"

孩子们都吓傻了，一个个睁大眼睛，有的吓哭了，紧紧地抓住大人的胳膊不放。

"快去叫医生！"每逢这种时候，总有些沉着的人。

话很快地传过来了："医生进城购药去了！"

大家紧张了，胡乱地出一些主意："快送镇上医院！""快去打电话！"立即有人说："来不及！"又没有人会人工呼吸，大家束手无策，河边上只有叹息声、哭泣声、吵嚷声，乱成一片。终于有人想起来了："快去牵麻子爷爷的独角牛！"

一个小伙子蹿出人群，向村后那片林子跑去。

麻子爷爷像虾米一般蜷曲在小铺上，他已像所有将入土的老人一样，很多时间是靠卧床度过的。他不停地喘气和咳嗽，像一辆磨损得很厉害的独轮车，让人觉得很快就不能运转了。他的耳朵有点儿背，勉勉强强地听懂了小伙子的话后，就颤颤抖抖地翻身下床，急跑几步，扑到拴牛的树下。他的手僵硬了，哆嗦了好一阵，也没有把牛绳解开。小伙子想帮忙，可是独角牛可怕地喷着鼻子，除了麻子爷爷能牵这根牛绳，这头独角牛是任何人也碰不得的。他到底解开了牛绳，拉着它就朝林子外走。

河边的人正拥着抱亮仔的叔叔往打谷场上涌。

麻子爷爷用劲地抬着发硬无力的双腿，虽然踉踉跄跄，但还是跑出了超乎寻常的速度。他的眼睛不看脚下坑洼不平的路，却死死盯着朝打谷场涌去的人群：那里边有一个落水的孩子！

当把亮仔抱到打谷场时，麻子爷爷居然也将他的牛牵到了。

“放！”还没等独角牛站稳，人们就把亮仔横趴到它的背上。喧闹的人群突然变得鸦雀无声，无数目光一齐看着独角牛：走还是不走呢？

不管事实是否真的如此，但这里的人都说，只要孩子有救，牛就会走动，要是没有救了，就是用鞭子抽，火烧屁股腚，牛也绝不肯跨前一步。大家都屏气看着，连亮仔的妈妈也不敢哭出声来。

独角牛“哞”地叫了一声，两只前蹄不安地刨着，却不肯往前走。

麻子爷爷紧紧地抓住牛绳，用那对浑浊的眼睛逼视着独角牛的眼睛。

牛终于走动了，慢慢地，沿着打谷场的边沿。

人们围成一个大圆圈。亮仔的妈妈用沙哑的声音呼唤着：

“亮仔，乖乖，回来吧！”

“亮仔，回来吧！”孩子和大人们一边跟着不停地呼唤，一边用目光紧紧盯着独角牛。他们都在心里希望它能飞开四蹄迅跑——据说，牛跑得越快，它背上的孩子就越有救。

被麻子爷爷牵着的独角牛真的跑起来了。它低着头，沿着打谷场“哧通哧通”地转着，一会儿工夫，蹄印叠蹄印，土场上扬起灰尘来。

“亮仔，回来吧！”呼唤声此起彼伏，像是真的有一个小小的灵魂跑到哪里游荡去了。

独角牛老了，跑了一阵，嘴里往外溢着白沫，鼻子里喷着粗气。但这畜生似乎明白人的心情，不肯放慢脚步，拼命地跑着。扶着亮仔不让他从牛背上颠落下来的，是全村力气最大的一个叔叔。他曾把打谷场上的石磙抱起来绕场走了三圈。就这样一个叔叔也跟得有点儿气喘吁吁了。又跑了一阵，独角牛“哞”地叫了一声，速度猛地加快了，一蹿一蹿，屁股一颠一颠，简直是在跳跃。那个叔叔张着大嘴喘气，汗流满面。他差点儿赶不上它的速度，险些松手让牛把亮仔掀翻在地上。

至于麻子爷爷现在怎么样，可想而知了。他脸色发灰，尖尖的下颌不停地滴着汗珠。他咬着牙，拼命搬动着那双老腿。他不时地闭起眼睛，就这样昏头昏脑地跟着牛，脸上满是痛苦。有几次他差点儿跌倒，可是用手撑了一下地面，跌跌撞撞地向前扑了两下，居然又挺起身来，依然牵着独角牛跑动。

有一个叔叔眼看着麻子爷爷不行了，跑进圈里要替换他。麻子爷爷用胳膊肘把他狠狠地撞开了。

牛在跑动，麻子爷爷在跑动，牛背上的亮仔突然吐出一口水来，紧接着“哇”的一声哭了。

“亮仔！”人们欢呼起来。孩子们高兴得抱成一团。亮仔的妈妈向亮仔扑去。

独角牛站住了。

麻子爷爷抬头看了一眼活过来的亮仔，手一松，牛绳落在地上。他用手捂着脑门，朝前走着，大概是想去歇一会儿，可是力气全部耗尽，摇晃了几下，扑倒在地上。有人连忙过来扶起他。他用手指着不远的草垛，人们立即明白了他的意思：他要到草垛下歇息。

于是他们把他扶到草垛下。

现在所有的人都围着亮仔。这孩子在妈妈的怀里慢慢睁开了眼睛。

妈妈突然把他的头按到自己的怀里大哭起来，亮仔自己也哭了，像是受了多大的委屈。人们从心底舒出一口气来：亮仔回来了！

独角牛在一旁"哞哞"叫起来。

"拴根红布条吧！"一位大爷说。

这里的风俗，凡是在牛救活孩子以后，这个孩子家都要在牛角上拴根红布条。是庆幸？是认为这头牛救了孩子光荣？还是对上苍表示谢意而挂红？这里的人并没有一个明确的说法，只知道，牛救了人，就得拴根红布条。

亮仔家里的人，立即撕来一根红布条。人们都不吱声，庄重地看着这根红布条拴到了独角牛的那根长长的独角上。

亮仔已换上干衣服，打谷场上的紧张气氛也已飘散得一丝不剩。惊慌了一场的人们在说："真险哪，再迟一刻……"老人们不失时机地教训孩子们："看见亮仔了吗？别到水边去！"人们开始准备离开了。

独角牛"哞哞"地对着天空叫起来，并在草垛下来回走动，尾巴不停地甩着。

"噢，麻子爷爷……"人们突然想起他来了，有人便走过去，叫他，"麻子爷爷！"

麻子爷爷背靠草垛，脸斜冲着天空，垂着两只软而无力的胳膊，合着眼睛。那张麻脸上的汗水已经被风吹干，留下一道道白色的汗迹。

"麻子爷爷！"

"他累了，睡着了。"

可那头独角牛用嘴巴在他身下拱着，像是要推醒它的主人，让他回去。见主人不起来，它又来回走动着，喉咙里不停地发出"呜呜"的声音。

一个内行的老人突然从麻子爷爷的脸上发现了什么，连忙推开众人，走到麻子爷爷面前，把手放到他鼻子底下。大家看见老人的手忽然控制不住地颤抖起来。过了一会儿，老人用发哑的声音说："他死啦！"

打谷场上顿时一片寂静。

人们看着他：他的身体因衰老而缩小了，灰白的头发上沾着草屑，脸庞清瘦，因为太瘦，牙床外凸，微微露出发黄的牙齿，整个面部还隐隐显出刚才拼搏着牵动独角牛而留下的痛苦。

不知为什么，人们长久地站着不发出一点儿声息，像是都在认真回忆着，想从往日的岁月里获得什么，又像是在思索，在内心深处自问什么。

亮仔的妈妈抱着亮仔，第一个大声哭起来。

"麻子爷爷！麻子爷爷！"那个力气最大的叔叔使劲摇晃着他——但他确实永远地睡着了。

忽地许多人哭起来，悲痛里含着悔恨和歉疚。

独角牛先是在打谷场上乱蹦乱跳，然后一动不动地卧在麻子爷爷的身边。它的双眼分明汪着洁净的水——牛难道会流泪吗？它跟随麻子爷爷几十年了。麻子爷爷确实锯掉了它的一只角，可是，它如果真的懂得人心，是永远不会恨他的。那时，它刚被买到这里，就碰上一个孩子落水，它还不可能听主人的指挥，去打谷场的一路上，它不是赖着不走，就是胡乱奔跑。好不容易牵到打谷场，它又乱蹦乱跳，用犄角顶人。那个孩子当然没有救活，有人叹息说："这孩子被耽搁了。"就是那天，它的一只角被麻子爷爷锯掉了。也就是在那天，它比村里人还早地就认识了自己的主人。

那个气力最大的叔叔背起麻子爷爷，走向那片林子，他的身后，是一条长长的默不作声的队伍………

在给他换衣服下葬的时候，从他怀里落下一个布包，人们打开一看，里面有十根红布条，也就是说，加上亮仔，他用他的独角牛救活过十一条小小的生命。

麻子爷爷下葬的第二天，村里的孩子首先发现，林子里的那间茅草屋倒塌了。大人们看了看，猜说是独角牛撞倒了的。

那天独角牛突然失踪了。几天后，几个孩子驾船捕鱼去，在滩头发现它死了，一半在滩上，一半在水中。人们一致认为，它是想游过河去的——麻子爷爷埋葬在对岸的野地里，后来游到河中心，它大概没有力气了，被水淹死了。

它的那只独角朝天竖着，拴在它角上的第十一根鲜艳的红布条，在河上吹来的风里飘动着……

枪　魅

一

野鸭阿西醒来时，发现自己在一只柳条编织而成的笼中。

它想，它一定被猎人的枪打伤了，并且伤得很重，便呻吟起来。可是，它慢慢感觉到，它身上并无疼痛的地方。它歪着脑袋，仔细检查了自己，并未发现伤痕。它又用扁嘴掀起羽毛细察，终未找到枪伤。“那我怎么被关到笼中了呢？”它很有点儿困惑。

它大胆朝笼外看去，猎人正坐在凳子上擦他的猎枪。阿西一阵哆嗦，抖得翎子索索地响。

它隐隐约约地记得，当时它和阿秀它们正在水面上嬉闹，突然一声枪响，它眼前一阵发黑，便什么也不知道了。

它自然害怕这杆枪。

当它明白了这一点——它不是被枪打晕，而是吓昏过去——以后，它确实有点儿害臊。

这个猎人（它现在当然不知道他将是它的主人）长得糊里糊涂的，眼睛、鼻子、嘴拥挤在一张黑黄的脸上，两只耳朵被蓬乱而枯焦的头发掩去一半。但眼中闪出的狡诈，却是分明的，甚至能穿透灵魂。他聚精会神地擦他的枪。这支枪我们实在不敢恭维——一支老枪。稍有出息的猎人，都不再使用这种家伙了。但他似乎很爱这个宝贝，擦得认真而有耐心，直至把它擦得锃亮。他站起身，用一种很不入眼的姿势端起这杆枪，朝前瞄着，并仿佛眼前有什么飞物，一本正经地盯住，而随之转动着身体……枪口一下对准了笼中的阿西。

阿西又几乎要昏厥过去了。

猎人放下枪，走过来，望着它，发出一阵怪笑："我不会杀死你的，我要将你驯成一只出色的枪魅！"

这地方，有不少猎人将他们捕获的活的猎物加以驯导，使它们专门干将其同类引诱到他们枪口之下的勾当。它们被称为"枪魅"。

猎人把阿西抛进了池塘。

阿西有点儿惶惑：他把我放了？它不敢贸然起飞，先用嘴"吧唧吧唧"喝了几口水，又用嘴撩起水，战战兢兢地洗了洗脖子。水珠在它的背上滴溜溜滚动着。它一歪脑袋，琥珀色的眼睛在阳光下反射出一束光芒。它又见到了那瓦蓝而广阔的天空：好自由的天空啊！阿西的心头涌起一阵兴奋。它简直要哭了。空气清新、湿润。微风轻轻拂动，掀翻着它一身好看的羽毛。一支陌生的鸭队从池塘边的白杨树顶上飞过，不紧不慢地朝远空飞去了。

坐在池塘边的猎人在闭目养神。

这使阿西的心紧缩成一团。它用爪朝前划动着。当它看准了猎人确实闭着眼睛时，它突然起飞，展开双翅，朝着蓝色的天空飞去。当它满以为重新获得了天空时，它觉得飞不动了。它使劲扇动着翅膀，最终还是“扑通”一声倒栽在池塘里——它的腿上被拴了一根长长的绳子。

猎人朝它大笑起来，直笑得前仰后合，气接不上来，捧着肚子，流出眼泪，最后一头栽倒在池塘里。他钻出水面后，依然还用雄鸭一般的嗓音笑个不停。

阿西哭了。

猎人像收钓鱼线一样，将绳子一圈一圈往手上绕着。

阿西一点儿也不反抗，像只死鸭子，耷拉着翅膀，让绳子牵着，被猎人毫不留情地拽向岸边。

二

猎人抓住湿漉漉的阿西，重新将它扔进笼子里。

笼子被猎人挂在池塘边的树丫上。阿西见着水见着天，可被囚着。清清池水的涟漪，空中飞鸟的翱翔，所有这一切，都刺激着阿西。它渴望着自由自在的生活。

多么惬意的翱翔!

可是猎人根本不理会它，扔下它走了。

阿西蹲在笼中，默默地想念着那些美好的光景——

它跟随一支庞大的鸭队，几乎飞过半个地球。飞过一座座树林、一条条大河和一汪汪湖泊。有时飞得极高，在云层里穿行。气流像水一样漫过脊背，两只翅膀在空气中划动，发出动听的“沙沙”声。它们一个挨一个，姿势优雅而轻松，像一页页纸在空中悠然飘动。沉、浮，浮、沉，飞行是那么的惬意。鸭队在空中不时变化着队形，但从来不乱。它们在蓝色的天空上，留下一个又一个优美的图形，使寂寞单调的天空有了内容。常常是在夜空下飞行。那时，阿西有一种说不清的神秘感和宁静感。看不见河流和村庄，什么也看不见。它们就这样在凉丝丝、蓝幽幽的空气中往前飞。具体飞向什么地方，它们并不清楚。但它们都能凭着自己的感觉，飞向它们愿意到达的地方。即使夜间的飞行，它们都是很有秩序的。听着同伴双翅划破空气的声音，各自都能准确地保持在自己的航线上。黑夜的柔纱似有似无地抚摸着它们。高远处的星光，常使它们迷离恍惚地觉得自己是在飞向天堂。

它们随时都可能降落。或落在一片芦苇荡中，或落在一汪林间湖泊之上，或落在一片水田里。降落是一件让阿西身心愉悦的事情。它们斜着身子盘旋着，盘旋着。湿润的水汽，对长旅的它们，具有极大的诱惑力。它们越飞越低，终于一个个“扑啦啦”落进水中。有时，阿西会禁不住仰空长叫一声，声音在宁静的世界里显得极为纯净动听。

也许水下世界比空中世界更使阿西着迷。

阿西一撅屁股，朝深水中扎去。小水泡“咕噜咕噜”地响着。潜到一定深度，它便伸长脖子朝前游去。四周水晶般透明。水草像一股股袅袅飘动的烟。各种各样的鱼，在水中闪烁着亮光。一只只白玉般的虾，或攀附在水草和芦苇秆上，或以一种奇怪的游动方式向前推进。有一种鱼的额头，像缀了一颗蓝晶晶的宝石，在水底世界发出十分美丽的光芒。几只河蚌在沉寂荒凉的河底，留下一道道永不为世人所知的线条。

阿西让羽毛蓬松开，让清纯冰凉的河水浸泡着。那时的阿西，是很陶醉的。

当然，阿西最怀念的还是妹妹阿秀。

阿西还隐隐约约地记得，那天，它啄开了蛋壳，正用新奇的目光打量着一个光明的世界，只听见身旁另一只蛋中发出的"笃笃"的声响。它用耳朵贴在那只蛋上听了一会，问："你是谁呀？""我是阿秀。""你使劲啄呀！"阿秀猛一啄，出来了。阿秀毛茸茸的，那张小小的、金黄色的嘴可比阿西那张嘴秀气多了。阿西挺喜欢阿秀，便带着它，走出芦苇丛，走进了湖泊。从此，它们形影不离。阿秀总是"阿西阿西"地叫着，跟随着阿西，从北方飞向南方，又从南方飞向北方。

"阿秀在哪儿呢？"

阿西很伤感地望着笼外那片没有动静的天空……

三

一连三天，猎人没有给阿西一口食、一口水。阿西饿得皮包骨头，立不起身子来。

小鱼小虾就在眼前的池塘里游动着，似乎带着一点儿挑逗性。

猎人终于端着一瓢水来了。

阿西急切地伸过脖子去，想痛饮几口这生命之水。

然而猎人却发一声冷笑，把瓢端开，高高举起，慢慢地将水倾倒在池塘中。

阿西只好可怜巴巴地望着那小瀑布似的水。

又过了两天，猎人把一群家鸭赶进了池塘。那群家伙在池塘里得意得要命。喝水，捕捉鱼虾，惬意地扇动翅膀，激起一蓬蓬水花。它们吃吃喝喝，然后就呱呱呱地欢叫。

阿西眼馋得很，可是只能伸长脖子干咽。

猎人出现了。他手中拿着一支点着的纸芒，把猎枪架在河坎上。

正当阿西琢磨猎人的行为时，猎人过来，打开笼门，把阿西放到水池中。

猎人趴到地上，吹了一口纸芒，朝装在猎枪上的导火线凑去。

阿西一见，一头扎到池塘里。过了一会儿，它便听见“砰”的一声，枪响了。

不知为什么，猎人把阿西从水中拖出来，笑眯眯地赏给它好几只虾、好几条鱼、好几口清水。

阿西吞咽了食物之后，又被猎人放回池塘。猎人又趴到地上，又吹了一口纸芒，又朝导火线凑去。阿西又照样扎进水中。枪声再次响起。阿西又再次得到了猎人奖赏的食物。

猎人的这种奇怪行为，重复了十几回，阿西终于在脑海中形成了一个记忆：当猎人将要点燃导火线时，我便扎进水中，枪响之后，就能得到食物。

以后几天，猎人还教会阿西，当把它放到水上时，它应当很高兴地唱它过去最爱唱的歌。

这天，猎人带着阿西，驾着小船，驶进了茫茫的芦苇荡。

芦苇深处，是一大片水面。猎人将小船藏到芦苇丛中，架好枪，点着纸芒，把阿西放到了水中。

于是阿西便唱起那支歌：

水好清澄呀，
水草好茂盛呀，
鱼好多呀，
虾好肥呀，
鸭们，快快落下来呀……

一队野鸭正从天空飞过，听见阿西的歌声，便一圈一圈旋转下来，落进水里。

猎人吹了一口纸芒，朝导火线凑去。

阿西犹豫了一下，赶紧扎入水中。

枪声过后，阿西从水中钻出。眼前情景好惨：水面上，像草把一样，漂浮着一片野鸭，它们的血将水都染红了。

四

阿西呆呆地停泊在那一大片尸体中间。

天阴沉沉的，水阴森森的。四周是一片凄凉的宁静。

猎人荡着小船，喜滋滋地过来，将那些野鸭捞起扔到船舱里，最后将麻木了的阿西抓进笼中。这回猎人更加慷慨，端了满满一小盆鱼虾，放到阿西嘴边。阿西依然麻木着。

归途中，阿西醒来了。当它回忆起刚才所见的惨状时，它发疯似的朝笼外挣扎着，弄得羽毛纷纷掉下，额头上撞出血来，后来，便软瘫了下去。

阿西一连几天拒绝进餐。

但，最终还是凶恶狡诈、惯于软硬兼施的猎人胜利了。阿西一次又一次地将同类引诱到猎人的枪口下。现在，当阿西再看到水面上同类的尸体时，已没有痛苦，一副麻木不仁的样子。

这种血腥的捕杀每完成一次，猎人总要给予阿西一连好几日的奖赏。猎人甚至毁掉了囚笼，只用绳子拴着它的腿，让它自由地在池塘中游荡。猎人还将几只漂亮的母家鸭赶到池塘，陪伴着它。家鸭们对它很崇拜，因为它们不能飞上天。池塘虽小，且又不能远走高飞，但阿西还是有了几分得意。

阿西心情一好，便留意起自己的形象来。它歪着脖子，仔细打量着映在水中的自己。它发现自己很英俊。

阿西确实已是一只长得很帅的公鸭了。一身厚厚实实的羽毛，包住了结实的身体。羽毛油光水滑，在阳光下闪闪发亮。修长的脖子，质地如同牛角一般的嘴巴，金灿灿的双爪，明亮的眸，与那群家鸭比起来，阿西更是光彩夺目。最值得阿西骄傲的，是脖子上那圈紫金色的羽毛。那羽毛是多么高贵啊，尤其是在阳光下。那是一个美丽的光环。

阿西游动起来也极有样子，高昂着脖子，在水面上轻盈如一片羽毛朝前滑行，不像家鸭们很没有必要也很不文明地弄出许多水花和一条水道来。

猎人居然让它站在他的肩头上，走到人们面前去。

它常常听到人们对它的赞美。

这天，猎人用肩头带着它来到集市上。

“这只枪魅卖吗？”有人开玩笑地问。

“卖。”猎人说。

“你开玩笑。”

“不，真卖。”猎人很认真。

这一说可不得了，围过来许多猎人：

“多少钱？”

“你们自己出价，我拣最高价出手。”

“一百！”

“一百五！”

“二百！”

“二百五，不能再高了。”

“谁说不能再高了，我出三百！”

最后，有人竟敢出五百块钱。

猎人从肩上抱下阿西，放在手上：“多漂亮的一只枪魅啊！”

那个出五百块钱的人，伸手过来取阿西。

猎人摇头大笑：“开个玩笑。这枪魅难道是能用钱买得到的吗？无价之宝啊，无价之宝！”说罢，将阿西放在肩头，拨开人群，朝前走去。

人群着了魔一样，“呼啦啦”尾随其后。

阿西像只鹰，一动不动，高傲地站立在猎人的肩头。

五

阿西又被猎人带到芦苇荡中的一片水面上。

将近中午时，终于等来了一支野鸭队。

于是，阿西唱起来。

于是，那支野鸭队盘旋下落。

“阿西——”

阿西正要细瞧，阿秀一个旋转，已经落到了它的面前。一年多不见了，阿西忘记了一切，激动得用嘴不住地点水，向阿秀诉说着思念之情。阿秀已经出落成一只漂亮的母鸭，只是清瘦了一些。这是阿西熟悉的鸭队。鸭们围着它们兄妹俩，都为它们的团圆而高兴。

“阿秀一直在寻找你。”

阿秀温柔而喜悦地望着阿西。

水面上，充满了鸭们的欢乐。

阿西用嘴亲昵地给阿秀梳理着羽毛。

“阿西哥，这一年里，你就独自到处流浪？”阿秀伤心地问。

阿西愣了一下，随即点点头。

“那回，从北边来了一只鸭，硬对我说，你还在想阿西，真傻！阿西已经做了枪魅啦……”

阿西浑身一震。

“它还说，不知有多少鸭队被你引诱到猎人的枪口下……”

阿西低下头去：“它胡说。”

“它说，你还不信，我就是死里逃生。我就骂它：不准你污蔑我阿西哥！我阿西哥才不是那样的鸭呢！它还要说，我就用嘴咬它，一边咬一边哭。谁让它污蔑我阿西哥呢！”

阿秀乖巧地偎依在阿西的身边。

“它就满天下打听你的下落。不知飞过多少森林，多少村庄和田野。有时夜里突然失声大叫，惊得大伙都醒来。它想你想急了，不管谁劝，它也不听，愣要深更半夜就启程去找你。我们只好陪着它。”

阿西一转脑袋，看见了猎人手中已经点着了的纸芒。

“你们走吧。”阿西说。

“怎么？你不跟我们一起走？”鸭们纷纷围过来。

“不……”

“阿秀，你快跟大伙一起走吧。”阿西说。

阿秀很吃惊：“你……不要我啦？”

“不……不是……”

“我哪儿也不去。我就要和你待一块。”阿秀用嘴去摩挲着阿西的脖子。

猎人吹亮了纸芒，示意阿西潜入水中并将纸芒凑向导火线。

“你们快飞呀！有枪！”

鸭们并不相信阿西的话。因为，所有的鸭们都相信阿西是一只好鸭。

阿西一头扎进水中。它突然想起阿秀那对带着泪光的眼睛和那支日夜兼程四处寻找它的鸭队，猛地钻出水面，发出一阵谁也不敢当作玩笑的鸭们只在特别紧急的情况下才使用的警报声。

鸭们“哗啦啦”飞向天空。

枪响了。阿西最后看了一眼已在空中的阿秀和鸭队，慢慢闭上了眼睛。

萧瑟的秋风吹皱了它身体周围一汪阴凉阴凉的湖水……

一九八八年四月二十六日于北京大学二十一楼一〇六室

甜橙树

男孩弯桥，一早上出来打猪草，将近中午时，觉得实在太累了，就拖着一大网兜草，来到油麻地最大的一棵甜橙树下，仰头望了望一树的甜橙，咽了一口唾沫，就躺在了甜橙树下。本来是想歇一会儿再回家的，不想头一着地，眼前的橙子就在空中变得虚虚飘飘，不一会儿就睡着了，一睡着就沉沉的，仿佛永远也醒不来了。

那只草绳结的大网兜，结结实实地塞满了草，像一只硕大的绿球，沉重地停在甜橙树旁，守候着他。

秋天的太阳雪一般明亮，但并不强烈地照着安静的田野。

田埂上，走着四个孩子：六谷、浮子、三瓢和红扇。今天不上学，他们打算今天一整天就在田野上晃悠，或抓鱼，或逮已由绿色变成棕色的蚂蚱，或到稻地里逮最后一批欲飞又不能飞的小秧鸡，或干脆就摊开双臂、叉开双腿，在田埂上躺下晒太阳——再过些日子，太阳就会慢慢地远去了。

他们先是看到弯桥的那只装满草的大网兜，紧接着就看到了躺在甜橙树下的弯桥。四个人都有一种说不出的兴奋，沿着田埂，向甜橙树一路跑来。快到甜橙树时，就一个一个地变成了猫，向弯桥轻轻地靠拢，已经变黄的草在他们的脚下慢慢地倒伏着。走在前头的，有时停住，扭头与后面的对一对眼神，动作就变得更轻了。那番机警的动作，不免有点儿夸张。其实，这时候即使有人将弯桥抱起来扔进大河里，他也未必能醒来。

他们来到了甜橙树下，低头弯腰，轻轻地绕着弯桥转了几圈，之后，就轻轻地坐了下来，或望望睡得正香的弯桥，或互相挤眉弄眼，然后各自挪了挪屁股，以便向弯桥靠得更近一些。他们脸上有一种压抑不住的快乐，仿佛无聊乏味的一天，终于因弯桥的出现，忽然有了一个让人喜悦的大转折。

此时，弯桥只在他的无边无际的睡梦里。

阳光透过卵形的甜橙树的叶子，筛到了弯桥的身上、脸上。有轻风掠过枝头，树叶摇晃，光点、叶影便纷乱错动，使四个孩子眼中的弯桥，显得有点儿虚幻。

弯桥笑了一下，并随着笑，顺嘴角流下粗粗一串口水。

女孩红扇“扑哧”一声笑了——笑了一半，立即缩了脖子，用手紧紧捂住了嘴巴。

光点、叶影依然在弯桥身上、脸上晃动着，像阳光从波动的水面反映到河岸的柳树上一般。

几个孩子似乎想要干点儿什么，但都先按捺住自己心里的一份冲动，只安然坐着，有趣地观望着沉睡中的弯桥……

弯桥是油麻地村西头的光棍刘四在四十五岁时捡到的。那天早上，刘四背只鱼篓到村外去捉鱼，过一座弯桥时，在桥头上看到了一个布卷卷，那布卷卷的一角，在晨风里扇动着，像只大耳朵。他以为这只是一个过路的人丢失在这里的，看了一眼就想走过去，不想那布卷卷竟然自己滚动了一下。桥头是个斜坡，这布卷卷就因那小小的一个滚动，竟止不住地一直滚动起来，并越滚越快。眼见着就要滚到一片水田里去了。刘四撒腿跑过去，抢在了布卷卷的前头，算好了它的来路，双脚撇开一个“八”字，将它稳稳挡住了。他用脚尖轻轻踢了踢布卷卷，觉得有点儿分量，就蹲下来，用又粗又短的手指，很笨拙地掀起布卷卷的一角，随即“哎哟”一声惊呼，一屁股跌坐在地上。等他缓过神来时，只见布卷卷里有一张红扑扑的婴儿的脸，那婴儿似乎很困，微微睁了一眼，鱼一般吧唧了几下小嘴，就又睡去了。

人越来越多地走过来。

刘四将布卷卷抱在怀里，四下张望，一副手足无措的样子。

人群里一片叽喳：“大姑娘生的。”“是个小子。”“体面得很。”“大姑娘偷人生的都体面。”……

油麻地一位最老的老人拄着拐杖，对刘四大声说：“还愣着干什么？抱回去吧！你命好，讨不着老婆，却能白得一个儿子。命！”

跟着刘四，弯桥在油麻地一天一天地长大了。先是像一条小狗摇摇晃晃地、很吃力地跟着刘四，接下来就能与刘四并排走了，再接下来，就常常抛下刘四跑到前头去了。但到八岁那年春天，弯桥却得了一场大病。那天，他一天都觉得头沉得像顶了一扇磨盘，晚上放学回家时，两眼一黑栽倒了，滚落到一口枯塘里。刘四穷，家里没有钱，等东借西借凑了一笔钱，再送到医院时，弯桥已叫不醒了。医生说他得的是脑膜炎。抢救了三天，弯桥才睁开眼。等他病好，再走在油麻地时，人们发现，这孩子有点儿傻了。他老莫名其妙地笑，在路上，在课堂上，甚至是在挺着肚皮撒尿时，都会没理由地说笑就笑起来。有些时候，还会自言自语地说一些让油麻地所有的人都听不懂的话。

油麻地的孩子们，都希望能见到弯桥，因为这是一个可能获取快乐的机会。有时，他们还会觉得弯桥有点儿可怜，因为养他的刘四实在太穷了。油麻地最破的房子，就是刘四的房子。说是房子，其实很难算是房子。油麻地的人根本不说刘四的房子是房子，而说是“小草棚子”。别人家的孩子，只要上学，好赖都有一个书包，弯桥却用不起书包——哪怕是最廉价的。刘四就用木板给弯桥做了一只小木箱。当弯桥背着小木箱，屁颠屁颠地上学时，就总会有一两个孩子顺手从地上捡根小木棍，跟在弯桥后头，“噼里啪啦”地敲那小木箱。敲快活了，还会大声吆喝：“卖棒冰——”弯桥不恼，抹抹脑门上的汗，害羞地笑笑。学校组织孩子们进县城去玩，路过电影院，一见是打仗片，三瓢第一个掏钱买了张票，紧接下来，一个看一个，都买了票，一晃的工夫，四五十个人就都呼啦啦进了电影院，只剩下弯桥独自一人在电影院门口站着。刘四无法给他零用钱。等电影院的大门关上后，弯桥就在电影院门口的台阶上坐下，用双手抱着双腿，然后将下巴稳稳地放在双膝上，耐心地等电影散场，等三瓢他们出来。一街的行人，一街的自行车车铃声。弯桥用有点儿萎靡的目光，呆呆地看着街边的梧桐树。他什么也不想，只偶尔想到他家的猪。猪几乎就是弯桥一人饲养的。刘四每捉一只小猪回来，就立即盘算得一清二楚：等猪肥了卖了钱，多少用于家用，多少用于给弯桥交学费、添置新衣。从弯桥能够打猪草的那一天起，他就知道，他要和刘四好好地养猪，把猪养得肥肥的。他从未饿过猪一顿。他总要打最好最好的猪草——是那种手一掐就冒白浆浆的猪草。电影终于散场了，三瓢们一个个看得脸上红通通的，出了电影院的大门都好一会儿工夫了，目光里还带着几丝惊吓和痛快。弯桥被他们感染了，抓住三瓢的或六谷的或浮子的或其他人的胳膊，向他们打听那部电影演的是什么。起初，三瓢们都还沉浸在电影里没出来，不理会他。待到愿意理会了，有的就如实地向他描述他们所看到的，有的就向他故意胡编乱造。弯桥是分不出真假的，就都听着。听着听着就在心里犯嘀咕：怎么三瓢说那个人被枪打碎了脑袋，六谷却说那个人最后当了营长呢？一路上，他就在心里弄不明白。不明白归不明白，但也很高兴……

太阳光变得越来越明亮。

弯桥翻了个身，原先贴在地上的脸颊翻到了上面。三瓢们看到，弯桥的脸颊压得红红的，上面有草和土粒的印痕。

红扇用手指了指弯桥的嘴，大家就都伸过头来看，弯桥又笑了，并且又从嘴角流出粗粗一串口水。

田埂上偶尔走过一个扛着工具回家的人。

三瓢觉得腿有点儿坐麻了，站了起来，跑到甜橙树的背后，一拉裤带，裤子“哗啦”落在脚面上，然后开始往甜橙树下的黑土里撒尿。尿声提醒了六谷与浮子，先是六谷过来，再接着是浮子过来，与三瓢站成一个半圆，试着与三瓢尿到一个点上。

三瓢他们是五年级，红扇才二年级，但红扇知道害臊了，嘴咕嘟着，将脸扭到一边，并低下头去。但她却无法阻挡由三个男孩一起组成的联合撒尿声。随着尿的增多，地上积了水，尿声就洪大起来，“噗噗噗”，很粗浊地响。

当三瓢、六谷、浮子系上裤子，低头看了一眼由他们尿成的小小烂泥塘时，他们同时互相感应到了对方心里生起的一个恶恶的念头。先是三瓢从地上捡起一根小木棍，蹲下来搅拌起烂泥塘。土黑油油的，一种黑透了的黑，三瓢一搅拌，汪着的尿顿时就变得像黑墨水。

六谷低声说：“能写大字。”

浮子从近处摘了一张大大的青麻叶，用手托着，蹲在了三瓢的身旁。

三瓢扔掉了木棍，捡起一块窄窄的木板条，将黑黑的泥浆一下一下挑到了浮子手中的青麻叶上。

那边，心领神会的六谷拔了四五根毛茸茸的狗尾巴草过来了。

三瓢、六谷、浮子看了看动静，在弯桥身边蹲下。

红扇起初不明白三瓢他们到底要对弯桥做什么，但当她看见三瓢像用一支毛笔蘸墨水一样用一根狗尾巴草蘸黑泥浆时，就一下子明白了他们的心机。她没有立即过来，而是远远地坐着。她不知道自己是否应当参加他们的游戏。

弯桥翻了一个身，仰面朝天。他的鼻翼随着重重的呼吸，在有节奏地扇动。

阳光照着一树饱满的、黄亮亮的像涂了一层油的甜橙。它们又有点儿像金属制成的，随着风的摇动，在阳光下，一忽一忽地打亮闪。一些绿得发黑的叶子飘落下来，其中有三两片落在了弯桥蓬乱的头发里。

弯桥的脸上像淡淡的云彩一般，又闪过一丝似有似无的笑意。

浮子望着三瓢，用大拇指在上唇两侧，正着刮了一下，又反着刮了一下。

“八”字胡。明白。三瓢用左手捋了捋右手的袖子，轻轻地、轻轻地，在弯桥的上嘴唇上先来了左一撇。

六谷早用手中的狗尾巴草饱饱地蘸了黑泥浆，轻轻地，轻轻地，在弯桥的上嘴唇上又来了右一撇。

很地道、很传神的两撇八字胡，一下子将弯桥的形象改变了，变得让三瓢他们几乎认不出他是弯桥了。

浮子将三瓢和六谷挤开，一手托着一青麻叶的黑泥浆，一手像画家拿了支画笔似的拿着蘸了泥浆的狗尾巴草，觉得弯桥眉毛有点儿淡，就很仔细地将弯桥的两道眉毛描得浓黑浓黑的。

弯桥一下子变得很神气，很英俊，像条走路走累了的好汉，困倒在了甜橙树下。

红扇在三瓢、六谷和浮子一边耳语一边捂住嘴笑时，轻轻走过来，见了弯桥的一张脸，“扑哧”笑了。

弯桥脸上的表情似乎受了惊动，凝住了片刻，但，又很快回到原先那副沉睡的状态里。

三瓢他们几个暂且坐在了地上，看看被围观的弯桥，又互相望着，偷偷地乐。

太阳移到甜橙树的树顶上，阳光直射下来，一树的橙子越发地亮，仿佛点着了似的。

红扇说：“该回家了。”

但三瓢、浮子、六谷都觉得不尽兴。眼前舒舒服服地躺着睡大觉的弯桥，似乎并未使他们产生足够的快乐。这凭什么呢？弯桥凭什么不让他们大大地快活一顿呢？

三瓢扔掉了手中的狗尾巴草，直接用手指蘸了蘸青麻叶上的黑泥浆，在弯桥的脸蛋上涂抹起来。他想起七岁前过年时，他的妈妈在他的脸上慢慢地涂胭脂。一圈一圈，一圈一圈，一个圆便从一分硬币大，到五分硬币大，直到膏药那么大。

弯桥一下显得滑稽了。

红扇看得两腮红红的，眉毛弯弯的，眼睛亮亮的。

三瓢轻声问："红扇，你想涂吗？"

红扇摇摇头："臊。"

浮子说："用狗尾巴草。"

红扇说："那也臊。"

六谷说："还有半边脸，你不涂，我可涂了。"

三瓢觉得红扇不涂，有点儿吃亏。他要主持公道，将一根狗尾巴草递给红扇："涂吧。"

红扇蹲了下来。

浮子立即用双手托着青麻叶。

红扇真的闻到了一股尿臊味，鼻子上皱起细细的皱纹，本来长长的鼻子一下子变短了。浮子赶紧将青麻叶从红扇的面前挪开了一些。

红扇跪了下来，用白嫩的小胖手拿着狗尾巴草，蘸着黑泥浆，在弯桥的另一半脸蛋上涂起来。她涂得很认真，一时忘了是在涂弯桥的脸，而觉得是在上一堂美术课，在涂一幅老师教的画。红扇是班上学习最认真也最细心的女孩。红扇干什么事都认真细心。她一笔一笔地涂，涂到最后，自己的脸几乎就要碰到弯桥的脸了。那时，她也闻不出黑泥浆散发出的尿臊味了。她一边涂，一边还与另一半脸蛋上的“膏药”比大小。既然这一半脸蛋上的“膏药”是她涂的，那她就得一丝不苟地涂好，要涂得与那一半脸蛋上的“膏药”一般大小才是。

红扇涂得三瓢、浮子和六谷都很着急。

终于涂好了。红扇扔掉了黑头黑脑的狗尾巴草，长出一口气。三瓢他们也跟着她长出一口气。

他们都站了起来，然后绕着弯桥转圈儿。

红扇先笑起来，随即三瓢他们也一个接一个地笑了起来，越笑声越大，越笑越疯，越笑越放肆，直笑得东倒西歪。后来，浮子笑瘫在了地上，红扇笑得站不住，双手抱住了甜橙树。

弯桥在笑声中醒来了。

笑声渐渐变小，直到完全停止。

三瓢他们四个，有坐在地上的，有弯着腰的，有仰着脖子朝天的，有抱着甜橙树的，在弯桥慢慢支撑起身子时，他们的笑声停止了，但姿态却一时凝固在了那里。

弯桥适应了光线，依然支撑着身体，惊奇地：“三瓢、浮子、六谷、红扇，你们四个人都在这儿！”他闭了一阵双眼，又将它们慢慢睁开，但半眯着，“你们知道吗？我刚才做了一串梦，把你们一个一个地都梦到了。”

三瓢、浮子、六谷、红扇有些惊讶与好奇，一个个围着弯桥坐在地上。

弯桥往甜橙树的树根挪了挪，轻轻地靠在甜橙树的树干上。

“先梦见的是红扇。那天很热，热死人了。我跟红扇躲到一个果园里摘树上的梨吃。好大好大的一个果园，我从没有见过那么大的一个果园。红扇吃一个，我吃一个，我们不知吃了多少梨。不知怎么的，杨老师就突然站在了那儿。直直的，那么高，就站我眼前。他不说话，一句也不说。他好像不会说话。我和红扇就跟着他走，可我就是走不动。红扇走几步，就停下来等我。走着走着，就看到了一棵甜橙树，树荫有一块田那么大。‘在毒太阳下面站着！’杨老师说完了，人就变成一张纸，一飘一飘的就没了。我和红扇不怕，有那么大一块树荫呢！我朝红扇笑，红扇朝我笑。我们摘树上的橙子吃，一人一只大甜橙。吃着吃着，树荫变小了，越变越小，我们就挤一块儿。树荫就那么一点点大，下面只能站一个人，另一个人得站在太阳下。一个大毒太阳，有洗澡的木盆大。橙子树晒卷了叶，橙子像下雨一样往下落。你说奇怪吧，叶子全掉光了，那一片树荫却还在。可还是只能阴凉一个人。我和红扇要从甜橙树下逃走，一张纸飞来了，就在空中转着圈儿，飘，飘，飘……我们知道那是杨老师。红扇把我推到树荫下。我跳了出来，她又把我推到树荫下，她一定要把树荫让给我。我不干，她就哭，就跺脚。树荫像一把伞。我站在伞底下。伞外面是毒太阳，是个大火球。我要走出树荫，可是，红扇抬头一看，我就定住了，再也走不出树荫。树荫下阴凉阴凉的，好舒服。红扇就站在太阳下，毒太阳！渐渐地，她的头发晒焦了。我对她说：‘把树荫给你吧。’她不回头。我就又往树荫外面走，她一回头，我又走不动了，两只脚像粘在了树荫下。一地晒卷了的树叶，红扇用舌头舔焦干的嘴唇，我看着就哭起来，一大滴眼泪掉在了地上，潮了。你们知道吗？潮斑在长大、长大，不知怎么的，就变成了树荫，越变越大，越变越大，一直又变到一块田那么大……”

远处的田野上，有人在唱山歌，因为离得太远，声音传到甜橙树下时，已经没头没尾了。

三瓢、浮子、六谷和红扇都坐着不动。

“接下来，我就梦见了三瓢，”弯桥回想着，“是在荒地里。天底下好像一个人也没有了，就我们两个人。我们走了好多天好多天，就是走不出荒地。那才叫荒地呢，看不到一条河，看不见一点儿绿，满眼的枯树、枯草。天上连一只鸟也没有。四周也没有一点点儿声音。我和三瓢手拉着手。我和他的手好像长在一块，再也不能分开了。没有风，可到处是尘土，卷在半空里，像浓烟，把太阳都罩住了。我总是走不动，三瓢就使劲拉着我。真饿，我连土块都想啃。想看见一条河，想看见一个村子，想看见一户人家。我想掐一根青草在嘴里嚼嚼，可就是找不到一根青草，心里好生气，朝枯草踢了一脚，吓死人啦，那草被我一踢，你们猜怎么着？烧着了！一忽，就变成了一大片火，紧紧地撵在我们屁股后头。三瓢拉着我，拼命地跑。后来，我实在跑不动了，就倒在了地上。三瓢解下裤带，拴在我脚脖上，拖着我往前走。地上的草油滑油滑的，我觉得自己是躺在雪地上，三瓢一拖，我就滑动起来，像在天上飞。也不知是什么时候，三瓢大声叫我：‘弯桥，你看那！’我从地上爬起来，往前看。你们知道我看见什么啦？一棵甜橙树！它长在大堤上。知道大堤有多高吗？在云彩里。整个大堤上，什么也没有，就一棵甜橙树。我们手拉着手爬上大堤。知道这棵甜橙的树叶有多大吗？巴掌大。我和三瓢没有一丝力气了，就坐在甜橙树下。我们都仰脸朝上望，心里想：上面要挂着橙子，该多好！……橙子！”弯桥仰着脸，用手指着甜橙树的树冠，眼睛里闪烁着光芒，“橙子！就一颗橙子，一颗好大好大的橙子！三瓢也看到了，抱着树干爬起来。我爬不起来了，直挺挺地躺在地上。三瓢说：‘你在下面等着。’他就朝甜橙树上爬去。我记得他是个光身子，只穿了条裤子，鞋也没有。他爬上去了。那颗橙子就在他眼前，红红的。他伸手去摘，怪吧？那颗橙子飞到另一根枝头上去了。它会飞！你们见过夏天的鬼火吗？它就像鬼火。它在甜橙树上飞来飞去。我躺在地上干着急：‘在这儿，在这儿！’三瓢从这根树枝爬到那根树枝，上上下下追那颗橙子，可怎么也追不着。三瓢靠在树枝上直喘气，汗落下来，‘噗嗒噗嗒’掉在我脸上，砸得我脸皮麻。那颗橙子就在他眼前一动不动地挂着，亮闪闪的，像盏灯。我瞧见三瓢把身子弯向前去，一双眼睛好亮好亮，紧紧盯着橙子。我的嗓子哑了，说不出话来。我就使劲喊：‘三瓢，你要干什么？’我还没有把话喊完，他就朝那颗橙子扑了过去……‘扑通’一声，他连人带橙子从空中跌在地上。他双手抱着橙子，一动不动地躺在那儿。我就大声叫他：‘三瓢！三瓢！’他醒了，把橙子送到我手上。我推了回去。他又推了回来：‘吃吧，就是为你摘的。’”

弯桥仰望着甜橙树上的橙子，两眼闪着薄薄的泪光。

刚才在远处田野上唱山歌的人，好像正朝这边走过来，因为他的歌声正渐渐变大变清晰。

三瓢、浮子、六谷和红扇都往弯桥跟前挪了挪。

“要说到你了，六谷。”弯桥将身子往下出溜一些，以便更舒坦地靠在甜橙树的树干上。他将两条腿伸开，交叉着。“你们梦见过自己生病吗？我梦见自己生病了。一种特别奇怪的病。不发烧，哪儿也不疼，就是没精神，不想吃饭，不想打猪草，不想上学，也不想玩。看了好多地方，都治不好。有一天，我路过六谷家的院子，听到六谷家院子里的甜橙树上有鸟叫，不知怎的，就浑身发抖。抖着抖着就不抖了。我就听鸟叫，听着听着，我就想吃饭，就想打猪草，就想上学，就想跟你们一起到地里疯玩。我的病，一下子就好了。我抬头去看甜橙树上的鸟：它站在鸟窝边上，一个小小的鸟窝，鸟也小小的，白颜色，雪白，嘴巴和爪子都是红色的，金红，好干净，好像刚刚用清水洗过似的。它歪着头朝我看，我也歪着头朝它看。它又叫开了。我从没听见过这么好听的鸟声……”弯桥沉醉着，仿佛又听到了鸟的叫声。“从那以后，我就知道了，能治好我病的，就是那只鸟，全油麻地的人都知道我得了一种很怪很怪的病。六谷就对他家树上的鸟说：‘去吧，飞到弯桥家去吧。’六谷很喜欢这只鸟。它一年四季就住在六谷家的甜橙树上叫。鸟不飞。六谷就用竹竿赶它：‘去吧，去吧，飞到弯桥家去吧。’鸟在天上飞了几圈，就又落下来了。它离不开甜橙树。他央求树上的鸟：‘去吧。弯桥躺在床上呢，只有你能救他。’鸟就是不肯飞。六谷急了，就用石子砸它。鸟由六谷砸去，就是不飞……不知是哪一天，我坐在门前晒太阳，就听见门口大路上，轰隆轰隆地响。我抬头一看，路上全都是大人、小孩。你们知道我看见什么了？甜橙树，六谷家的甜橙树！六谷手里拿着他爸爸赶牛的鞭子，在赶那棵树。他扬了扬鞭子，甜橙树就摇摇晃晃地往前走。梦里头看不清它是怎么走的，反正它正朝我们家走来。六谷有时把鞭子往空中一抽，就听见‘叭’的一声响，崩脆，像放鞭炮。甜橙树越来越大，大人小孩就跟着，闹闹嚷嚷的，也不知他们在说些什么。我看到鸟了。它守在窝上，甜橙树晃晃悠悠的，它也晃晃悠悠的。它忽然在甜橙树上飞起来，在树枝间来回地飞。后来，它落在最高的枝头上，对着天叫起来。大人小孩都不说话，就听它叫……从此，甜橙树就长在了我家的窗前，每天早上，太阳一出，那只鸟就开始叫……”

弯桥觉得自己是在说傻话，显得有点儿不好意思。

唱山歌的人离甜橙树越来越近了。悠长的山歌，一句一句地送到了甜橙树下。

三瓢、浮子、六谷和红扇又往弯桥跟前挪了挪。

弯桥看了看那只大网兜，有了想回去的心思，但看到三瓢他们并无一丝厌烦的意思，就又回到了说梦的念头上：“最后梦到的是浮子……梦里，我先见到了我妈妈。”弯桥立即变成一副幸福无比的样子，“我妈妈长得很漂亮很漂亮，真的很漂亮。她梳一根长长的、长长的大辫子，牙齿特别特别地白。她朝我笑，还朝我招手，让我过去。我过不去，怎么也过不去。我看到妈妈眼睛里都是泪，亮晶晶的。我朝妈妈招手，妈妈却不见了，但半空里传来了妈妈的声音：‘我在大河那边……’妈妈的声音，好听极了，一直钻到你心眼眼里。前面是一条大河。世界上还有这么大的大河！你们都没有见过。一眼望不到边，就是水，白汪汪的水。可没有浪，连一丝水波也没有。有只鸽子想飞过去，想想自己可能飞不过去，又飞回来了。我就坐在大河边上，望大河那边，望妈妈。没有岸，只觉得岸很远很远。妈妈肯定就在那边。没有船，船忽然全没有了。浮子来了。他陪着我坐在大河边上，一直坐到天黑。第二天，我又坐到大河边上。浮子没来陪我。第三天，他也没有来。红扇来了，说：‘浮子这两天一直坐在他家甜橙树下。’我问红扇：‘他想干什么？’红扇说：‘他想锯倒甜橙树。’‘锯倒甜橙树干什么？’‘做船，为你做船。’我离开大河边，就往浮子家跑。浮子家门前有棵甜橙树，一棵这个世界上最大的甜橙树。我跑着，眼前什么也没有，只有那棵甜橙树。一树的绿叶，一树的橙子。我跑到了浮子家。甜橙树，好好的，高高大大地站在那儿。浮子一见我，就朝我大声喊：‘别过来！别过来！’就听见‘咔嚓’一声，甜橙树倒下了，成千上万只橙子在地上乱滚，我只要一跑，就会踩着一只橙子，滑跌在地上……一连好几天，浮子就在他家门前凿甜橙树，他要把它凿成一条船。他一边凿一边掉眼泪。我知道，他最喜欢的东西，就是他家的甜橙树。他却朝我笑笑：‘你要见到你妈妈了……’”

弯桥望着他的四个好同学、好朋友，泪光闪闪，目光一片迷蒙。

三瓢、浮子、六谷、红扇都低着头。

唱山歌的人终于走过来了。是个白胡子老汉。见到甜橙树下坐着五个孩子，越发唱得起劲。唱着唱着，又走远了。

弯桥上身直直的，盘腿坐在橙子树下，沾着泥巴的双手，安静地放在双腿上。

三瓢、浮子、六谷和红扇抬起头来望弯桥时，不知为什么，都想起了村后寺庙里那尊默不作声的菩萨。

红扇哭起来。

弯桥以为自己说错了什么，有点儿慌慌张张地看着三瓢、浮子、六谷。

三瓢爬起来，蹲到了那个小小烂泥塘边。当他一转脸时，发现浮子、六谷也都蹲到了烂泥塘边。他先是伸了一根指头，蘸了点儿黑泥浆涂到脸上，随即将一只巴掌放到了黑泥浆上，拍了拍，又在脸上拍了拍……

浮子、六谷都学三瓢的样子，将自己的脸全涂黑了，只留一双眼睛眨巴眨巴的。

红扇走过来，也蹲在烂泥塘边。她看了看三张黑脸，伸出手指头，蘸了黑泥浆，一点一点，很仔细地在自己脸上涂起来，样子像往自己的小脸蛋上涂香喷喷的雪花膏。

三瓢他们不着急，很耐心地等她。

当四张黑脸一起出现在弯桥面前时，弯桥先是吓得紧紧靠在甜橙树上，紧接着大笑起来。

三瓢他们跳着，绕着弯桥转圈儿。他们的脸虽然全涂黑了，但，仍然看得出他们在笑。

“黑泥浆在哪儿？”弯桥问。

三瓢、浮子、六谷、红扇不作声，用手指了指甜橙树后。

弯桥一挺身爬起来，找到烂泥塘后，用两只巴掌在黑泥浆上拍了拍，然后像刷泥墙一般在脸上胡乱地涂抹起来。

三瓢他们让出一个空位置来给弯桥。

五个孩子，一样的黑脸，像五个小鬼一般，在甜橙树下转着圈儿，又跳又唱……

二〇〇二年一月二十二日晚写成于北京大学蓝旗营

辑二

长篇小说节选

声音一会儿像蓝晶晶的冰雹在蓝晶晶的冰上跳着，

一会儿像一束细长的金色的光线，

划过荷田的上空，

一会儿又像有人往清潭里丢了几枚石子。

笛声一响，似乎万籁俱寂。

那高阔神秘的夜空下，也只有这一缕笛声了。

白雀（上）

一

差不多每个地方上的文艺宣传队，都是由这个地方上的学校提供剧本并负责排练的。桑乔既是油麻地学校文艺宣传队的导演，也是油麻地地方文艺宣传队的导演。

桑乔的导演不入流，但却很有情趣。他不会去自己做动作，然后让人学着做。因为他的动作总不能做到位，他嘴里对人说："瞧着我，右手这么高高地举起来。"但实际上他的右手却并未高高地举起来，倒像被鹰击断了的鸡翅膀那么耷拉着。人家依样画葫芦，照他的样做了，他就生气。可人家说："你就是这个样子。"于是，桑乔就知道了，他不能

注：《白雀（上、下）》《细马》节选自作者长篇小说《草房子》。

给人做样子。这样一来，他倒走了大家的路子：不动手动脚，而是坐在椅子上或倚在墙上，通过说，让演员自己去体会，去找感觉。

桑乔导演的戏，在这一带很有名气。

桑乔既是一个名校长，又是一个名导演。

农村文艺宣传队，几乎是常年活动的。农忙了，上头说要鼓劲，要有戏演到田头场头；农闲了，上头说，闲着没事，得有个戏看看，也好不容易有个工夫好好看看戏；过年过节了，上头说，要让大伙高高兴兴的，得有几场戏。任何一种情况，都是文艺宣传队活动的理由。

油麻地地方文艺宣传队，在大多数情况之下，是与油麻地小学的文艺宣传队混合在一起的，排练的场所，一般都在油麻地小学的一幢草房子里。

排练是公开的，因此，实际上这地方上的人，在戏还没有正式演出之前，就早已把戏看过好几遍了。他们屋前屋后占了窗子，或者干脆挤到屋里，看得有滋有味。这时，他们看的不是戏，而是看的如何排戏。对于他们来说，看如何排戏，比看戏本身更有意思。一个演员台词背错了，只好退下去重来，这有意思。而连续上台三回，又同样退下去三回，这便更有意思。

一场不落看排练的是秦大奶奶。

油麻地小学校园内，唯一一个与油麻地小学没有关系的住户，就是孤老婆子秦大奶奶。只要一有排练，她马上就能知道。知道了，马上就搬了张小凳拄着拐棍来看。她能从头至尾地看，看到深夜，不住地打盹了，也还坐在那儿老眼昏花地看。为看得明白一些，她还要坐到正面来。这时，她的小凳子，就会放到了离桑乔的藤椅不远的一块显眼的地方。有人问她：你听明白了吗？”她朝人笑笑，然后说：“听明白啦：他把一碗红烧肉全吃啦。”要不就说：“听明白啦：王三是个苦人，却找了一个体面媳妇。”众人就乐，她也乐。

今年的夏收夏种已经结束，油麻地地方文艺宣传队要很快拿出一台戏来，已在草房子里排练了好几日了，现在正在排练一出叫《红菱船》的小戏。女主角是十八岁的姑娘白雀。

白雀是油麻地的美人。油麻地一带的人说一个长得好看的女孩儿，常习惯用老戏里的话说是“美人”。

白雀在田野上走，总会把很多目光吸引过去。她就那么不显山不露水地走，但在人眼里，却有说不明白的耐看。她往那儿一站，像棵临风飘动着嫩叶的还未长成的梧桐树，亭亭玉立，依然还是很耐看。

白雀还有一副好嗓子。不洪亮，不宽阔，但银铃般清脆。

桑乔坐在椅子上，把双手垂挂在扶手上，给白雀描绘着：一条河，河水很亮，一条小木船，装了一船红菱，那红菱一颗一颗的都很鲜艳，惹得人都想看一眼；一个姑娘，就像你这样子的，撑着这只小船往前走，往前走，船头就听见击水声，就看见船头两旁不住地开着水花；这个姑娘无心看红菱——红菱是自家的，常看，不稀罕，她喜欢看的是水上的、两岸的、天空的好风景；前面是一群鸭，船走近了，才知道，那不是一群鸭，而是一群鹅；芦苇开花了，几只黄雀站在芦花顶上叫喳喳，一个摸鱼的孩子用手一拨芦苇，露出了脸，黄雀飞上了天；水码头上站着一个红衣绿裤的小媳妇，眯着对眼睛看你的船，说菱角也真红，姑娘也真白，姑娘你就把头低下去看你的红菱；看红菱不要紧，小木船撞了正开过来的大帆船，小船差点翻了，姑娘你差点跌到了河里，你想骂人家船主，可是没有道理，只好在心里骂自己；姑娘一时没心思再撑船，任由小船在水上漂；漂出去一二里，河水忽然变宽了，浩浩荡荡的，姑娘你心慌了，姑娘你脸红了——你想要到的那个小镇，就立在前边不远的水边上；一色的青砖，一色的青瓦，好一个小镇子，姑娘你见到小镇时，已是中午时分，小镇上，家家烟囱冒了烟，烟飘到了水面上，像飘了薄薄的纱；你不想再让小船走了，你怕听到大柳树下笛子声——大柳树下，总有个俊俏后生在吹笛子……

桑乔的描绘，迷住了一屋子人。

白雀的脸红了好几回，仿佛那船上的姑娘真的就是她。

这出小戏，就只有一把笛子伴奏。吹笛子的是蒋一轮。

桑桑最崇拜的一个人就是蒋一轮。蒋一轮长得好，笛子吹得好，篮球打得好，语文课讲得好……桑桑眼里的蒋一轮，是由无数个好加起来的一个完美无缺的人。

蒋一轮长得很高，但高得不蠢，高得匀称、恰当。油麻地不是没有高个，但不是高得撑不住，老早就把背驼了，就是上身太长，要不就是两条腿太长，像立在水里的灰鹤似的。蒋一轮只让人觉得高得好看。蒋一轮的头发被他很耐心地照料着，一年四季油亮亮的，分头，但无一丝油腔滑调感，无一丝阔小开的味道，很分明的一道线，露出青白的头皮，加上鼻梁上架了一副眼镜，就把一股挡不住的文气透给人。

蒋一轮的笛子能迷倒一片人。

蒋一轮的笛子装在一只终年雪白的布套里。他取出笛子时，总是很有章法地将布套折好放到口袋里，绝不随便一团巴塞到裤兜里。在蒋一轮看来，笛子是个人，那个布套就是这个人的外衣。一个人的外衣是可以随便团巴团巴乱塞一处的吗？蒋一轮在吹笛子之前，总要习惯性地用修长的手指在笛子上轻轻抚摸几下，样子很像一个人在抚摸他所宠爱的一只猫或一条小狗。笛子横在嘴边时，是水平的。蒋一轮说，笛子吹得讲究不讲究，第一眼就看笛子横得水平不水平。蒋一轮的笛子横着时，上面放个水平尺去测试，水平尺上那个亮晶晶的水珠肯定不偏不倚地在当中。蒋一轮吹笛子从来不坐下来吹。这或许是因为蒋一轮觉得坐下来，会把他那么一个高个儿白白地浪费了。但蒋一轮说：“笛子这种乐器，就只能站着去吹。”最潇洒时，是他随便倚在一棵树上或随便一个什么东西上。那时，他的双腿是微微交叉的。这是最迷人的样子。

桑桑每逢看见蒋一轮这副样子，便恨胡琴这种乐器只能一屁股瘫在椅子上拉。

《红菱船》的曲子就是蒋一轮根据笛子这种乐器的特性，自己作的，蒋一轮自然吹得得心应手。

桑乔将《红菱船》已导演出来了点样子之后，就对蒋一轮与白雀说：“差不多了，你们两个另找个地方，再去单练吧。”

二

晚上，桑桑在花园里循声捉蟋蟀，就听见荷塘边的草地上有笛子声，隔水看，白雀正在笛子声里做动作。今晚的月亮不耀眼，一副迷离恍惚的神气。桑桑看不清蒋一轮与白雀，但又分明看得清他们的影子。蒋一轮倚在柳树上，用的是让桑桑最着迷的姿势：两腿微微交叉着。白雀的动作在这样的月光笼罩下，显得格外地柔和。桑桑坐在塘边，呆呆地看着，捉住的几只蟋蟀从盒子里趁机逃跑了。

微风翻卷着荷叶，又把清香吹得四处飘散。几枝尚未绽开的荷花立在月色下像几支硕大的毛笔，黑黑地竖着。桑桑能够感觉到：它们正在一点一点地开放。

夜色下的笛子声不太像白天的笛子声，少了许多明亮和活跃，却多了些忧伤与神秘。夜越深越是这样。

路过塘边的人，都要站住听一会儿，看一会儿。听一会儿，看一会儿，又走了。但桑桑却总在听，总在看。桑桑在想：有什么样的戏，只是在月光下演呢？

不知是哪个促狭鬼，向池塘里投掷了一块土疙瘩，发一声“咚”的水响，把蒋一轮的笛音惊住了，把白雀的动作也惊住了。

桑桑在心里朝那个投掷土疙瘩的人骂了一声：“讨厌！”但笛音又响起来了，动作也重新开始。如梦如幻。

过了一个星期，彩排结束后，桑乔说：“《红菱船》怕是今年最好的一出戏了。”

演出是在一个晴朗无风的夜晚。演出的消息几天前就已传出去了，来看演出的人很多。舞台就设在油麻地小学的操场上。在通往油麻地小学操场的各条路上，天未黑，人便一缕一缕地往这边走了。老头老太太，大多扛了张板凳，而孩子们心想：操场四周都是树，到时爬树上看吧。因此，他们大多就空了手，轻松地跑着，跳着，叫着。油麻地小学文艺宣传队与油麻地地方文艺队的演出水平，是这一带最好的，因此，来看演出的绝非只有油麻地的人，差不多，引来了方圆十里地的人。油麻地一些人家估计一些住在远处的亲戚也要过来，就多扛了一些凳子。

因此，离演出还早，场地上就已放了无数张凳子了，看上去挺壮观。

化妆室就设在用作排练场的那幢草房子里。来得早的人，就围在窗口门口看化妆。桑乔手掌上涂满了各色油彩。演员们就从他手下，一个个地过着。若是个过场的或不重要的，桑乔就三下两下地将他们打发过去。若是一个重要角色，桑乔就很认真，妆化得差不多了，就让那个演员往后退几步，他歪头看看，叫演员凑上来，让他再做仔细修改，就像一个做文章的人，仔细地修改他的文章一样。

乐队在门外已开始调音、试奏。

桑乔化妆着化妆着，心里老觉得今天好像有点什么事情，偶尔抬头看了一眼，一下看到了心神不宁的蒋一轮，他突然明白了：白雀还没化妆呢。他问道："白雀呢？"

"白雀还没有来。"有人一旁答道。

桑乔在嘴里嘀咕了一声："怎么搞的？该来了。"心想离演出还有些时间，就依然去给那些演员化妆。

蒋一轮屋里屋外不安地转悠已经好一会儿了，看看手表，离演出时间已不远了，终于走到桑乔身边，轻声说道："桑校长，她还没有来。"

桑乔无心再去给手里的一个演员仔细化妆，说声"行了"，就丢下那个演员，对一个叫"泣酸子"的演员说："二酸子，你去她家找找她。"

二酸子上路了。

桑乔追出来："快点。"

"唉！"二酸子穿过人群跑起来。

演员、乐队及围观的人，不一会就都知道了白雀未到，就把一句话互相重复着："白雀还没有来呢。"又不一会，这话就传到了操场上，认识不认识的都在说：“白雀还没有来呢。”觉得事情似乎挺重大，于是也就感到有点莫名其妙的兴奋。

二酸子不一会儿就回来了，对桑乔说：“白雀他父亲不让她来。”

桑乔问：“为什么？”

二酸子不知为什么看了蒋一轮一眼，转而回答桑乔：“不知道为什么。”

还有两三个演员没化妆，桑乔说：“自己化妆吧。”又对宣传队的具体负责人说：准时演出，我去白雀家一趟。”说完就走，一句话一半留在门里，一半留在门外：“谁都可以不来，但白雀不能不来。”

两盏汽油灯打足了气，“噗噗噗”地燃烧着，一旦高悬，立即将舞台照得一片光明。

演出准时进行。但台下的人一边看演出，一边就在下面互相问：“白雀来了吗？”台后的演员也在互相问：“白雀来了吗？

桑桑看到蒋一轮在吹笛子时，不时拿眼睛往通往操场的路上瞟。好几回，蒋一轮差一点把曲子吹错了，幸亏是合奏，很用心的桑桑用胡琴将这些小漏洞一一补住了。桑桑看到，蒋一轮用感激和夸奖的目光看了他好几回。

幕间，人们在空隙里几乎将询问变成了追问：“白雀来了没有？”

又一个节目开始时，人们的注意力就集中不起来，场上的秩序不太好。

演员们开始抱怨白雀：“这个白雀，搞得演出要演不下去了。”

演了三个小节目，白雀还未到。人们从“白雀偶然疏忽了，忘了演出时间了”的一般想法上移开去，在问：“白雀为什么没有来？”都认为是有原因的，便开始了猜测，心思就老不在台上演出的节目上。仿佛他们今天来这里，不是来看演出的，而是来专门研究“白雀为什么没有来”这样一个问题的。当他们听说白雀是被她的父亲白三拦在了家中时，猜测就变得既漫无边际，又十分具体了。台下一片叽叽喳喳，想看节目的人也听不太分明了，注意力反而被那些有趣的猜测吸引了。因此，这时台上的演出，实际上已没有太大的意义

台前台后的演员都很着急：“白雀怎么还不来呢？”

忽然有人大声说：“白雀来了！”

先是孩子们差不多一起喊起来：“噢——白雀来了——”大人们看也不看，就跟着喊。

众人都去望路上，台上的演员和乐队也都停住了望路上——月光下的路，空空荡荡。

“哪儿有白雀？”“没有白雀。”“谁胡说的？”一场的人，去哪儿找那个胡说的人！众人只当穿插进来了一个节目，这个节目让他们觉到了一阵小小的冲动。

台上的演出继续进行。台下的人暂时先不去想白雀，勉勉强强地看着，倒有了一阵好秩序。演员们也就情绪高涨。那个男演员，亮开喉咙大声吼，吼得人心一阵激动。本是风吹得树叶响，但人却以为是那个男演员的声音震得树叶“沙沙”响。桑桑把胡琴拉得摇头晃脑，揉弦揉走了音。只有蒋一轮，还是心不在焉，笛子吹得结结巴巴，大失往日的风采。人也没有从前一吹笛子就一副得意忘形的样子，显得有点僵硬。

一个女演员做着花样，一摇一晃，风吹杨柳似的走上台来。她一直走到了台口，让人觉得她马上就要走下台来了。下面一个动作，是她远

眺大河上有一叶白帆飘过来。她身子向前微侧，突然说出一句："那不是白雀吗？"神情就像说的是戏里头的一句台词。

众人起先反应不过来，还盯着她的脸看。

她踮起脚，用手往路上一指："白雀！"

众人立即站起来，扭头往路上看，只见路上袅袅娜娜地走过来一个年轻女子。

"是白雀！"

"就是白雀！"

众人就看着白雀不慌不忙地走过来。

白雀并不着急。人们隐隐约约地看到，她一路走，还一路不时地伸手抓一下路边的柳枝或蹲下来采枝花什么的。人们不生气，倒觉得白雀也真是不一般。

靠近路口，不知是谁疑惑地说了一声："是白雀吗？"

很多人跟着怀疑："是白雀吗？"

话立即传过来："是周家的二丫！"

于是众人大笑。因为周家的二丫，是个脑子有毛病的姑娘，一个"二百五"。

二丫走近了，明亮的灯光下，众人清清楚楚地看清了是二丫。

二丫见那么多人朝她笑，很不好意思，又袅袅娜娜地走进了黑暗的树荫里。

台上那个女演员满脸通红，低下头往后台走。再重上台来时，就一直不大好意思，动作做没做到家，唱也没唱到家，勉强对付着。

台下有人忽然学她刚才的腔调："那不是白雀吗？"

众人大笑。

女演员没唱完，羞得赶紧往后台跑，再也没有肯上台。

台下的秩序从此变得更加糟不可言。很多人不想演了。桑桑和其他孩子、大人、乐手坐在台上很尴尬，不知道是撤下台来还是坚持在台上。

台下的人很奇怪：非想见到白雀不可。其实，他们中间的大部分人，并不认识白雀，更谈不上对白雀演戏的了解。只是无缘无故地觉得，一个叫白雀的演员没有来，不是件寻常的事情。而互相越是说着白雀，就越觉得今天他们之所以来看戏，实际上就是来看白雀的，而看不到白雀，也就等于没有看到戏。这种情绪慢慢地演变成了对演出单位的恼火：让我们来看戏，而你们的白雀又没有来，这不是讴人吗？这不是让我们白跑一趟吗？又等了等，终于有了想闹点事的心思。

演员们说："不要再演了。"

宣传队的负责人说："桑校长没回来。演不演，要得到他的同意。"

"桑校长怎么到现在还不回来呢？"有几个演员走到路口去望，但没有望见桑乔。

台下终于有人叫："我们要看白雀！"

很多人跟着喊："我们要看白雀！"

这时演员们即使想演，实际上也很难演下去了。

演员与乐队都撤到了后台。

台下乱哄哄的像个集市。

蒋一轮站在一棵梧桐树的黑影里，一脸沮丧。

桑乔终于回来。演员们连忙将他围住，就听他说了一声："我真想将白三这厮一脚踹进大粪坑里！”

三

宣传队临时解散了。

蒋一轮一连十多天也没见着白雀，一有空就到河边上吹笛子。白雀的家就在河那边的村子里。他想，白雀一定能听到他的笛子声。蒋一轮什么曲子也不吹，就吹《红菱船》，从头到尾地吹。吹的时候，直让桑桑觉得，白雀也在，并且正在出神地做那些优美的动作。

对岸，有人站到河边来听蒋一轮吹笛子，但没有一个知道蒋一轮的心思，听了一阵，都说：“蒋老师笛子吹得好。”听得很高兴，仿佛那笛子是为他们吹的。

蒋一轮吹笛子时，桑桑就站在自家水码头上看。但桑桑一直就没有看到白雀的影子。白雀仿佛永远地消失了。

蒋一轮不屈不挠地吹着。

但白雀就是没有出来。

这是个星期天，蒋一轮一清早就去了河边上。蒋一轮今天的笛子吹得比以往任何时候都好，一往情深，如泣如诉。

秦大奶奶既不知道蒋一轮吹笛子的用意，又不懂得音乐。她只是觉得这个蒋老师笛子吹得真苦，就颤颤巍巍地端来一碗水：“歇歇，喝口水再吹。”

蒋一轮很感谢秦大奶奶——蒋一轮现在很容易感谢人，喝了水，重新给笛子换了张竹膜。继续吹下去。

蒋一轮直吹得人厌烦了，就听对岸有人说：“这个蒋老师，有劲没处使了。”

蒋一轮的笛音就像一堆将要燃尽的火，慢慢地矮下去。他朝对岸望望，垂着双手离开了。

桑桑突然地看到白雀朝河边走来了。

白雀还是那个样子，只是好像清瘦了一些。她一出现在桑桑的视野里，桑桑就觉得大地间忽然地亮了许多。白雀走着，依然还是那样轻盈的步伐。她用双手轻轻抓着被放到了胸前的那根又黑又长的辫子，一方头巾被村巷里的风吹得飞扬了起来。

桑桑看到，白雀走到岸边时，眼睛朝刚才发出笛音的那棵楝树下看了一眼。当她看到了楝树下已空无人影时，向对岸到处张望了一下。而当她终于还是没有看到人影时，不免露出怅然若失的样子。

白雀显然想在岸边多待一会。她做出要到河边洗一洗手的样子，沿着石阶走向水边。

桑桑立即朝蒋一轮的宿舍跑。

蒋一轮鞋也不脱，正和他的笛子一起躺在床上。

“蒋老师！”

“桑桑，有事吗？”

“你快起来！”

“起来干吗？”

“去河边！”

“去河边干吗？”

“她在河边上。”

“谁在河边上？”

“白雀！”

蒋一轮将身体侧过去，把脸冲着墙：“小桑桑，你也敢和你的老师开玩笑！”接着，用手一拍木床，学老戏里的腔调，大声道：“大胆！”

“白雀真的在河边上！”

蒋一轮又转过脸来，见桑桑一副认真着急的表情，就站了起来。

“过一会儿，她就会走掉的。”

蒋一轮慌忙朝河边走。但立即意识到这是在桑桑面前，就将两手插进裤兜里，做出很随意的样子。这样子在向桑桑说：“见不见白雀，无所谓的。”但脚步却是被什么急急地召唤着，走得很快。

桑桑跟在后边。

但桑桑看到的情景是：白雀的背影一忽闪，就消失在巷口，而白雀的父亲白三却倒背着双手，把后背长久地顽梗地停在河边上。

以后的日子里，蒋一轮有时还到河边吹笛子，但越吹越没有信心，后来干脆就不吹了。他把笛子随意地扔在床上，都没有将它放进白布套里。白布套也被皱皱巴巴地扔在一旁。

蒋一轮的课讲得无精打采，蒋一轮的篮球打得无精打采……蒋一轮的整个日子都无精打采。

蒋一轮变得特别能睡觉，一睡就要永远睡过去似的。蒋一轮天一黑就上床睡觉。蒋一轮上课总是迟到。蒋一轮的眼泡因过度睡眠而虚肿，嗓子因过度睡眠而嘶哑。

女教师刘娅对他说：“蒋老师，你莫非病了？”

蒋一轮自己也怀疑自己病了，去镇上医院做了检查。结果是没有任何病。但蒋一轮就是振作不起精神，只想拥了被子，昏昏睡去。

期中的一个星期，这一片的五所学校照例互相检查教学情况，这一天，轮到了油麻地小学。先是听课，各班情况都很好，只有蒋一轮的课，大家不太满意。蒋一轮的课显然没有好好准备，头绪混乱，差错不断。本来，这样的课都是早准备好了的。阅读课文花多长时间，提问题花多长时间，讲解花多长时间，都是经过反复计算的，就像是演奏一部曲子，从开始到结束，都是掐好了时间的。说上课，就缓缓进入，说下课，就在钟声马上要响起之际，正好告一段落，然后干脆利落地宣布："今天的课就上到这儿。下课！"话音刚落，铃声随即响起。蒋一轮真糟糕，距离下课还有十分钟，就弹尽粮绝。好一阵，就呆呆地望着学生和听课的诸位同仁，竟然无话可说。更糟糕的是，他的手表没有好好上弦，现在停住不动了。蒋一轮不知道离下课时间到底还有多远。想讲新课，又怕刚开了个头，下课铃就响了。就想：算了，就再等一会吧。可是左等右等，下课铃就是不响。

陪同外校老师坐在后面的桑乔，一直冰冷着脸。

孩子们起先还勉强坐着。但坐不多一会，就坐不住了，身上像爬虱子，开始不由自主地扭动起来，并开始小声说话。

荒唐的是，蒋一轮也不知道脑子里在想些什么，竟然说出这么一句话来："请大家再耐心等一会儿，马上就要下课了。"

外校的一个年轻女教师憋不住笑了。这笑声虽然是被努力控制了的，但孩子们还是听到了，大家互相瞧瞧，也傻乎乎笑了起来。

蒋一轮满脸通红，额上沁出汗珠，这才想起复习旧课。可刚等他说完"我们把课文翻到上一课"时，铃声却十分有力地响起了。

中午，由油麻地小学招待外校老师一顿饭。吃饭时，桑乔笑脸陪着客人，但始终笑得不大自然。那时，他就在心中暗暗指望着下午的作业检查，可为他捞回一点面子来。这一项，始终是油麻地小学的强项，是其他任何一所学校都无法与之抗衡的。况且，前三天，桑乔还专门召开了全体教师会议，特地强调了一下作业的问题：作业就是人的脸，既然是脸就要干净，脸不干净要洗干净，作业做得糊里糊涂的，没什么客气的，撕了重来，一次不行，再撕一次，不怕把作业本全撕了，大不了再换个新本；当天的作业，必须当天批改，不得过夜……开会之后，桑乔再在各教室门口巡视，就听见一片沙沙沙的撕纸声，像急雨暴打地里的玉米叶子，把桑乔自己都听得心惊肉跳。

吃了饭，老师们打了一会儿扑克，就开始检查作业。情况确实蛮好，外校的老师们都说："油麻地小学，学生们做的作业，干净得让人不忍看。"

下午四点钟，外校教师们在做清点时，发现作业架上没有四年级的作文本，就对桑乔说："桑校长，还差四年级的作文本。"

桑乔对本校的一位老师说："去问问蒋老师，四年级的作文本放在哪儿了。"

"蒋老师不在。"

桑乔说："他总在宿舍里批改作业，可能把作文本放在宿舍了，去宿舍看看。"

是集体宿舍，其他老师也有钥匙，就打开门来，东找西找的，在蒋一轮的床头找到了那摞作文本，看也不看，就立即将它们搬到了办公室。

外校老师一打开作文本，互相对了个眼神，然后对桑乔说："桑校长，你自己看一下吧。”

桑乔看了一本，又看了几本，然后一句话也没说。他所看到的作文本，字是写得一塌糊涂，其中一本，还洒上了水，字漫漶得几乎看不清一个。最要命的是，蒋一轮已有两周没有批改作业了。

这次互查，油麻地小学插了一面黑旗。

桑乔将外校教师送走后，在办公室暴跳如雷："他个蒋一轮，简直昏了头！"

蒋一轮等到天已黑透，才回学校。

桑乔一直在自己的办公室等着，见蒋一轮回来了，走出办公室，给他留下一句话来："明天晚上，你在全体教师会上做检查。"说完回家去了。

蒋一轮做了检查之后，坐在桌前不知写什么，几乎一夜没睡觉。第二天早上，他见到了桑桑，很诡秘地将桑桑叫到树林里，将一封信交到桑桑手上："桑桑，把这封信交给白雀。"

桑桑点点头。

"悄悄地。"

"我知道。"

"现在就去。"

桑桑把信揣到怀里。桑桑走出树林时，忽然觉得自己是电影里的地下工作者了。他有一种神秘感、神圣感，还外加一种让他战战兢兢的紧张感。他上路时，还探头探脑，四下张望了一下。这完全没有必要，因为周围根本无人，即便有人，谁会去注意他呢？

四

在不到一周的时间里，桑桑就在蒋一轮与白雀之间传递了四封信，并即将促成一次幽会。

桑桑对大人之间的事充满了好奇心。他好像一个爱东张西望的人，忽然看到了一道门缝。他渴望着能从这道门缝里看到大人的世界——一个不可思议的世界。他在蒋一轮与白雀之间来回穿梭时，经常沉浸在一种夸张的感觉里。当他走进深深而空寂的村巷，当他面对一条用两只眼睛紧紧盯住他的黄狗，当他在黑暗里迎面遇到几个人而装成一副游玩的样子时，他觉得他是一个机智绝顶、可以做成大事的孩子。他并不很了解蒋一轮与白雀之间的通信究竟是什么意思。但他很愿意为他们跑腿送信。因为他觉得他也介入了这个世界，成了这个世界的一部分。他有了一种拿了入场券，穿过熙熙攘攘的人群而提前进入了场内的优越与得意。

桑桑甚至在那天看荷塘边上蒋一轮与白雀于月光下排练时，就已在心里觉得，蒋一轮和白雀应该在一起——他们才应该在一起呢！

这天天黑之后，桑桑把一条木船摇到了河那边的一棵大树下。

船上坐着蒋一轮。

木船静静地停在岸边。没有月亮，只有风。风吹得两岸的芦苇乱晃，吹得水起波浪，一下子一下子拍打着河岸。树上有鸟，偶然叫一声，知道是风的惊扰，又安静下来。村子里，偶然传来一阵呼鸡唤狗的声音。到处是一个意思：天已晚了，夜间的寂寞马上就要来了。

蒋一轮也像桑桑一样，在体验着一种紧张。但他在桑桑面前还必须做出一个老师的样子来。他要给桑桑一个平静的而不是激动的样子，并且还要给桑桑一个印象：他与白雀之间，是世上最美好、最纯洁的友谊。

桑桑听到了脚步声，从船上站了起来。

白雀来了，白雀没有一点慌张的样子，像是要去做一件大家都知道的事情。她上了船，然后坐了下来，把双腿垂挂在船舱里，与同样姿态的蒋一轮正好面对面。

桑桑摇着船，船在夜色下前行。桑桑像所有水乡的小孩一样，八九岁时就能撑小船，而到十几岁时，就能摇橹，把一个较大的船运行起来。水乡的水面上，常见一个与船极不相称的孩子摇橹。那孩子埋着屁股，一仰一合，居然把橹摇出很大的水花来。要是在白天，桑桑会很得意地向两岸的人表演他的摇橹。那时，他会把动作做得很有节奏，很有模样。但现在他知道，谁也看不见他摇橹，就不去在乎动作——他现在只想将船摇得快一些，早点让船进入芦苇荡里。

岸上有人问：“谁在摇船？”

桑桑不回答。蒋一轮与白雀自然更不会回答。船依然走它的路，谁也不去理会岸上的人。

村庄与学校都渐渐地远去了，船正在接近大河口。

“他们可以说话了。”桑桑想。

可是蒋一轮与白雀并不说话。

桑桑很纳闷：“好不容易在一块儿，怎不说话呢？”

蒋一轮与白雀却就是不说话，那么面对面地坐着。

天空有嘎嘎声。桑桑知道，那是夜行的野鸭子。桑桑能想象出，那队野鸭子，正在天空下整齐地飞着，但一个个样子都很滑稽——野鸭总是那么一副笨样子。

船出了大河口，水面忽然一下开阔了。月亮从东边的树林里升上来了，水面上就有了一条晃动不定的银色的路。这条银色的路，直伸向远方，突然地就断了。桑桑顺着这条银色的路望去，已隐隐约约地看到了那个芦苇荡。

水面一宽，加上风大了一些，船便开始晃动。

蒋一轮与白雀依旧不说话。

桑桑想：也不知他俩干什么来了？大人的行为很古怪，让人想不明白。

船到了芦苇荡。

这是一片很大的芦苇荡，月光下一望无际。

蒋一轮先上了岸。桑桑看到，蒋一轮伸过手来，本来是想拉一下白雀的，但白雀没有用他帮忙，自己跳到了岸上。他们面对着似乎无限深远的芦苇荡，一阵踟蹰，很长时间站在那儿，不敢往深处走去。

桑桑说："我一个人就走进去过很远很远。"

蒋一轮和白雀一前一后往前走了几步，蒋一轮回头问："桑桑，你呢？"

桑桑说："我要看船。"

蒋一轮与白雀继续往前走。站在船上的桑桑看到，他们走着走着，就并排走了，并且渐渐地挨到了一起。当时，月亮很亮地照着他们。桑桑觉得他们的身影要比白天的长。后来，芦苇越来越稠密，直至完全地遮挡住了他们。

桑桑坐了下来。他朝天空望去，天空干净得如水洗刷过一般。月亮像是静止的，又像是飘动的。他猜测着蒋一轮和白雀：他们是坐着呢，还是站着呢？他们在说些什么？桑桑猜测不出来，就不去猜测了。他依然去看天空。他忽然地觉得一个人独自守着船很孤单。他想让自己给自己唱一首歌。但还未等他唱，一缕笛音从芦苇深处响了起来，在十月的夜空下传送着。蒋一轮与白雀并未说话。这使桑桑很遗憾：难道就是为了到这儿来吹笛子的吗？

就是。笛子响起之后，就一直没有停止。

桑桑躺到了船舱里。隔着一层船板，他听到了流水声，叮叮咚咚的，像是在给蒋一轮的笛子伴奏。后来，桑桑迷迷瞪瞪地睡着了。当凉风将他吹醒时，他猛地激灵了一下：我睡了多久啦？四周空无一人，只有天和水，他有点害怕起来，立即起身，循着依然还在响着的笛音走过去。

月光下，桑桑远远地看到了蒋一轮和白雀。蒋一轮倚在一棵楝树上，用的还是那个最优美的姿势。白雀却是坐在那儿。白雀并没有看着蒋一轮，用双手托着下巴，微微仰着头，朝天空望着。月亮照得芦花的顶端银泽闪闪，仿佛把蒋一轮与白雀温柔地围在了一个梦幻的世界里。

桑桑拨着芦苇秆，想再朝前走几步。沙沙声惊动了蒋一轮与白雀。他们忽然意识到了时间的流动，抬头望了眼天空，就听见蒋一轮“哦”了一声，接着白雀说：“天不早了。”

木船回到村前的大河时，村子已在月光下早已睡熟了。

五

桑桑充当了一个可笑的角色。但人家桑桑愿意。温幼菊说“桑桑是蒋一轮的谍报人员”。桑桑的母亲说“桑桑是蒋老师花钱雇的一个跑腿的”。桑桑不管别人怎么说，照样做他愿意做的事。

唯一使桑桑感到遗憾的是，那些信只是在他身边稍微做了一下停留，就不再属于他，而被送到了蒋一轮的或白雀的手上。那是一个又一个的小秘密。而这些小秘密，只是在他眼前晃一晃，便消失了。就仿佛有人总往他的口袋里塞进一块糖，可还是很快又被人家掏走了。

桑桑在心里记着他给蒋一轮和白雀一共传了多少封信。而当这个数量变得越来越大时，他就在心底里慢慢地生长出一个念头：我也可以看看吗？就这一个念头，就惊得他东张西望了好一阵。但这个念头很顽固，竟不肯放过桑桑。

这是一个星期天。

桑桑又走进了深深的小巷。从走进小巷的那一刻起，桑桑就觉得白雀会从家里走出来，然后她回头看看，见没有父亲白三的影子，就会把一封信从袖笼里抽出来交给他。

桑桑开始唱歌。

白雀果然出来交给了桑桑一封信。

桑桑把信揣到怀里，依然唱着歌，但唱得颤颤的，像是穿着单衣走在寒冷的大风里。

桑桑出了小巷，就飞快地往学校跑。几乎每回都是这样。他总想立即把信交给蒋一轮。他喜欢看到蒋一轮在接过信时的那种两眼熠熠发亮的样子。

蒋一轮被桑乔叫走，到镇上购买办公用品去了。

桑桑有点扫兴。

桑桑一边走，一边从怀里掏出白雀的信，将它举起来，在阳光下照着。他什么也没有看到，只是看到一块神秘黑影。

正往池塘里倒药渣的温幼菊在一旁笑着："桑桑，你在偷看蒋老师的信。"

桑桑说："谁看啦？我没有看。"

"你想看。"温幼菊说。

"我才不想看呢。"桑桑把信重新放进怀里，立即逃走了。

桑桑搬了张梯子，从鸽笼里掏出一对羽毛未完全丰满的鸽子，双手将它们一只一只地抛到空中。其中，一只直接就飞到了房顶上，另一只却在飞起来之后不知道该往哪儿落，竟然晃晃悠悠地飞了好几圈，最后落到了河边的草垛上。桑桑在下面赶它，未能赶得了它，就爬上了草垛顶。那只鸽子见了桑桑，就矮下身子，几次要做出飞的样子，可又没有飞，直到桑桑马上就要抓住它了，它才一拍翅膀飞到了房顶上。

桑桑今天没有什么事情好做，就在草垛顶上躺下了。

大草垛很高，桑桑一躺下，谁也看不见他。

桑桑躺在草垛顶上，看天看云看过路的几只别人家的鸽子。他的手无意中碰到了那封信。他把信拿出来，又对着阳光照着，并且是长久地照着。当然还是什么也没瞧着。而越是什么也没看见，他就越想看见。他坐了起来，低下头向四处看了看，见空无一人，心禁不住一阵慌慌乱跳。

河边大树的树顶上蹲着一只灰黄色的鸟，歪着头，看着草垛顶上的桑桑。

"我就看一眼，只看一眼！"他吐出了湿流流的舌头，用舌尖上的唾沫反复地浸润着信口。

那只鸟“呀”地叫了一声。

桑桑一惊，将信立即扔在了草垛顶上。他抬头看到了那只鸟。他觉得那只歪着脖子的鸟也很想看这封信。他把信又捡了起来。唾沫涂得太多，在信封口漫开来，留下一片湿印。他又顺手从草垛上拔下一根草，用草茎将信封口轻轻剔开了。他又看了一眼那只鸟，将信封口朝下，这么轻轻一磕，将里面的信倒了出来。

那只鸟拍着翅膀飞开了。它飞的样子很奇特：往前一蹿一蹿，每一蹿都很有力迅捷，并且是不住地往高空中蹿，像枚多节火箭，不一会就变成了一个几乎看不见的黑点。而这时，它在高空非常清脆地叫响了，声音像清风吹进玻璃瓶口时发出的声音。

桑桑抖抖索索地将信打开了。厚厚的，大概有三四张纸。

桑桑正要去念信时，听到了鸟翅声，抬头一看，那只鸟居然又回来了，并且还是站在刚才那根柔软的枝条上。

桑桑刚看了个开头，脸就刷地通红，并且立即闭上了眼睛。他感觉到阳光透过眼皮时，他的眼前是淡红色的。

风吹着手中的信纸，发出一种扰人的声响。

桑桑的眼睛慢慢睁开了，但桑桑没有去看信，却去看了一眼枝头上的那只鸟。那只鸟半闭着眼睛，似乎无心知道信的内容，在打盹儿。

接下来，桑桑看一阵，就闭一阵眼睛。他觉得那些话说得都很奇怪。他还从没听过这样柔和的语言。桑桑是作文高手。桑桑觉得那些句子，都是挺美的。放在往常，桑桑每次在看到书中一段他认为写得很美的句子或段子时，都会将它们摘抄下来。桑桑觉得白雀的信中的每一个句子，都是可以摘录到笔记本里的。但他又拿不太准，这是否也属于那种可以摘录到笔记本里的句子。他以前没有见过这样一种美句子。不管怎么说，桑桑觉得这些句子确实挺美的。桑桑想：是不是这样的信，都是用这样的语言写成的呢？

白雀写得一手清秀的字。信干干净净的。

桑桑的手出汗了。桑桑的手一直不算干净。因此，桑桑在信上留下了黑黑的手指印。这使桑桑感到很羞愧。他把信放在草垛上，把双手拿到裤子上，仔细搓擦起来。他哪里想到，正在这时，来了一阵风，哗啦一下将信吹了起来。他惊得用双手去乱抓在空中飘着的，并用身体去乱扑正在草垛顶上翻卷着的，这才勉勉强强地将信与信封抓住了，压住了。但还是有一页纸被风吹跑了。

这一页纸，像是一窝小鸟里头最调皮的一只，居然独自一个脱离了鸟群先飞远了。

桑桑趴在那儿不敢动，因为他的腹下压着另外几页纸。他只能先眼巴巴地看着那张纸在空中一晃一晃地轻轻地飘动着。

枝头上的那只鸟，见了那张飘忽的纸，大概以为也是一只鸟，就从枝头飞下来，与那张纸在空中翻上翻下地旋舞起来，很像是一对空中的舞伴。

那一页纸进到风口里去了，看样子，一会儿半会儿还没有落下的心思。

桑桑一边用眼睛盯住，一边小心翼翼地将腹下所压的其他几页纸，一页一页地捉住。他看到那页纸越飞越低，越飞越低，正向河里飘去，也来不及去整理那几页纸，只是胡乱地将它们揣进怀里，跳下了草垛，直向那页纸追过去。

那页纸越是接近地面，下落得就越迅捷，像是飞不动了。

桑桑跑到离它还有十米远的地方时，它突然被一股气流压住，几乎垂直地掉在了河边上的一个烂泥塘里。

桑桑将它捡起一瞧，只见上面沾满了泥水。他提着这页纸，一脸沮丧。

桑桑突然起了立即摆脱这封信的念头，将怀里的那几页纸掏了出来，慌忙地将它们连同那一页掉在泥塘里的纸一起，都扔到了河里。他看了一眼横七竖八地在水上飘着的纸，赶紧逃离了河边，就像一个罪犯逃离犯罪现场一样。

桑桑回到了自家的院子里，忐忑不安地坐在门槛上。那几页纸总在他眼前飘动着。他开始编织谎言。然而被那几页纸的飘动所干扰，老也编不下去。他低头时，偶尔看到了还未扔掉的信封。这时，他就有一种看见了一只出尽了小鸟而空留在枝杈上的鸟巢时的感觉。他把信封使劲抖了抖，终于什么也没有抖出来。

"它们大概已经漂远了。"桑桑想。他感到不安，仿佛是他的几只鸽子，被他抛弃了似的。他起身又来到了河边。

那几页纸居然没有漂远，却聚拢到了码头上。他看到，那张沾了泥水的纸，在水面上这么漂了一会，已经干干净净了。桑桑就很懊悔，当时，将它在水里洗洗，晒干了不就行了？他连忙跑到水边上，将那些纸又都捞了上来。他找了一个有阳光但没有人的地方，很小心地将它们一页一页地剥离开来，晾在了几根低垂的树枝上，然后就在一旁守着，等它们被太阳晒干后，好抹抹平再装进信封里去。

这时，桑桑听见了脚步声。他探头一看，见温幼菊正朝这边走来，并且只剩下几步远了。他连忙从树枝上摘下那些纸。在摘的过程中，纸被树枝勾住，有两页被撕破了。桑桑怕被温幼菊看见，这一回，索性将它们团成一个疙瘩远远地扔到了河里，然后拔腿跑掉了。蒋一轮回来后，在桑桑家院门口站了一下。桑桑看见了蒋一轮，但没有过来，看他的鸽子去。蒋一轮想，桑桑今天没有给他带来白雀的信，也就走了。桑桑没有想到，白雀的这封信，是封很要紧的信。

六

关于白三的脾气，油麻地人有最确切的评价："嘴里叼根屎橛子，拿根麻花都不换。"

白三平衡能力很差，走一座独木桥时，走了三分之二，掉到了河里。但白三并不朝只剩下三分之一距离的对岸游去，而是掉转头，重新游回岸这边。他不信就走不过这座独木桥去！白三水淋淋的，又站到了桥头上。当时，村里正有个人撑船经过这里，说："我用船把你送过去。"白三说："不！老子今天一定要走过这座桥！"他又去走那根独木。这回比上回难走，因为他一边走，一边往独木上淋水，把独木淋滑了。他努力地走着，并在嘴里嘟嘟囔囔地骂个不停，既骂独木，也骂自己。结果，只走了三分之一，就又掉进了河里。他爬上岸来再走。撑船的那个好心人，一笑，说了声"这个白三"，也不管他，把船撑走了。白三连连失败，最后大恼，搬起那根独木，将它扔进水中，然后抱住它游到对岸。

白三现在坚决反对白雀与蒋一轮来往。

白三瞧不上蒋一轮。白三就白雀这么一个女儿。他要把她交给一个他看得上的人。

但白雀看得上的人就是蒋一轮。白雀走到哪儿，眼睛里都有蒋一轮，总能听见他的笛音。

白三说：“那个蒋一轮，一个穷教书的，有什么好的！”

白雀不理白三，梳她的头，照她的镜子。

白三很恼火，就把她的镜子扔在地上：“他老子是个大地主，他是小老婆养的！”

白雀哭起来：“小老婆养的又怎么啦？小老婆也是老婆。有老婆总比没老婆的强。”

白三操起扁担来要打白雀。因为白雀的话像把利刀戳在了白三的心上：白三没老婆，白三的老婆在白雀还不满一岁时跟人跑到江南去了，白三一直是个光棍。

白雀知道白三不会打她，哭着，梗着脖子，肩一耸一耸地抽动着，站在那儿不动。

白三明白：白雀大了，有心想飞了。但白三无法改变自己的看法。他要请人给白雀另找个男人，他就是不能把白雀交给蒋一轮。邻居张胜家早看上了白雀，想把白雀说给他的外甥谷苇。谷苇是镇上的文书。白三见过这个白净的一副书生气的谷苇。张胜知道了白三的心思，说：“这是好事。让两个孩子先见见面。”白三就让白雀跟那个谷苇见面。白雀没有充足的理由不见谷苇，白雀似乎也在哪儿见过谷苇。白雀没有坚决地拒绝白三。她想让蒋一轮帮她坚决起来。于是就写了那封信，问蒋一轮怎么办，还约了蒋一轮在村后的大磨坊旁见面。

到了约定的时间，白雀装着到自家菜地干活的样子，挎着一只篮子去了大磨坊旁。

没有收到信的蒋一轮，当然不会出现在这里。

白雀就站在黄昏的风中等蒋一轮，一直等到天黑。她有点害怕了，只好往家走，路上就生了蒋一轮的气：商量这么要紧的事，他也敢耽误。但白雀想到了在过去的日子里，蒋一轮从未失约过，甚至每次都是他先到场，就怀疑自己把日子记错了。是黄昏，这一点肯定没有错。但，是哪一天的黄昏，她不敢肯定了。因此，第二天黄昏，白雀又来到了大磨坊旁。其情形与昨日一样。这回白雀另想原因了：他才不在乎呢！白雀一路上就在心里说："我也不在乎，我明天就见谷苇！"回到家，她真的对白三说："不是让我见谷苇吗？我见。"

蒋一轮一直等不到白雀的信，又惶惶不安起来，又去河边上吹笛子。

白雀听见了，但白雀并不去想主意摆脱白三的眼睛，到河边上去看蒋一轮。白雀已见过谷苇了。白雀见过谷苇之后，有一种说不清楚的感觉。她似乎有点后悔见谷苇。

心里最不安宁的是桑桑。他那天打开信，实际上只看了几行字。他想：那信里肯定有要紧的事，我把他们的事耽误了。一见到蒋一轮那副魂不守舍的样子，他就低下头去。蒋一轮讲课时又心不在焉了。桑桑听课，更是听得心不在焉。他的脑子里，老是那几页纸在哗啦哗啦地翻动。

桑桑想从白雀那儿再等得一封信。这天，他又出现在巷子里，唱起了歌。他一边用地上随便捡起的瓦片在沿巷而立的墙上划着道，一边唱。从巷头唱到巷尾，又从巷尾唱到巷头。走到白雀家门口时，就把声音放大了唱。但却总不见白雀出来。他想可能是白雀睡觉没有听见。他看了看墙上被他划下的一道道印迹，决定不唱了，改成大叫：

一颗星，
挂油瓶！
油瓶漏，
炒黑豆！
黑豆香，
卖生姜！
生姜辣，
叠宝塔！
宝塔尖，
戳破天！
天哎天，
地哎地，
三拜城隍和土地！
土地公公不吃荤，
两个鸭子囫囵吞！

他几乎是站在白雀家门口叫唤的。但即便是这样，白雀也没出来。“白雀姐，是不想理蒋老师了，也不想理我了。”他低垂着头，离开了白雀家门口。

当天晚上，桑桑推开了蒋一轮宿舍的门，说：“那天白雀姐给过我一封信，我把它弄坏了，就把它扔了……”

蒋一轮“哎呀”了一声，双手抱住脑袋，就地转了一圈，然后扑通把自己放到床上，又咚咚咚地捶了几下床板，又用双脚互相将脚上的皮鞋一一蹬下，滴笃两声，落在了地上：“我的桑桑吔！”

桑桑笔直地站在门口。

蒋一轮歪过头来，朝桑桑苦笑了一下。

桑桑走了，但他没有走多远，蒋一轮将他叫住了：“桑桑，你过一会儿来找我。”

当桑桑双手接过蒋一轮抢写出的一封信，后脑勺被蒋一轮富有意味地拍了一下之后，几天来一直惶惶不安的他，如释重负地向校门口跑去。

白雀家的大门已经关上了。桑桑屋前屋后地绕来绕去，既无法进屋，也无法看到白雀。他要有补过的表现。他必须于今晚将信送到白雀手上。但他又确实无计可施。他想敲开门。但开门的肯定是白三，而不会是白雀。白雀住在里屋，白三住在外屋，走到白雀房前去，必须穿过白三的前屋。今晚上见到白雀，简直是不可能的事情。桑桑失望地站在黑洞洞的巷子里。

桑桑走出巷子时，看到了大河那边的油麻地小学，并且很快看到对岸立着一条长长的人影：蒋一轮在等待他送信的消息。

桑桑又转身走进了巷子。

桑桑爬上了矮墙，又从矮墙上爬到了白雀家的房顶上。他趴在天窗上往里看，首先看到了一只半明半暗的小马灯挂在木柱上。接下来，他就看清楚了：这间大屋里，既睡着白三，还歇着一条大公水牛。一是天冷，二是怕牛拴在外边被人偷了，白三像这个地方上的许多人家一样，将牛牵到了屋子里。此刻，白三已经在一张老床上睡熟了，而大水牛却还在墙角里慢慢地吃草，两只大眼在昏暗的马灯光下闪着亮光。

桑桑望着白三模模糊糊的面孔，忽然对白三生起气来：所有这一切事情的发生，全是因为他！桑桑起了一个恶毒的念头：拉开天窗，然后站起来，解开裤带，让裤子落在脚面上，对着天窗口撒尿，直撒到白三的脸上，惊得他叫起来："哦哟，屋漏雨了！"桑桑想象着白三被"雨"淋了的样子，坐在屋脊上傻笑起来。

桑桑终于没有办法，只好从屋顶上下来。而就在他双脚刚从矮墙溜下，一接触到地面时，他忽然由刚才的撒尿造雨的念头引发出一个主意。他到处乱转着，终于在一个人家的门口发现了一只铁壶。他拿了铁壶，到河边上提了一铁壶水，然后带着这一铁壶水吃力地又重新爬到屋脊上。他趴在天窗口，仔细观察了白三，认定他已经睡死，就轻轻地拨开了天窗。水牛差不多就在天窗下的位置上。他在屋脊上一笑，慢慢地倾斜着水壶，水从壶嘴流了出来。随即，他听到了水落在地面上时发出的噼里啪啦的声响。

白三动了动身子。

噼里啪啦的水声大起来。

白三连忙翻身起来，衣服都未来得及披，下了床，操起一只早准备好了的带木柄的硕大木桶，送到了牛的腹下去接尿。

水牛安闲地嚼草并无动静。

白三耐心地等了一会，并未接到尿，对牛骂了一声"畜生"，抖抖索索地上床去了。

桑桑等了一会，又开始往下倒水。

还未暖了身子的白三大骂一声“这畜生”，只好又赶紧下床，端起木桶去接尿。

无尿好接。白三左等右等，未等得一滴，很恼火，扔下木桶，在牛屁股上狠扇了一巴掌：“找死哪！”上床去了。

桑桑把事情做得很有耐心。他等白三差不多又快迷糊上再也不想醒来时，又开始往下撒尿——桑桑当时的感觉就是撒尿。

噼里啪啦的声音很大，是大雨滂沱时檐口的水流声。

白三一拍床，骂了一句脏话，坐了起来，看那牛在嘴里说着：“我看你尿，我看你尿……”

牛不尿，只嚼草。

白三骂骂咧咧地穿衣起了床，解了牛绳，牵着它就向门外走：“畜牲，活活冻死你！”

桑桑立即伏在了屋脊上。他在听到吱呀一阵开门声之后不一会，就看见白三牵着牛走进了巷子里，然后朝巷子后面自家的大草垛牵去——那是白天拴牛的地方

白三和牛走远了。

桑桑不管铁壶了，赶紧从屋上下来，跑进了白雀家，拍响了白雀的门。

白雀居然没睡，拉开门，见了桑桑，吃了一惊：“桑桑？是你？你怎么进来的？”

桑桑什么也不说，把信从怀里掏出来，交到白雀手上，转身就跑。

桑桑出了巷子，一路胡乱叫喊，闹得好几个人从睡梦里醒来，含糊

不清地问："谁家的孩子在外面喊什么？"

七

蒋一轮与白雀又见面了。白雀自然不再生气。但白雀与蒋一轮之间，似乎有点生分。白雀也说不出原因来。

这一天，谷苇到油麻地来了。

油麻地的人就装着去白雀家借东西或路过这里的样子，往屋里看谷苇。看完了，他们就在巷头或地头说："白雀家来的那个男的，人样子长得不错。"

白雀几乎没有露面，就待在自己的房间里。

谷苇在白雀家坐坐，就去了舅舅家。在舅舅家又坐了坐，就回镇上去了。

白雀去镇上买雪花膏，在街上遇到了谷苇。

谷苇说："去我那儿坐坐？"

白雀犹豫了一下，说："好吧。"

快要放寒假时，蒋一轮从桑桑手中接过一封沉甸甸的信。他好像感觉到了什么，就把门关上了。桑桑几次有意路过蒋一轮宿舍的门口，看到那门总是关着。直到傍晚，桑桑才看到蒋一轮将门打开。蒋一轮倚在门框上，双目无神，仅仅在不到一天的工夫里，脸色就变得憔悴不堪。桑桑甚至隐隐地觉得，蒋一轮的脸上有干了的泪痕。

桑桑不知道发生了什么事，但桑桑也陷入一种无名的伤感里。

放了寒假，蒋一轮就回家了，一去好几十天，也没有到学校来。

大年三十那天，桑桑去田野上找鸽子，远远地看到，河边上，白雀正与一个男的一起，慢慢地往前走。白雀穿着一件淡绿色的紧身棉袄，头上是一块鲜红的头巾，在景色萧条的冬季里，让人觉得十分温暖。白雀老低着头，一边走，一边不时地用手去抓一下金黄的芦苇叶。桑桑觉得，白雀的背影，白雀走路的样子，都格外地好看。桑桑知道，那个男的叫谷苇。谷苇虽然没有蒋一轮高，但后背与腰杆笔直，显得十分的英俊，一头的黑发，在河上吹来的风中飘动着。

桑桑没有再找鸽子，就回家了。

开学的第二天，白雀把一个干干净净的布包包交到桑桑手上："桑桑，这里面是他的信，请你把它们交给他。"桑桑抱着布包包，犹如抱了一个沉重的悲哀。他把信从布包包里拿出来看了看，厚厚的一大摞，用红色的毛线很认真地捆扎着。他在校园外面转了半天，才把这个布包包交给蒋一轮。

蒋一轮一副很平静的样子，从桑桑手里接过这个布包包："谢谢你，桑桑。"

隔了两天，蒋一轮也交给了桑桑一个布包包，一副歉疚的样子："桑桑，还得麻烦你跑一趟。"

桑桑接过布包包。他知道那里面都是白雀的信。

这天傍晚，天空轻轻飘着细雪。

蒋一轮站在花园里，将那些倾注了他诗与梦一般情思的信，一封一封地投到了火里。

桑桑在离蒋一轮很近的地方站着。他看到纸灰与雪在一起飞舞，火光在蒋一轮寒冷的脸上，不住地闪动，并把他高高的身影摇晃着。

细　马

一

与桑桑家来往最密切的人家，是邱元龙邱二爷家。

邱二爷家独自住在一处，离桑桑家倒不算很远。

邱家早先开牙行，也是个家底厚实的人家。后来牙行不开了，但邱二爷仍然做掮客，到集市上介绍牛的买卖。姓王的要买姓李的牛，买的一方吃不准那头牛的脾性，不知道那牛有无暗病，这时，就需要有一个懂行的中间人作保，而卖的一方，总想卖出一个好价钱，需要一个懂行的中间人来帮助他点明他家这头牛的种种好处，让对方识货。邱二爷这个人很可靠。他看牛，也就是看牛，绝不动手看牙口，或拍胯骨，看了，就知道这头牛在什么样的档次上。卖的，买的，只要是邱二爷做介绍人，就都觉得这买卖公平。邱二爷人又厚道，并不似那些掮客为一己利益而尽靠嘴皮子去鼓动人卖，或鼓动人买。他只说："你花这么多钱买这头牛，合适。"或说："你的这头牛卖这么多钱，合适。"卖的，买的，都知道邱二爷对他负责。因此，邱二爷的生意很好，拿的佣金也多。

邱二妈是油麻地有名的俏二妈。油麻地的人们都说，邱二妈嫁到油麻地时，是当时最美的女子。邱二妈现在虽然是五十多岁的人了，但依旧还是很有光彩的。邱二妈一年四季，总是一尘不染的样子。邱二妈的头发天天都梳得很认真，搽了油，太阳一照，发亮。髻盘得很讲究，仿佛是盘了几天才盘成的。髻上套了黑网，插一根镶了玉的簪子。那玉很润，很亮。

邱二爷与邱二妈建了一个很好的家：好房子，好庭院，好家什。

但这个家却有一个极大的缺憾：没有孩子。

这个缺憾对于邱二爷与邱二妈，是刻骨铭心的。他们该做的都做了，但最终还是未能有一个孩子。当他们终于不再抱希望时，就常常会在半夜里醒来，然后，就在一种寂寞里，一种对未来茫然无底的恐慌里，一种与人丁兴旺的人家相比之后而感到的自卑里，凄凄惶惶地等到天亮。望着好房子、好庭院、好家什，他们更感到这一切实在没有多大意思。

初时，邱二妈在想孩子而没有孩子，再见到别人家的孩子时，竟克制不住地表示她的喜欢。她总是把这些孩子叫回家中，给他们花生或红枣、柿饼吃。如果是还在母亲怀抱中的孩子，她就会对那孩子的母亲说："让我抱抱。"抱了，就不怎么肯放下来。但到了她终于明白了她是绝对不可能再有孩子时，她忽然地对孩子淡漠了。她嫌孩子太闹，嫌孩子弄乱了她屋子里的东西。因此，有孩子的人家就提醒自己的孩子："别去邱二妈家。邱二妈不喜欢孩子进她家里。"

当他们忽然在一天早上感到自己已经老了，身边马上就需要有一个年轻的生命时，他们预感到了，一种悲哀正在向他们一步一步地走来。他们几乎已经望见了一个凄凉的老境。

他们想起了生活在江南一个小镇上的邱二爷的大哥：他竟有四个儿子。

于是，邱二爷带着他与邱二妈商量了几宵之后而确立的一个意图——从邱大家过继来一个儿子——出发了。

仅隔十天，邱二爷就回到了油麻地。他带回了本章的主人公，一个叫细马的男孩。

这是邱大最小的儿子，一个长得很精神的男孩，大额头，双眼微眍，眼珠微黄，但亮得出奇，两颗门牙略大，预示着长大了，是一个有大力气的男人。

然而，邱二妈在见到细马之后仅仅十分钟，就忽然从单纯地观看一个男孩的喜欢里走了出来，换了一副冷冰冰的脸色。

邱二爷知道邱二妈为什么抖落出这副脸色。他在邱二妈走出屋子，走到厨房后不久，也走到了厨房里。

邱二妈在刷锅，不吭声。

邱二爷说："老大只同意我把最小的这一个带回来。"邱二妈把舀水的瓢扔到了水缸里："等把他养大了，我们骨头早变成灰了。"

邱二爷坐在凳子上，双手抱着头。

邱二妈说："他倒会盘算。大的留着，大的有用了。把小的给了人，小的还得花钱养活他。我们把他养大，然后再把这份家产都留给他。我们又图个什么？你大哥也真是个好主意！"

“那怎么办？人都已被我领回来了。”

“让他玩几天，把他再送回去。”

“说得容易，我把他的户口都迁出来了，在我口袋里呢。”

邱二妈刷着锅，刷着刷着哭了。

这时细马站在了厨房门口，用一口邱二爷和邱二妈都不太听得懂的江南口音问：“院子里是一棵什么树？”

邱二爷去看邱大，去过江南好几回，勉强听得懂江南话，说：“乌桕。”

“上面是一个鸟窝吗？”

“是个鸟窝。”

“什么鸟的窝？”

“喜鹊。”

“树上没有喜鹊。”

“它们飞出去了。”

细马就仰头望天空。天空没有喜鹊，只有鸽子。他一边望，一边问：“谁家的鸽子？”

“桑桑家的。”

“桑桑是个大人吗？”

“跟你差不多大。”

“他家远吗？”

“前面有座桥，在桥那边。”

“我去找他玩。”

邱二爷刚要阻止，细马已经跑出了院子。

桑桑见到了细马。起初细马很有说话的欲望，但当他发现他的话很难让桑桑听得懂之后，就不吭声了，很陌生地站在一旁看着桑桑喂鸽子。

细马走后，桑桑对母亲说："他是一个江南小蛮子。"

邱二爷领着细马来找桑乔，说细马转学的事。桑乔问："读几年级？"

邱二爷说："该读四年级了，跟桑桑一样。"

桑乔说："你去找蒋一轮老师，就说我同意了。"

蒋一轮要摸底，出了几张卷子让细马做。卷子放在蒋一轮的办公桌上，细马坐在蒋一轮坐的椅子上，瞪着眼睛把卷子看了半天，才开始答。答一阵，又停住了，挖一挖鼻孔，或摸一摸耳朵，一副很无奈的样子。蒋一轮收了卷子，看了看，对桑乔说："细马最多只能读三年级。"

邱二妈来到桑桑家，对桑乔说："还是让他读四年级吧。"

桑乔说："怕跟不上。"

邱二妈说：我看他也不是个读书的料，就这么跟着混混拉倒了。"

桑乔苦笑了一下："我再跟蒋老师说说。"

细马就成了桑桑的同学。

二

细马被蒋一轮带到班上时，孩子都用一种新鲜但又怪异的目光去看他。因为他是从遥远的地方来的一个小蛮子。

细马和秃鹤合用一张课桌。

细马看了看秃鹤的头，笑了，露着几颗大门牙。

秃鹤低声道："小蛮子！"

细马听不懂，望望他，望望你，意思是说：这个秃子在说什么？

孩子们就笑了起来。

细马不知道孩子们在笑什么，觉得自己似乎也该跟着笑，就和孩子们一起笑。

孩子们便大笑。

秃鹤又说了一句："小蛮子！"

细马依然不知道秃鹤在说什么。

孩子们就一起小声叫了起来："小蛮子！"

细马不知为何竟也学着说了一句："小蛮子。"

孩子们立即笑得东倒西歪。桑桑笑得屁股离开了凳子，凳子失去平衡，一头翘了起来，将坐在板凳那头的一个孩子掀倒在地上。那孩子跌了一脸的灰，心里想恼，但这时一直在擦黑板的蒋一轮转过身来："笑什么？安静！上课啦！"

笑声这才渐渐平息下来。

课上了一阵，一直对细马的学习程度表示疑虑的蒋一轮打算再试一试细马，就让他站起来读课文。蒋一轮连说了三遍，这才使细马听明白了老师是在让他念那篇课文。他吭哧了半天，把书捧起来，突然用很大的声音开始朗读。他的口音，与油麻地的口音实在相差太远了，油麻地的孩子们连一句都听不懂，只剩得一个叽哩呱啦。

蒋一轮也几乎一句未能听懂。他企图想听懂，神情显得非常专注。但无济于事。听到后来，他先是觉得好笑，再接着就有点烦了。

细马直读得额上暴着青筋，脖子上的青筋更像吹足了气一样胀了出来，满脸通红，并且一鼻头汗珠。

蒋一轮想摆手让他停下，可见他读得很卖力，又不忍让他停下。

孩子们就在下面笑，并且有人在不知何意的情况下，偶尔学着细马说一句，逗得大家大笑，转眼见到蒋一轮一脸不悦，才把笑声吞回肚里。

蒋一轮虽然听不懂，但蒋一轮能从细马的停顿、吭哧及重复中听出，细马读这篇课文，是非常吃力的。

孩子们在下面不是偷偷地笑，就是交头接耳地说话，课堂一片乱糟糟的。

蒋一轮终于摆了摆手，让细马停下，不要再读下去了。

细马从蒋一轮脸上，明确地看到了失望。他不知想表达一个什么意思，反复地向蒋一轮重复着一句话。蒋一轮无法听懂，摇了一阵头，就用目光看孩子们，意思是：你们听懂了吗？下面的孩子全摇头。细马终于明白了：他被扔到了一个无法进行语言沟通的世界。他焦躁地看了看几十双茫然的眼睛，低下头去，觉到了一个哑巴才有的那种压抑与孤单的心情。

蒋一轮摆了摆手，让细马坐了下去。

后来的时间里，细马就双目空空地看着黑板。

下了课，孩子们觉得自己憋了四十五分钟，终于有了说话的机会，不是大声地尖叫，就是互相用一种犹如一壶水烧沸了，壶盖儿噗噗噗地跳动的速度说话，整个校园，噪得听不见人语。

细马却独自一人靠在一棵梧桐树上，在无语的状态里想着江南的那个小镇、那个小学校、那些与他同操一种口音的孩子们。

下一节是算术课，细马又几乎一句未能听懂别人说的。

第二天，细马一想到上课，心里就有点发怵，不想去上学了。但邱二爷不允许，他只好又不太情愿地来到学校。他越来越害怕讲话，一日一日地孤僻起来。过了七八天，他说什么也不肯去上学了。邱二爷想，耽误个一两天，也没有什么，也就由他去。但过了三四天，还不见他有上学的意思，就不答应了，将他拖到学校。当他被邱二爷硬推到教室门口，看到一屋子的孩子在一种出奇的寂静中看他时，他感到了一种更深刻的陌生，用双脚抵住门槛，赖着不肯进去，被邱二爷在后脑勺上猛击了一巴掌，加上蒋一轮伸过手去拉了他一下，他才坐回到秃鹤的身旁。

蒋一轮和其他所有老师，唯恐使细马感到难堪，就显得小心翼翼，不再在课堂上让细马站起来读书或发言，孩子们也不再笑他，只是在他不注意时悄悄地看着他，也不与他讲话。这样的局面，只是进一步强化了细马的孤单。

细马总是站在孩子群的外边，或是看着孩子们做事，或是自己去另寻一个好玩的事情。

那天，桑桑回来对母亲说："细马总在田头上，与那群羊在一起玩。"

母亲就和桑桑一起来到院门口，朝田野上望去，只见细马坐在田埂上，那些羊正在他身边安闲地吃着草。那些羊仿佛已和细马很熟悉了，在他身边蹭来蹭去的，没有一只远走。

母亲说："和细马玩去吧。"

桑桑站着不动。因为，他觉得和细马在一起时，总是觉得很生疏。无话可说，是件很难受的事情。不过，他还是朝细马走去了。

在一次小测验之后，细马又不来上学了。因为无法听懂老师的讲解，他的语文、算术成绩几乎就是零分。那天，放了学，他没有回家，直接去了田野上，走到了羊群里。他坐下后，就再也没有动。

邱二爷喊他回去吃饭，他也不回。

邱二妈来到学校，问蒋一轮，细马在学校是犯错误了还是被人欺负了，蒋一轮就把小测验的结果告诉了她。邱二妈说："我看，这书念跟不念，也差不多了。"

邱二爷也就没有再将细马拖回学校。他知道，细马原先在江南时就不是一个喜欢读书的孩子。他既然不肯读书，也就算了。

邱二妈对邱二爷说："你可得向他问清楚了，到底还读不读书，不要到以后说是我们不让他读书的。"

邱二爷走到了田野上，来到细马身旁，问："你真的不想读书了？"

细马说："不想。"

"想好了？"

"想好了。"细马把一只羊搂住，也不看邱二爷一眼，回答说。

那天，邱二妈看到河边上停了一只卖山羊的大船，就买下了十只小山羊，对细马说："放羊去吧。"

三

每天早晨，当桑桑他们背着书包上学时，细马却赶着那十只山羊，到田野上牧羊去了。

细马好像还挺乐意。那十只小山羊，活蹦乱跳，一只只如同小精灵一般，一忽跑，一忽跳，一忽又互相打架，给细马带来了许多快乐。细马一面用一根树枝管着他们，一面不住地跟它们说话："走了，走了，我们吃草去了……多好的草呀，吃吧，吃吧，快点吃吧，再不吃，人家的羊就要来吃了……别再闹了，在草地躺一回，晒晒太阳多好！你们再这样偷吃人家菜园里的草，被人家打了，我发誓，再也不管你们了。"细马觉得羊们是能听得懂他的话的，也只有羊能听得懂他的话。每逢想到这一点，细马就对油麻地小学的学生耿耿于怀：他们连我的话都听不懂；他们就不知道他们的话说得有多难听！他就在心中暗暗嘲笑他们读课文时那副腔调：说的什么话呀，一个个都是大舌头，一个个好像都堵了一鼻孔鼻涕！

细马似乎很喜欢这儿的天地。那么大，那么宽广的大平原。到处是庄稼和草木，到处是飞鸟与野兔什么的。有那么多条大大小小的河，有那么多大大小小的船。他喜欢看鱼鹰捕鱼，喜欢听远处的牛哞哞长叫，喜欢看几个猎人带了几只长腿细身的猎狗，在麦地或棉花地里追捕兔子，喜欢听芦苇丛里一种水鸟有一声无一声地很哀怨地鸣叫，喜欢看风车在野风里发狂似的旋转……他就在这片田野上，带着他的羊，或干脆将它们暂时先放下不管，到处走。一切都是有趣的。他乐意去做许多事情：追逐一条狗，在小水塘里去捉几条鱼，发现了一个黄鼠狼的洞，就用竹片往洞的深处挖……

这样过了一些日子，细马忽然觉得这一切，又不再有什么趣味了。当他听到从油麻地小学传来的读书声、吵闹声时，他就会站在田野上，向油麻地小学长久地张望。然而，他又不愿意再回到学校读书。

冬天到了，因为平原没有什么遮拦，北风总是长驱直入，在原野上肆无忌惮地乱扑乱卷。细马虽然不必天天将羊们赶到田野上，但他得常常拿一把小镰刀去河坡、田埂上割那些已经枯萎了的草或遗割的豆秸，然后背回来喂羊。北风像冰碴一般锐利地划着他的手、他的脸。没有几天，他的手就裂口了，露出红艳艳的肉来。晚上，邱二妈烧一盆热水，邱二爷就把细马拉过来，让他将双手放在热水里长时间地浸泡，然后擦干，再让他涂上蛤蜊油。但即使这样，细马的手仍在北风中不时地产生一种切割样的疼痛。每逢此时，他就对那些坐在门上挂了厚厚草帘的教室中读书的孩子们产生了一种嫉妒、一种敌意。

冬天过去，细马已基本上能听得懂油麻地人“难听的”话了。但细马依然没有去学校上学。一是因为，邱二妈并未提出让他再去读书；二是细马觉得，自己落了一个学期的课，跟是不可能再跟上了，除非留级，而细马不愿意这样丢人。细马还是放他的羊。虽然细马心里并不喜欢放羊。

细马越来越喜欢将羊群赶到离油麻地小学比较近的地方来放。现在，他不在乎油麻地小学的孩子们用异样的目光来看他。他甚至喜欢挑战性地用自己那双眍眼去与那些目光对视，直至那些目光忽然觉得有点发虚而不再去看他。他在油麻地首先学会的是骂人的话，并且是一些不堪入耳的骂人的话。他知道，这些骂人的话，最能侮辱对方，也最能伤害和刺激对方。当一个孩子向他的羊群投掷泥块，或走过来逗弄他的羊，他就会去骂他们。他之所以骂他们，一是表明他讨厌他们，二是表明他现在也能讲油麻地的话了。油麻地的孩子们都已感觉到，这个江南小蛮子是一个很野蛮的孩子。知道了这一点，也就没有太多的孩子去招惹他。这使细马很失望。他希望有人来招惹他，然后他好去骂他们。他甚至在内心渴望着跟油麻地小学的某一个孩子狠狠地打一架。

孩子们看出了这一点，就更加小心地躲避着他。

细马就把羊群赶到了油麻地小学的孩子们上学所必须经过的路口。他让他的羊在路上拉屎撒尿。女孩子们既怕羊，又怕他，就只好从地里走。男孩子们不怕，就是要走过来。这时若惊动了他的羊，他就要骂人。如果那个挨骂的男孩不答应他的无理，要上来与他打架，他就会感到十分兴奋，立即迎上去，把身体斜侧给对方，昂着头："想打架吗？"那个男孩，就有可能被他这股主动挑衅的气势吓住，就会显得有点畏缩。他就会对那个男孩说："有种的就打我一拳！"有几个男孩动手了，但都发现，细马是一个非常有力气的孩子，加上他在打架时所呈现出的凶样，纠缠了一阵，见着机会，就赶紧摆脱了他，逃掉了事。六年级有一个男孩，仗着自己个高力大，不怕他的凶样，故意过来踢了一只羊的屁股。细马骂了一句，就冲了过去。那个男孩揪住他的衣服，用力甩了他两个圆圈，然后双手一松，细马就往后倒去，最后跌坐在地上。细马顺手操起了两块砖头。两个小孩打架打急了眼，从地上抓砖头要砸人的有的是，但十有八九是拿着砖头吓唬人。砖头倒是抓得很紧，但并不敢砸出去。胆大的对方知道这一方不敢砸，就在那里等他过来。这一方就抓着砖头奔过来了，把砖头扬起来。对方也有点害怕，但还是大声地说："你敢砸我！你敢砸我！"抓砖头的这一个就说："我就敢砸你！"嘴硬，但终了也不敢砸。对方也有点发虚，怕万一真的砸出来，就走开了。但细马却是来真的。他对准那个高个男孩，就砍出去一块砖头。那高个男孩一躲闪，就听见砖头刷地从他的耳边飞了过去。眼见着细马拿了砖头冲过来，一副绝对真干的样子，吓得掉头直往校园里跑。细马又从地上捡了一块砖，一手提一块，并不猛追，咬着牙走进了校园。吓得高个男孩到处乱窜，最后竟然藏到了女生厕所里，把前来上厕所的几个女孩子吓得哇哇乱叫。细马没有找到那个高个男孩，就提着砖头走到校园外面，坐在路上，一直守到放学。高个男孩回不去家，只好跑到小河边上，让一个放鸭子的老头用船把他送过河去。

油麻地小学的老师就交代各班同学：不要去惹细马。

但秃鹤还是去惹了细马。结果，两人就在路上打起来。秃鹤打不过细马，被细马骑在身下足有一个小时。细马就是不肯放开他。有人去喊蒋一轮。蒋一轮过来，连说带拉，才把细马弄开。秃鹤鼻子里流着血，哭丧着脸跑了。

傍晚，桑乔找了邱二爷与邱二妈，说了细马的事。

晚上，邱二妈就将细马骂了一顿。细马在挨骂时，就用割草的镰刀，一下子一下子将刀尖往乌桕树上砍，将乌桕树砍了许多眼。邱二妈过来，将镰刀夺下，扔进了菜园，就对邱二爷嚷嚷：“谁让你将他带回来的！”

邱二爷过来，打了一下细马的后脑勺：“吃饭去！”

细马不吃饭，鞋都不脱，上了自己的床，把被子蒙在头上哭。哭着哭着，就睡着了。

邱二妈从一开始就觉得，细马不是一个一般的孩子。她从他的眍眼里看出，这已是一个有了心机的孩子。当她这样认为时，细马在她眼里就不再是一个孩子，而是一个大人了。现在这个大人是冲着他们的一笔家产突然地来了。邱二妈从一开始，就对细马是排斥的。

五月的一天，邱二妈终于向细马叫了起来：“你回去吧，你明天就回你家去！”

事情的发生与桑桑有关。

这是一个星期天，细马正在放羊，桑桑过来了。现在，桑桑几乎是细马唯一的朋友。桑桑和细马在田野上玩耍时，桑桑说：“我们去镇上玩吧？”

细马说：“去。”

桑桑和细马丢下那群羊，就去镇上了。两人在镇上一人买了一只烧饼，一边吃，一边逛，到了吃午饭的时间了，还没有想起来回家。又逛了一阵，正想回家，桑桑看到天上有群鸽子落在了一个人家的房顶上。桑桑见着鸽子，就迈不开腿，拉了细马，就去那个人家看鸽子。也就是看鸽子。但桑桑光看，就能看得忘了自己。细马对于谁都凶，可就是很顺从桑桑。他就蹲在墙根下，陪着桑桑。主人家见两个孩子看他们家的鸽子，一看就一两个小时，心里就生了疑，过来打量他俩。细马碰了碰桑桑的胳膊。桑桑感到了一对多疑的目光，这才和细马匆匆走出镇子往家走。

在细马离开羊群的这段时间里，羊吃了人家半条田埂的豆苗。

邱二妈向人家赔了礼，将羊赶回了羊圈里。

细马回来了。他很饿，就直奔厨房，揭了锅盖，盛了满满一大碗饭，正准备坐在门槛上扒饭，邱二妈来了：“你还好意思吃饭？”

细马端着碗，不知是吃好还是不吃好。

“你吃饭倒是挺能吃的，才多大一个人，一顿能扒尖尖两碗饭！可让你干点活，就难了！你放羊放到哪儿去了？我告诉你，我们养不起你！”邱二妈说完，去桑桑家了。

细马端着碗，眼泪就流了下来，泪珠扑嗒扑嗒地掉在了饭碗里。他突然转过身，把饭碗搁到了锅台上，走出了厨房，来到了屋后。

屋后是邱二爷家的自留地。一地的麦子刚刚割完，一捆捆麦子，都还搁在地里，未扛回院子里。

细马下地，扛了一捆麦子，就往院子里走。他扛了一捆又一捆，一刻也不停歇。

当时是下午四点，金属一样的阳光，还在强烈地照射着平原。细马汗淋淋地背着麦捆，脸被晒得通红，几道粗粗的汗痕挂在脸上。他脱掉了褂子，露出光脊梁。太阳的照晒，麦芒的刺戳，加上汗水的腌泡，使他觉得浑身刺挠，十分难受，但细马一直背着麦捆，一声不吭。

桑桑的母亲见到了，就过来说："细马，别背了。"

细马没有回答，继续背下去。

桑桑的母亲就过来拉细马，细马却挣脱了。她望着细马的背影说："你这孩子，也真犟！"

邱二妈走过来说："师娘，你别管他，由他去。"

桑桑来了。母亲给了他一巴掌："就怪你。"

桑桑也下地了，他要帮细马，也扛起麦捆来。

桑桑的母亲回家忙了一阵事，出来看到细马还在背麦捆，就又过来叫细马："好细马，听我话，别背了。"

桑桑也过来："细马，别背了。"

细马抹了一把汗，摇了摇头。

桑桑的母亲就一把拉住他。桑桑也过来帮母亲推他。细马就拼命挣扎，要往地里去，眼睛里流出两行泪水，喉咙里呜咽着。三个人就在地头上纠缠着。

邱二妈叫着："你回去吧，你明天就回你家去！"

桑桑的母亲就回过头来："二妈，你也别生气，就别说什么了。"

这时，邱二爷从外面回来了，听桑桑的母亲说了一些情况，说："还不听师娘劝！"

细马却还是像一头小牛犊一样，企图挣出桑桑和他母亲的手。

这时走来了桑乔。他没有动手："你们把他放了。细马，我说话有用吗？"

被桑桑和他母亲松开了的细马，站在那儿，不住地用手背擦眼泪。

桑乔这才过来拉住细马的手："来，先到我家去，我们谈谈。"

邱二爷说："听桑校长的话，跟桑校长走。"

细马就被桑乔拉走了。

这里，邱二妈哭了起来："师娘，我命苦哇……"

桑桑的母亲就劝她回去，别站在地头上。

邱二妈倚在地头的一棵树上，哭着说着："他才这么大一点的人，我就一句说不得了。等他长大了，我们还能指望得上他吗？"

桑桑的母亲劝了邱二妈半天，才把她劝回家。

当天晚上，细马就住在了桑桑家。

四

细马确实是一个很有主意的男孩。他已暗暗行动，准备离开油麻地，回他的江南老家。他去办户口的地方，想先把自己的户口迁出来。但人家笑话他："个小屁孩子，也来迁户口。"根本不理他。他就在那里软磨硬泡。管户口的人见他不走，便说："我要去找你家的大人。"他怕邱二爷知道他的计划，这才赶紧走掉。他也曾打算不管他的户口了，就这么走了再说，但无奈自己又没有路费。现在，他已开始积攒路费。他把在放羊时捉的鱼或摸的螺蛳卖得的钱，把邱二爷给他买糖块吃而他没有买糖块吃省下的钱，全都悄悄地藏到床下的一只小瓦罐里。

当然，细马在暗暗进行这一计划时，也是时常犹豫的。因为，他已越来越感受到邱二爷是喜欢他的，并且越来越喜欢。他不会游泳，而这里又到处是河。邱二爷怕他万一掉进河里——这种机会对于生活在这里的人来说，也实在太多了——就教他学游泳。邱二爷站在水中，先是双手托着他的肚皮，让他在水中扑腾，然后，仅用一只手托住他的下巴，引他往前慢慢地游动。一连几天，邱二爷就这么耐心地教他。邱二爷是好脾气。细马终于可以脱开邱二爷的手，向前游动了，虽然还很笨拙，还很吃力，只能游出去丈把远。那天，邱二爷在河边坐着，看着他游，后来想起一件什么事来，让细马不要游远了，就暂时回去了。细马突然起了要跟邱二爷淘气一下的心思，看着邱二爷的背影，就悄悄躲到了水边的芦苇丛里。邱二爷惦记着水中的细马，很快返回，见水面上没有细马，一惊："细马！细马！……"见无人答应，眼前只是一片寂静的水面，邱二爷又大喊了一声"细马"，纵身跳进了水中。他发了疯地在水中乱抓乱摸。在水底下实在憋不住了，才冒出水面："细马！细马！……"他慌乱地叫着，声音带着哭腔。细马钻出了芦苇丛，朝又一次从水底冒出来的邱二爷，露出了大门牙，笑着。邱二爷浑身颤抖不已。他过来，揪住细马的耳朵，将他揪到了岸上，然后操起一根棍子，砸着细马的屁股。这是细马来到油麻地以后，邱二爷第一次揍他——第一次揍就揍得这么狠。细马哭了起来，邱二爷这才松手。细马看到，邱二爷好像也哭了。这天深夜，细马觉得有人来到了他的床边。他半睁开眼睛，看到邱二爷端着一盏小油灯，正低头查看着他的被棍子砸了的屁股。邱二爷走了。他看着昏暗的灯光映照下的邱二爷的背影消失在门口，然后闭上双眼。不一会，就有泪珠从眼缝里挤了出来。细马想起，邱二爷去江南向他的父亲提出想要一个孩子，而他的父亲决定让邱二爷将他带走时，邱二爷并没有嫌他太小，而是喜欢地将一只粗糙的大手放在了他的脑袋上，仿佛他此次来，要的就是他。而当他听父亲说要将他送给二叔时，他也没有觉得什么，仿佛这是一件早商量好了的事情。他在那只大手下站着，只觉得那只大手是温暖的……

细马甚至也不在心里恨邱二妈。除了与他隔膜和冷漠，邱二妈实际上对任何人都显得十分温和、和善。谁家缺米了，她会说："到我家先量几升米吃吧。"若是一个已经借过米但还未还的，就不好意思来。她就会量个三升五升的米，主动送上人家的门："到收了稻子再还吧。"桑桑的母亲要纳一家人的鞋底，邱二妈就会对桑桑的母亲说："让我帮你纳两双。"她纳的鞋底，线又密又紧，鞋底板得像块铁，十分结实。桑桑脚上穿的鞋，鞋底差不多都是邱二妈纳的……

但细马还是计划着走。

夏天过去之后，细马与邱二妈又发生了一次激烈的冲突。邱二妈向邱二爷大哭："你必须马上将他送走！"

邱二爷是老实人。邱二爷与邱二妈成家之后，一般都听邱二妈的。他们家，是邱二妈做主，邱二爷只是随声附和而已。他想想细马在油麻地生活得也不快活，就不想再为难细马了，就对细马说："你要回去，就回去吧。”他去把细马的户口迁了出来。

这以后的好几天，邱二妈总不说话。因为，当她终于知道，细马真的马上要离去时，她心中又有另一番说不清楚的感觉了。她甚至觉得，她原来并不是多么地不喜欢细马。她在给细马收拾东西时，收拾着收拾着，就会突然停住，然后很茫然地望着那些东西。

说好了这一天送细马走的。但就在要送他走的头两天，天气忽然大变。一天一夜的狂风暴雨，立即给平原蒙上了涝灾的阴影。原以为隔一两天，天会好起来，但后来竟然一连七八天都雨水不绝。或倾盆大雨，或滴滴答答地漏个不止，七八天里，太阳没有出来过一分钟。河水一天一天地在涨高，现在已经漫上岸来。稻地已被淹没，到处白茫茫的一片。地势高一些的稻田，只能看见少许一些稻叶在水面上无奈地摇曳。

道路都没有了。细马暂时走不了。细马似乎也不急着走了。望着止不住的雨水，他并无焦急的样子。

桑桑这几天，总和细马在一起。他们好像很喜欢这样的天气。他们各人拿了一根木棍，在水中探试着被水淹掉了的路，一步一步地往前走，觉得非常有趣。两人一不小心，就会走到路外边，滑到比路基低得多的缺口或池塘里，就弄了个一身湿淋淋的。细马回到家，邱二妈就赶紧让他换上干衣。细马换了干衣，禁不住外头桑桑的召唤，又拿了木棍试探着，走出门去。这时，邱二妈就在家点起火，将细马刚换下的衣服晾在铁丝上，慢慢烘烤着。那时，邱二妈就在心里想：马上，细马又要湿淋淋地回来了。

雨根本没有停息的意思。天空低垂，仿佛最后一颗太阳，已经永远地飘逝，从此，天地间将陷入绵延无穷的黑暗。雨大时，仿佛天河漏底，厚厚实实的雨幕，遮挡住了一切：树木、村庄……就只剩下了这厚不见底的雨幕。若是风起，这雨飘飘洒洒，犹如巨瀑。空气一天一天紧张起来。到处在筑坝、围堤。坝中又有坝，堤中又有堤，好像在准备随时往后撤退。桑桑和细马撑着小船，去看过一次大坝。他们看见至少有二十只从上面派来的抽水机船，正把水管子搁在大坝上，往外抽水。那一排水管，好似一门一门大炮，加上机器的一片轰鸣和水声倒让桑桑和细马激动了半天。随时会听到报警的锣声。人们听到锣声，就说："不知哪儿又决坝了。"

油麻地小学自然属于这地方上的重点保护单位，早已连同一片住户被围在了坝里。这坝外面还有更大范围的坝。

邱二爷家在大坝里。

桑桑的母亲对邱二妈说："万一大坝出了事，你们就住到我家来。"面对着一片还在不断上涨的水，一片人心惶惶的。

但孩子们总也紧张不起来。这个水世界，倒使他们感到有无穷的乐趣。他们或用洗澡的木盒，或干脆摘下门板来，坐在上面，当作小船划出去。他们没有看见过海，但想象中，海也就是这个样子：白茫茫，白茫茫，一望无边。不少人家，屋中已经进水，鲤鱼跳到锅台上的事情也已经听说。

桑桑和细马一人拿了一把鱼叉。他们来到稍微浅一些的地方，寻找着从河里冲上来的鲤鱼。他们走着走着，随时都可能惊动了一条大鱼，只见它箭一样蹿出去，留下一条长长的水痕。两个人常一惊一乍地在水中喊叫。

细马马上要走了。他没有想到，在他将要离去时，竟能碰上如此让他激动的大水。他和桑桑一起，整天在水中玩耍，实在是开心极了。细马要抓住他在油麻地的最后时光，痛痛快快地玩。

邱二妈站在桑桑家门口，对桑桑的母亲叹息道："这两个小的，在一起玩一天，是一天了"。

这天夜里，桑桑正在熟睡中，朦朦胧胧地听见到处有锣声和喊叫声。母亲点了灯过来，推着桑桑："醒醒，醒醒，好像出事了。"这里正说着，门被急促地敲响了："校长，师娘，开门哪！"

门一打开，是邱二爷、邱二妈和细马湿淋淋地站在那里。

邱二爷说："大坝怕是决堤了。"

邱二妈哭着："师娘，我们家完了。"

桑乔也起来了，问："进多深的水了？"

"快齐脖子了，还在涨呢。"邱二爷说。

母亲叫他们赶快进屋。

油灯下，所有的人都一副恐惧的样子。桑桑的母亲总是问桑乔："这里面的一道坝撑得住吗？"桑乔说不好，就拿了手电走了出去。两个孩子也要跟着出去。桑乔说："去就去吧。"

三个人走了一会，就走到了坝上，往外一看，水也已快要越过坝来了。坝上有不少人，到处是闪闪烁烁的灯光。

这天夜里，邱二妈几乎没合一眼，总在啼哭，说她命真的很苦。

邱二爷一副木呆呆的样子，斜倚在桑桑家为他和邱二妈临时搭起的铺上。邱家的这份家产，经这场大水泡上几日，大概也就不值几文钱了。

与桑桑合睡一床的细马似乎心情也忽然沉重起来，不停地翻身，弄得桑桑一夜没有睡好。

第二天天才蒙蒙亮，邱二爷和邱二妈，就爬上坝去看他们的房子。随即，邱二妈就瘫坐在堤上哭起来。

桑桑的母亲和桑桑的父亲都过来看，看到邱二爷的家，已大半沉在水里了。

细马也爬到了坝上。他蹲在那里，默默地看着水面上的屋脊、烟囱上立着的一只羽毛潮湿的水鸟。

那份在邱二妈眼里，细马及细马的父亲就是冲着它来的家产，真的应了一句话：泡汤了。

五

大水差不多在一个月后，才完全退去。

田里的稻秧，已经全部淹死。到处烂乎乎的，几天好太阳一晒，空气里散发着一股腐烂的气息。

邱二爷家的房屋，地基已被水泡松，墙也被水泡酥，屋体已经倾斜，是非拆不可了。现在只能勉强住着。屋里的家具，十有八九，已被泡坏。邱家几代传下的最值钱的一套红木家具，虽然在第二天就被邱二爷和细马、桑桑打捞上来，弄到了油麻地小学的教室里。但因浸了水，榫松了，变形了。

这几天，桑桑就尽量与细马待在一起。因为，他知道，道路一通，细马马上就要离去了。

邱二爷不想再留细马多待些日子了，对邱二妈说："给他收拾收拾吧。”

邱二妈说：“早收拾好了。你早点送他回去吧。”

这天，一大早，细马就来桑桑家告别了。

桑乔把手放在细马肩上很久：“别忘了油麻地。”

桑桑的母亲说：“有空回来看看二爷二妈。”

桑桑不知道说什么，就在那儿傻站着。

细马上路了。

大家都来送行。

邱二妈只把细马送到路上，就回去了。桑桑的母亲看到了，对细马说了一声“一路好好走”，就转过身去看邱二妈。邱二妈正在屋里哭。见了桑桑的母亲说：“说走就走了……”泪珠就顺着她显然已经苍老了的脸往下滚。

细马走后，桑桑一整天都是一副落寞的样子。

邱二爷把细马送到县城，给细马买了一张长途汽车票，又买了一些路上吃的东西。邱二爷很想将细马一直送回家。但他有点羞于见到细马的父亲。再则，细马已经大了，用不着他一直送到底了。

上车时间还早，两人坐在长途汽车站的候车室里，都默然无语。

细马上车后，将脸转过去看邱二爷。他看到邱二爷的眼睛潮湿着站在秋风里，一副疲惫而衰老的样子。细马还发现，邱二爷的背从未像今天这样驼，肩胛从未瘦得像今天这样隆起，脸色也从未像今天这样枯黑——枯黑得就像此刻在秋风中飘忽的梧桐老叶。

细马将脸转过去哭了。

车开动之后，细马又一次转过脸来。他看到了一双凄苦的目光……

傍晚，邱二爷回来了。这天晚上，他和邱二妈感到了一种无底的空虚和孤寂。老两口一夜未睡。清淡的月光，从窗外照进来，也把窗外的一株竹影投进来，直投在他们的脸上。秋风一吹，竹子一摇，那些影子就虚虚幻幻地晃动着。

一夜，他们几乎无语。只是邱二妈问了一句："孩子不知走到哪儿了？"邱二爷回答了一句："我也说不好呢。"

第二大黄昏时，桑桑正要帮着将邱二爷的几只在河坡上吃草的羊赶回邱二爷家时，偶然抬头一看，见路上正走过一个背着包袱的孩子来。他几乎惊讶得要跳起来：那不是细马吗？但他不相信，就揉了揉眼睛，双脚不由自主地往前走着，仔细地分辨着：细马！就是细马！他扔掉了手中赶羊的树枝，翻过大堤，一路往邱二爷家跑。一边跑，一边大叫："细马回来了！细马回来了……"

桑乔正站在校门口问："你说是谁回来了？"

桑桑脚步不停："细马！是细马回来了！"他一口气跑到了邱二爷家，对邱二爷和邱二妈说："二爷，二妈，细马……细马……细马他……他回来了……"

邱二爷和邱二妈站在那儿不动，像在梦里。

"细马回来啦！"桑桑用手指了一下黄昏中的路，然后迎着细马跑过去。

邱二爷和邱二妈急匆匆地跑到门口，朦朦胧胧地看到，大路上，真的有一个孩子背着包袱正往这边走过来

等邱二爷和邱二妈跑到路口时，桑桑已背着包袱，和细马走到了他们的跟前……

六

细马是在车开出去一个小时以后下的车。

车在路上，细马眼前总是邱二爷的目光。油麻地的一切，也都在他心里不住地闪现。他终于叫了起来："不好啦，我把东西落在车站啦！"驾驶员将车停下后，他就拿了包袱下了车，然后坐在路上，又拦了一辆回头的车，就又回到了县城。

当天晚上，一家人除了哭哭笑笑，就是邱二妈不时地说："你回来干吗？你回来干吗？"就不知再说些其他什么。

第二天，邱二妈看着随时都可能坍塌的房子，对邱二爷说："还是让他回去吧？"

细马听到了，拿了根树枝，将羊赶到田野上去了。

几天后，邱二爷的房子就全推倒了。好好一户人家，眨眼的工夫，就只剩下一堆废墟。眼见着天气一天凉似一天，就临时搭了一个矮屋。一家人倒也并不觉得什么，日子过得平平常常、欢欢喜喜的。邱二妈仍是一尘不染的样子，在家烧饭、种菜，细马放羊，邱二爷有集市时就去集市上做他的掮客，没有集市时，就到地里做些农活。一有空，一家三口总要走过桥来，到桑桑家来玩。有时，细马晚上过来，与桑桑待在一起，觉得还没有待得过瘾，就站在河边边喊："我不回去睡觉啦！"就睡在了桑桑的床上。

一天，桑桑跑回来对母亲说："细马不再叫二爷二妈了，改叫爸爸妈妈了。"

细马晚上再过来，桑桑的母亲就问："听说细马不再叫二爸二妈了，改叫爸爸妈妈了。”

细马脸微微一红，走到一边，跟桑桑玩去了。

油麻地又多了一户平常而自足的人家。

但就在这年冬天，邱二爷病倒了。实际上邱二爷早在夏天时，就有了病兆：吃饭时，老被噎住，要不，吃下去的东西，不一会儿又吐出来。秋天将尽时，他就日渐消瘦下来，很快发展到一连几天不能吃进去一碗粥。但邱二爷坚持着，有集市时仍去集市做掮客。他只想多多地挣钱。他必须给细马留下一幢像样一点的房子。入冬后的一天，他在集市上晕倒了，脸在砖上磕破了，流了不少血。是别人把他扶回了家。第二天，邱二妈要找人将邱二爷护送到城里看病。邱二爷坚决地拒绝了：“不要瞎花那个钱，我知道我得了什么病。”夜里，他对邱二妈说：“我得了绝症。细马他爷爷就是得的这个病。是根本治不好的。”但邱二妈不听他的，到处求医问药。后来，听说一个人吃中药把这病吃好了，就把人家的方子要过来，去镇上抓了几十服中药。这时，已是腊月了。

这天早上，细马没有放羊，却拿了一把镐、一只竹篮离开了家门。

桑桑问：“你去哪儿？要干什么？”

细马说：“中药里头，得放柳树须子，我去河边刨柳树须子。”

桑桑的母亲正好走过来，说：“桑桑，你去帮细马一起刨吧。”

这一年的冬天冷得有点异常。河里结了厚冰，让人无法汲水。因此，一早上，到处传来用榔头敲冰砸洞的声音。整个世界，都冻得硬邦邦的。仿佛天上的太阳都被冻住了。风倒不大，但空气里注满了森森寒气。

细马和桑桑在河边找到了一棵柳树。

细马挥镐砸下去，那冻土居然未被敲开，只是留下一道白迹。细马往手上吐了一口唾沫，咬着牙，用了更大的劲，又将镐砸了下去。这一回，镐尖被卡在了冻土里。细马将镐晃动了半天，才将它拔出来。

不一会，桑桑就看到，细马本来就有裂口的手，因连续受到剧烈震动，流出血来。血将镐柄染红了。桑桑就把竹篮子扔在地上，从细马手中夺过镐来，替换下细马。但桑桑没有细马力气大，进展得很慢。细马说："还是我来吧。"就又抢过了镐。

这柳树的根仿佛就没有须子，刨了那么大一个坑，树根都露出一大截来了，还未见到须子。桑桑很疑惑：能弄到柳树须子吗？但细马不疑惑，只管一个劲地去刨，头上出了汗，他把帽子扔在地上，头在冷空气里，飘散着雾状的热气。他把棉袄也脱下了。

总算见到了柳树须子。一撮一撮的，像老头的胡子。

桑桑说："这一棵柳树的须子，就够了。"

细马说："不够。"因为细马在挑这些柳树须子时很苛刻。他只要白嫩白嫩的，像一条条细白的虫子一样的须子，黑的，或红的，一概不要。一棵柳树，他也就选一二十根。

细马穿好棉袄，戴上帽子，扛了镐，又去找第二棵柳树。

桑桑几次说："够了，够了。"

但细马总是说："不够，不够。"

桑桑很无奈，只好在寒风里陪伴着细马。

到了中午，竹篮子里，已有大半下柳树须子。那须子在这冰天雪地，一切生命都似乎被冻结了的冬季，实在是好看。那么白，那么嫩，一根一根，仿佛都是活的，仿佛你一不留神，它们就会从竹篮里爬了出去。太阳一照，就仿佛盛了半竹篮细细的银丝。

邱二妈看见这大半竹篮柳树须子时，眼睛红了。

可是，邱二爷未能等到春季来临，就去世了。临去，他望着细马，眼睛里只有歉疚与深深的遗憾，因他终于没有能够给细马留下一幢好房子。

送走邱二爷以后，邱二妈倒也不哭，仿佛悲伤已尽，已没有什么了。她只是一到天晚地沉默着，做她该做的事情：给细马烧饭、给细马洗衣服、夜里起来给细马盖细马蹬翻了的被子，晚上端上一木盆热水来让细马将脚放进去，然后她蹲下去给他好好搓洗……

邱二妈在神情恍惚了十几天之后，这天一早，就来了桑桑家，站在门口问桑桑的母亲："师娘，你看见二爷了吗？"

桑桑的母亲赶紧拉住邱二妈的手，道："二妈，你先进来坐一会。"

"不了，我要找二爷呢。这个人不知道哪儿去了？"邱二妈又见到了桑桑，"桑桑，看见你二爷了吗？"

桑桑有点害怕了，瞪着眼睛，摇着头。

"我要去找他，我要去找他……"邱二妈说着，就走了。

桑桑的母亲就一直看着邱二妈的背影，直到她消失在一幢草房子的拐角处。她进屋来对桑乔说："这可怎么办？邱二妈的脑子出毛病了。"

桑乔似乎并不特别吃惊："听人说，她母亲差不多也在这个年纪上，脑子出了毛病。"

在细马未来之前，邱二妈和邱二爷一直相依为命，做了几十年的好夫妻。桑桑的母亲总记得，邱二爷去集市做掮客时，邱二妈就会在差不多的时候，站到路口去等邱二爷回来。而邱二爷回来时，不是给她带回她喜爱吃的东西，就是带回她喜爱用的东西。相比之下，邱二爷显得比邱二妈老得多。

但邱二爷喜欢邱二妈比他年少。邱二爷喜欢邱二妈总去梳她的头，整理她的衣服。喜欢与打扮得很俏的邱二妈一起去桑桑家串门，一起搬了张凳子到打麦场上去看电影或者看小戏……邱二爷离不开邱二妈，而邱二妈可能更离不开邱二爷。现在邱二爷居然撇下她走了。

邱二妈必须要找到邱二爷。她一路问下去：“见到我家二爷了吗？”

这天，细马放羊回来，见邱二妈不在家，就找到桑桑家，见了桑桑，问：“我妈在你家吗？”

桑桑摇了摇头：“不在我家。”

细马就一路呼唤下去。当时，天已黑了，每个人家都已点了灯，正在吃晚饭。乡村的夜晚，分外寂静。人们都听到了细马的呼唤声。

桑桑和母亲就循着细马的叫声，找到了细马，让他回家：“你妈她自己会回来的。”硬把他劝了回来。然后，由桑桑和妹妹给细马端来了晚饭。细马不肯吃，把饭菜一直放在饭桌上。

桑桑和母亲走后，细马就一直坐在路口，望着月光下那条路。

第二天一早，细马来到桑桑家，将门上的钥匙给了桑桑的母亲：“师娘，你帮着看一下家，我去找我妈。”

桑桑的父母亲都不同意。但细马说：“我找找就回家，我不走远。”临走时，又对桑桑说：“桑桑，你帮我看一下羊。”就走了。

细马一走就是七天。

桑桑天天将羊一早上就赶到草坡上去，像细马一样，将那群羊好好照应着。但这天晚上，他把羊赶回羊圈，看到细马家依然锁着门之后，回到家哭了：“细马怎么还不回来？”又过了两天，这天傍晚，桑桑正要将羊从草坡上赶回家，看到西边霞光里，走来了细马和邱二妈。听到桑桑的叫声，无数的人都走到路口来看。邱二妈是被细马搀着走回来的。

所有看的人，都只是静静地望着他们，没有一个人说话。

细马满身尘埃。脚上的鞋已被踏坏，露着脚趾头。眼睛因为瘦弱而显得更眍，几颗大门牙，显得更大。令人惊奇的是，邱二妈却仍然是一番干干净净的样子，头发竟一丝不乱。人们看到，那枚簪子上的绿玉，在霞光里变成了一星闪闪发亮的，让人觉得温暖的橘红色。

细马卖掉了所有的羊，在桑桑一家帮助下，将邱二妈送进了县城医院。大约过了两个月，邱二妈的病居然治好了。

这天，细马来找桑乔："桑校长，你们学校还缺不缺课桌？"

桑乔说："缺。"

细马说："想买树吗？"

"你要卖树？"

"我要卖树。"

"多少钱一棵？"

"那要论大小。"

桑乔笑起来。他觉得眼前这个细马，口吻完全是一个大人，但样子又是一个小孩。

"你们想买，就去看看。都是笔直的楝树。一共十六棵。"

"你卖树干什么？"

"我有用处。"

"你跟你妈商量了吗？"

"不用跟她商量。"细马一副当家做主的样子。

"好的。过一会，我过去看看。"

“那我就卖给你，不卖给别人了。”

桑乔看着细马走过桥去，然后很有感慨地对桑桑的母亲说：“这孩子大了。”

桑桑的母亲就用脚轻轻踢了一下正在玩耍的桑桑：“我们家桑桑，还只知道玩鸽子呢。”

细马在桑乔这里讨了一个好价钱，卖了十二棵树。还有四棵，他没有卖，说以后盖房子，要做大梁。

细马拿了卖树的钱，天天一早就坐到大河边上去。

大河里，总有一些卖山羊的船行过。那些雪白的山羊装在船舱里，不停地拥挤、跃动，从眼前经过时，就觉得翻着一船的浪花。

细马要买羊，要买一群羊。

但细马并不着急买。他要仔细打听价钱，仔细审察那些羊。他一定要用最低的价钱买最上等的羊。他很有耐心。这份耐心绝对是大人的。有几回，生意眼看就要做成了，但细马又放弃了。船主就苦笑：“这个小老板，太精。”

细马居然用了十天的工夫，才将羊买下。一共五十只。只只白如秋云，绒如棉絮。船主绝对是做了出血的买卖。但他愿意。因为，他一辈子还没有见过如此精明能干的孩子。

大平原上，就有了一个真正的牧羊少年。

桑桑读六年级时，细马的羊群就已经发展到一百多只了。这年秋天，他卖掉了七十多只羊，只留了五只强壮的公羊和二十五只特别能下崽的母羊。然后，他把卖羊的钱统统买了刚出窑的新砖。他发誓，他一定要给妈妈造一幢大房子。

桑桑记得，那堆砖头运回来时，是秋后的一个傍晚。

砖头码在一块平地上。一色的红砖，高高地码起来，像一堵高大的城墙。

邱二妈不停地用手去抚摸这些砖头，仿佛那是一块块金砖。

“我要爬到顶上去看看。”细马搬来一架梯子，往上爬去。

桑桑看见了细马，仰头问：“细马，你爬上去干什么？”

细马站在砖堆顶上：“我看看！”

桑桑一家人，就都走出门来看。

夕阳正将红辉反射到天上，把站在砖堆顶上的细马映成了一个细长条儿，红辉与红砖的颜色融在一起，将细马染成浓浓的土红色……

白雀（下）

一

蒋一轮烧掉了信，但没有烧掉他的记忆与思念，照样在每天晚上去河边吹笛子。

村头走过一个牵牛的人，听了这缠绵不绝的笛声，说："这笛子，吹了也是白吹。"

听见这笛声，做作业的桑桑或是照应鸽子的桑桑，就会做着做着，停了下来。那一刻，心思就不在他所做的事上了。桑桑有一个念头，这个念头似乎十分荒诞：这件事，是他和白雀、蒋一轮三个人的事，他有推不掉的一份。

那天，桑桑去镇上卖鸽蛋，看到了白雀与谷苇。他们正在街上走。白雀看到了桑桑，就买了半斤红菱，用荷叶捧过来，说："桑桑，给。"

桑桑说："我不喜欢吃红菱。"就走开了。

桑桑看到，蒋一轮的心情，正在一天一天地变得恶劣。

蒋一轮总发脾气。朝老师们发脾气，朝同学们发脾气，一天到晚，气不顺的样子。平时上课，蒋一轮即使批评同学，也只是批评男同学，很少批评女同学。但就在前天，一个平素十分文静害羞的女同学，仅仅因为在他上课时，把散开了的小辫重新编着，他停住不讲了，问："卢小梅，你在干什么呢？"卢小梅满脸通红，忘了衔在嘴里的头绳，呜呜噜噜地说："我在梳小辫。""你说什么？站起来说。说清楚点。"蒋一轮其实并非没有听清楚。卢小梅连忙从嘴上取下了头绳，低着头说："我在梳小辫。""梳小辫？你是听课来了，还是梳妆来了？""听课来了。""那你还梳小辫？""我的小辫散了。""你早点干吗了？"蒋一轮说完，不再理会卢小梅，接着讲课。散了小辫的卢小梅哭了，眼泪大滴大滴地滴在了课本上。这时，就到了下课时间。蒋一轮说了一句"岂有此理"，抓了课本与教案，就走出了教室。这年春天，刚开学不几天，蒋一轮惹下了大麻烦。

班上有个叫戚小罐的男生，一向喜欢上课时吃东西。仿佛不吃点东西，他就无法上课。各科老师都批评过他。他的理由是："我不吃东西，脑子不好使。"就屡教不改。后来，老师们也疲了，不管他，由他吃去。他或者咬一根大黄瓜，或者吃点生花生米。最喜欢嗑瓜子，磕得满地都是。这一回，他是啃一个大白薯，直啃得咔嚓咔嚓响。

蒋一轮在戚小罐刚啃大白薯时，就盯了他一眼。

戚小罐看到了蒋一轮的目光，就像深夜一只偷吃东西的老鼠，在被这家里的人拍着床边警告了一下后，就先静住，然后再接着吃一样，过不一会，他又将大白薯啃起来：咔嚓咔嚓、咔嚓咔嚓……

蒋一轮就停住不讲。

戚小罐也就停住不吃。

蒋一轮又开始讲下去。

稍微停一停，戚小罐也接着啃起来：咔嚓咔嚓……

到了后来，蒋一轮即便是停住不讲了，啃得忘乎所以的戚小罐还在啃着：咔嚓咔嚓……

在蒋一轮冷冷的目光下，同学们都不敢吭声，教室里十分寂静，这时，就只剩下了这片清脆的咔嚓咔嚓声。

蒋一轮终于爆发了，将课本猛地扔在讲台上，大声喝道："戚小罐，站起来！"

戚小罐一嘴白薯还未咽下，猛然一惊，咽在了嗓子眼里，双目圆瞪，像被人勒了脖子一样。

"站起来，你听到没有？！"

戚小罐稍微迟疑了一下，蒋一轮就大步跑过来，抓住戚小罐的衣肩，就将他拎了起来。

戚小罐罚站时，一般都不怎么站得稳，像一棵根浅的玉米受着大风的吹压，东摇西晃的。

蒋一轮不回到讲台上去，就站在那里看他摇晃，心里就起了一个农人要将这棵东摇西晃的玉米的根压扎实的念头。他先踢了一下戚小罐撇得太开的脚，然后猛地一扶戚小罐的双肩："我看看你还摇晃不摇晃。"

戚小罐就不摇晃了，笔直的一根立在那里。

蒋一轮这才回到讲台上。但他仍然未接着讲课，还要再看一看这个戚小罐到底摇不摇晃了。

戚小罐不经看，又开始摇晃了。

蒋一轮的一双目光绝不看别处，就只看戚小罐。

但蒋一轮的目光并不能制止戚小罐的摇晃。到了后来，戚小罐摇晃的弧度大了起来，并且不再光是左右摇晃，而变为前后左右的摇晃，仿佛这棵玉米受着八面来风。

蒋一轮心中的火苗，就噗噗地往上蹿。他又跑了过来。他并不去扶戚小罐，而是将课桌上那只已被啃得不像样的大白薯拿起来，象扔手雷一样，扔到了窗外，大白薯碰在了一棵竹子上，发出一声响，惊动了一竹林麻雀。

戚小罐仍然止不住地晃动着，并且开始小声念叨："我要我的白薯，我要我的白薯……"

蒋一轮不想再看到戚小罐这副让人难受的样子，说："出去！"

戚小罐不动。

蒋一轮就陡然加大声音："出去！"

戚小罐就离开了课桌。在他往门口走时，依然一副摇摇晃晃的样子。

蒋一轮说："什么样子！"

戚小罐都已走到门槛了，但不知为什么站住不走了。

蒋一轮就走过来："让你出去，你听见了没有？！"

戚小罐就像没有听见一样，站在那里东倒西歪地摇晃着。

孩子们就笑起来。

蒋一轮走到了戚小罐的身后："让你出去，你长耳朵没有？"说完，就将右手放在戚小罐的后脑勺上，推了他一把。而就在这同时，全班的同学都吃惊地看到了一个情景：戚小罐向前踉跄着走了两步，扑通跌倒在了门外的砖地上！

孩子们都站了起来。

蒋一轮慌张地走出去，蹲下来叫着："戚小罐！戚小罐！……"

戚小罐竟然毫无声响，死人一样。

当蒋一轮连忙将戚小罐翻转过身来时，他顿时出了一身虚汗：戚小罐面如死灰，双目紧闭，口吐白沫，完全不省人事。他几乎软瘫在了地上。

孩子们先是发愣，紧接着纷纷离开座位，朝门口涌来。

桑乔正在校园里巡视，见这边有情况，急忙走来："怎么啦？怎么啦？"

这时，蒋一轮已勉强将戚小罐抱起。一些男生过来，帮着他用双手托着戚小罐。但一个个全无主意，不知如何是好。

桑乔一见，大喊："拿门板来，拿门板来，快去镇上医院！"

一时间，油麻地小学的校园里乱糟糟一片，满校园脚步声，满校园嘈杂声，满校园惊恐的呼叫声。

"门板来了！""门板来了！"

两个老师取下了桑桑家的一扇门，飞似的跑过来。

"放上去！""放上去！"

"人闪开！""人闪开！"

戚小罐从蒋一轮的怀里，被放到了门板上。这时的戚小罐，完全是一副死人的样子，没有任何反应。

一条路在稠密的人群里迅捷地让出。放着戚小罐的门板，迅速地穿过人群，朝校外而去。后面跟了桑乔、蒋一轮和四五个男老师。

蒋一轮双腿发软，眼前发黑，脑子里一片空白。他几次落在了后面，但还是挣扎着，追了上去。

在地里干活的人，放下工具跑到路上，问："怎么啦？怎么啦？"

跟着跑到路上的孩子就回答："戚小罐没气了。""戚小罐死过去了。"……

这里，众人都朝前看，不一会，桑乔他们就消失在了路的尽头。

二

一直到天黑，戚小罐就那么直挺挺地躺在病床上。嘴角依然白沫不断。

戚小罐的父亲戚昌龙，是油麻地最惹不起的人。戚家有兄弟五人，一个个都非凡人善茬。而戚小罐的母亲，当地人称黑奶奶，尤其惹不起。油麻地的人谈及戚家，只一句话："一家子不讲理。"现在出了这一人命关天的事，那还得了吗？

桑乔熟知戚家人的脾性，在戚小罐送进镇上医院抢救后，把蒋一轮拉到无人处，说了一句："你赶紧去躲起来几日。"

蒋一轮十分紧张："校长，我只是轻轻碰了他一下。"

桑乔说："现在先不谈这些，你赶快离开这里。"

蒋一轮刚刚离开医院，戚昌龙就闻讯赶到了医院。他看了儿子一眼，竟不去管儿子，大声问："蒋一轮在哪儿？"

没有人敢搭茬儿。

戚昌龙就大声喊叫："蒋一轮在哪儿？"

桑乔走过来："老戚，你先安静一下。"

桑乔在油麻地一带，属德高望重之人，戚昌龙倒也没有向他撒泼，只是说："把蒋一轮交出来！"

桑乔说："如果责任在他身上，他跑也跑不掉。"

地方上的干部来了，对戚昌龙说："现在是救孩子要紧。蒋老师的事，自有说法，不会对你们家没有一个公道。"

戚小罐的母亲，就号啕大哭，将镇上的人引来了许多，一时间，把镇医院门里门外围了个水泄不通。

第二天早晨，戚昌龙见戚小罐依然不省人事，就带了几个兄弟，一路扑进油麻地校园。他们先是将校园找了个底朝上，见无蒋一轮的影子，就踢开了他的宿舍门，将他屋里狠狠糟蹋了一通：将他抽屉里的几十元钱和十多斤粮票掠走，将他的几盒饼干掠走，将他的一件毛衣掠走，将一切凡是值几个钱的东西统统掠走。最后，戚昌龙看到了墙上的那支笛子。他一把将它摘下，居然说了一句："一个流氓，整天吹笛子勾引人家女孩子！"就将笛子摔在地上，然后上去连踩了几脚，直将它踩成竹片。

出了学校，他们又直奔蒋家庄。

蒋一轮自然不会藏在蒋家庄。这也是桑乔给蒋一轮的一个主意："不要藏回家。他们肯定要去找的。就藏在学校附近，反而安全。"蒋一轮藏在了细马家，这只有桑桑和他母亲知道。

戚昌龙一行，要砸蒋一轮的家，幸亏蒋姓人家人多势众，早得了信，百十号人都一脸不客气的样子，守住了蒋家。戚昌龙一行，这才在踩倒了一片菜苗之后，骂骂咧咧地离去。

傍晚，桑桑看见白雀总在校园外面转，好像有什么事情。

白雀看见了桑桑，朝他招了招手。

桑桑走到校门口。

白雀连忙走到桑桑面前："他还好吗？"

桑桑点点头

"你知道他藏在哪儿？"

桑桑不想瞒她，点点头。

"对他说，这些天千万不能出来。"说完将一个用手帕包的小包递给桑桑，"给他。让他别着急。"

桑桑知道，那里头包的是炒熟了的南瓜子，以往蒋一轮与白雀约会，白雀总是用手帕带来一包南瓜子。那时，桑桑也可分得一大把。桑桑接过了手帕包的瓜子。

白雀走了。

桑桑从手帕里掏了几颗瓜子，自己先吃起来。一边吃，一边在心里说："这事就怪你。"他怕蒋一轮见了手帕和瓜子又添一番伤心，就把细马叫出来，坐在地头上，两个人连吃带糟蹋，一会把瓜子全吃光了。

天完全黑透之后，桑桑给蒋一轮送饭去，见他一副心灰意懒的样子，心里很难过。回到家后，就问母亲："还有办法帮帮他吗？"

母亲说："没法帮。"

"蒋老师没有打他，只是这么轻轻地一推，他就倒了。"

"他还是推了呀。"

“我们班坐在前面的同学还说，蒋老师的手刚碰到他的后脑勺，还没有推呢，他就朝前扑倒了。”

“这说了又有什么用？谁会相信戚小罐是自己无缘无故地死过去的？”

“蒋老师会怎么样？”桑桑问。

“活不过来，蒋老师会坐牢的；就是活过来，蒋老师也要受处分的，戚家也不会作罢的。”母亲说完，叹息了一声。

桑桑就说起他傍晚见到了白雀的事。

母亲很生气：“她拉倒吧！不是她，蒋老师好好的，哪有这个脾气。”

桑桑和父亲一起悄悄去看蒋一轮时，蒋一轮紧紧抓住了桑乔的手，忽然像个孩子似的哭起来：“桑校长，我完啦，我完啦……”泪流满面。

桑乔说：“别这么说。事情也许会有另外的样子。”

蒋一轮直摇头：“我知道，我知道，我完了……”

桑桑离开蒋一轮后，心里总想着他要救蒋一轮，想了种种办法，但十有八九都是胡思乱想。有时，还想得很激动，觉得自己是一个救人出困境的英雄。他把自己的一些想法还正儿八经地对父母说了。桑乔听了：“净是胡说八道！”

桑桑就跑到操场上，坐在土台上接着想。桑桑总觉得蒋一轮落到今天这步田地，绝对与他有关。假如他一开始就不给他们传信，他们也许就不会来往；假如他没有将那封信搞坏，白雀也许就不会去见那个谷苇——不去见那个谷苇，也许他们就会好好的——既然是好好的，蒋老师就不会心情不好——既然不会心情不好，蒋老师就不会去计较戚小罐啃白薯……桑桑越想越觉得这事情与他有关。有一阵，他甚至觉得，这一切，就是他造成的。

“桑桑，桑桑……”

身后有人叫桑桑。他回头一看，是同学朱小鼓：“你怎么在这儿？”

朱小鼓神情有点激动，对桑桑说：“我忽然想起一件事来，我记得李桐壶跟我说过，说有一天，戚小罐在他家院子里玩陀螺，玩着玩着，好好的，就突然扑通一声栽倒在了地上，额头马上就破了，李桐壶他爸抱起戚小罐，让他赶紧去戚小罐家喊人——他家跟戚小罐家是邻居。戚小罐他爸连忙过来，抱着戚小罐回家了，样子并不特别惊慌，也没有大声嚷嚷。”

桑桑听罢，跳起身来就往镇上跑——父亲又去医院了。到了医院，他把父亲拉了出来，将朱小鼓说的事情告诉了他。

桑乔说：“我知道了，你先回家吧。”

桑乔又去看了一眼已经有了点知觉，但面色仍如死人的戚小罐，把医生叫到一边，小声说：“不要紧，这孩子死不了。”

如果李桐壶对朱小鼓所说的一切都是事实的话，那么就是说：戚小罐本就有一种晕病。无论是为了蒋一轮的解脱，还是为了油麻地小学的声誉，桑乔都必须弄清楚这一点。但现在，使桑乔感到有难处的是：这个李桐壶，半年前就退学了，跟着他做箍桶匠的父亲去了外地。李桐壶没有母亲。他父亲白天上岸箍桶，他就一人待在船上，帮着看船。父子俩每次出门，个把两个月，才能回油麻地一趟。因此，岸上的家通常情况下都是闭锁着的。桑乔问李桐壶家的邻居是否知道李桐壶父子俩的去处，都说不准，只是说李桐壶的父亲多数时间是在县城里做箍桶生意。

当天，桑乔就派了两个老师去了县城。这两个老师就在城边的河边转，但转到天黑，也没有看到李桐壶和他家的船，只好又回来了。

戚小罐还在口吐白沫，不省人事。

油麻地到处传着：公安局就要来抓蒋一轮了。桑乔说没有这回事。油麻地还是一片紧张空气。传来传去，居然说公安局的人已到了镇上。

桑桑又看到了白雀。

"桑桑，"她神色慌张不安地把桑桑叫到一边，"让他躲远些吧。"她眼中蒙了泪水，一副内疚的样子。

桑桑见她这样，就把朱小鼓说的话告诉了她。

白雀眼中忽然有了一线希望："要是这样就好了。"她还是不放心，临走前又叮嘱桑桑，"让他藏好了，千万别要让戚家的人见着了。"

桑桑班上的同学，都在担忧蒋一轮会被抓走。大家一商量，决定分头去找李桐壶。桑桑选择了最远的县城，说再好好找一遍，就邀了阿恕出发了。

桑桑临走时，向已去县城找过李桐壶的老师问明白了他们都已找了哪些地方，到了县城之后，他们就专去找那两个老师没有找过的地方。县城周围都是水面，而县城里头还有大大小小的河流。他们不到街上去找，就沿着河边走。一边走一边看，还一边时不时地大声叫一嗓子："李桐壶——"

下午三点钟，桑桑和阿恕来到偏僻的城北。这里已经算不得街了。阿恕说，李桐壶家的船是不会停在这里的河边上的。桑桑也不抱希望，但还是走到了河边上。这里水面很宽，但岸边停的船很少。桑桑看了看，说："坐一会，回家吧。"

这里，桑桑正要坐下，阿恕叫了起来："那不是白雀吗？"

白雀走过来了，一副倦容，但目光里却透着兴奋。白雀听了桑桑的那番话之后，立即就去了县城。她几乎找遍了县城内外全部的河流。现在，她要告诉桑桑的是，她已经找到了李桐壶。

"船就在那边的桥下。他们是嫌那些河水太脏，才把船停在这里的。"白雀说。

"戚小罐在他家院子里死过去一次，他说了吗？"桑桑急切地问。

"说了，"白雀说，"他爸爸还说，这是大事。他们正在收拾船呢，说今晚上就赶回油麻地。他们一定要出来作证。"

三个人都很兴奋。当下，白雀出钱，到城里找了一个饭馆，请桑桑和阿恕吃足了小笼包子，然后带着这个好消息，回到了油麻地。

李桐壶父子去镇上作了证。

戚家人不承认。镇上当即从县城医院要来了一辆救护车，将戚小罐弄到城里医院。一通检查之后，医生开出了诊断书：癫痫。并又口头作了一个补充：一种很特殊的癫痫病。此病突然发作，就是立即晕倒，不省人事，口吐白沫，严重者几天不醒。

戚小罐醒来了，并立即像好人一样。但戚家人最后还是敲了蒋一轮三个月的工资。

蒋一轮毕竟碰了一下戚小罐。上头考虑到影响，就将蒋一轮很快调到另一个学校去了。

油麻地的人，就听不到河边的笛子声了。

三

不久，白雀就要跟谷苇结婚了。

但白雀并不快活。她一边做着一个姑娘家在出嫁之前应做的活儿，一边又心不在焉地想着其他什么。她既无出嫁前的悲伤，也无出嫁前那种忽然一阵一阵涌上心头的害羞。她在做着鞋，绣着幔子呀什么时，一副无动于衷的样子。有时，她会做着做着，无由地叹息一声。

遇到桑桑时，她就会问一句："见到他了吗？"

若是桑桑说见到过，她就会细细地问蒋一轮的情况。

白雀还会说一句桑桑想不明白的话："有时我想，要是我现在只有桑桑那么小的年纪就好了。"桑桑就会一路上在心里说：做一个大人，有多好！

已到了年底。谷苇约白雀去城里买布和其他一些应由他出钱买的东西。照理，应是母亲陪女儿去买。但白雀的母亲在江南，与这个家无关，只好由白三陪着她去买。

上午买了东西，已经很累了，白三暗想：谷苇会请他和白雀进一个稍微舒适一点的馆子，好好吃顿饭的。他还想喝点酒。不想，一连走过几家饭馆，谷苇也没有进饭馆吃饭的意思，总是说饭馆太脏，他见到里头的伙房了，像猪圈一样的脏。后来，他见到了一个摆在门外的食摊，就停了下来，说："什么都看见，反而卫生。"就用手轻轻拂了拂凳子，先坐了下来。然后，又分别用嘴吹了另外两个小椅子，对白雀和白三说："坐下吧，我们好好吃顿饭，我还真饿了。"

白三倒也没有计较，就坐下了。

但白雀心里不快。她想父亲这么大年纪了，跟着转了一个上午，应该让他吃顿好饭。她站在那儿不动。

白三看出了白雀的心思，说："坐下吧，这儿蛮好的。"

谷苇问摊主："有水饺吗？"

"有。"

谷苇问白三："爸，你要多少？"

白三说："半斤。"

谷苇又问白雀："你要多少？"

"三两。"

谷苇就对摊主说："三碗水饺。一碗半斤，两碗三两。"

不一会，三碗水饺就端了上来。

谷苇还未尝咸淡，就拿起酱油瓶来，哗哗倒了许多酱油。

摊主在一旁看着，一脸不快：这酱油不花钱？！

接下来，谷苇还是不吃，而是用筷子在碗中把饺子数了两遍，问摊主："一两几只？"

"五只。"

"三两几只。"

"十五只。"

谷苇就将碗推过去："你数数。"

摊主不数，不耐烦地问："你说吧，缺几只。"

"碗里只有十四只。"

摊主就用勺舀了一只饺子，很不高兴地连汤带水饺倒进了谷苇的碗中，溅出不少汤来，其中两滴落到了他干干净净的衣服上。他很生气，朝摊主翻了一个白眼。

白三和白雀一直冷冷地看着谷苇在碗中数饺子。他们刚要吃，谷苇说："你们先别吃，数数。"

白三和白雀不数。

"数数。"

白三和白雀还是不数。

"数数。"谷苇说着，就把白雀的一碗水饺拉到跟前，用筷子又在碗中很认真地数起来。

白雀侧过身去。

"也差一只。"

摊主一句话不说，又用勺舀了一只水饺，连汤带水饺倒进了碗里，溅了更多的汤，有许多滴落在了白雀好看的衣服上。

白雀没擦，低下头去，眼睛里一会儿就汪了泪水。

谷苇全然不觉，又开始数那半斤的一碗，数了半天，一声不吭，把碗推回到白三的面前。

摊主问："怎么不说话？"

谷苇说不出来。因为那只碗里，又多了三只水饺。

摊主问白三："老人家，他是你什么人？"

白三不吭声。

摊主一笑。

谷苇火了，站了起来："你这是什么意思？"

摊主说："我没有什么意思。我这里，做不起这笔生意。"说罢，将三碗水饺，一碗一碗倒进了泔水桶。

谷苇那副小文书的样子，立即全无，捋衣卷袖地要跟摊主打架。

白三将手中的筷子往桌上一扔，走了。

白雀扔下所有刚买的东西，跟着白三也离开了食摊。

傍晚，父女俩回到村里。

谷苇的舅舅张胜正好在村头遇见了白三，问："我外甥怎么样？"

白三往前走，不搭理。但走了几步，回过头来说："他如果是我的外甥，他一生下来，我就把他溺死在便桶里！"

白雀回到家，把自己关在房间里，一边乱扔东西，一边大哭。

四

离过年还有几天，白雀将一封信从口袋里取出，问桑桑："桑桑，你还肯帮你白雀姐姐的忙吗？"

桑桑连忙点头。

白雀把信交到桑桑的手上，然后顺手给他端正了一下他头上的那顶棉帽："送给他。"

桑桑拿了信，飞跑而去。

桑桑知道这是一封什么样的信。他要给蒋一轮送去一个惊喜。他一路想象着蒋一轮在看到这封信之后的样子，想象着不久以后蒋一轮和白雀又会见面的情景：夜色茫茫，一只小船划进了芦苇荡；月亮无声地挂在河湾的上空，他们坐在水边上……一路上，他不时地跳起来，去用手够路边槐树垂挂下来的枝条；要不，就背朝蒋庄的方向，急速地后退……这是桑桑许多天来，最快乐的一天。

他跑到蒋庄时，已是下午四点钟的光景。蒋一轮带着桑桑到过他家好几回，因此，桑桑不用问路，就直接走向坐落在水边上的蒋一轮家。

桑桑还没有走到蒋一轮的家，就觉得蒋一轮家今天有点异样：有不少人站在门外，一律都穿得干干净净的，还有一些同样穿得干干净净的人，在屋里屋外地进进出出，不知忙些什么。

桑桑走近了，就听一个过路的人在问："这个人家今天做什么事情？"就有人回答："结婚。办喜事。""哪个人家？""蒋常信家。""一轮结婚？""就是一轮。"

桑桑走到了蒋一轮家的门口。他看到两扇院门上，贴了两个大"喜"字，门楣上也贴了喜纸，那喜纸正在风中飘动，喜纸中间一小片金纸，就一闪一闪地亮。这时，桑桑摸了一下在怀中已被他焐热了的信，站在门口呆住了，竟不知道是进去找蒋一轮，还是转身回油麻地。

蒋一轮这时走了出来。他一时未能看到人背后的桑桑。但桑桑却看到了他。蒋一轮穿了一身新衣，皮鞋擦得很亮，头发梳得很细致，还上了头油，那副眼镜似乎也被很好地擦拭过，很文气地架在高高的鼻梁上。他的胸前戴了一朵红花。他的心情似乎不坏，略微不好意思地微笑着，跟那些进进出出的亲戚或来帮忙的人点着头。大概是他的一个长辈大娘进了院子，用拐棍轻轻地敲了敲他的腿，不说话，只是朝他笑着，那意思在说："成家啦！"蒋一轮微微弯腰，并伸出手来，轻轻扶了一下大娘的后背，那意思在说："请进屋坐吧。"

正当桑桑犹豫不决时，蒋一轮发现了他："桑桑！"他大步走出院子，十分惊奇地望着桑桑，"你怎么来了？"

桑桑不知怎么回答，只是望着蒋一轮那张显得很清秀的脸。

蒋一轮拉了他一把，把他拉到一个僻静处：“桑桑，你有什么事吧？”

桑桑摇了摇头。

蒋一轮对桑桑说：“今天，我要结婚了。本来是想通知你爸你妈还有你的，但怕你们听了消息，今天一定要大老远地赶来。心想，等过几天，给你们将糖送过去就是了。”

桑桑的一只手，不自觉地又伸到了怀里。他感觉到那封信已被他透出衬衫的热气烘软了。

“桑桑，”蒋一轮望着桑桑的眼睛，“你今天一定有什么事！”

桑桑就将那封信慢慢拿了出来：“她的。”

蒋一轮用手推了一下鼻梁上的眼镜，将信接到手中，然后转过身去，走到一棵树下，倚在树上，打开了那封信。

桑桑听到了信在被蒋一轮打开时的沙沙声。他没有去看蒋一轮，而是将目光转过去，看那一边正越聚越多的人。他们好像在不时地向河上张望，正等待着什么。

蒋一轮一直倚在大树上。

桑桑看到蒋一轮双手抓着信，放在胸前，头靠树干，脸微微朝着天空。信却被打开着，在风中索索地抖动，犹如树上的那几片未落的残叶。

河边上出现骚动。

有人问：“一轮呢？”不少人跟着问：“一轮呢？”就有一个大嗓门的叫起来：“一轮——”

蒋一轮一惊，如梦初醒。他将信匆匆放入口袋，转过身来。他对桑桑说：“你千万不要走。我去去就来。”

这时，河边上响起一片爆竹声。紧接着，三支唢呐同时吹响。锣鼓声也随即响起。

小孩们就在河边上乱窜乱跳，叫着：“新娘子船到了！新娘子船到了！”

一片喧闹声，立即驱净了冬日的寒冷与枯索。

桑桑也站到了河边上。

一只被打扮得花花绿绿的木船，正往这边行来。船舱是封了的，舱门挂了一面红布帘，在河上吹来的风里，不时地撩起一角。

眼尖的孩子看见了什么，就叫：“新娘子！新娘子！……”

一个孩子平常叫顺了口，就大声地叫起来：“新娘子，白鼻子，尿尿尿到了屋脊子……”大概是他的母亲，赶紧踢了他一脚。那孩子知道自己冒失了，不吭声了，很老实地站在河边上。

鞭炮声更加稠密地响起来。河边上一片淡烟。

船靠岸了。

“让一轮过来，让一轮过来。”一个年纪大的老婆婆，显然是管这件事的，叫着。

人群闪开了一条路。

蒋一轮走向了水边。

“一轮，你上船去。”

蒋一轮上了船。

船上已上去了两个年轻姑娘。她们一个撩起了舱口的门帘，一个走进舱里，扶起了新娘。

岸上一片寂静。

新娘低着头，被扶出舱来。

岸上就哇地一声惊呼，仿佛一朵花，在他们面前突然地一下子就完全开放了。

新娘子身着一身长长的飘逸的红纱衣，头上戴了一顶镶满了珠子和挂了许多银丝的彩冠。风一吹，霞衣飘起，露出一对粉红色的绣花鞋来。

那个年轻的姑娘，轻轻托起新娘子的一只胳膊来。于是，就有一只微微垂挂着的手，放在了蒋一轮的面前。

蒋一轮愣着。

那个老婆婆就轻声叫着："一轮！一轮！"

蒋一轮这才连忙伸过自己的手，搀住了新娘子。

岸上的人欢呼起来。

在鞭炮声中，蒋一轮将新娘子搀到了岸上。然后，他松开新娘子的手，像一个引路人一样，走在前面，新娘子就低着头，小步走在后面。

蒋一轮似乎走得太快了，将新娘子落下了。老婆婆就走过来，拉住他，让他等等新娘。

一颗冲天雷落下，在新娘子的头顶上方不远的地方，炸开了。新娘子一惊，抬起了头。桑桑与许多人一起，都在刹那间看到了她的脸。桑桑觉得新娘子长得很好看，是与白雀姐姐不一样的那种好看。

蒋一轮走在人群里。他仿佛没有感觉到周围有这么多人在看他，他后面还跟了一个新娘子，而是独自一人走在一条无人的小径上，在看黄昏或深秋时的景色，眼中流露出几丝茫然。

人群随着蒋一轮与新娘子全部离开了。现在，河边上就只剩下桑桑一人，呆呆地望着一地粉碎的爆竹纸屑……

五

桑桑读六年级的第一学期时，因蒋一轮多次向桑乔请求、桑乔又十分爱惜蒋一轮的才能，在桑乔与上头进行了多次疏通之后，蒋一轮又得到同意，被调回到油麻地小学。

从此，油麻地人又听见了那如泣如诉的笛音。

蒋一轮到了星期六傍晚才回去，而星期天下午，太阳还有好高，又赶回到学校。

老师们跟他开玩笑："新娘子别跟人家跑了。"

蒋一轮朝老师们笑笑。

收完了秋庄稼，地闲，人也闲，有人想看戏，油麻地文艺宣传队又恢复了排练。桑乔还忘不了那出《红菱船》，就对蒋一轮说："《红菱船》不能丢。"蒋一轮头天晚上就把那支新买的笛子擦了又擦，擦得像支金属做成的笛子。

但白雀说她要去江南看她的母亲，没有来参加宣传队。

桑乔丢不下《红菱船》，另找了一个女孩儿来顶白雀。

排练起来之后，桑乔觉得这女孩儿虽不及白雀，倒也有另一番情调，不算满意，但也谈不上不满意。

但蒋一轮吹笛子，只觉得吹得没意思。他心里老恍惚着。先以为是白雀在那儿表演，等认清了不是，笛子就吹得不上劲。心思一走，吹得熟透了的一支曲子，还时不时地打磕巴。

桑乔不该再捡起这出《红菱船》。

这天晚上，蒋一轮将桑桑叫到花园里，犹豫了一阵，从口袋里掏出一封信来："桑桑，还能帮我送一封信吗？"

桑桑小，桑桑不会多想，就把信接过了。可是走在路上，桑桑没有了从前送信时的那种新鲜感、神秘感和一种说不清楚的兴奋。桑桑走得很慢，仿佛自己在做一件自己不太明白、拿不准的事情。他还在打谷场上的一只拖上岸来的木船上坐了一会。他要想一想。但他又不会想，只是把信拎在手里甩了两下，就又走了。

桑桑把信交给了白雀。

离开白雀往回走，桑桑的眼前，就老有白雀在把信取到手上时的样子：一下把信拿过去，放在了胸前，目光里满是惊奇与慌张，嘴唇微微地打着战。于是，桑桑就无端地觉得自己在做一件危险的事情。

两天后，白雀仿佛算准了桑桑要到村里玩，老早就守在了大桥边。

桑桑看见了白雀，不知为什么，很心慌地看了看周围，才走上桥。

白雀低着头，不让桑桑看见她的神情，将一封信放在桑桑的手上，匆匆地走了。

从此，桑桑就陷入了一种困惑与迷惘。他还感觉到，蒋一轮与白雀也一样陷入了困惑与迷惘。他在困惑与迷惘中，帮着蒋一轮与白雀传递着信。而不管是蒋一轮还是白雀，每当将信交给桑桑时，就不住地对桑桑露出歉疚之情。好心的桑桑这时就会显出高兴的样子，仿佛在说：我是愿意为你们送信的。

温幼菊对桑桑说："桑桑，你这回可真是地地道道的地下交通员了。”

桑桑的母亲说：“这孩子大了，是个滥好人。”

桑桑赶紧走掉。他往细马放羊的地方走。他想跟细马说说送信的事。他想跟细马商量商量，听听细马怎么说。但桑桑最终没有说。他和细马一道躺在草坡上，望着云彩变幻不定的天空。

两只同样可爱的小山羊，在田埂上互相抵着。

有一阵，桑桑忽然感到非常不安。因为，他眼前出现了那个新娘子。蒋一轮结婚的那天晚上，他将桑桑带进了房间，向新娘子介绍说：“这是桑校长家的桑桑。”新娘子就把桑桑的手拉过去，在桑桑的手上放了一把糖块与红枣儿。就在那一刻，桑桑就记住了她的那目光。有一天，桑桑去面对细马的羊群时，在羊群里，看到了一只瘦小的、温顺的山羊，而这只瘦小温顺的山羊的眼睛，忽然使桑桑莫名其妙地想到了新娘子那天看他时的目光。

桑桑想对蒋一轮和白雀说，他不再帮他们送信了。但总是犹犹豫豫的桑桑，却又想起了白雀的那双目光。那是一种清澈的、柔和的、带了一些哀怨与无望的目光。这对目光更深刻地印在了他的记忆里。

桑桑像一只迷途的羔羊，走到了交叉路口上。

冬季，桑桑不由自主地参与的这个美好而凄美的故事，突然地断裂了——

临近寒假时，蒋一轮的妻子来到了油麻地小学。她是来帮助蒋一轮把被子、衣服什么的弄回家去的。这是她第一回来油麻地小学。老师和学生们都出来看她。她满脸通红，进了蒋一轮的房间，就再也没有出来。

桑桑的母亲和邱二妈说："蒋师娘像一个小姑娘。"

蒋一轮还要上课，就把她留在了房中。蒋一轮讲课时，似乎有些心神不定。下了课，他连忙往外走，教案都落在了讲台上。他推开房间门一看，妻子已不在了。他很快看到了在已经卷起的褥子下露着的那些信。他猛击一下自己的脑门，都未来得及向桑乔请假，就往蒋庄走。

寒假前还剩下两天的课，蒋一轮一去，就没有再回学校。

蒋一轮的妻子，终日躺在床上，不吃不喝，不喊也不叫，只是无声地流泪。她一如往常，还是那么的柔顺，只是不与蒋一轮讲话，而望着后窗外泡桐树的枝叶。

蒋一轮什么也不说，只是搬了张椅子，终日守在她的床边。

桑桑的母亲用手指捅了一下桑桑的后脑勺："都是你给闹的！"

桑桑头一甩："怪我干吗？怪我干吗？"就哭起来，并且声音越哭越大，哇哇的。桑桑有说不清的委屈、忧伤……还有很多说不清楚的东西，它们搅在一起，使桑桑坐在门槛上，双手托着下巴，想一直哭下去。

许多天过去了，蒋一轮的妻子才勉强下床。她瘦如薄纸，需蒋一轮搀扶着，才能走到室外。

春天，桑乔让人腾出了一幢草房，对蒋一轮说："你想把她接过来住，就接过来吧。"

蒋一轮就把妻子接到了油麻地小学。除了上课，蒋一轮几乎每分钟都陪伴在她的身边。她的身体依然十分虚弱。

天气已经十分暖和了。

这天下午，桑桑正和细马在田野上放羊，看到蒋一轮陪着妻子，来到了校园外的田野上。太阳暖融融的，满地的紫云英正蓬蓬勃勃地生长，在大地上堆起厚厚的绒绒的绿色。其间，开放着的一串串淡紫色的小花，正向四下里散发着甜丝丝的气味，引得许多蜜蜂在田野上嗡嗡欢叫。

空气新鲜极了。

蒋一轮扶着妻子在田埂上坐下，他没有坐下，而是倚在田野上的一株楝树上，拿出了那支笛子，优雅地横到嘴边。不一会，桑桑就听到了他早已熟悉了的笛音。

远处有水牛的哞哞声。

风车顶上有几只乌鸦，在阳光下飞旋嬉闹。

蒋一轮的笛音一路流畅地奔流出来。但偶尔会有一阵断裂、停顿或惶惶不定。对于这些大人们根本无法觉察的微妙变化，桑桑却能感觉到，而且也只有桑桑能够明白这是为什么。

这时，桑桑就会往远处的天空看，在心中念着他的白雀姐姐。

白雀早在春天还未降临前，就已离开了油麻地。她去江南找她的母亲了，并且不再回来了。白雀临走前，在桥边的大树下，将一包她写给蒋一轮的信，全部交给了桑桑，然后，用手指轻轻撩了几下桑桑散乱到额头上的头发，说："这些信，一封一封地，都是从你手上经过的。但它们在以前，从不属于你。现在，我把它们全部赠给你了。你长大了再看，那时，你才能看得明白。那里头，有你的白雀姐姐。"

悠长的笛音，像光滑的绸子一样，还在春天的田野上飘拂……

一九九七年十月十八日写毕于北京大学燕北园

染坊之子（上）

一

早在傅绍全的母亲去世前的一个月，邵其平曾公布过一份文艺宣传队的名单，这个名单就把我从铜匠铺一下子唤回了学校。

我会拉胡琴，文艺宣传队无疑给了我表现的机会。

而更重要也更隐秘的原因却是：在那份名单里，有陶卉的名字。

我遗忘了学校，学校也遗忘了我。现在，学校又重新记起了我。我也忽然记起了我是油麻地中学的一名学生——我不属于铜匠铺，我属于油麻地中学。

也就是从这时候起，一个人——赵一亮，像墙报栏里的一篇文章，

注：《染坊之子（上、下）》节选自作者长篇小说《红瓦》。

牢牢地钉在了我记忆的墙壁上。此后许多年，这篇文章还在不时地掀动着。

这天，邵其平把宣传队的全体人员召集在一起开会（他现在是油麻地中学文艺宣传队负责人），在宣布乐队组成名单之后，紧接着宣布我为乐队队长并拉主胡，赵一亮和徐朝元拉副弓。散会之后，我让乐队的几个人留下来再开小会。这是我有生以来第一次指挥别人。我不能忍受别人朝我指手画脚，可我自己也没有朝别人指手画脚的才能。这是我一生中许多悲哀中的一个。望着六七个乐队成员，我不知结结巴巴地说了些什么，只记得总是重复自己的话。事后，我对自己的无能很恼火。在我讲话的时候，谁也没有向我表现出他们承认并且尊重我的位置的神态。我的心一直虚着，尤其是在我看到赵一亮的神态之后。

赵一亮比我还低一个年级，却长得比我高出一头。在二十岁之前，个头问题始终是我的一个敏感问题。它是我自卑的一个情结。赵一亮在最后边站着，身子挺得很直，头微微仰着。他的肩膀很宽，胸脯饱满而结实。他的穿着的质量与整洁，是我们中间的任何一个人都不能相比的。他的衣服板板地穿在身上，仿佛是刚熨过的，而我的一身衣服皆皱皱巴巴，仿佛是从一个沉重的大屁股底下刚拽出来似的。他的每个衣服扣子都很稳当、严实地扣着，甚至连风纪扣都扣着，而我的上衣竟然缺了两颗扣子，外衣及好几件内衣的领子全都敞着，仿佛一个人家马上要来客人，主人来不及收拾衣服而把许多件衣服一件件都套在了一个衣架上一样。他的头发竟然是向后梳的，并且是打了油的，没有一根乱发。而我的发型（其实无所谓发型）犹如一个马桶盖儿，罩在头顶上。在我说话期间，赵一亮始终两臂交叉着放在胸前，将左脚稍稍跨出去几寸，默默地站在那儿，嘴角上微带笑容。他使我感到了一种无名的压抑。

不过，在宣传队开始活动之前的一两天时间里，我还是颇为兴奋和得意的。“我是乐队队长！”“我还拉主胡！”我觉得我在陶卉面前一下子高大与强大了许多。

我八岁时就学拉胡琴。虽然那把胡琴很寒碜（自做的，竹筒上蒙了一块黑鱼皮），但毕竟也能在上面拉出曲子来。进入油麻地中学之后，我买了一把蛇皮蒙的胡琴，拉得也更好了，还不止一次地与姚三船的笛子在宿舍里合奏过。油麻地中学有几个拉胡琴的，我都听过，觉得都不及我拉得好，不时地心里小有几分得意，但远不及这时。这时我有了一把真正的胡琴。这是学校专门为宣传队购置的，价值一百多块钱，红木的，沉甸甸的，筒上蒙的是道道地地的蟒皮，且是鳞纹细密均匀的好蟒皮。拿到那把胡琴的那天是阴天，这蟒皮居然还是紧绷绷的，再看我自己的那把胡琴，手一按皮就瘪陷了下去。关键的是，我要用这把漂亮的胡琴正式演奏，在很多人面前演奏。

“在很多人面前”表现自己，这大概是每一个人与生俱来的欲望。人的快感永远不是来自自己，因为自己并不能看见自己，而是来自于别人——在别人的眼里才能看见自己。这兴奋与得意的加强，依然与陶卉有关。夜晚，我许多次想象过这把胡琴与陶卉之间的关系，以及它与她构成的图景：它或是欢快地或是悠扬地奏着曲子的引子，化了妆的、变得格外鲜亮的陶卉便站在帷幕后很入神地听着，引子刚一结束，她就随着曲子，从帷幕后或舞着红绸飘动出来，或打扮成小媳妇的模样，挎一只篮子呀什么的，踩着点儿，用一种小媳妇的脚步走了出来……因为她的出现，以及她与它之间的和谐与互衬，使舞台变得一片明亮，使台下变得一片静寂……

浸浴在这样的好心情之中，身体就会变得轻飘起来。打篮球时，动作敏捷，弹跳极好，投球命中率也极高。对方是秦启昌带了几个学生（其中有杜高阳）。连连输球后，秦启昌便朝杜高阳们喊："注意林冰投球！"杜高阳他们注意不了，秦启昌就扑过来盖帽。我的个头虽然矮小，但投球弧度极大，几乎是垂直着升向天空，加之顺势向后一仰，秦启昌总是秃脑袋打一个闪扑了空。刚从上海回来的马水清，跟我一拨儿，见我投进一球，总要过来，咬牙切齿地揪我的腮帮子。

宣传队活动的前一天，我想把乐队集中起来先练习练习曲子，便去通知赵一亮。

赵一亮家就住镇上，在镇上最南端。离他家还有五六十步远时，就闻到了弥漫于空气中的染料味——他家开着一个大染坊。我许多次见过赵一亮的父亲，他的手不是蓝色的，就是红色的，从未见过他的手是正常的肤色。我去过染坊，我家曾在这里染过一块布和两件旧衣。他家门前有一大块空地，空地的一角有一个草棚，棚下有好几只硕大无比的染缸，还有两口硕大无比的煮颜料的铁锅，其余的空地上拉了许多根铁丝，是用来晾晒染过的布匹的。长年累月的，那片地已不是土的颜色，而被流淌下来的颜色染得五颜六色，驳杂纷呈。遇到好天气，那铁丝上晾满各种颜色的布，微风一吹，布掀动起来，再发出"哗哗"的声响，是很有几分壮观的。逛镇子时，我曾不止一次地站在几十米的高处，看过这个叫人兴奋的场面。当时，我还不知道赵一亮就是这个大染坊家的儿子。

当我站在赵一亮家高高的大门前的石头台阶上时，我听到了从里面传出的胡琴声，这胡琴声使我感到了自己的虚弱，觉得那台阶更高，那门也更高，那门内也就更深远了。我以前并不曾听说过赵一亮会拉胡琴。而我现在听到的胡琴声，竟是那样流畅，那样有章法，第二把位，甚至第三把位的音都摸得那样准确，并且那音还没有被噎住的感觉，我在大门前踟蹰了很久，才终于踏过五级石阶，跨进了大门。这时我看到了一个大院及迎面摆开的一幢大房子——我从未见过的大房子。

"赵一亮在吗？"由于我不能把握住自己，那声音响得出奇。

胡琴声一下停止了，不一会儿，走出了赵一亮，"你好，林冰。"

"明天宣传队就活动了，我想，今天晚上，我们乐队是不是先练练那些曲子？"

"有这个必要吗？"

"我看有这个必要。我们不熟悉这些曲子，再说，还有一个合奏得怎么样的问题。"

他一手扶着门框，一手叉在腰间，将腿交叉着站在门口，"晚上几点？"

"八点吧。"

"好吧。你不进屋坐一会儿吗？"

我想了想，走到门口。可我没有进屋，只是朝里面张望了一下。但就这探身一望，这幢大屋子就给我留下了一个永恒的记忆：两个大天窗，照得屋内一片明亮，都是一些亮晶晶的荸荠色的柜橱桌椅，柜橱上都有亮闪闪的黄铜装饰，那些树叶一般的铜片，在那里闪动着静谧的光。如今一想起这大屋子，眼前总是出现这些树叶一般的铜片。

这是油麻地镇最殷实的一个人家。如果说马水清家的殷实是一种古旧的、停滞的、凝固的，甚至衰败着的殷实，那么，赵一亮家的殷实，却是新颖的、有活力的、不住地增长着的殷实。

赵一亮把我送到了大门口。我匆匆地走去。走出很远之后，我回头一看，赵一亮还站在台阶上。他站着的姿势与那天晚上我看到的姿势一模一样：身体挺直，头微微上仰，双手交叉着放在胸前，左脚稍稍跨出，身体微微后倾，嘴角上微带笑容。这个姿势在他来说，是自然的，毫无做作，是心情、心态使然。此后，我不止一次地看到过这种姿势。

姿势不是随便能摆出来的。自然的姿势后面总有着一个背景。自信、自负、踌躇满志、意气风发的样子，与低三下四、点头哈腰，与缩手缩脚、缩头缩脑、贼眉鼠眼，与忧郁地一笑，与明朗地一笑，都不是无缘无故的，都有说道，都有来历。人后面的那个背景能把人的心情、心态弄成各种样子。这心情与心态又能把人的形体弄成各种样子。

在小巷拐弯处，我又望了一眼这个嵌于门框里的姿势。就在那一刻，我预感到了我在宣传队的位置很可能是一个片刻的幻影。

路过球场时，刘汉林抱着篮球叫我打篮球，我摇了摇头，径直去了宿舍。进了宿舍，我抓起胡琴拉起来，越拉越没有信心。

晚上，我们等了很久，赵一亮也没有来。

二

油麻地中学的办公室很大，能摆二十几张办公桌，现在腾了出来，成了宣传队的排练场。邵其平抓得很紧，排练不分白天黑夜地进行着。汪奇涵让人通知了白麻子，夜里过十二点，就得给宣传队准备一顿夜餐。

很多节目都与我们乐队有关，如演唱、舞蹈和小戏等，都需要配乐。我除了自己要记住那么多的曲调并熟练地演奏出来外，还得对乐队的其他成员进行分工并管好他们的演奏。我很快地就觉得自己有点不能胜任了。我记乐谱的能力很不好，不要说管他人了，光自己要做到熟练，就颇为困难。心里想记住，可脑子总木木的，常常是看了好几遍乐谱，还是没有一个深刻的印象，脑子像坚硬的石头，轻易留不下印迹来。我一直把这责任归罪在饥饿上——我的脑子被饿坏了。那么就勤奋一点吧！不行，犯困。

在十八岁之前，我总是犯困。坐在那儿吃饭，吃着吃着，筷子就从手中落下来睡着了。有一回坐在人家自行车后座上进城，睡着了，跌在马路上，把额头磕破了，流了不少血。我总是与困倦苦苦地作战，在它笼罩我时，做一种痛苦的挣扎。然而往往总是失败，困倦像推不开挣不出的浓稠的泥浆，最终将我彻底淹没掉。我背诵着乐谱，背着背着，眼皮就往下坠。一些曲子，白天我演奏时还是很清楚的，但一到了深夜，脑子就断电了一般，黑乎乎的，那些信号像遭了水的墨字漫漶了，不清晰了。即使努出眼珠来竭力辨认，依然还是不清晰。

我对自己缺少旺盛的精力总是很生气，许多次想掴自己的耳光，把自己掴得精神一些。不行，困倦沉重如山。我当然要把这一切都归罪于饥饿。等过了十八岁，当别人的脑力和体力都不紧不慢地生长着甚至有点过早地停滞，而我却越来越精神越来越明白时，我才明白：从前的状况固然与营养有关，但也与我生命生长的节律有关——我属于脑子和体力早期成长缓慢的那一种人。也就是说，当别人的脑细胞已发育得很不错的时候，我的脑细胞还如那土下的胚芽，正处在钻出黑暗的过程中。而赵一亮这样的人却属于智力早熟的。

我不住地翻动着乐谱，赵一亮却从不把乐谱放到架子上。那天晚上，排练大合唱，突然断了电，我的胡琴便不能再拉下去，而赵一亮仿佛没有感觉到停电一般，几乎没有丝毫停顿，一直把曲子潇潇洒洒地拉下去，那些演唱的也居然很兴奋，在一片黑暗里越发昂扬激越地唱着。刚唱完了，又来电了，演唱的那帮人一律掉过头来问："刚才胡琴谁拉的？"姚三船说："赵一亮！"我便觉得无地自容。

邵其平让高中的王维一担任宣传队队长。这个王维一一开始就似乎瞧不上我。在一次我们乐队为一个演唱者奏了三遍过门还不齐之后，他不耐烦了，"林冰，你们是不是先练好了再来配乐？"他甚至当了那么多人的面，对刚走进来的赵一亮说："赵一亮，你来拉吧，你不拉，这曲子都拉不成个儿。"赵一亮却一转身出去了。这时姚三船说要上厕所，拿了笛子也走出办公室。我也顾不了别人了，自己硬着头皮拉下去，演唱者勉勉强强地开始了，但不一会儿又有人停住了，说："调门起得太高了，我们唱不上去。"我只好又重新调音。我一调音，徐朝元他们也得顺着往下调音，可老也调不好。王维一问："什么时候才能调好？"我有点发急，说："开始吧开始吧！"过了一会儿，姚三船跑回来说："赵一亮说，副弓与主胡之间的音根本没有调准，副弓还差一个八度呢。"邵其平冲着我问："怎么搞的？！"

排练了十几个节目之后，文艺宣传队就贴了海报，那天晚上在操场上搭起的舞台上开始了第一次公开演出。望着台下人头攒动，我的心慌乱得可怜。演出开始后不久，就有一个吹笛子的愣把另一个节目的曲子当成了这一个节目的曲子，还吹得挺认真，这让台上的演员目瞪口呆了好一阵，又手忙脚乱了好一阵。邵其平在台口站着，气鼓鼓地望着我们。演了一半节目之后，在一个节目中，本应由主胡奏的一段曲子，我却记不清楚了，台上的演员很尴尬地停住了望着乐队。正当邵其平的脸上要浮起一脸失望的表情时，赵一亮却把他的胡琴拉响了，虽然比我的主胡低了一个八度，但音却是清清楚楚，并且一个一个音符都摸得极准，演员们像陷在泥淖中忽然得了救星似的，又立即把动作做下去。

演出结束后，我一直怏怏不快。

那时，马水清的心情也不好。丁玫和王维一都在宣传队，整天在一块儿，并且还常常地嬉闹。他一不会唱歌，二不会表演，三不会乐器，除了上厕所从办公室门口走一下，就几乎没有机会再能见到丁玫。这宣传队似乎强化了马水清与丁玫之间的沟壑，使马水清有了一种他是处在丁玫活动圈子之外的感觉。那天，他看了王维一与丁玫演的一出小两口的小戏后回到宿舍，刘汉林无意地说了一句："丁玫与王维一合演小两口，真像！"他一下子显出了失落的样子，躺在铺上，心神不宁地照着镜子。

一连几天，我们总在晚饭后到镇上熟食铺里吃猪头肉。马水清还喝了点酒。我也喝了点酒。出了熟食铺，脸上热烘烘的很舒服。我倒不去想着背曲子、练胡琴的事，与他在镇上闲逛，趴在大桥上看河上的船。那天晚上，宣传队又在活动。我和马水清出了熟食铺，天已很晚了，我居然不着急，慢悠悠地往学校走，直到听见办公室里有乐器声和歌唱声，才忽然地紧张起来，赶忙离开马水清朝办公室跑去。但当我忽然听到胡琴声时，我停住了脚步，站在黑暗里。办公室里十支日光灯全开着，白刺刺地亮。我看见赵一亮正在很专注地拉胡琴——拉的是主胡！徐朝元拉的是副弓，似乎与赵一亮配合得很默契。姚三船站在赵一亮身后，也极认真地吹笛子。我还瞧见，赵一亮在开始一节乐章时，微微回了一下头，姚三船很会意地点了一下头，仿佛两人对那乐章皆心领神会。乐队就那样似乎无休止地演奏着，那些表演者也尽情地并且顺畅地表演着。一个节目终于结束了，我仿佛听到了办公室里轻轻地响起一片心满意足的嘘声。休息时，赵一亮又用了那姿势站着，与王维一不知在说些什么。我忽然觉得自己是个多余的人。陶卉她们几个女孩出了办公室，似乎要往厕所去，我赶紧退到更远处的黑暗里。

那天晚上，我就再也没有回宣传队。我想不回宣传队了，但我没有能够做到。再一次排练时，邵其平说："这样吧，林冰与赵一亮轮流着拉主胡吧！"

赵一亮说："还是林冰拉吧！"

"赵一亮拉吧！"

王维一走过来说："你们别互相推来推去了，就赵一亮拉吧！"

邵其平没有再说什么。

当我抬起头朝前看时，我看见陶卉搂着夏莲香的肩，正朝乐队这儿望着。这简直是我一生中最悲哀的一刻。但我心中对赵一亮并无怨恨，因为他的胡琴确实比我拉得好——他的第三把位的下滑与准确，简直使我望尘莫及。我只有自卑的份儿，还能有什么呢？若干年之后，我似乎变得有点目光深邃、思想锐利了，常向人说一些小道理："有些本领，与其有还不如没有，你不是会拉胡琴吗？那么，就总让你给人拉胡琴。你不是字写得不错吗？那么就总让你做个抄写员，了不得让你成为一个文书。一些小小的特长，反倒误了许多人的大事。”我曾练过一手很好的钢笔字，但工作后却严严实实地瞒了人。可在那时候，我却为那胡琴很在意，很伤感。是它最早给我带来了一种深刻的失败感。

三

赵一亮很有些不俗。他喜欢人跟随他，却厌恶人对他低三下四，一副没骨头的样子。他对姚三船一直不大喜欢。他擅长胡琴，也能吹一手笛子，并且吹得比姚三船的好，常很不客气地指出姚三船吹笛子的种种短处和一些俗气的小玩闹，姚三船总是连连点头。赵一亮一见姚三船总是连连点头，反而更把不大瞧得起的神情写到了脸上，弄得姚三船很尴尬。赵一亮的口袋里总有一方叠得整整齐齐的手帕，在一首曲子拉完之后或整个演出结束之后，总要掏出手帕在额上摁一摁汗，擦一擦手。我从未发现过他的衣服上有一个斑点。冬天，他的白线手套总是雪白的。宣传队去一些村子演出，人家照例要在夜里招待我们一顿夜餐。这一时刻，对于我们来说是万分美丽的。闭起双目想想吧：白米饭，一大盆肉！赵一亮却不馋，远远地站着，看着我们，有时勉强吃一点饭。我很快明白了，他嫌大家在一个盆子里吃菜不卫生。于是，我们在吃之前，便用一双干净筷子往他饭碗里先夹一些菜。许多女孩喜欢他，夏天，老有一些女孩从镇上买来红菱，请他吃。于今想起赵一亮，总还有那白手、红菱的形象。那时，赵一亮带了点羞涩，用手只捏一两枚红菱，便谢绝了这些女孩。一个女孩他也瞧不上。女孩总爱喜欢一个人，并且总是一窝蜂地上，像抢购紧俏商品似的，这便是女孩的悲剧。赵一亮不管这是不是悲剧，对有些过分喜欢他的女孩，他毫不留情地表示他的厌恶。

赵一亮似乎把这个世界上的一切人都比下去了。他的音乐才能，他的格调与品位，这一切，叫人暗生几分忌妒。但不久，我就发现他还有一个劲敌，这个劲敌几乎使他的心一刻也不能安宁。

这个劲敌便是油麻地镇上的许一龙。

许一龙在油麻地镇开理发店，他的手艺比同行的卓四强多了，因而生意也比卓四兴旺。他有一个很秀气的老婆，有儿有女。他有两个绰号，一曰“口水龙”，一曰“广播电台台长”。叫他“口水龙”，一是因为他的名字中占了一个“龙”字，二是因为他常常地突然无缘无故地流出一大串口水来。叫他“广播电台台长”是因为他那张大嘴爱飞短流长，爱制造并传播种种消息。

许一龙是任何人也不愿去得罪的。你得罪了他，他就会在他的理发店里，一边给人理发，一边随了剪子声，去揭露你甚至创造你的种种短处、丑恶与劣迹。他把有影的与无影的事反复地、不知疲倦地向每一个踏进理发店的人传播着，直至所有人都陷入由他制造的传说。年轻的未婚的男女更是不能得罪他的。有那么几个人，不小心得罪了他，结果总是找不到老婆或找不到婆家。那女方家中明明清楚，那小伙子并无什么毛病，可也扛不住“舆论”。舆论这个玩意儿真是了不得。舆论到了后来，就没有人再有能力去澄清它与事实之关系了，舆论本身就是力量。后来，我对舆论意义的理解之所以那么透彻，是绝对离不开这段岁月的具体体验的。许一龙流着口水说着，把他的威力一天一天地强化起来。到了后来，人们，特别是年轻人，理发时都不由自主地进入了他的理发店。当他的理发店排了队时，卓四那家理发店里的理发椅上，常常睡着卓四他自己。

就是这许一龙，却拉得一手好胡琴。他的技艺，是远超赵一亮的。他会拉胡琴，也是有来历的。他不知怎么认识了省淮剧团的拉胡琴的周高，每逢去城里磨理发剪或添置理发的工具，他都要去淮剧团找周高，向他讨要一些曲子，并讨教一些技法。他口头上常挂了那个“周高”，弄得油麻地镇的一般人都知道有个叫“周高”的人，仿佛周高是油麻地镇的一个人。他把《二泉映月》已拉得几乎没有一点瑕疵，并把琵琶曲《梅花三弄》移到胡琴上来奏，也不打一个磕巴。拉胡琴时，他除了不能免去滴口水这一不雅小节外，其姿势是很大气很有风范的。他腰板素来就直，一拉胡琴，挺得更直，“周高说的，拉胡琴拉得摇头晃脑，是最俗气的一路。”于是，他的脖子总是硬硬地挺着的。最禁看，最叫人记住不忘的是他弦上的手。他的手很白，手指很长，并且骨节分明，很有力地在弦上弹、揉、滑动，一根根手指，皆像独自有一份生命似的。往往不在弦上的那些手指也摆着架势，或跃动着，与在弦上的那根手指呼应起来，俨然一群小兽物。由于这份记忆，后来我一直不喜欢那种用了绵软的、短胖的手指在弦上动作的琴师。

赵一亮的胡琴就是许一龙教的。他们曾有过一段很友好的日子。许一龙为拥有赵一亮这样一个高徒很是得意了一番。像把周高挂在嘴上一样，也总把赵一亮挂在嘴上：“油麻地一带的胡琴，许一龙之后就是赵一亮！”他以为自己是在抬高赵一亮，但赵一亮却在一遍又一遍地听了这样的“激赏”话之后，把“之后”两个字越来越深地埋在心里。赵一亮属于那种天生就有“老子天下第一”的抱负的人物。他便稀稀地往理发店跑了，独自在家练习着胡琴。许一龙觉得赵一亮不要他了，颇有些失落，在文化站站长余佩璋来理发时就说：“赵一亮的胡琴拉得不怎么的！”这话传到了赵一亮的耳朵里，就转化为仇恨。从此，赵一亮一次也不再去许一龙的理发店，路上碰见了许一龙，就当没看见，冷着脸就走过去。头发长了，却去找卓四理。许一龙便对那些在他剪下的人一个一个地说：“赵一亮最不是东西！”在余佩璋组织人马参加县里头的文艺会演，选定许一龙做二胡独奏而把赵一亮排除在外之后，赵一亮在心里发狠：一定要打败口水龙！

赵一亮的这一心思，许一龙并不知道，而我却知道。我只要到赵一亮家去，总能见到他在苦苦地练习胡琴。他在家练习胡琴时，总是将竹码撤去，用牙刷柄整个儿搁在琴桶上，这样，发出的音就很细弱，传不出多远。开始，我不太明白此为何故，但很快就明白了：这是暗暗发奋。他绝不像我这样，总被那不肯离去的顽皮淘气之心左右着，一会儿去逛逛街，一会儿去玩玩鸽子，而是一门心思地倾注于他的胡琴。他一定是练得很苦的，因为我看见他的手指头上留下了摩擦琴弦而特有的凹痕。但在油麻地镇上，他却是一有机会就向人显示出一副懒散不肯用功的样子，并在有人时，造出一副他的胡琴已拉得有点荒疏的形象来。

四

我和许一龙的关系是很不错的。坐在他的理发店里，听他说话是一种乐趣。他的嘴绝不肯闲着，并且说什么都饶有兴味，一副全身心投入的样子。说一个人家有钱，让你觉得那人家的钱是一扎子一扎子全拿出来让他一一过目过的；说一个女人温柔，让人觉得那女人曾被他抱在怀里温存过好几回似的。他总是显得精力旺盛，并充满热情，一边与屋里的人说话，还一边与门外走过的人打招呼 ：“周明，你狗日的猴急猴急地往哪儿走？前面是坟场！”“李佟子，你那些钱省着下棺材呀，吃这些毛粗的小鱼！”“小翠子，衣服包不住啦，该找婆家啦！哎哟哟，脸还红！”“杨小二子，你不要骚，你永远不会找到老婆的！”……你在这里活生生地感受到了一份生活的热闹。

许一龙一见了我，就大声嚷嚷 ：“陶矮子的小女婿！”我就立即阻止他，“别瞎说！”当我坐到理发椅子上时，他会用最知己的口气问 ：“林冰，你说实话，你心里到底喜欢不喜欢陶卉？”我不回答他，他就喋喋不休地揪住这一话题往下说 ：“陶卉那姑娘长得真不错，又白又嫩，水灵灵的，一戳水一冒。我不相信你夜里不想她！”他老婆送热水来，听了就说 ：“你别跟人家小孩瞎胡说。”他便会说 ：“小孩？林冰才不是小孩呢，他知道，什么不知道啊！”又转向我说 ：“我跟陶矮子可是老朋友，你林冰想他的姑娘，我来给他说。矮子不答应，我就让她的女儿一辈子嫁不出去！”一阵剪子声之后，他滴下一串口水来，用了惋惜和为难的口气说 ：“可也有点难办呢，杜镇长也想陶卉做儿媳妇呢！”

我就这样听他不住地说，情绪一会儿高涨，一会儿低落，但不觉中便将他看成是一个朋友了，虽然从未将他看成是一个高级的、值得向人一说的朋友。人大概需要这样一些嘴没遮拦、言语粗鲁、常说脏话、常说雅人羞于启齿的话的朋友。加上许一龙常教我一些二胡技法，在油麻地镇，除了傅绍全的铜匠铺，许一龙的理发店就是我常来的地方。

知道了赵一亮与许一龙暗暗较劲之后，我更常来许一龙的理发店，而许一龙似乎比以往任何时候都希望我去。但和许一龙在一起时，我绝不说赵一亮半点不是。而许一龙也不说赵一亮半点不是，只是装成很随便的样子，问一问油麻地中学宣传队的排练情况。我知道，他很想听到一些关于赵一亮拉胡琴方面的消息。但我必须做得让自己并让他也相信，在赵一亮与他之间，我绝不倒在谁的一边。

但我慢慢地看出了，就是做到这样，赵一亮也是不能容忍的。像赵一亮这样的人，我一辈子只碰到过两个。另一个是在我三十岁以后碰到的。你与这种人在一起，一旦亲近起来，他就要吸附着你，让你紧紧地跟着他，绝不允许你有片刻的飘离或松脱。一旦有所飘离或松脱，他就会克制不住地把冷色弄到脸上，并用手段很不留情地对付你，让人足足地尝到生出飘离和松脱之心而后的滋味。而三十岁后，我再碰到这样一个人时，很容易地就将他摆脱了，因为我不再是从前的那个长得很慢的林冰了——他有了主意，有了能力，有了地位与影响。我还在让这个人冷了一段脸之后，为很多后生总结了一条叔本华式的经验：“与这种人相处，从一开始就得有足够的距离；你一旦失去了距离，就将会失去自己。”但在油麻地中学上初中时，却没有人能告诉我这个经验。在赵一亮成为主胡手之后，我二人居然变得很亲近，我还常常去他家。更糟糕的是，我飘离到的另一边，是他的心敌。

那天晚上，他也不跟我打招呼，就把徐朝元上升到我的位置上，让他拉 5-2 弦。我以为这是临时性的变动，就在一旁站着，等徐朝元将这个位置还给我。然而，这天晚上，从排练到结束，赵一亮也没有让我重回到我的位置上。排练结束后，他掉头对我说：“你拉 6-3 弦吧。”这就好比受处罚降工资，从主胡 1-5 弦改成副弓 5-2 弦，就降了一级，再从 5-2 弦改为 6-3 弦，又降了一级。

拉6-3弦时，心里很不惬意。拉出的琴声因音调低，总是被1-5弦和5-2弦压住，几乎连自己也听不见。人看不到自己动作的效果，心里会觉得空空的，会顿时失去情绪与信心。人想听见自己的声音，想让人听见自己的声音，想压过别人的声音，这是人性。我扛不住这一人性，心情很烦躁，很愤恨，但我却不能也无力去反驳和击败赵一亮对我的降格，于是心里很压抑。这样坚持了两晚上，我便用“与许一龙更亲近”的行动，向赵一亮默默地显示了我的存在。但我得到的是一把音更低的胡琴。严格来说，这不是什么胡琴。它是用一只破腰鼓做的琴桶，上面的皮是软塌塌的猪皮。在那么多的胡琴与笛子声中，无论你怎么使劲拉，你也无法听到它的声音。

这天下午，谢百三跑到排练场，对我说：“许一龙让你去他家一趟。”

当着赵一亮的面，我毫不含糊地说：“好，我现在就去！”

许一龙见了我，咧着大嘴乐，与此同时流了一大串口水，“林冰，镇上也成立了文艺宣传队，但缺人拉副弓，你要给我帮个忙！”

“行！”

五

镇文艺宣传队的规模比油麻地中学的还大，有三十几号人，借了粮站的一个大仓房做排练场。那天，我拿了胡琴跟着许一龙到了排练场时，许一龙向众队员介绍：“这是油麻地中学的林冰，胡琴拉得好得不得了，油麻地中学的第一把胡琴！”我脸上便一阵燥热，只觉得身后站了一个赵一亮。

许一龙不光拉胡琴，还当导演。他导演时，就我一个人拉胡琴，拉他的主胡。演员明白了他的意图与动作之后，他又退坐到椅子上，眼睛望着演员，手伸过来从我手中接过他的胡琴。每当我独自一人拉胡琴时，心里就有了一种满足，那弦上的指头也就比以往任何时候都机灵活跃起来，弹跳很有节奏，揉弦也揉得缠缠绵绵的，情感仿佛温热的泉水，从心底汩汩流出，流到指头上，又流到了弦上，心里在说：这一段时间，我的胡琴还真有长进。于是情绪高涨起来，全身心感到舒服。

这里还很有趣。

参加宣传队的人员很杂，有家庭妇女，有做小生意的，有为人家红白喜事吹喇叭的，也有镇上到处游荡不学好的二流子。这些人或是从前唱过戏的，或是没唱过戏但有好身段好嗓子的，或是会敲锣鼓家伙吹唢呐的。他们的作风全不像油麻地中学文艺宣传队的学生那么纯净，在一起时总爱说那些百说不厌常说常新的荤话，在嘴上讨人一个小便宜，还有的常常一边唱着“我们都是来自五湖四海”，一边咬了嘴唇在异性身上捏一下或掐一下。一个女的唱着“飒爽英姿五尺枪”，摆姿势时跌倒了，便有一个男的趁机也跌倒了，趴在那女的身上半天不肯起来，逗得那么多人大笑不止。女的起来后还有点恼，红了脸又打了男的一拳，男的就厚着脸皮说：“打是亲，骂是爱。”闹了一阵，才又继续排练。也有很认真的时候，那认真就真的很认真，把从前演戏的作风摆出来，仿佛他们都是专门吃这碗饭的，一个动作反复地做，直到做到位，做到家。

一些十八九岁的大姑娘和小伙子，他们虽然大不了我几岁，但就在那几岁里似乎都长成熟了。他们都有很结实的身体。姑娘们大多脸红红的，眼睛亮亮的，含了一种渴望和羞涩，对自己身体的每一个部分似乎都很敏感，不时地就会有一种小小的掩饰动作。还有个别泼辣一些的，会忽然从姑娘群里冲出来，给某个小伙子一拳，又赶忙躲回到姑娘群里。小伙子们肩宽膀阔的多，面容都有点愣，像从山林里刚来到平原的一群年轻的虎。他们唱起来，跳起来，都很有生气，但个个都有表现的痕迹。

所有这些人都很愿意凑在一块儿。他们宁愿不在家与自己的老婆在一块儿过真的生活，而到这里不分白天黑夜地与另一个女人演两口子过假日子；宁愿耽误了家中的各种活儿，而到这里卖力地唱呀跳的。

常有一个小孩来叫："爸，妈让你回去挑粪。"做爸的吼道："滚蛋，有空我再挑！"那时候，文艺宣传队之所以多如牛毛，实在是因为它是很合人性的。人喜欢唱呀跳的，更喜欢在一起唱呀跳的，尤其喜欢带了种种净的与不净的念头与异性唱呀跳的。也可以说，为了一个共同的目标走到一起来了。

乐趣时时有——

这个大仓房很高大，房梁上有无数只麻雀。它们或是对人侵犯了它们的领地不满，或是也感到热闹，总在房梁上"叽叽喳喳"叫成一片，严重地干扰着演员们的排练，遇到嗓门小的，竟被麻雀闹得听不见。于是，许一龙骂了一声，让人突然地将门窗全关上，然后大家就挥舞一切可挥舞的东西，呼叫着轰赶那些麻雀。麻雀们都吓破了胆，要往外飞，"扑通扑通"地撞在玻璃窗上，当场晕过去十几只。接受了教训的，被轰赶着在空中不停地飞，直飞到一点力气没有了，掉在地上。连着搞了三回，终于使大仓房清静下来。

我很喜欢来大仓房里给油麻地镇文艺宣传队拉胡琴。一是向赵一亮示威，二是觉得大仓房很有趣。这段时间，油麻地中学的文艺宣传队正巧停止排练。当赵一亮他们无事可做时，我却天天拿了胡琴，从他们眼前走过，走上大路，走向大仓房——“油麻地镇文艺宣传队请我林冰去拉胡琴！”走在大路上，我也很孤独，却又觉得自己强大了，变得很重要了。

这天晚上，油麻地镇文艺宣传队第一次公开演出，我竟然像油麻地镇宣传队的队员一样兴奋，仿佛我不是油麻地中学的，而是油麻地镇的。

下午，我在宿舍将所有曲子温习了一遍，演出之前，便很消闲，就抓着胡琴看许一龙给那些演员化妆。他在左手掌上摊了很多种颜色的油彩，叫过一个女孩，先往她脸上打底色。他用手轻轻地，很均匀地在那女孩的脸上涂抹着，像作一幅画那样认真而细致。涂着涂着，那女孩就变了，像一朵花儿似的从他掌后出来了。他往后退着，望着那几乎已经认不出来的女孩一笑，便有几滴口水落下来。他走上前去，稍微再加工一下，又让另一个女孩上来紧紧地靠在他面前。我想，他当时的感觉一定特别好。许一龙的一双手似乎生来就是要在男男女女的头上脸上动作的。他理发时，那双手是永不知疲倦的，并且让人舒服。洗头时，你的头皮会感到他那十个用了劲的手指把一种好的感觉直送遍全身。刮脸时，他的手指舒张开来，很好看的。许一龙喜欢他的手在人的脸上动作，尤其喜欢那些年轻的散发着青春气息的脸。那时，他便会在一个境界里，让自己的灵魂变得纯净美丽起来。他的作品似乎都很成功，他很满意。这时离开场就剩下十五分钟了，他擦了擦手，拿了胡琴，与我一起坐到台边那儿为乐队摆好的椅子上。

这次演出很成功，至少我觉得自己的胡琴拉得很不错。我与许一龙挨着坐，拉得几乎没有一点缺陷。

在节目开始后不久，我就看到了赵一亮。他将胳膊抱在胸前，站在礼堂最后面的黑暗里。于是，我把胡琴拉得更好，并与许一龙像栖息于两棵树上鸣叫着的鸟一般，既抒情又叙事地呼应着。

六

油麻地中学文艺宣传队又恢复了排练。带着一种不可名状的心情，我来到排练场。

排练尚未开始，大家在东一伙西一伙地说笑嬉闹着。当我一踏进排练场时，便立即感觉到众人都用了一种异样的目光看着我。片刻的寂静之后，那异样的目光怕负担不起某种情感的债务似的，很快地转移开去，但其中还有几对目光，又情不自禁地看了我几眼。我的视线立即落到了乐队通常所在的位置上。我发现，所有的座位上都有了人，即使那把大低音胡的位置都不是空的——乐队又新添了两名拉胡琴的。赵一亮仿佛没看见我一样，在调试他的琴弦。我抓着自己的胡琴，很尴尬地站着，一下子失去了做出对策的能力。

尴尬是一种非常奇特的心情，它软绵绵地损害着一个人的自尊，并使人暂时失去逃出那一情境的智慧而变得呆头呆脑。持久地站着，必定是一点一点地加强这种尴尬。我的脑子用力一转，终于使自己的身体得到了信号。我抓了胡琴，快速走到乐队后面。但这是一个错误的决定。

逃出尴尬的唯一办法，便是逃离与这一情境有关的人的目光。独自一人是不会产生尴尬的。那个尴尬着的人，一旦独自一人时，尴尬便会转成其他的情感，如愤怒、痛苦、自卑、忌妒等。我现在所能有的依然还是尴尬。尴尬倘若要得到缓解，不是他人设法营救你，就是自己装模作样，做出一副不在意的样子来。

没有人来营救我，我就抓了一张报纸趴在一张桌子上看起来。那张报纸上说的是什么，我一个字也未能看进脑子里去，报纸仅仅是一个掩饰、缓解尴尬的纯粹的工具。

排练开始了，没有一个人来招呼我回到乐队。唯一有权招呼我回乐队的人便是赵一亮，而让赵一亮招呼我是不可能的。这一情境是他一手制造的，他自然不会放弃他一心要达到的目的。他不招呼，别人谁也不能招呼。谁也不能反对或改变赵一亮的意志。赵一亮在文艺宣传队是至高无上的。邵其平都不能使他有所不高兴。因为他一不高兴，会抓起胡琴就走，而其他的人没有一个有勇气有能力来顶替他。他的厉害，就是因为他的位置没有人能够顶替，就像他的父母惯着他一样，油麻地中学文艺宣传队也在惯着他——他已是一个被惯坏的孩子。一个被惯坏了的孩子，是绝对不可能去领略别人的处境的，反而会有一种使人尴尬并从中得到快感的残忍。他显出一副已将我完全排斥在乐队之外的样子，与整个乐队很密切地配合着，让我看不到一点乐队演奏的破绽。他要造成的效果是：乐队没有林冰与乐队有林冰一样。我成为一个完全多余的、完全可以抛弃的人。

我一直趴在桌子上，看着报纸，让心受着煎熬。这场煎熬对我日后的悲悯情怀大有益处。在我成人之后，尤其是在我有所发达之后，我最不愿意做的一件事便是使人尴尬。我绝不愿意看到任何人因为我的一句话或一个行动而陷入尴尬处境。一旦无意中发生，我便不顾一切地去消解它，并在心中深深地负疚多时。“己所不欲，勿施于人”，对那些乐于使人尴尬的人，我的心中会暗暗地生长出仇恨。

排练暂告一个段落之后，赵一亮与乐队的那些人全都走到门口。我像一块丑陋的石头，在水落后显了出来。赵一亮与他们有说有笑。其间，姚三船夹着笛子过来了一下：“林冰，你在看什么呢？”我没有抬眼看他，他便又回到赵一亮身边去了。

在排练又要开始时，我抓着胡琴大步走出了排练场。

我跑到大仓房，大仓房大门紧闭。我又跑到了理发店，许一龙说：“宣传队人员的工分问题到现在还没有落实！婊子养的，想一天十工分打发了老子，老子不干。很多人不干。先散伙，排练不排练，等些日子再说。”我便又到了傅绍全家。傅绍全很忙，我只坐了一会儿，只好又回到了学校。

球场上，就刘汉林一人在玩篮球。

“林冰，你怎么没有去拉胡琴？”

我不作答，跑进球场，夺过他的篮球，就拍着往篮下跑。我们两个人一人打一个篮，在球场上疲于奔命，最后都累得瘫在地上。

我回了一趟家，想在家待着。不上学校了，反正学校也不上课。可待不住，第二天傍晚，用瓶瓶罐罐弄了些黄豆煮雪里蕻之类的食物，又回到了学校。学校也是很无聊，就与马水清逛镇子，一直逛到夜里十点多钟。谢百三从食堂买来了一瓶辣椒糊。马水清说：“我们比赛一下，看谁最能吃辣。”谢百三一把抓过辣椒糊瓶，却又被马水清夺了去，“连一瓶辣椒糊都舍不得！”我、谢百三、刘汉林、马水清一人拿了一只碗，平均分了瓶子里的辣椒糊，空口吃起来。我刚吃了半勺，就辣得受不了，就去取雪里蕻煮黄豆，马水清说：“就光比吃辣椒！”我们就比着吃，一个个吃得直吐舌头，眼睛里都泪汪汪的。吃到后来，就觉得脑袋里有个大火团，两只耳朵嗡嗡响。我们互相望着，谁也不肯认输，坚持着吃下去。我和马水清吃得最凶。谢百三早大汗淋漓，先认了无能，退出了比赛，接着是刘汉林跑到河边去喝水，回来后也承认了自己的无能。就我和马水清两人对峙。我们面对面坐着，各守着一团红艳艳的辣椒糊。我一心要击败马水清，最终却谁也没有战胜谁，都把碗里的辣椒糊吃净了。为了表示自己英勇，我们还夸张地用舌头将碗舔得干干净净的。

夜里，我们被肠胃辣得无法入睡。马水清突发奇想，说：“去县城玩吧，县中有我的朋友。”我第一个附和。刘汉林与谢百三也同意。那时已是深夜一点钟了。我们走出校园，真的踏上了去县城的路。谢百三一边走一边说：“想起一出是一出，发神经！”但，我们都觉得很兴奋，把脚步声踩得很响。那是一个月色朦胧的夜，万籁俱寂，让人有许多幻想。我们走得很快，像电影里那种专搞夜袭的别动队。

没走几里路，我们的肚子都疼得想拉屎，便一字儿排开，在一条沟边拉起来，就听见水“扑通扑通”地响。只觉得肛门辣得火烧火燎的。拉完了，移到另一条沟边，用清水洗了洗屁股，觉得舒服了许多，扎了裤子又继续往前走。我试着大叫了一声，那声音在夜空下显得十分洪亮，并且传得极遥远。我便呐喊起来，像个疯子，一声接一声，直到把嗓子喊哑了。马水清也跟着叫，声嘶力竭。忽然，听到远远的天边有人在问："谁在那儿喊？"我们赶紧跑掉了。

走了十七八里地，来到一条大河边，眼前便是一片苍茫。我们疲倦地站在河边上，吸着清凉的空气。刘汉林忽然轻声叫起来："你们看那边！"这时，我们看到远远的黑暗里闪烁着一种红色的亮光。这亮光一生一灭的，十分令人生疑。我们便又看下去，很有点害怕，但又很激动。过了一会儿，马水清说："这像是发信号！"刘汉林紧接着说："是特务！"前几天，广播里刚播送过，就在离我们几十里地的东海滩上，一天早上发现了特务的橡皮船。那时，特务似乎很多。谢百三说："应该去报告当地人武部。"马水清说："走！"我们便往一个小镇上走。找了半天，才找到镇上的人武部。我们就"咚咚咚"地把门敲开来，昏暗的灯光下走出一个人，听了我们上气不接下气的诉说，那人将门"嘭"地关上，"一群小狗日的，滚，那是大河湾上的航标灯！"我们顿时觉得生活太无趣，不想再往县城走了，就在那个镇子的大桥头坐下，一直坐到天亮，然后吃了油饼与豆浆，又往回走。一共才十七八里地，走到天快黑才走回学校。

七

日子过得一寸一寸的没意思，心里很渴望回到文艺宣传队。脑子不能有片刻的闲暇，一闲下来便再现宣传队的情景。而这情景之中，最令人着迷的便是陶卉扮演的角色。她最擅长扮演小妹妹与小媳妇的形象，她似乎也最喜欢扮演这两个形象。小妹妹总演得很纯情、很温柔、很聪颖，微微带了些娇嗔，有时还会有些可爱的小脾气。如果一出戏里有了这个小妹妹，这出戏便显得很活泼、很天真，有着一番童趣。而她演的小媳妇又把人带到别样的情调里。那时，她穿了一件从某个人家的新媳妇那里借来的略显肥大的阴丹士林布衫，围了一个绣花的小围裙，头戴一方红头巾，挎了一只小竹篮，闪动着一双妩媚的眼睛，像是走在乡间的小路上或是走在小镇子的街道上，款款地走上台来，是很传神的。生活中的陶卉似乎也是这两个角色的合成。那些女生总将她当小妹妹。这种时候，陶卉就真是一个小妹妹。她乖乖地接受着她们的保护或是显出一副生气的样子来让她们赔个不是。可是，她又不时地向她们预示着，她将来是一个出色的小媳妇，这个小媳妇很能干，很会体贴人，性情有点倔强，但更多的时候却是温顺。这形象在她用了一双嫩而细长的柔指打毛衣或绣花或向女生们讲如何去缀补一个补丁时，最充分地显示了出来。看她演出，我总是分不清戏里戏外。这两个角色和谐地结合在一块儿，一会儿小妹妹，一会儿小媳妇，这在当时，深深地吸引了我。而离开宣传队以后，戏里戏外的陶卉，我几乎都看不到了。

但赵一亮没有露出一点让我重回乐队的意思。有时，我竟然卑微地想：赵一亮，你只要让我林冰回乐队，我就永远地屈从于你。

许一龙却在这时又来请我去油麻地镇文艺宣传队拉胡琴：再过几天，要文艺会演。

对赵一亮，我不再抱希望了。我去油麻地镇文艺宣传队拉胡琴，至少还能找回一点自尊来，还可打发这一个又一个难熬的日子。我便一口答应了许一龙，并且在正常排练之余，还到许一龙家与他练习两首二胡独奏曲。会演那天，他有一个二胡独奏的节目，要我帮他拉副弓。

会演的前三天，我正在宿舍里与马水清他们玩扑克，徐朝元来找我，说：“赵一亮让我叫你回乐队拉胡琴。”

我的手有点发抖。

徐朝元站在门口等我回话。

“我不想拉胡琴了。”我说。

徐朝元说：“赵一亮这两天生病在家，他对邵其平老师说，只有你可以拉主胡。”说完，就走了。

我沉住气又打了一把牌，终于再也忍不住，抓了胡琴，重新回到校文艺宣传队。

赵一亮真的没来宣传队，他的位置空着，显然是留给我的。我就是这样很体面地回到校文艺宣传队的。排练开始前，我在夏莲香的肩膀上看到了陶卉的脸。她正把下巴搁在夏莲香的肩上，抿着嘴，细眯着眼睛，朝我望着。当我们的目光相遇时，她倏地将目光移到了一边。这一天，我又反复地看到了“小妹妹”与“小媳妇”。并且，这“小妹妹”与“小媳妇”是在我的琴声下演唱的。直到今天，我也想不清楚，我为什么那么迷恋这两个形象会聚于一人？

第二天，赵一亮来到排练场时，我忙起身，要将位子让给他，他却连忙按住我的肩：“林冰，你拉你拉。”我执意推辞了很久，他才回到了拉主胡的位子上。他让我拉第一副弓。我们配合得很好。休息时，他很主动地与我交谈，并不时地将身子向后一仰发出笑声来。

许一龙自然没有能够将我再请到他的文艺宣传队。会演那天，他的乐队就他一把胡琴，很孤独的样子。他的独奏节目早已公布出去，是不好取消的。明晃晃的灯光下，他独自一人坐在台上的椅子上，像砍去枝叶的一段树桩。纯粹的、没有配乐的乐器独奏是很难听的，其形象仿佛一个脱尽了衣服而裸露着的身体。许一龙自然感觉到了琴音的光秃，便竭力去拉，但越是竭力，这琴音就越发地光秃，让人感到厌烦。

文化站站长余佩璋一直坐在台下看节目，眼睛里是失望。

许一龙感觉到了，就流出一串口水来，引起台下一阵爆笑，有人大声叫："口水龙！"

那天晚上，许一龙留给油麻地的是一个惨败的形象。

纯属偶然，许一龙的二胡独奏之后，紧接着就是赵一亮的二胡独奏。其情形与许一龙的独奏大不一样。赵一亮坐在前面，我们一排四个拉副弓的坐在后面，既将他衬托得格外突出，又不使人觉得他是孤单一个。优美的声音是在许多声音的和声里诞生的，其独奏犹如一条美丽的鱼在水中畅游，那水便是其他乐器的附和与陪衬。唯其这绿水，才使鱼游与脱离绿水的鱼跃变得优美动人（相比之下，许一龙的独奏便如同鱼在一片干地里打滚与打挺）。赵一亮又年轻，又英俊，这就更使他的独奏具有迷人的色彩。

余佩璋看着，乐得咧着大嘴笑。

那天晚上，赵一亮留给油麻地的形象是：他赵一亮才是油麻地的第一把胡琴。

第二天，我听人说，许一龙当晚气得吐了两口血。我很歉疚，便去看望他。他一边喝着刚煨好的鸡汤，一边说："林冰，我不怪你！"

染坊之子（下）

一

我在黑瓦房读高一时，赵一亮在红瓦房读初三。我在黑瓦房读高二时，赵一亮却没有能到黑瓦房读高一。油麻地镇初三学生太多，不可能个个上高中。推荐时，镇上根本就没有考虑到他。他从此便与黑瓦房永远无缘，与学校永远无缘了。

有很长时间，赵一亮闭门不出。最初几天，他几乎不吃不喝，不言不语，房门一关，整天直挺挺地躺在床上，也不睡，翻着白眼看房顶。他母亲很担忧，怕他的脑子出问题，就总在他的房门口转，叫他起来吃东西。他倒也不发火，只是说："我不饿。"人便一天一天地瘦下去。

他母亲便来学校找我："林冰，你和一亮玩得那么好，也不去看看他。他整天躺着……"说着，眼睛里就有了泪。

我早想去看他了，可是又不知道是否合适。从前那个傲慢的、总是沉浸在优越感之中、绝不肯在人底下而只能在人头上的赵一亮，总在我眼前晃。这样一个人倒霉了，你去看他，并且你现在处在一个绝对比他优越的位置上，他会怎么想呢？我这人，似乎很小时就对人情世故很敏感（岁数大了之后，反而迟钝了许多）。去看一个倒霉的人，真是件很难办的事情。不看他吧，对方也许会想：好，你现在比我强了，就瞧不起人了。去看他吧，对方也许会说：你来显摆了，你来看我笑话了。即便是这两者都不会有，还有可能无端地让人家自卑。若是这样，去看的人，岂不又无端地增加了一份歉疚？

“有空去看看他吧。”赵一亮的母亲说。

既然他母亲这样希望我去，我当然要去看看他。那天下午，我就去了。我敲着他家的院门，不一会儿，就有脚步声走过来。开门的是他的母亲。“你来了！”他母亲见了我，很高兴，“他在家呢……”说着将我一直引进屋里，走到赵一亮的房门口喊：“一亮，林冰来啦！”

房里没有声音。

他母亲提高了嗓音，“一亮，林冰来啦！”

“谁呀？”赵一亮在里头含含糊糊地问。

“我，林冰。”

赵一亮将门打开了：“林冰。”随即舒展双臂，双眼闭着打哈欠。那双臂抻得很用劲，仿佛练臂力把五根弹簧都拉开了。他的样子，很慵懒，很舒适。然而，我并未从他脸上发现熟睡的余痕。

“你在干吗呢？”我问。

赵一亮双手往上捋了捋头发：“没事做，睡睡觉。你学习忙吗？”

“还行。”

“我是念不成书了。不过这挺好。我本就不喜欢读书。读与不读，也没有什么两样。读了又怎么样？再读几年，不还是回乡务农？想起来，读书真没有太大意思。我现在不读书了，在家睡睡觉，拉拉胡琴，比读书舒服……”

我们正谈话，他母亲出去包了一纸包熏猪耳朵回来，倒在一个盘子中，浇了些酱油，放到了院子里的小桌上。赵一亮轻轻拉着我的胳膊：“吃点东西。”

我和赵一亮面对面坐下来，中间是一盘切好了的猪耳朵。他吃得很香，猪耳朵的脆骨在他雪白的牙齿间咯吱咯吱地响。他不时地用含糊不清的声音对他母亲说：“妈，再来一点酱油。”“妈，有蒜瓣吗？剥两颗。”那盘子，冲他的那一面，不一会儿就快要见底了，而我这一侧，却还像河岸那样矗立着。过了一会儿，这“岸”就向他那一侧坍塌了下去了。他一边吃，一边向我不停地说话，说他新搞到了几首二胡曲子，拉起来很好听，但常要换把位，有时突然地要换几个把位下去，难度挺大，但现在对他来说，已完全不成问题了。

我在他家待了一两个小时，觉得赵一亮还是从前那个样子，心里倒也坦然了。他送我到院门口时，依然还是从前的形象——腰杆很直，脑袋微微扬起，双臂交叉着放在胸前。

我走到巷头，忽然起了一个要加强“我俩一如从前”这一感觉的念头，就转身回来，准备向他要一块好松香（其实，我还有好松香）。走到他家院门口，就听见赵一亮在向他母亲发脾气：“谁让你去叫人家林冰来看我的？我怎么啦？我怎么啦？我干吗要让人家来看我？我干吗要让人家来看我？”口气很凶，并且踢翻了一个什么东西。

他的父亲不知什么时候回去的。当又一个什么东西被赵一亮踢翻之后，他父亲骂道："你这个畜生，还问'怎么啦怎么啦'，你干吗整天躺在床上像个死人那样？不想活了，门口就是大河！"

赵一亮大声叫道："我这就去干活，我这就去干活！"

我怕赵一亮真的要出来干活，赶紧走开了。

赵一亮并没有干活，但也没整天躺着，而是不分白天黑夜地拉胡琴。拉的都是一些哀怨悲愤的曲子，很投入。拉得他母亲泪汪汪的，拉得他父亲不住口地骂："死吧！死吧！"

拉了半个月胡琴，赵一亮突然很潇洒地旅行去了——去上海的一个亲戚家玩去了。

过了一个月，赵一亮回来了。回来第二天，他就宣布："我要劳动了。"他所说的"劳动"，不是指帮助父亲染布。他从前的骄傲在于他家的富有，但他一直就有点鄙视这使他家富有的相传了五代的作坊活计：一双手一年四季被颜色染着，像什么样子？他所说的"劳动"，是作为一个社员，参加地里的劳动。他母亲一听说他要劳动了，就仿佛听见他说"我要活下去了"一样，眉头舒展，满心欢喜，赶紧去给他准备劳动工具。只一天的工夫，大锹、洋锹、镰刀、扁担、柳筐……就一一办齐了。扁担还是一根桑树扁担，极有柔性。

赵一亮说："我还得有一双草鞋。"

他母亲说："从前的人做生活，要穿草鞋。而今的人做生活，不太兴穿草鞋了。"

赵一亮却说："不，我要穿草鞋。"

他母亲马上就出去寻找草鞋，找出镇子，才买回几双草鞋来。第一回穿草鞋的人，穿不上一会儿工夫，脚就要被打破皮的。于是，他母亲就用榔头反反复复地捶打那些草鞋，直至将它们捶打得软绵绵的。怕还要打脚，在脚后跟等关键处，又缝了几层布。

赵一亮下地干活了，初时，混在人群里，不太自然。有人说："赵大少爷，下地了！"他的脸就忽地一下红了。后来干了几天，也就自然了。不过，他的形象仍然像舞台上一个演出来的"新型农民"。他总穿得那么干净（每日换两套衣服），两只裤管卷得一般齐整，草帽是新的，带子雪白，腰里束了根牛皮带，手腕上还戴了一块从上海买回来的手表，而脚上却穿着草鞋，显得太煞有介事。他到地里劳动，他母亲就为他劳动——除了不停地给他洗衣服，还要给他端上洗脸水，还要请人帮他磨镰刀之类的工具，还要一天两次地往地里给他送吃的。

赵一亮在野外被风吹着，被太阳晒着，心情又不太坏，倒显出了油麻地中学的学生们所没有的健康。那天，我在大桥上碰到了他。他正挑着空筐从地里回来，见了我，就在桥上站住了："林冰！"声音很响。他将担子搁在桥栏杆上，双腿微微劈开，稳稳地站着，多解了一两颗纽扣，露出结实的胸膛来，右手拿着草帽，轻轻地扇着。那样子让人觉得，只有劳动才是件叫人身心愉快的事情。

过了些日子，我们又一次相遇。他说："林冰，晚上要是有空，到我们家来玩吧，把你的胡琴带来。"

晚上，我就拿着胡琴去了他家。

他很不在意地向我问了许多关于学校的情况，还向我开了个玩笑："听说，那个叫艾雯的老师很喜欢你。"

“别听他们胡说！”

他笑了一阵说：“我们拉几首曲子吧，我一个人拉也没有多大意思。”

我自然还是给他拉副弓。

拉了一阵，我感觉到赵一亮的胡琴拉得不及从前顺了。不管是弦上的手指，还是捉弓的手指，皆显得有点僵。我明白，这是劳动的缘故。体力劳动能使人的手的感觉钝化。一个乡下人敲你的房门，为什么不及一个城里人（尤其是一个城里姑娘）敲得让人愿意接受？就是因为乡下人的感觉钝化了，不知轻重，一敲门，就像有人来搞突然搜查，那门敲得你的心“扑通扑通”地跳。看来，体力劳动对某些艺术来讲，是一种损害。搞这些艺术的人，可以看着别人劳动，然后把劳动的节奏与快乐弄到自己的艺术里去，但唯独自己不能亲自去劳动，尤其是不能去参加那些沉重的筋肉劳动。有人不大懂得这一点，把艺术家们一窝蜂地轰进地里去，轰进工厂去，结果，毁了无数的钢琴家、小提琴家和画家。赵一亮才劳动了几天？手就不听使唤了。我一边拉，就一边想着从前赵一亮的手。那四根在弦上的手指，都是活活的小精灵，它们在弦上活动着，犹如四只在松树干上淘气着的小松鼠，既灵活，又让人喜欢。赵一亮曾给我们做过一次表演，把一铁块从火炉里取出来，稍微凉了凉，他用左手的四指在上面弹跳，竟然烫不着。这会儿让他再做这种把戏，我想，是非要将他的肉烧煳了不可的。

手好使不好使，他心中的感觉自然比我清楚。他有点不服气，突然停住不拉了，然后特别使劲地甩手，仿佛那手被狗咬了一口。

再拉时，依然生硬。他的额上沁出了汗珠，眼睛里克制不住地流出了一丝伤感。又勉强拉了一阵，他说：“不拉了吧？”

我点点头。

这之后，他还是参加劳动，但多少有点属于挣扎了。因为初时，队里念他是刚参加劳动的，就安排他做一些轻活，时间一长，就一视同仁了，真的将他当一个劳力使了。他是禁不起这种劳动的，就一天比一天痛苦起来。刚下地，就盼收工。可那时间是个怪东西，你越盼它快点过，它就越是一寸一寸地熬人。他咬紧牙关，调动了全部的毅力，在时间的齿轮里经受慢条斯理的辗压。

他就很想参加镇上的文艺宣传队。

二

油麻地镇的文艺宣传队，一年里头，差不多有半年活动，几乎成了专业的。这是个养人的地方，是个好去处。别人赤日炎炎，在田野间劳作，他们却可挑个阴凉地方排练节目。而且活动一天，就有一天的工分。若晚上演出，还有夜餐补贴。排练时也很舒服。念念台词，练练唱腔，东一个西一个，三个一团，五个一群，很随便，很自由。男的女的，人也长得好看。女孩不下地劳动，就都穿了好衣服，洒了廉价的花露水，从人面前一走，就留下香气来。累了，脸上爬着细汗，她们就用香喷喷的手帕扇扇，让人觉得她们的汗也是香的。尤其是男男女女手拉手，或有些其他的肉体的接触，像过电，更是件让人快意的事情。至于还有的在一块儿时间长了，生出感情来，幕前幕后的，免不了有些浪漫的情调，那就进入大好的境界了。

赵一亮倒也没想到这些，他只想：去了宣传队，就不劳动了，就不会荒疏自己的胡琴了。他也有条件进宣传队：他的胡琴拉得比他们任何人都好。但也有一件事，心里想起来就梗得慌：他将听从他的宿敌许一龙的吆喝——在油麻地镇文艺宣传队，是许一龙掌大权，而且是大权独揽。他就先把去宣传队的欲望压住了几日，但那起早摸黑的劳动太折磨人了（怪不得改造犯人最得力的手段就是让他们劳动——劳改犯），他也顾不得脸皮了，找到干部家去，说他想进宣传队拉胡琴。干部说："行。"他就问："什么时候？"干部说："我们商量一下，你等通知。"

赵一亮很高兴，心想总算可以不劳动了。他有一种解脱感，像要跳出苦海似的。

他不上工了，就在家里一边练习胡琴，一边等通知。可是等了五六天，也不见干部们捎话来。他遇到了那干部，而那干部似乎将他想进宣传队的事情早忘了。又憋了两日，他终于憋不住了，又去找那干部。那干部说："你还是下地劳动吧。"他问："为什么？"那干部说："口水龙不要你。"赵一亮顿时觉得这世界太没味道了，简直暗无天日。他用一双有点呆滞的眼睛，望着脚下的路，直走到镇南的大河边上去，然后躺在河滩上，望那辽阔天空的游云与孤鸟，直望到天将黑，飞鸟归林，镇上大人唤小孩回家吃晚饭。

赵一亮无奈，还得去劳动。他心里倒还想如以前一样精神，却没有精力去精神了。人要精神，是要有宽绰的剩余精力的。老年人趿拉着个鞋子，裤扣懒得去系上，露出一根里裤的带子来，一副邋遢样子，是因为他实在已没有精力去注意自己了。赵一亮一天劳动下来，身体疲惫不堪，各种心思全无，哪里还顾得上保持从前那份潇洒？一切也就将就着了。我碰见过他两次，只见他头发乱蓬蓬的，衣服上尽是泥点，一只口袋撕开了，也不让他母亲缝上，就那么耷拉着，草鞋已不再穿，穿胶鞋了，一只系了带子，一只却没有带子。见了我，也不像从前那样要做出架势来，而是显出一副很劳累、很没有意思的样子。看来，劳动并不总是美好的。找些轻巧活，干个一两天，做做样子，然后发一通赞美劳动的言辞，甚至要归隐田园，去永做个农人，也是很自然的事情。但若是让他在毒日头下连割一个月（不要多，就一个月）的麦子，他还在内心里赞美劳动，那这人也就真是条好汉了。赵一亮反正不是好汉。他已经快垮了。

秋末冬初，忽地刮了三天西北风，把个世界一下子带到寒冷里。一部分双季稻，还在地里没有来得及收割。地里的水没有放掉，结了薄薄的冰。赵一亮得跟大家一起赤着脚，站到水里去。那薄冰受了震动，就"咔嚓咔嚓"地响，同时碎裂开来。在赵一亮看来，这水中犹如飘满刀片。那些刀片就拥挤着来咬他的脚与腿，咬得他额上直滚冷汗珠。他几次从刀片里逃出来，跳到田埂上。但眼见着被人越落越远，又只好重新让那些刀片去撕割自己。天色昏黄，田野一片寂寥，只有这些刀片相碰，发出冷漠的声响。赵一亮看看其他人已经远去，就他独自一人守了六行还未来得及黄的瘦瘦的稻子，心里真是觉得自己已走到了绝境。

这天晚上，他找到了我宿舍，说有话与我说，将我叫出了宿舍。

"林冰，你去对许一龙说，从前的事，我们就忘了，让他同意我进宣传队。进去后，我给他好好地拉副弓。"他说完，就走了。我看着他的背影，心中有说不出的味道。

第二天中午，我就在理发店里找到了许一龙，把赵一亮的意思与他说了。他一笑，就流出长长一串口水来。

“同意了？”

许一龙把一盆水泼到街上，转身说：“同意个屁！他想忘？我还忘不了呢！我忘得了吗？他气得我吐了一大口鲜红的血呀！”他把“鲜红”二字咬得很重，并且又重复了一句：“一大口鲜红的血呀！”这回“鲜红”二字咬得更重。他的眼神让人觉得，就在这一刻，他又看见了那口鲜红鲜红的血了，鲜红得就像一朵突然绽开的红色月季花！他不住地点着头，一副很舍不得那口鲜血的样子。

“忘不了？”

“忘不了！”

我起身要走。

“你林冰，没有别的，就是心软。你这个样子，是搞不到陶矮子家的姑娘的。”

我骂了一句：“滚你妈的蛋！”转身就走。

许一龙在我身后大声说：“我忘不了那口鲜红的血！”

我知道他又流口水了，我甚至听到了口水掉在地上的吧嗒声，因为他最后一个“血”字没有完全说出来。

三

我再见到赵一亮时，他的双手已经被染料染成紫黑色了。

赵一亮很小时，就对他家这份祖传的行当有一种对抗心理。小时候，他在街上走，有人问：“这是谁家的孩子？”有人答：“染布的人家的。”人家这么说，其实没有什么不好的意思，但赵一亮却不愿意听到这种话。这些年，像他们家这种小手工业已经被说得很不光彩了。有一段时间，甚至有人要来毁掉这个染坊。读小学六年级时，同班一个孩子与他吵架，他揭人家的短说：“你老子是小偷！”那孩子竟指着他的鼻子，极有力量地说：“你老子是开染坊的！”赵一亮很少去他家的染坊，总觉得那儿是一个不太光明的地方。他一直与父亲之间存有隔膜。他闻不惯他身上那股一年四季总散发着的染料味，更看不惯那双总也洗不净的手。当父亲用那手端起一碗白米饭来，或者捧了一块金黄瓜瓤的西瓜来吃时，他的眼睛就总是回避着。许多职业不留明显的痕迹，唯独这染布，却像树招牌一样，把一双乌手染给众人看。他父亲往人群里一站，在人的视野，似乎什么也没有，就只有那双手了。假如他父亲哪天做了坏人，不管跑到哪儿，也会因为那双乌手被人抓住的。赵一亮从来不向我们提他们家的染坊。

赵一亮见到我，脸一直红到脖子。

我想让自己不要去注意他的手，可眼睛不答应。人的眼睛，不是人什么时候都能管得住的。晶莹的雪地里有一朵红玫瑰，眼睛回避得了吗？洁白如银的米饭上，有一只绿头苍蝇，回避得了吗？

赵一亮局促了一阵，索性将那双手放到了身前。当他将手一摆（在空中闪过一只黑手）叫我坐时，我就立即想起那双从那些捧着红菱的女孩子手中接过红菱并与那些女孩子的手构成一幅图画的手来。那真是一双漂亮的手。赵一亮的胡琴拉得好，也拉得帅气。这帅气全仗他的一双手。

过不了多少天，就是春节了，这里的人家照例想着要穿新衣服。然而不是每个人家都能做到一家大小都换新的。钱总是少得让人发窘。可还是穿着旧衣过年，也太说不过去。于是，就把旧衣服拿到染坊里去染一染，让它变得像新的一样。我在十八岁之前，就有许多个春节穿的是这种重染的旧衣。至今我还记得那新染之后的化学气味。有时候，衣服在染料锅里煮得不够，那颜色在衣服上待不住，掉色掉得很厉害，把脖子染得很污浊。然而人想穿新衣的念头又很顽固，很执着。大人小孩都盼过年，其中一项就是盼穿新衣。因此，春节前的半个月，染坊就会旧衣如山。

赵一亮家的染坊变得十分忙碌。那几口大染锅整天沸腾着，冒着热气，染料味儿乎弥漫了整个油麻地镇。赵一亮围着大围裙，听着父亲的吆喝，一会儿用两根细木棍在染锅里搅动那些旧衣，一会儿又用这两根细木棍把衣服缠上来绞干扔到清水里，一会儿又将它们从清水中捞出来拧干晾到绳子上，赵一亮默默地干活，谈不上快乐，也谈不上苦闷。这活儿总要比地里的活儿容易让人承受。赵一亮得干活，不干活就是二流子。既然地里的活儿干不了，就干这染坊的活儿吧。赵一亮只有认可，别无他法。放寒假时，我去看他，他正在给取活儿的人算账，围个沾满各种颜料、斑斑驳驳的围裙，在那儿拨算盘，已经有点像个染坊主的样子了。交了活儿，算了账，就过来跟我说话，倒也平静、自然，仿佛他本就是个染布的。活儿很多，他不能停下活儿来专门与我说话，就一边干活，一边与我说话。我要给他帮忙，他连忙阻止："不不不，颜料会染了你的手和衣服的。"他总是不住地向我询问学校里的情况，仿佛学校对于他来说，已很陌生很遥远了。他问了许多关于我自己的情况："钱够用吗？不够对我说。""我的胡琴你可先拿去拉，反正我现在也没空拉。""你和陶卉到底怎么样了？陶卉这个女孩子不错，但陶矮子是个势利眼。”……比起从前来，他显得很随和，很有人情味。

我和他谈了很长时间的话，才去学校取东西回家。

当赵一亮认清了前途，明白了自己能够承担一个什么样的角色之后，就不再焦躁，不再伤感，更不再绝望，而换了另样的姿态。生活改变人，有时是件很容易的事情。赵一亮不再羞于他家祖传的行当了。他围着大围裙，很坦然地走到大街上去，走到人群里去。见到他的那些仍在油麻地中学读书的同学，他居然也不再感到那双手的寒碜了。他甚至能在与他们分手时，将手高举起来与他们告别。“这有什么呢？我就是一个染布的嘛！”他的脸上开始出现笑容，一种普普通通的寻常男青年的笑容。他开始学会抽烟了，初时，只是冒一冒，不久，就能像倒吸一口凉气那样将烟吸进肺里去，然后在仿佛过了一个世纪之后，才将那烟从鼻孔中缓缓冒出来。那双手是拉胡琴的，本就比通常人的灵活，因此，刚学会抽烟不久，弹烟灰时的动作就显得十分老到了。那天，我在街上碰上了他。他围着围裙，挎着个竹篮在买豆芽菜，耳根旁夹了一根烟，像个大师傅。这个形象使我在几天的时间里都老想着从前的那个赵一亮。

赵一亮的父亲老了，身体也不太好，见赵一亮能够安心地在染坊里干活，心里倒也高兴，就将染布的手艺一一地教给他。等赵一亮能够独当一面了，就退到了后面，让赵一亮主活儿，自己打帮手，并将这染坊的一切财务都交给了他。反正就这么一个儿子，一切，都是他的。赵一亮就忽然地意识到，这个染坊是他的，不管他乐不乐意，反正他得继承它。他也忽然一下子觉得自己是个成年人了。他的心思开始越来越多地用在染坊上——这是他以后的生路，是祖上留给他的财富，他的未来早已被这染坊规定好了。

我觉得，赵一亮越来越比我大了，大了许多（其实才大我一岁），并且离我越来越远了。

有人来给赵一亮提亲，他父亲想，这染坊也需要一个帮手，觉得早点给儿子成家，也是件好事，但怕儿子不太愿意，就犹豫了许多日子。后来，又有人来提亲，他父亲说："直接问他吧。"没想到去问赵一亮，赵一亮竟没有说不愿意，只是脸红了红。他没有其他心思了。他只能像许许多多的农村青年一样：成家立业。再说，他的身体也完全发育成熟了，到了想有个老婆的时候了。他读书时，曾喜欢过一个女孩。然而，变得现实起来的赵一亮知道，现在已没有这个可能了。他在口袋里揣了几包好香烟，懵懵懂懂地跟了媒人去相亲。那个人家的姑娘在他面前晃了晃，低了头进房里去了。他觉得那个姑娘不算好看，也不算丑，说不上喜欢还是不喜欢，脑子里糊糊涂涂的。那媒人路上问他："那姑娘行吗？"他不吭声。媒人说："不吭声，有八分。在家等我话吧。"赵一亮回到家，继续做他染坊里的活儿。心里也不太去想那个姑娘。隔了两天，那媒人没有露面，他反而想了：那姑娘和姑娘家同意了吗？又等了几日，那媒人依然没来。他母亲就去问媒人。母亲问完后，就急急回来。赵一亮看到母亲的脸色不太对头，知道事情没成。就有了一种失败感，但并不强烈，依然做活儿。

后来，他又跟了别的媒人相了两次亲。后一次，他见到的那个姑娘，还像个小孩，不过，很让他喜欢。隔了两天，媒人上门送话来了："那姑娘家有意与你家做亲。"赵一亮心里很高兴，那天，把好几块布染杂色了，被父亲骂了一顿。但看他也要成家立业了，就没有太狠骂。赵一亮的母亲就开始准备定亲时给姑娘和姑娘家的东西。走在街上，脸上满是笑容。然而，这里将布呀什么的都买好了，媒人却连夜赶来打招呼："别忙乎了，那人家的姑娘死活不点头。"

这一回，赵一亮自卑了。从前对自己的那份自信，被彻底地摧垮了。再干活时，就很没有力气，于是又惦记起他的胡琴来。他看着活儿，也不急着去干，躲在他的小屋里拉胡琴。但，现在拉胡琴跟从前拉胡琴，感觉完全不一样。从前拉胡琴，满心田的傲慢、优越与潇洒，一起往十根指头上流，拉的是一份派头，一份精神。现在拉胡琴，纯粹是因为无聊、寂寞与苦闷。从前是表演，现在是向胡琴寻找自我，表现自我。这倒也是真正的艺术了。但，他父亲骂开了："没出息的东西，找不到婆娘就这样！"他拿了胡琴出门了，到河滩上的无人处去拉。流水漠漠，水鸟怨怨，篷帆寂寂，他将那胡琴如情人一般搂在怀里拉，那曲子真是如泣如诉了。

他母亲不服气：我家一亮，人样子也不差，还有一个染坊，又有这么一份好家产，怎么就说一个一个不成呢？她就去追究原因，不久就明白了：全被许一龙给捣了（这地方称破坏——暗中破坏为"捣"，此一字，比官话"破坏"一词凝练、形象、得劲）。

上一章《染坊之子》说了，跟许一龙作对是没有好下场的。他的理发店是一个收购并销售消息的地方。小镇上没有什么消息传不到理发店来。而这些消息一旦传到了许一龙的耳中，他就得按他个人的好恶做些加工、编排。添油加醋，这是许一龙的拿手好戏。有一些消息，他会按住不发，使那些消息总也传不出去。他不但收购消息，将其照他的心思发布出去，还能无中生有，制造消息。这特别制造的消息，往往销路更好，作用更大。

许一龙得知赵一亮“想婆娘”，又耿耿于怀地想起那口鲜红的血来，便赶忙制造出一些消息来，然后选择他认为一定能够到达女方家中的渠道，将它们一一传送出去。他说，谁做赵一亮的老婆，倒八辈子霉。赵一亮的父亲是油麻地镇有名的吝啬鬼，跌倒了，还要抓把泥起来。做他家媳妇，要苦死；赵一亮的母亲，天生就是个管家婆，规矩可大了，做她的儿媳妇，一辈子也别想抬头；赵一亮，油麻地镇上的人没有一个喜欢他，真正是掉进茅坑里的一块石子——又臭又硬。还有其他若干说法，还有比这更刻毒的，也不统一。

许一龙根本不讲究让他的消息统一传出去——乱七八糟地传出去，弄人一个疑惑，一个不敢，这就行。再说，这些消息，出了理发店的门槛，他传你传的，七弯八拐，七扭八折之后，也早不是那消息初生时的样子了。他许一龙也管不了那消息的生长与变种。

许一龙制造消息时，一点也不怕有人找上门来扇他的耳光。因为这世界上，唯一能够追查到消息来源的就是公安局（即使是公安局的追查，也会因为对方说“我在厕所里拉屎，听见隔壁的两个撒尿的女人说的”而受阻）。许一龙的消息，公安局是没心思管的，其他人管，也就瞎费工夫，是永远也不能找到源头，证实乃他所为的。许一龙每给赵一亮捣掉一个，就有一种快感，仿佛烦躁时捣掉树顶上一个鸦窝。

赵一亮的母亲，当然不能一口咬定是许一龙捣了他家赵一亮的婚事，但她在心里确实明白了一切。当赵一亮的父亲日日咒骂赵一亮，而赵一亮依然抱住他的胡琴不放，不将染坊的活计放在心上，只一天天地变得沉默寡言，任唇上的黄毛去长时，她走进了理发店。当时店中无顾客。她望着许一龙，突然跪下了。

许一龙一惊，“大妈，你这是？”

“龙二爷，一亮他憋了一肚子屎，他不懂事……看在你大妈的面上，你就饶了他吧！大妈求你了，给一亮说几句好话吧……”

赵一亮的母亲终日操劳，长相颇老，呈给许一龙的是一头花白蓬乱的头发。

许一龙慌忙将她扶起，“大妈，你这是要做什么？”

赵一亮的母亲起来了。

来了一个顾客，许一龙没等那顾客进门，就将门关了，挂上锁，回家去了。

四

赵一亮终于定亲了。还是那个他喜欢的小女孩。是媒人二次说媒说成的。赵一亮去女方家中送定亲礼物时，我看到了。他穿了一身新做的蓝涤卡制服，腰杆挺得直直的，又有了当年一番意气风发的神态。见了我，他略微有点不好意思（因为我们还在读书，他居然着急找下女人了），但很快就自然起来了。他偏要我抽一支烟，我只好将烟接下点着，动作生硬地抽着。他说：“林冰，我不能跟你比。我以后是什么样子，我已看清楚了。成个家，过日子吧……”挑礼物的担子在前头等着他，他不能与我多说话，说了句“常去我家玩”就追担子去了。

那个小女孩，我也见过。那天，她到镇上来买东西，被镇上的人认出来了，“这是赵一亮的小媳妇！”很多人就拿目光去追她，她脸红了，用牙齿咬住薄唇，低着头，在无数双眼睛的注视下，害羞地走着。很甜的一个小女孩。

赵一亮再去小女孩家时，总要带上胡琴。

赵一亮脑海中的图画，一幅一幅的，都很具体。女孩、染坊、双亲……这一切糅合在一块儿，使他有了一种责任感。他越来越认真地对待那个染坊了。他几乎完全把染坊上的事揽了过来，并用心去思考它。他学会了计算，学会了理财，学会了许多生意方面的经验，他与油麻地镇上的各种手艺人越来越融洽，越来越有共同的情趣与语言。走上街头，他朝他们招手，与他们调侃，甚至能红着脸与他们说些荤话了。见了我，他说："我俗了，是吧？"我就笑笑，倒也常来看他，但在一起时，情调与从前不大一样了。

赵一亮预想的婚期是这年的春节前后。媒人给女方家中吹了个风，女方家的人似乎也没有太强硬地希望女儿更多地留在家中。赵一亮家入冬之后，就为婚期的到来一天一天地忙碌起来了。赵一亮只管忙染坊里的事，看着双亲为他的事忙碌，有时会从眼中突然飘过一丝惶惑。

那天，油麻地中学的文艺宣传队在礼堂里演出，赵一亮手中的活儿也不紧，应了我的邀请，就来看演出。那天的灯光相当好，节目也好，演员、乐队等，各个方面都很开心。演出结束后，我就去台下寻赵一亮，但没有寻着。镇上一个人告诉我，赵一亮已走了好一会儿了。我去了他家。他正在大染锅里染布，两根木棍吃力地搅着一块长达四五丈的布，额上沁出许多汗珠。不知是因为累了，还是因为其他原因，他有点不太想讲话，只说了一句："林冰，你胡琴拉得真不错。"

这年的冬天，是个寒冷而干燥的冬天。入冬以来，就没有落过一滴雨，飘过一片雪花。但，北风总是刮。这北风像是从万顷沙漠上越过，被吸去了最后一丝湿气。它日夜不停地吹着，仿佛要把这片平原吹得焦干。冬小麦在灰色的土地里，摇曳着单薄的叶子。岸边芦苇的枯叶，经风一吹，沙啦沙啦地响。油麻地中学的篮球场上，一有人活动，就总是灰尘笼罩，远看时，人像在烟里。河水枯瘦，结了冰之后，依然不停地枯瘦下去。离开水面的冰，就变成白色，河中间的冰失去水的浮力之后，就凹陷下去，终于断裂，因此，你总能不断地听到冰的“咔嚓”声。每到夜晚，就会从镇子上，从更远的村落，传来敲竹梆的声音。这提醒人们警惕火烛的声音，断断续续地响着，在这缺乏湿度的空气里，一声一声的，更结实、脆亮。每天晚上，我们总是在这种敲击声中入睡，偶然醒来时，依然听到这敲击声在响，只不过让人觉得，那敲梆子的人，熬不住困倦敲得不像上半夜那么认真、专注了。

离春节大概只剩二十天时间了。这天夜里，我正做梦，忽听见马水清叫了起来：“锣声！”我、谢百三、姚三船，被一起惊醒了。

“镇上谁家失火了！”马水清说。

锣声是这地方报火警的信号。那锣急急地敲着，声音又猛又稠密。

我们胡乱地穿上衣服，抓了脸盆、铁桶之类的东西就往外跑。我们跑出门时，看见油麻地中学的学生宿舍与老师宿舍的门几乎全都打开了，正涌出一个个的人来，汇为人流，往油麻地镇迅捷地跑去，人们都在惊恐而兴奋地喊：“救火啊——救火啊——”

四下里，远远近近地都敲起了呼应的锣声。这锣声急促如爆豆，似乎要把整个平原上的人都呼唤起来。“咘咘嗵嗵”的脚步声，在寒冷的空气里，满世界地响着，犹如千军万马掩杀过来。

许多人在跑动，但许多人并不知道到底是什么地方着火了。此时此刻，人们就是尽着力气呼叫："救火啊——救火啊——"

有些人家的人睡觉死，才刚刚打开门来，就懵懵懂懂地问涌动的人群："谁家着火了？"

我们跑到镇上时，一时人群淤塞了街道，很难快速向前，但脚步仍在下意识地跑着，我们远远地听到了从横跨东西的大木桥上传来的纷乱的脚步声。那脚步声的稠密，使人担心那座年久失修的木桥会突然断裂。

"火光！"有人叫了一声。

众人抬头去看，只见镇南面的天空已经被火光映红。

于是，不能前进的人就站在那里根据火光的位置去判断谁家着火了。

"好像是卖鱼的周永汉家。"

"周永汉家还得往东，好像是徐绍亮家。"

我却觉得是赵一亮家。但我不敢说，也不愿说。我甚至在一听到"镇上失火了"这个声音时，就立即觉得这是赵一亮家。我说不清楚我为什么会有这个感觉。

火光越升越高了，镇南的天空越来越红了。

秦启昌出现在街边最高一座房子的屋顶上。他在寒风中高高地站立着，只穿了一件裤衩。他大声叫道："人群闪开！人群闪开！让水龙过去！让水龙过去！"

人群就用力向两侧挤去，给水龙让开了一条路来。四个大汉抬了一台水龙过来了。他们不知是附近哪个村子的，已经跑得气喘吁吁的了。

秦启昌站在屋顶上，拿了个长电棒在人群里照着周围人的面孔，然后叫了四个被灯光重点照了的汉子的名字说："你们把那四个人换下来。"

于是，那四个被叫到的汉子立即冲上去，换下了四个已疲乏的汉子，将水龙一路风似的抬向前去。

秦启昌就从这个屋脊跳到那个屋脊，一路指挥下去："人群闪开！让水龙过去！"

我拿了一只面盆在人群里钻着，一会儿工夫，就把马水清他们甩下了。过了大木桥，我也从一座院墙爬上了屋顶，在屋顶上直接向那火光跳跃而去。离那火光越近，我就越相信自己的感觉：是赵一亮家失火了！我就越拼命地向前跳跃。快近火光时，我每跳跃一下，都会被火光映照着，在空中划过一道长长的黑影。

我已站在了火光的边上。我两腿发软地看着，一时下不了屋脊了——

赵一亮家的染坊已经快化为灰烬。此刻，与染坊相隔不远的赵一亮家的大屋，也被染着了火，正在燃烧！

无数的人影在晃动。已有五台水龙从周围的村落抬到了现场，但没有一台出水——河里结着冰，弄不到水。我听见了无数榔头敲击冰的声音。终于从水边传来欢呼声："冰砸开啦！冰砸开啦！"

许一龙赤膊站在赵一亮家的高高的院墙上，大声朝人群喊着："一个一个都排到水边去，排五队，往上递水！"

人就一个一个往水边跑。不一会儿，就有五条长队，像五条长蛇一样，从水边蜿蜒而上，把五台水龙与大河连接起来。无数的盆、桶在人手里来回倒着，满的上来，空的下去，水都倒进了水龙的大木桶里。

这地方上救火的工具，就是这水龙，稍大一些的村子，都有一台。平素在一个可靠的人家放着，绝不让瞎动。这水龙有一根粗长的杠杆，使用时，两侧各由四个大汉左一下右一下地撳动杠杆，带动两个活塞，将水压出来，喷出的水，又远又冲，并不亚于城里的消防水龙头。可惜，今天出水太迟了。等它们都开始喷水时，赵一亮家的房子已经全都烧着了。五条水柱，在火光里钻着，被火光映得通红。喷出的不像是水，倒像是火了。

许一龙依然站在院墙上。火光映照着他的胸膛和大声喊叫的大嘴，"往这里喷！往这里喷！"

有人喊："许一龙，你快下来！危险！"

许一龙不听，硬是站在院墙上。火星从空中纷纷落下来，落到了他身上。

秦启昌过来，朝他骂道："狗日的许一龙，你找死呢？"一把将他从院墙上拽了下来。许一龙刚被拽开不久，就有一根燃烧着的木头飞了过来。

赵一亮的父亲和母亲一次一次地要往火中扑，被五六个人死死地按住。他们朝大火伸着胳膊，手张开着，仿佛要从那火里抓一些什么东西出来。火光里，眼珠瞪得让人害怕。

火光真大，真红。烧红了的天空，似乎马上就要熔化了似的。

我扔掉了盆子，在人群里到处叫着："赵一亮！赵一亮！"

有人说，赵一亮在院墙下蹲着。我就撞开人群，赶紧找过去。赵一亮确实在院墙根下。但不是蹲着，而是瘫坐着。他的头发烧焦了，衣服也撕破了。他居然在怀里抱着他的那把从火中抢出的胡琴。我叫了一声他的名字，他没答应，看了我一眼，嘴角便颤抖起来。我要将他拉起来，他死活不肯。我叫来了马水清和谢百三,三人一起用力，硬将他拽了出去。

火光渐渐减小。水龙仍在不屈不挠地喷射着。尽管大家心里明白，这已毫无意义，但还是不住地递水、喷水。救火，就是要把火彻底扑灭。地上到处流淌着水，很滑，不时有人摔倒，把手中的盆子或桶甩了出去。

天将拂晓时，火熄灭了。潮湿的灰烬里，冒着一缕缕的湿烟。

所有的人都水淋淋的，一副极度疲倦的神态。

镇上的人，在给那几台外村的水龙挂红布条。

赵一亮的父母已经被人抬走了。

我们几个将赵一亮劝到了我们的宿舍。

这把火烧去了油麻地镇最富有的一户人家。

五

后来，赵一亮把他的胡琴永远地给了我。他说他不可能再拉胡琴了。他让我好生待它。我想不接受，但他说："你要看着我卖掉它吗？"我说："我给你保存吧。"可是后来，赵一亮一直也没有再肯要回这把胡琴。因为他真的从此对拉胡琴不再有一点兴趣了。这把胡琴至今还在我身边。它在当时的油麻地镇，确实是最好的一把胡琴。

赵一亮的父亲在火灾之后瘫痪了，卧床不起，也不再言语，经常尿屎一裤。

赵一亮现在只拥有一堆废墟，还有一屁股债务：大火把许多顾客的布与旧衣烧毁了。

赵一亮无言，许多天里，神情恍惚，十分恍惚。他老蹲在废墟旁，瞧那片焦黑的东西，有时还用手抓起一把灰烬来看看，样子有点像一个农民抓起一把沃土来欣赏。大火似乎烧掉了他的全部记忆，他要在这废墟旁努力回想从前的岁月。

他的母亲，几天时间里头发就变得纯白如霜，并且开始拄着拐棍走路了。她常陪着儿子站在废墟前。北风吹来，掀动着她的衣角与白发。

镇上的人帮助他们清理掉了废墟，并凑了一些材料，帮助他们搭了个临时居住的草棚。

大年三十这一天，许一龙的理发店生意兴隆。但他却将理发店临时关闭了几个小时，用一块大白布包了理发用具，来到镇南的这个小草棚里。他让赵一亮与他一起，将赵一亮的父亲扶坐在椅子上，给他理了发，又给赵一亮理了发。两人无话。临走时，许一龙只说了一句："有二爷在，别怕！"

赵一亮自然没有如期结婚。但女方及女方家里人倒也没有多说什么，只是说："等等吧，等盖起房子来再说吧。"赵一亮春节去拜年，也没有怠慢他。

但赵一亮家的房子，一直也没能盖起来。他勉勉强强地又将祖传的行当捡起来，干着。他不吃好，不穿好，将钱一分一分地攒着。他的心中总是矗立着从前那幢使他气宇轩昂的房子。但生意很清淡。他不得不在很多时间里还去参加地里的劳动。他不再知道劳动的痛苦了。沉重的负荷，使他的右肩比左肩明显倾斜，一双手也变得十分粗糙。与我相比，他似乎一下子比我年长了六七岁。我们见面时，他总是很少说话，越来越像一个木讷的庄稼人。

我读高三时的那年开春，一连好几天下大雨，我们几个没处走动，很无聊，嘴就都变得很馋。那天傍晚，马水清说："后面大河边上肯定有渔船，我们买几条鱼回来煮着吃吧。"钱自然是他出，但我们几个都得陪着他一起去大河边。当时，大雨滂沱，天空下全是浓稠的雨烟。一来嘴馋，二来这连日的雨也憋坏了我们，很想寻求点刺激，就两人合用一把伞，缩着脖子跑进了雨地里，沿着宿舍后面的路，往大河边上去。

我和马水清合用他的一把红油纸伞。出门不久，他却突然独自一人撑了伞跑掉了，让我完全暴露在大雨里。我赶紧追他去，他就钻进了树林——通往大河边的路就在树林里。谢百三和姚三船合用一把黑布伞走在后面，见我被雨淋着就"咯咯"地笑。我于是很想从马水清手中夺过伞来，让他也被雨淋一淋。可正当我要追进林子去时，马水清却撑着雨伞一步一滑地跑回来了，并做着手势，让我们别发出声响来。

"有人解了木排，在偷木头！"马水清走过来，指了指大河边，小声地说。

我们几个便一下子被抓贼的快感袭住了全身，蹑手蹑脚地走过去。看到大河时，就都闪在了树丛里，往那边仔细看。

一个身穿黑塑料雨衣的人，扛着一根好几米长的木头，从大河边上过来了。他被那木头压弯了腰，但走得很快，几次差点滑倒。他把木头扔到了通向大河的一条小河边的芦苇丛里。那芦苇长得极高大茂密，一根木头扔进去，居然不露一丝痕迹。那人摸了一把脸上的雨水，又疯狂地往大河边上跑。估计他要过一会儿才能再次到芦苇丛这里，我们一见他远去了，就都去芦苇丛里看。那里已经藏了五六根一般长短、质量上等的木头了。我们又立即躲回到林子里。当那人又扛了一根木头走过来时，我们突然从林子里向他迎面跑去，将他截住了，并高喊："放下木头！"

那人没有放下木头，却用双手更紧地抱住它。

"放下木头，贼！"

那人的身体就索索直抖，不一会儿，木头从他肩上滑落下来，溅起一片泥水。

姚三船就大声地向四周喊叫起来："捉贼呀——"

不料那人"扑通"一下跪在了我们脚下的泥水里："林冰，是我……"他抬起头来望着我们。天欲晚未晚，我们在朦胧的天光里，看到了他的脸——赵一亮！

他咬着嘴唇，浑身抖个不止，喉咙里哽咽着。

大雨"哗哗"不停，他的头发被雨水冲到了额上，几乎遮住了双眼。绝望的目光在头发后面哆嗦着，含着让人心碎的哀求。

我哭了，赶紧拉他起来。但他不肯，坚决地跪在泥水里。

我、马水清、谢百三、姚三船都说："我们什么也没看见。我们不会对任何人说的。"四个人一起用力，才将他拉起来。然后，我们再也没有回头，匆匆往大河的东边走去。

六

第二天，依然下雨。借着这雨幕的掩护，附近的农民和过路的船只，哄抢了一个散了的木排。雨幕里，人影憧憧，急急如打家劫舍。那些木头，有的被扛到了麦地里，有的被扛到了某个人家屋后的树林里，有的被缚在船旁随船远去了……没有多长时间，一个木排就从大河上彻底消失了。

哄抢木排，情节严重，县公安局呼啦啦几乎连窝端到了油麻地镇。木头很快被收缴回大部分。但众人都拒绝承认他们的举动为“哄抢木排”：“那木头在河上到处漂着，有的都漂到了我家水码头上了，我捞上来，怎么能叫哄抢？”“我看到那木头漂到芦苇丛里就顺便将它扛回了家中。”……总而言之，他们没有抢木排，而是捞木头。他们中间还有人说：“不是我捞上来这几根，它们早顺流淌走了，你们大概连这几根还找不着呢！”那样子，仿佛要让公安局的头头出面，专门向他致谢才是。

事件重大，却没有任何理由处罚那些人，更无理由抓人。公安局的人挺恼火。到现场去检查的人报告，那捆木排的铁条，是用钳子掐断的，大概是在众人哄抢的头天黄昏至晚间所为，经过一夜的风浪，那木排就被冲散了。既然如此，公安局就把关在镇委会大院的几十个捞木头的人狠狠训斥了一通，然后将他们都放了，开始追查那个解木排的人。他们拿了小本子，四处查访，或把人叫到镇委会去盘问，不久，就从一个渔民那里获得一条线索：那天傍晚，有四个小伙子从停靠木排的那个方向过来，打了两把雨伞，一把为黑布伞，一把为红油纸伞，两人合用一把，看样子，像是学生。于是，就有五六个公安局的人来到了油麻地中学。排来排去的，就排到了我们四人头上。其实也不难排，因为油麻地中学就马水清有一把红油纸伞。公安局照例采取那个行之有效的老办法：突然单个盘查。

我被叫到了校长室。公安局的人问："四月四日下午五点钟左右，你去哪儿了？"我们几个早商量好了：不隐瞒那天去了大河边，但要咬定什么也没有看见。于是，我装着回忆的样子说："好像去大河边了。""就你一个人。""不，还有马水清、谢百三、姚三船。""下大雨去大河干什么？""想吃鱼，去买鱼。""你看见大河里有一个木排吗？"这一问，我心里就有点慌乱了，因为我们商量着"攻守同盟"时，并没有考虑到如何统一对待这一细节。公安局的人就用他们那种令人心里发虚的职业性目光看着我的眼睛。我立即说："看见木排了。"（事后，我们几个又碰到一起时，我才知道，谢百三在被盘问时，却一口咬定，他根本没有看见什么木排。）我被盘问了好几个小时，吃晚饭时，他们让人端来饭菜，让我就在校长室吃。吃完了，我不再是接受盘问，而是接受审问了。到了深夜，他们发火了："如果是你们几个干的，我们想，你们反正也不是偷木头，是胡闹了玩的，说出来，批评教育也就过去了。如果你们看见了是别人干的，不说，这就叫包庇坏人。但不管是哪一种情况，都得老实说出来，不说是万万不行的！"这天夜里，我没有能回宿舍（事后，我才知道，他们三个人也被关在不同的小屋里审问，也都未能回宿舍）。第二天，公安局的人让王儒安来对我做了很长时间的思想工作。但我还是那句话：我什么也没有看见。于是，我只能在校长室里继续待着（事后，我才知道，公安局的人从审问我们几个的当天晚上，就已从我们的回答中找到了许多互相矛盾的地方，从而判断出我们几个一定隐瞒了什么秘密）。

我们四人有两天两夜未能见面。第三天上午，公安局的人突然全部撤走了，我们仿佛成了被人吃完的空罐头筒，被弃置一旁，再也无人问津。我们就又走到了一起。

当天下午，就有消息从镇上传过来：赵一亮被逮捕了，现在被戴了手铐，关在镇委会武装部的屋子里。

我就赶忙往镇上跑。

武装部的窗前围满了人，正抢着往屋里看。我就拼命挤进去。也不知哪儿来的那么大力气，把前面的人全都推到了一边。我挤到了窗口：昏暗的墙角上，赵一亮脑袋低垂，弯腰坐着，双手相合，搁在膝上，手铐在昏暗中发着幽冷的亮光。我双手紧紧抓住窗条，将脑袋抵着，搁在两根铁条中间，眼泪便顺着鼻梁流淌下来。

第二天上午，公安局的小轮船来了。

油麻地镇的居民及镇外听到消息的人，都拥到街上，等着看公安局的人把赵一亮押上水边的小轮船。

许一龙在镇委会大门前歇斯底里地叫喊："放了赵一亮！放了他！不就扛了几根木头吗？我赔，我龙二爷赔，我龙二爷拆房子赔！"他嘴角上净是白沫，眼中泪光闪闪，"你们把他抓走，那两个老的也就活不成啦！"

很多人在落泪。

上午九点钟，公安局的人押着赵一亮从武装部的后门出去，穿过一条小巷，避开了围观的群众，把赵一亮押到了小轮船上，随即发动马达，将船开离河岸。这里，许一龙等人听到了消息，发疯一般跑向河边，沿着河岸追着那小轮船。大概是八蛋先朝小轮船扔了砖块，随即，河两岸就有很多人用泥块、砖块去砸。当小轮船即将出了河口而进入大河时，许一龙一下扑进水中。然而那小轮船不是一般的轮船，一加足马力，船屁股几乎埋进水中，船头一昂，快艇一样从水面上飞过，许一龙只赶上船尾翻起的漩涡。他挣扎着，呛了几口水，徒劳地在水中叫喊着："放了他！不就扛了几根木头吗？"

赵一亮就这样被带走了。一连几天，我总躺在床上，呆呆地望着他那把留给我的胡琴。我总不能将从前的赵一亮与他今天的结局联系起来。

我去镇上看他的父母时，只见他母亲拄着拐棍站在大河边上，目光茫然地望那大河，白发飘飘，嘴里喃喃自语，却总让我听不清她到底在说些什么。

不知为什么，打赵一亮被带走之后，我、马水清、谢百三，就与姚三船有点生疏起来了。四人在一起时，就不太想说话，即使说话，也显得不太自然。有时候，找些话说，可是越找话说就越没话说，索性就不说了。

隔了一个月，姚三船转学了，转到离他家十多里地的一所新建的高中。他走前，我们请他下了一次馆子，还是吃一大盘猪头肉。吃时，也是没有太多的话说。

晚上，他说："我明天就走了。我们同学五年多，让我最后为你们吹一次笛子吧！"

那个夜晚很安静。姚三船的笛子吹得极动情。从前吹笛子时，我们总嫌他牙齿漏风发出的噗噗声，但这天晚上，却觉得这噗噗声也很动听。吹了两曲，他不吹了，握着笛子，忽然哭起来。我们就都劝他："别这样。以后，我们还会见面的。"

一九九八年一月于北京大学燕北园

辑三

散文随笔

它孤独地立着，

徒有一树好好的果实。

从这里经过的人，

是不会有一个人来光顾它的。

它永不能听到人在吃了它的果实之后对它发出的赞美之词。

柿子树

出了井之頭的寓所往南走，便可走到东京女子大学。井之頭一带，没有高楼，只有两层小楼和平房，都带院子，很像农村。我总爱在这一带散步，而往东京女子大学去的这条小道，更是我所喜欢走的一条小道，因为小道两旁，没有一家商店，宁静的氛围中，只是一座座各不相同但却都很有情调的住宅。这些住宅令人百看不厌。

日本人家没有高高的院墙，只有象征性的矮墙。这样的矮墙只防君子，不防小偷。它们或用砖砌成，或用木板做成，或仅仅是长了一排女贞树。因此，院子里的情景，你可一目了然。这些院子里一般种着几棵果树，或橘子，或橙子……

去东京女子大学，要经过山本家。山本家的院子里长了一棵柿子树，已是一棵老树了，枝杈飞张开来，有几枝探出院外，横在小道的上空。

柿子树开花后不久，便结了小小的青果。这些青果经受着阳光雨露，在你不知不觉之中长大了，大得你再从枝下经过时，不得不注意它们了。我将伸出院外的枝上所结的柿子很仔细地数了一下，共二十八颗。

二十八颗柿子，二十八盏小灯笼。你只要从枝下走，总要看它们一眼。它们青得十分均匀，青得发黑，它们有其他果实所没有的光泽，让人有了玉的感觉。晚上从枝下走过时，不远处正巧有一盏路灯将光斜射下来，它们便隐隐约约地在枝叶里闪烁。愈是不清晰，你就愈想看到它们。此时，你就会觉得，它们像一只一只夜宿在枝头的青鸟。

秋天来了。柿子树这种植物很奇特，它们往往是不等果实成熟，就先黄了叶子。随着几阵秋风，你再从小道上走时，便看到了宿叶脱柯、萧萧下坠的秋景。那二十八颗柿子，便一天一天地裸露了出来。终于有一天，风吹下了最后一片枯叶，此时，你看到的只是一树赤裸裸的柿子。这些柿子因没有任何遮挡，在依旧还有些力量的秋阳之下，终于开始变色——灯笼开始一盏盏地亮了，先是轻轻地亮，接着一盏一盏地红红地亮起来。

此时，那横到路上的枝头上的柿子一下子就能数清了。从夏天到现在，它们居然不少一颗，还是二十八颗。

二十八盏小灯笼，装点着这条小道。

柿子终于成熟了。它们沉甸甸地坠着，将枝头坠弯了。二十八颗柿子，你只要伸一下手，几乎颗颗都能摸着。我想：从此以后，这二十八颗柿子，会一天一天地少下去的。因为，这条小道上，白天会走过许多学生，而到了深夜，还会有一个又一个夜归的人走过。而山本家既无看家的狗，也没有其他任何的防范。我甚至怀疑山本家，只是一个空宅。因为，我从他家门前走过无数次，就从未见到过他家有人。

柿子一颗一颗地丢掉，几乎是件很自然的事情。

这些灯笼，早晚会一盏一盏地被摘掉的，最后只剩下几根铁一样的黑枝。

然而，一个星期过去了，枝上依然是二十八颗柿子。

又过去了十天，枝上还是二十八颗柿子。

那天，我在枝下仰望着这些熟得亮闪闪的柿子，觉得这个世界有点不可思议。十多年前我家也有一棵柿子树——

这棵柿子树是我的一位高中同学给的，起初，母亲不同意种它，理由是：你看谁家种果树了？我说：为什么不种？母亲说：种了，一结果也被人偷摘了。我说：我偏种。母亲没法，只好同意我将这棵柿子树种在了院子里。

柿子树长得很快，只一年，就蹿得比我还高。

又过了一年。这一年春天，在还带有几分寒意的日子里，我们家的柿子树居然开出了几十朵花。它们娇嫩地在风中开放着，略带了几分羞涩，又带了几分胆怯。

每天早晨，我总要将这些花数一数，然后才去上学。

几阵风，几阵雨，将花吹打掉了十几朵。看到凋零在地上的柿子花，我心里期盼着幸存于枝头的那十几朵千万不要再凋零了。后来，天气一直平和得很，那十几朵花居然一朵未再凋零，在枝头上很漂亮地开放了好几天，直到它们结出了小小的青果。

从此，我就盼着柿子长大成熟。

这天，我放学回来，母亲站在门口说：“你先看看柿子树上少了柿子没有。”

我直奔柿子树，只看了一眼，就发现少掉了四颗——那些柿子，我几乎是天天看的，它们长在哪根枝上，有多大，各自是什么样子，我都是清清楚楚的。

“是谁摘的？”我问母亲。

“西头的天龙摘的。”

我骂了一句，扔下书包，就朝院门外跑，母亲一把拉住我：“你去哪儿？”

“揍他去！”

“他还小呢。”

“他还小？不也小学六年级了吗？”我使劲从母亲手中挣出，直奔天龙家。半路上，我看到了天龙，当时他正在欺负两个小女孩。我一把揪住他，并将他掼到田埂下。他翻转身，躺在那里望着：“你打人！”

“打人？我还要杀人哪！谁让你摘柿子的？”我跳下田埂，揪住他的衣领，将他拖起来，又猛地向后一推，他一屁股跌在地上，随即哇哇大哭起来。

“别再碰一下柿子！”我拍拍手回家了。

母亲老远迎出来：“你打人了？”

“打了。”我一歪头。

母亲顺手在我后脑勺上打了一巴掌。

过不一会儿，天龙被他母亲揪着找到我家门上来了：“是我们家天龙小，还是你们家文轩小？”

我冲出去：“小难道就该偷人家东西吗？”

“谁偷东西了？谁偷东西了？不就摘了你们家几颗青柿子吗？”

“这不叫偷叫什么？”

母亲赶紧从屋里出来，将我拽回屋里，然后又赶紧走到门口，向天龙的母亲赔不是，并对天龙说：“等柿子长大了，天龙再来摘。”

我站在门口：“屁！扔到粪坑里，也轮不到他摘！”

母亲回头用手指着：“再说一句，我把你嘴撕烂。”

天龙的母亲从天龙口袋里掏出那四只还很小的青柿子扔在地上，然后在天龙的屁股上连连打了几下：“你嘴怎么这样馋？你嘴怎么这样馋？”然后，抓住天龙的胳膊，将他拖走了，一路上，不住地说：“不就摘了几个青柿子吗？不就摘了几个青柿子吗？就像摘了人家的心似的！以后，不准你再进人家的门。你若再进人家的门，我就将你腿砸断！”

母亲回到屋里，对我说：“当初，我就让你不要种这柿子树，你偏不听。”

“种柿子树怎么啦？种柿子树也有罪吗？”

“你等着吧。不安稳的日子还在后头呢。”

后来，事情果然像母亲所说的那样，这棵柿子树，使我们家接连几次陷入了邻里的纠纷。最后，柿子树上，只留下了三颗成熟的柿子。望着这三颗残存的柿子，心里觉得很无趣。但它们毕竟还是给了我和家人一丝安慰：总算保住了三颗柿子。

我将这三颗柿子分别做了安排：一颗送给我的语文老师（我的作文好，是因为她给了我很大的帮助），一颗送给摆渡的乔老头（我每天总要让他摆渡上学），一颗留着全家人分吃（从柿子挂果到今天，全家人都在为这棵柿子树操心）。

三颗柿子挂在光秃秃的枝头上，十分耀眼。

母亲说："早点摘下吧。"

"不，还是让它们在树上再挂几天吧，挂在树上好看。"我说。

瘦瘦的一棵柿子树上，挂了三颗在阳光下变成半透明的柿子，成了我家小院一景。因为这一景，我家本很贫乏的院子，就有了一份情调，一份温馨，一份无言的乐趣。就觉得只有我们家的院子才有看头。这里人家的院子里，都没有长什么果树。之所以有那么个院子，仅仅是用来放酱油缸、堆放碎砖烂瓦或堆放用作烧柴的树根的。有人来时，那三颗柿子，总要使他们在抬头一瞥时，眼里立即放出光芒来。

几只喜鹊总想来啄那三颗柿子。几个妹妹就轮流着坐在门槛上吓唬它们。

这天夜里，我被人推醒了，睁眼一看，隐约觉得是母亲。她轻声说："院里好像有动静。"

我翻身下床，只穿了一条裤衩，赤着上身，哗啦抽掉门闩，夺门而出，只见一个人影一跃，从院里爬上墙头，我哆嗦着发一声喊："抓小偷！"那人影便滑落到院墙那边去了。

我打开院门追出来，就见朦胧的月光下有个人影斜穿过庄稼地，消失于夜色之中。

我回到院子里，看到那棵柿子树已一果不存，干巴巴地站在苍白的月光下。

"看见是谁了吗？"母亲问。

我告诉母亲有点像谁。

她摇摇头："他人挺老实的。"

“可我看像他，很像他。”我仔细地回忆着那个人影的高度、胖瘦及跑动的样子，竟向母亲一口咬定：“就是他。”

母亲及家里的所有人，都站在凉丝丝的夜风里，望着那棵默然无语的柿子树。

我忽然冲出院门外，大声叫骂起来。夜深人静，声音显得异常宏大而深远。

母亲将我拽回家中。

第二天，那人不知从哪儿听说我们怀疑是他偷了那三颗柿子，闹到了我家。他的样子很凶，全然没有一点“老实”的样子。母亲连连说：“我们没有说你偷，我们没有说你偷……”

那人看了我一眼，往地上吐了一口唾沫：“不就三颗柿子嘛！”

母亲再三说“我们没有说你偷”，他才骂骂咧咧地走去。

我朝柿子树狠狠踹了几脚。

母亲说：“我当初就说，不要种这柿子树。”

晚上，月色凄清。我用斧头将这棵柿子树砍倒了。从此，又将我们家的院子变成了与别人家一样单调而平庸的院子。……

面对山本先生家的柿子树，我对这个国度的民风，一面在心中深表敬意，一面深感疑惑：世界上竟能有这样纯净的民风？

那天，中由美子女士陪同我去拜访前川康男先生。在前川先生的书房里，我说起了柿子树，并将我对日本民风的赞赏，告诉了前川先生。然而，我没有想到前川先生听罢之后，竟叹息了一声，然后说出一番话来，这番话一下子颠覆了我的印象，使我陷入了对整个世界的茫然与困惑。

前川先生说：“我倒希望有人来摘这些柿子呢。”

我不免惊讶。

前川先生将双手平放在双膝上：“许多年前，我家的院子里也长了一棵柿子树。柿子成熟时，有许多上学的孩子从这里路过，他们就会进来摘柿子，我一边帮他们摘，一边说，摘吧摘吧，多吃几颗。看着他们吃得满嘴是柿子汁，我们全家人都很高兴。孩子们吃完柿子上学去了，我们就会站到院门口说，放了学再来吃。可是现在，这温馨的时光已永远地逝去了。你说得对，那挂在枝头上的柿子，是不会有人偷摘一颗的，但面对这样的情景，你不觉得人太谦谦君子，太相敬如宾，太隔膜，太清冷了吗？那一树的柿子，竟没有一个人来摘，不也太无趣了吗？那柿子树不也太寂寞了吗？”

回来的路上，我一直在心中回味着前川先生的话。他使我忽然面对着价值选择的两难困境，不知如何是好了。

我又见到了山本家的柿子树。我突然地感到那一树的柿子美丽得有些苍凉。它孤独地立着，徒有一树好好的果实。从这里经过的人，是不会有一个人来光顾它的。它永不能听到人在吃了它的果实之后对它发出的赞美之词。我甚至想到山本先生及山本先生的家人，也是很无趣的。

我绝不能接受我家那棵柿子树的遭遇，但我对本以欣赏之心看待的山本家的柿子树的处境，也在心底深处长出悲哀之情。

秋深了，山本家柿子树上的柿子，在等待中终于再也坚持不住了，只要有一阵风吹来，就会从枝上脱落下三两颗，直跌在地上。那柿子实在是熟透了，跌在地上，顿作糊状，像一摊摊废弃了的颜色。

还不等它们一颗颗落尽，我便不再走这条小道。

也就是在这个季节里，我在我的长篇小说《红瓦》中感慨良多、充满纯情与诗意地又写了柿子树——又一棵柿子树。我必须站在我家的柿子树与山本家的柿子树中间写好这棵柿子树：

在柿子成熟的季节里，那位孩子的母亲，总是戴一块杏黄色的头巾，挎着白柳篮子走在村巷里。那篮子里装满了柿子，她一家一家地送着。其间有人会说："我们直接到柿子树下去吃便是了。"她说："柿子树下归柿子树下吃。但柿子树下又能吃下几颗？"她挎着柳篮，在村巷里走着，与人说笑着，杏黄色的头巾，在秋风里优美地飘动着……（注：此段在《红瓦》正式发表时有所改动）

一九九七年五月二十日于北京大学燕北园

关于名字的随想

人都想有一个好名字。即便是乡下人生下一个孩子，也不都是随意给一个名字的。尽管有阿毛、阿狗之类的小名，但大名叫什么，还是很认真的。比如我的表兄，小名叫陈扣子，但大名却叫陈高远。再比如说我自己，小名很怪异，但大名却很方正并带了些古典气。在名字问题上，谁也不想草率。因此，一个地方上的最有学识的人，就会不断地被人讨教，给起一个名字。讨教时，往往还会送些礼物，或十几只鸡蛋，或是新摘下的瓜，大方一些，也有抱来一只老母鸡的。我父亲是地方上的小学校长，自然就被看成了最有见识的人。这地方上的许多人名都是父亲起的。我父亲起的人名不俗，绝无“有财”“金贵”“得福”之类。一些名字，至今听来，也还是觉得不错：文望、汝舟、善根、少蓬……仅仅觉得，有些人不太配得上那些好名字，有点可惜。

对于我自己的名字，十八岁之前，我就没有注意过它，觉得它仅仅是我的一个代号。但后来开始写东西了，就注意了起来。倒也不觉得这名字不好，但不知何故，心底深处常有拟一个笔名将它取而代之的念头。深究下去，感觉就明确起来：我这个名字过于方正，且又与我躁动的性格不符。单说“文轩”两字，方正之感似还不十分强烈。那天，陈建功告诉我，他住处的对面新开了一家格调颇雅的酒店就叫“文轩”，开玩笑说让我告他们侵权。可见这名字还是很被人看得上的。问题就出在它与我的姓的搭配上，是我的姓牵连了它。“曹”这个字，大概要说是汉字里头最死板、最无神采的一个字了。它既没优雅的一撇，也无风流的一捺，又没有画龙点睛一般神奇的一点，只是由纯粹的横与竖搭配而成，且那横那竖又是那么的多，从字面上看，这个字就显得僵直而古板。“田”字也是由横和竖组成，但它因为笔画疏朗，且又是个象形字，让人联想到白水青苗、稻麦，便没有僵直与古板了。碰上“曹”这样一个姓，就得有个好名字能冲淡它一下、补救它一下。弄好了，反倒能相映成辉，相映成趣。如曹操，如曹禺。我觉得曹禺这个名字实在是好，一个“禺”字，与一个“曹”字搭配在一块，光从字面上看，就很和谐，那“禺”字做名，也很绝。总而言之，我对我的名字有遗憾，总想新造个笔名。但无奈屡造屡觉还不如我现在的名字好，就一直还将它姑且用着。

我的名字当然是父亲所赐。我有时不免因这样一个“老气横秋”的名字，在心中对父亲抱了小小的埋怨。然而，等我有了儿子，轮到我来给儿子取名时，我就忽然觉得，父亲能给我想出这样一个名字来，已相当不易了。我曾给儿子想了无数个名字，都逐一否决掉了。后来，实在想不出了，就去翻全唐诗，看那里头能不能给我一个名字。一日，翻到第十六册卷五三九，见到了李商隐的《霜月》，读第一句时，目光就停住不走了：初闻征雁已无蝉。这里头，“征雁”二字很合我心意。儿子生在秋天，其时，蝉语已息，而天空正大雁南飞，我的根又在南方。其“征雁”中的“征”也颇有气概。于是，“征雁”二字便成了我儿子的名字。我为这个有点出处的名字很得意了一阵。但后来发现这名字也有不尽如人意之处。去医院给儿子看病，你若不强调“雁”为“大雁”的“雁”，医药发票上十有八九为“燕子”的“燕”。一次，孩子生了稍大一些的病，手头便积了一堆医药发票，拿到北大来报销，人家以互助医疗证上的名字为准，将凡写“曹征燕”的发票一张张刷下不肯报销，最后，写着“曹征雁”的只剩下三两张。最让人头疼的是，有人问我孩子叫什么名字，我作了回答之后，对方会说：“哦，燕子，是个小姑娘。”这就使得我家的那个“小伙子”常不高兴。儿子的命名使我深知，得一圆满的名字，真是件不易之事。如此一想，我倒心里感激起父亲来：他竟然能给我这样一个名字。

人为什么如此在意名字？名字不就是人的一个符号吗？通常来说，大概也就是这样：人是人，符号是符号，风马牛不相及。但，事情似乎又并非这样简单：符号本身也参与了人的形象塑造；符号也能为人创造价值。一句话，符号本身也是内容。

首先来说，符号常常会影响一个人日后的身份。虽然一些好名字，未必都能使这个人日后在身份上与之相配，但反过来说，一个不好的名字，却总要妨碍他日后的气候的。一个叫“吴阿狗”的人，大概很难当上局长，更难当上部长。开大会，主持人介绍“这是吴阿狗局长”或“吴阿狗部长”，台下便会哗然。即便是这位吴阿狗实际上绝对有当局长或当部长的才能，人们也很难做到将这样的名字与局长、部长之类联系起来考虑。如果这个吴阿狗是个作家，即使他写出再辉煌的作品，即使他再有多么了不起的文艺思想，我们也很难将他当一面旗帜。“高举吴阿狗文艺思想的旗帜”——感觉不对。“吴阿狗”这个名字很毁人，甚至能把人逼到完全符合“吴阿狗”这一称呼的道上去，去做吴阿狗应做的事，如卖肉，如开一家小酒馆，如做一名掮客。这个吴阿狗注定了不能成为伟人。他一辈子吃亏就可能吃亏在这个名字上。

在人们的意识中，恰恰是将符号与人等同起来看的。符号不仅与人的身份相符，还与人的性格、气质相符。若不然，一个作家在写作品时，为什么要绞尽脑汁地去想那些人名呢？几乎所有作家都感觉到了，一个恰到好处的名字，在完成人物刻画、意境营造诸方面乃至整个作品的圆满完成上，皆有着不可小觑的奇妙作用。一部《红楼梦》，那里头的金陵十二钗、等级不一的数不清的丫鬟们的名字，岂止是反映了曹雪芹的文化趣味？若无这些名字在其中闪烁，大概这部辉煌巨著也是不存在的。曹雪芹在人名上所费的心机，我们已无法揣测，也许在他来说，并不太费事，但有一点是可断定的：这上上下下、形形色色的人等，其名字，一一都是有讲究的。凡搞创作的人，大概都有这种为人物命名的苦恼——是一种大苦恼。情况常常是这样：觉得那个人物找不到一个恰当的名字。当然，情况也会常常是这样：一个恰当的名字，使你忽然对你的人物的成功有了信心。在为人物命名上的经常性的捉襟见肘，迫使人平时不得不注意积累一些名字。就我而言，这种“无名”的苦恼，使我颇有点变态地搜罗名字。看到学生名单，我得溜一遍。看到居委会贴出来的可生育的妇女名单，我也得溜一遍。甚至在看到枪毙人的布告时，我也心不由己地要注意一下，看哪个名字可日后在我的作品中派上用场。天长日久，我还慢慢地摸索出一条规律：什么样的名字可从什么样的渠道获得。现如今，我已有了一个不小的名字库，一般情况之下，总能从中找到几个符合人物的名字，仿佛那些名字是为那些人物专门准备下的。

人们之所以在意识中将符号与人等同起来看，我以为是源自于人们的一个原初记忆：符号与对象是对应关系。暂且抛开人名不说，就一般意义上讲，最初，所有的符号都不是一个虚空的符号——符号之下必有对象。如“山”这一符号，它被产生出来，那是因为实存里确实有山。但人们没有想到，这符号日益多了起来，且有一种情况经常性地发生：对象呜呼哀哉，不复存在，但符号还活生生地存于世间。这些符号飘移开去，凑在一起，组成一个并不依附于对象的独立王国，并且还自行繁衍，日益膨胀壮大。然而，死心眼的人却只记着：符号是依赖对象而存在的。这点记忆，使人在面对人名与人时，就产生了一个心理效应：那人名就是那个人。既想不到盛名之下，其实难副，也想不到庸名之下可有雅士。因此，怎么看，也不能从心里承认吴阿狗能当局长或部长。

写《老残游记》的刘鹗老儿，似乎看出了人的这点很没有道理的意识，作品中就有了这样一个细节：老残收了一个叫“翠环”的妓女，他觉得这名字太俗，且也不便再叫了，遂替她颠倒了一下，唤作“环翠”，便觉得雅多了。作品里头的老残，名字与号，也都是有讲究的。这“老残”二字，很让人有世纪末、落拓不羁、玩世不恭、名士风度的感觉，颇有味道。若换另样的一个，这作品大概就要丢失许多东西。

从外部来看，一个人的名字可能会影响到别人对他的印象。若从内部来看，一个人的名字，对他是否也确实有规定或诱发之类的作用呢？我倒不相信一个人叫“理财”，他日后就真的会算计金钱，一个人叫“文采”，他日后就真的会写一手好文章。但我却坚定不移地相信一点：命名本身确实是具有力量的。一个文质彬彬的名字，千人唤万人叫，天长地久，他且又得了点文化熏陶，也许他就真的顺着那个名字去书写自己了。同样，一个雄风浩荡的名字，千人唤万人叫，天长日久，他且得了历史的机遇或得了武运，也许他就真成了个风云人物或是一个能率领千军万马的将帅。我就不相信，一个从小就被“虎子虎子”地叫着的人，那个名字对给他增添一些虎气就不起一丝一毫的作用。

相对于普通人而言，这个世界上最在意名字的人莫过于写文章的人了。写文章的人有个好名字，大概比任何一个人都重要。写文章的意图自然有十分高尚的方面：为民族、为人类、为进步、为文明……但想出名这一点，大概也是否认不了的。其实想出名也并不是不高尚的动机。若想出名，你的那个名字最起码要做到一点：让人容易记住——一听就能记住。当然容易记住的，未必就是个好名字。日本东京，一位父亲为了使他儿子的名字成为一个令人永不能忘的名字，竟为他命名为“恶魔”。地方注册局（大概相当于我们上户口的地方）最初是同意这个名字注册的，但司法部否决了，理由是这个孩子会因为这个名字而被人戏弄与歧视，这将影响这个孩子的身心健康。这孩子的父亲不服，于是上诉到法院。我就觉得，这个父亲想儿子出名有点想疯了。我们有些写文章的人，那名字虽不像这位父亲起得那么吓人，但也不是好名字。“六必居”“肥肥安”之类的名字，尽管让人容易记住，但那名字就注定了你永不会被人看成是个大文学家——即使实际上你的文章写得并不坏。既要让人容易记住，又必须是个好名字，这实在不易。但你却必须有。我一直觉得中国现代文学史上的一批作家，差不多都有一个好名字（当然，其中有些名字并不是他们后来起的，而是小时就有的）：鲁迅、郭沫若、茅盾、巴金、老舍、曹禺、闻一多、冰心、徐志摩、林语堂、丰子恺、郁达夫……张爱玲不喜欢她的名字，在《必也正名乎》一文中，称“张爱玲”为“恶俗不堪”。她倒也没有放弃，后来一直用了下来。其实这个名字虽然有点俗，但并非“恶俗”，读起来很容易，很明亮，并有一种温馨感，仍然还是个好名字。当代作家里头也有不少好名字：铁凝、池莉（这个名字中的“莉”本也是个俗字，但与“池”搭配，就有了另一番味道）、贾平凹、舒婷……有些作家并不避讳承认一个好名字给他带来了好文运。莫言从前以“管谟业”的真名涉足文坛，东奔西突，似乎也不见反响。这“管谟业”三个字太涩，且又拗口不响，即使让你默读十遍，你大概也会转身即忘。但“莫言”两字一出，你想忘也难忘了。还有苏童。我记得他以这个名字发表《妻妾成群》时，作家班的方立平来告诉我说：“《收获》上发了一部中篇，叫《妻妾成群》。”我问作者是谁，他说：“苏童”。“苏童？”我当时对这个名字有说不清楚的一番好感，只觉得这名字字面上好看，音色也亮，似乎还有一番很富诗意的境界，并莫名其妙地觉得那个我根本还未读的《妻妾成群》一定是部很有味道的作品。后来读到苏童的一篇随笔，发现他自己竟是那样地感激这个新取的名字：有了它之后，他名声大振，甚至连以前所积压的退稿都一篇篇重见天日。他认定是这个名字决定了他的命运。

这篇文章是对名字的随想，随想就不免随意，随意也就不免会极而言之，甚至夸大其词。

一九九七年五月三日于北京大学燕北园

“细瘦的洋烛”及其他——读鲁迅

[细瘦的洋烛]

在《高老夫子》中，鲁迅写道：“不多久，每一个桌角上都点起一枝细瘦的洋烛来，他们四人便入座了。”

描写洋烛的颜色，这不新鲜；描写洋烛的亮光，这也不新鲜。新鲜的是描写洋烛的样子：细瘦的。这是一个很有耐心的人的观察。鲁迅小说被人谈得最多的当然是它的思想意义，而鲁迅作为一个作家所特有的艺术品质，一般是不太被人关注的。这是一个缺憾，这个缺憾是我们在潜意识中只将鲁迅看成是一个思想家所导致的。我们很少想起：鲁迅若不是以他炉火纯青的艺术向我们展示了他的文字，我们还可能如此亲近他吗？

作为作家，鲁迅几乎具有一个作家应具有的所有品质。而其中，他的那份耐心是最为出色的。

他的目光横扫着一切，并极具穿透力。对于整体性的存在，鲁迅有超出常人的概括能力。鲁迅小说视野之开阔，在现代文学史上无一人能望其项背，这一点早成定论。但鲁迅的目光绝非仅仅只知横扫。我们必须注意到横扫间隙中或横扫之后的凝眸，即将目光高度聚焦，察究细部。此时此刻，鲁迅完全失去了一个思想家的焦灼、冲动与惶惶不安，而是显得耐心备至、沉着备至、冷静备至。他的目光细读着一个个小小的点或局部，看出了匆匆目光不能看到的情状及意味。这种时刻，他的目光会锋利地将猎物死死咬住，绝不轻易松口，直到读尽那个细部。因有了这种目光，我们才读到了这样的文字：

四铭尽量的睁大了细眼睛瞪着看得她要哭，这才收回眼光，伸筷自去夹那早先看中了的一个菜心去。可是菜心已经不见了，他左右一瞥，就发现学程（他儿子）刚刚夹着塞进他张得很大的嘴里去，他于是只好无聊的吃了一筷黄菜叶。（《肥皂》）

马路上就很清闲，有几只狗伸出了舌头喘气；胖大汉就在槐阴下看那很快地一起一落的狗肚皮。（《示众》）

他刚要跨进大门，低头看看挂在腰间的满壶的簇新的箭和网里的三匹乌老鸦和一匹射碎了的小麻雀。（《奔月》）

鲁迅在好几篇作品中都写到了人的汗。他将其中的一种汗称为“油汗”。这“油汗”二字来之不易，是一个耐心观察的结果。这些描写来自于目光的凝视，而有一些描写则来自于心灵的精细想象：

……一枝箭忽地向他飞来。

羿并不勒住马，任它跑着，一面却也拈弓搭箭，只一发，只听得铮的一声，箭尖正触着箭尖，在空中发出几点火花，两枝箭便向上挤成一个“人”字，又翻身落在地上了。（《奔月》）

小说企图显示整体，然而，仿佛存在又仿佛无形的整体是难以被言说的。我们在说《故乡》或《非攻》时，能说得出它的整体吗？当你试图进行描述时，只能一点一点地说出，而此时，你会有一种深切的感受：一部优秀的小说的那一点一滴，都是十分讲究的。那一点一滴都显得非同一般、绝妙无比时，那个所谓的整体才会活生生地得以显示，也才会显得非同寻常。这里的一点一滴又并非是仓库里的简单堆积，它们之间的关系、互相照应等，也是有无穷讲究的。在它们的背后有一个共同的基本原则、基本美学设定和一个基本目的。它们被有机地统一起来，犹如一树藏于绿叶间的果子——它们各自皆令人赏心悦目，但它们又同属于同一棵树——一树的果子，或长了一树果子的树，我们既可以有细部的欣赏，也可以有整体的欣赏。但这整体的欣赏，不管怎么样，都离不开细部的欣赏。

就人的记忆而言，他所能记住的只能是细部。当我们在说孔乙己时，我们的头脑一片空白，我们若要使孔乙己这个形象鲜活起来，我们必须借助于那些细节：“窃书不能算偷……窃书！……读书人的事，能算偷么？”孔乙己伸开五指将装有茴香豆的碟子罩住，对那些要讨豆吃的孩子说：“不多不多！多乎哉？不多也。”……人的性格、精神，就是出自于这一个一个的细节，那些美妙的思想与境界，也是出自于这一个一个细节。

鲁迅小说的妙处之一，就在于我们阅读了他的那些作品之后，都能说出一两个、三四个细节来。这些细节将形象雕刻在我们的记忆里。

在小说创作中，大与小之关系，永远是一个作家所面对的课题。大包含了小，又出自于小，大大于小，又小于小……若将这里的文章做好，并非易事。

[屁塞]

何为屁塞？

《离婚》注6作解：人死后常用小型的玉、石等塞在死者的口、耳、鼻、肛门等处，据说可以保持尸体长久不烂，塞在肛门的叫“屁塞”。

《离婚》中，地方权威人士七大人手中总拿“一条烂石”，并不时地在自己的鼻旁擦拭几下。那劳什子就是“死人大殓的时候塞在屁股眼里的”屁塞。只可惜七大人手中所拿的屁塞刚出土不久，乃是“新坑”。这屁塞是七大人的一个道具，一个符号，它是与七大人的形象联系在一起的，没有这一屁塞，七大人也就不是七大人，其情形犹如某位政界名人手中的烟斗或是衔在嘴角的一支粗硕的雪茄。不同的只是，后者之符号、之装饰，是对那个形象的美化——因有那支烟斗和雪茄，从而使他们变得风度翩翩、光彩照人，并显出一番独特的个人魅力，而屁塞在手，则是对那个形象的丑化。

丑化——这是鲁迅小说的笔法之一。

除子君等少数几个形象鲁迅用了审美的意识（子君之美也还是病态之美：带着笑涡的苍白圆脸、苍白的瘦的臂膊，配有条纹的衫子、玄色的裙），一般情况之下，鲁迅少有审美之心态。与爱写山清水秀、纯情少女与朴质生活的沈从文、废名相比，鲁迅笔下少有纯净的人物和充满诗情画意的场景。这也许不是丑化，生活原本如此。秃子、癞子、肥胖如汤圆的男子或是瘦高如圆规的女人……鲁迅笔下有不少丑人。在鲁迅的笔下，是绝对走不出翠翠（《边城》）、萧萧（《萧萧》）、细竹（《桥》）这样的形象来的，他的笔下甚至都出不了这些漂亮而水灵的人名。这里也没有太多漂亮或壮丽的事情，大多为一些庸碌、无趣，甚至显得有点恶俗的事情。虽有闰土（“深蓝的天空中挂着一轮金黄的圆月，下面是海边的沙地，都种着一望无际的碧绿的西瓜，其间有一个十一二岁的少年，项戴银圈，手捏一柄钢叉，向一匹猹尽力的刺去，那猹却将身一扭，反从他的胯下逃走了”），但到底难保这份“月下持叉”的图画，岁月流转，那英俊少年闰土的“紫色的圆脸，已经变作灰黄，而且加上了很深的皱纹”，并且由活泼转变为木讷与迟钝。

除《社戏》几篇外，鲁迅的大部分小说是不以追求意境为目的的。中国古代的“意境”之说，只存在于沈从文、废名及郁达夫的一些作品中，而未被鲁迅广泛接纳。不是鲁迅没有领会“意境”之神髓，只是因为他觉得这一美学思想与他胸中的念头、他的切身感受冲突太甚，若顺了意境，他就无法揭露这个他认为应该被揭露的社会之阴暗、人性之卑下、存在之丑恶。若沉湎于意境，他会感到有点虚弱，心中难得痛快。

他似乎更倾向于文学的认识价值——为了这份认识价值，他宁愿冷淡甚至放弃美学价值。当然放弃美学价值，不等于放弃艺术。我们这里所说的“美学价值”是从狭义上说的，大约等同于“美感”，而与“艺术”并不同义。

从文学史来看，两者兼而有之，相当困难，因为它们似乎是对立的。沈从文、蒲宁在创造了意境时，确实丢失了鲁迅、陀思妥耶夫斯基的锐利、深切、苍郁与沉重，而鲁迅、陀思妥耶夫斯基在获得这一切时，又确实使我们再也无法享受意境所给予我们的陶醉。后来的现代派为什么将笔墨全都倾注于不雅之物以至于使人“恶心”，也正在于它是以追求认识价值为唯一目的。美似乎与深度相悖、相克，是无法统一的，尽管事实并不尽然，但人们感觉上认可了这一点。当下的中国作家虽然并未从理性上看出这一点，但他们已本能地觉察出这其中的奥妙，因此，在“深刻”二字为主要取向的当下，他们不得不将所有可能产生诗情画意的境界一律加以清除，而将目光停留在丑陋的物象之上。鲁迅与他们的区别是，鲁迅是有度的，而他们是无度的。鲁迅的笔下是丑，而他们的笔下是脏。丑不等于脏，这一点不用多说。

鲁迅也许还是从现实中看出了一些诗情画意，这从他的一些散文及小说中的一些描写上可以看出，但像他这样一个思想家，这样一个要与他所在的社会决裂、与他所在的文化环境对峙的“战士”，会不得不舍弃这些，而将人们的目光引向存在着的丑陋，为了加深人们的印象，他甚至要对丑陋程度不够的物象加以丑化。这大概就是鲁迅的小说中为什么有那么多秃头和癞头疮的潜在原因。

[乌鸦肉的炸酱面]

羿，传说中古代的善射英雄；嫦娥，美女，盗用丈夫不死之药而奔月，成为广袖舒飘、裙带如云的月精。但鲁迅却不顾人们心中的习惯印象，一下将他俩放入了世俗化生活图景中：天色已晚，“暮霭笼罩了大宅”，打猎的羿才疲惫而归，今日运气依然不佳，还是只打了只乌鸦，嫦娥全无美人的举止与心态，嘴中咕哝不已：“又是乌鸦的炸酱面，又是乌鸦的炸酱面！”炸酱，北方的一种平民化的调料；炸酱面，北方的一种平民化的食品。这类食品一旦放到餐桌上，立即注定我们再也无法与贵族生活相遇，也再难高雅。而且糟糕的是，还是乌鸦肉的炸酱面——不是草莓冰激凌，不是奶油蛋糕，不是普鲁斯特笔下精美的“小马特莱娜”点心，而是乌鸦肉的炸酱面！当看到“乌鸦肉的炸酱面”这样的字眼及这几个字的声音仿佛响起，再以及我们仿佛看到了这样的食品并闻到了乌鸦肉的炸酱面的气味（尽管我们谁也没有吃过乌鸦肉的炸酱面）时，羿和嫦娥就永远也不可能再是英雄与美人了。

我们发现了一个不可思议的现象：英雄、美人竟与食品有关。夏多布里昂笔下的美人阿达拉及文学作品中的其他全部的美人（自然包括林黛玉），是不可能让她们吃炸酱面的，尤其不能吃乌鸦炸酱面或乌鸦炸酱面之类的食品。这些人必须饮用琼浆玉液，若无处觅得琼浆玉液，文学作品就得巧妙回避，不谈吃喝。红楼四大家族中的美人们，倒是经常要吃的，但吃的都非寻常百姓家的食品，红楼食谱，早已是学者与烹调专家们研究的对象。我们无法设想林黛玉去吃乌鸦肉的炸酱面，尽管这一点是毫无道理的——实际生活中的林黛玉兴许就喜欢吃呢，但你就是不能从生活出发。其实，人们不仅如此看待文学作品中的人物，即便是生活中的人，你一旦将谁视为英雄与美人时，也会在潜意识里忽略他们的吃喝拉撒之类的生活行为。记得小时读书，父亲的学校来了一位漂亮的女教师，围一条白围巾，并且会吹笛子，皮肤是城里人的皮肤，头发很黑，眼睛细长，嘴角总有一丝微笑，爱羞涩，是我儿时心目中的美人，也是我们全体孩子——男孩子、女孩子心目中的美人。但有一天，当我们早晨正在课堂里早读时，一个女孩跑进教室，神秘而失望地小声告诉大家：姜老师也上厕所，我看见了！从此，我们就不觉她美了——至少大打折扣。人会在心目中纯化一个形象，就像他会在心目中丑化一个人物形象一样。前者是省略，后者是增加。前者是将形象与俗众分离，是一种提高式的分离；后者也是将形象与俗众分离，但却是一种打压式的分离。人们看文学作品中的英雄与美人，比看生活中的英雄与美人更愿意纯化。文学家深谙此道，因此一写到英雄与美人，往往都要避开那些俗人的日常行为和生物性行为。沈从文永远也不会写翠翠上厕所。其实，你可以设想：生活在乡野、生活在大河边的翠翠，很可能是要随地大小便的——该掌嘴，因为你玷污了、毁掉了一个优美的形象。我们如此恶作剧，只是提示一个事实：文学中的高雅、雅致、高贵，是以牺牲（必须牺牲）粗鄙一面为代价的。

理论道：源于生活，高于生活。

然而，鲁迅可以完全不忌讳这一切，因为鲁迅心中无美人，也无英雄。非但如此，鲁迅还要将那些已经在人们心目中定型的英雄与美人还原到庸常的生活情景中。

俗化——又是鲁迅的笔法之一。

收在《呐喊》与《彷徨》中的作品自不必说，那些人物，大多本就是世俗中人，本就没有什么好忌讳的。而《故事新编》中的全部故事，几乎涉及的都是传说中或古代的英雄、大哲、圣人与美人。流传几千年，这些人物高大如山，都是我们必须仰视的。而鲁迅大概是开天辟地第一遭，给他们撤掉了高高的台阶，使他们纷纷坠落到尘世中，坠落到芸芸众生中。他们仿佛来自一个驴喊马叫的村庄，来自一个空气浑浊、散发着烟草味的荒野客栈，一个个灰头土脸，一个个都遮不住地露出一副迂腐与寒酸之相。这里没有崇敬，更无崇拜，只有嘲弄与嬉笑，他们与当代作家笔下的一个叫王老五的人或一个叫李有才的人别无两样，是俗人，而非哲人、圣人、美人。

禹的妻子（鲁迅戏称禹太太）竟大骂我们心中的禹："这杀千刀的！奔什么丧，走过自家的门口，看也不进来看一下，就奔你的丧！做官做官，做官有什么好处，仔细像你的老子，做到充军，还掉到池子里变大忘八！这没良心的杀千刀！……"（《理水》）

那位"三过家门而不入"的伟大的禹呢？

周武王伐纣，伯夷、叔齐兄弟愤愤然："老子死了不葬，倒来动兵，说得上'孝'吗？臣子想要杀主子，说得上'仁'吗？……"不愿再做周朝食客，"一径走出善老堂的大门"，直往首阳山而去，然而这里却无茯苓，亦无苍术可供兄弟二人食用，饥不择食，采松针研面而食，结果呕吐不止，其状惨不忍睹。后终于发现山中有"薇菜"可食，并渐渐摸索出若干薇菜的做法：薇汤、薇羹、薇酱、清炖薇、原汤焖薇芽、生晒嫩薇叶……烤薇菜时，伯夷以大哥自居，还比兄弟"多吃了两撮"。（《采薇》）

"不食周粟"的义士呢？

墨子告别家人，带上窝窝头，穿过宋国，一路风尘来到楚国的郢城，此时"旧衣破裳，布包着的两只脚，真好像一个老牌的乞丐了"。找到了设计云梯、欲怂恿楚王攻打宋国的公输般，颇费心机地展开了他的话题。"北方有人侮辱了我，"墨子很沉静地说，"想托你去杀掉他……"公输般不高兴了。墨子又接着说："我送你十块钱！"这一句话，使主人真的忍不住发怒了，沉着脸，冷冷地回答道："我是义不杀人的！"墨子说："那你为什么要去无缘无故地攻打宋国呢？"公输般终于被说服了，还将墨子介绍给楚王。去见楚王前，公输般取了衣服让墨子换上，墨子还死要面子："我其实也并非爱穿破衣服的……只因为实在没有工夫换……"还是换上了，但太短，显得像"高脚鹭鸶似的"。墨子最终如愿以偿，以他的"非攻"思想劝阻了楚攻打宋的念头，踏上了归国之途，然而经过宋国时，却被执矛的巡逻兵赶到雨地里，"淋了一身湿，从此鼻子塞了十多天"。(《非攻》)

这便是创造了墨家学说而被后人顶礼膜拜的墨子。

而那位漆园的庄周、梦蝶的庄周又如何？

路过一坟场，欲在水溜中喝水，被鬼魂所缠，幸亏记得一套呼风唤雨的口诀，便念念有词："天地玄黄，宇宙洪荒。日月盈昃，辰宿列张，赵钱孙李，周吴郑王。冯秦褚卫，姜沈韩杨。太上老君急急如律令！敕！敕！敕！"司命大神飘然而至，鬼魂不得不四处逃散，但司命见了庄周也老大不高兴："庄周，你找我，又要闹什么玩意儿？喝够了水，不安分起来了吗？"庄周与司命谈起生死：生就是死，死就是生……又是庄周梦蝶，是庄周做梦成蝶还是蝶做梦成庄周那一套。司命不耐烦，决心戏弄庄周一番，马鞭朝草蓬中一点，一颗骷髅变成一个汉子跑了出来，而司命搁下庄周一人，自己隐去了。那汉子赤条条一丝不挂，见庄周竟一口咬定庄周偷了他的包裹和伞，无论庄周怎么辩解，汉子就是不依，庄周说：“慢慢的，慢的，我的衣服旧了，很脆，拉不得。你且听我说几句：你先不要专想衣服罢，衣服是可有可无的，也许是有衣服对，也许是没有衣服对。鸟有羽，兽有毛，然而王瓜茄子赤条条。……”云云，不知胡诌一些什么。汉子根本不承认自己已死了数百年——这绝不可能，故当庄周说让司命还他一个死时，他竟说：“好，你还我一个死罢。要不然，我就要你还我的衣服，伞子和包裹，里面有五十二个圜钱，半斤白糖，二斤南枣……”庄子说：“你不后悔？”“小舅子才反悔！”——注意这一句，这大概是一句北方话，其世俗气息、生活气息浓郁到无以复加。(《起死》)

令我们仰止的精神之山、之父，只这一句话——虽还不是出自他口，但因他是与说这种语言的人（鬼）对话，也就一下被打落到平庸的日常情景中而顿时成了一大俗人，并且还是一个颇为可悲的俗人。

中国文学关心世俗、好写世俗当然不是从鲁迅开始的——小说本出自市井，胎里就带有世俗之痕迹、之欲望，但将神圣加以俗化，不知在鲁迅先生之前是否还有别人，即使有，大概也不会像鲁迅写得如此到位，又如此非同一般的。

鲁迅无论是写《故乡》《祝福》《阿Q正传》《肥皂》《兄弟》之类，还是写《非攻》《采薇》《奔月》《理水》《起死》之类，都以俗作为一种氛围、一种格调。俗人、俗事，即便是不俗之人，也尽其所能将他转变为俗人——越是不俗之人，鲁迅就越有要将他转变为俗人的欲望。俗人、俗事，离不开俗物。因此，鲁迅常将炸酱面、辣椒酱、大葱、蒸干菜这些平民百姓的食品写入作品。这些食品之作用，绝不可以小觑，乌鸦肉的炸酱面一旦被提及，我们就再也无法进入“红楼”的高雅与托尔斯泰笔下的高贵了。一碗炸酱面从何而来改变雅俗的力量？食色性也，食是人的生活的一个基本面，这个基本面反映着人的生存状态。这就是好莱坞的电影在呈现贵族生活时为什么总是要将许多镜头留给豪华大厅中的早餐或葡萄美酒夜光杯之晚宴的原因。

鲁迅的行为，用今日之说法，就是解构神圣——用调侃的方式解构。中国八九十年代文学的某些品质，在鲁迅那里就已经存在着了，只不过当时的批评家未能找到恰当的批评言辞罢了。需指出的是，鲁迅之作与今日之痞文在实质上是很不相同的。首先，鲁迅在将一切俗化时，骨子里却有着一股清冷与傲慢。他是一种居高临下的俯视，俗在他而言，并非一种品质，而是一种兴趣，更确切的说法是，俗是他的一种对象——被嘲弄的对象。通过嘲弄，他达到了一种优越感流过心头乃至流遍全部肉身的愉悦。俗不是他融入其中——更不是他乐于融入其中的状态，而是他所看到的、激起了他嘲弄之欲望的状态。在看这些作品时，我们总能隐隐觉得，鲁迅抽着烟，安坐一旁，目光中满是智慧与悲凉。

中国当下文学的俗化（痞化），则是作者本身的俗化（痞化）作用的结果。而在构思之巧妙、语言之精绝、趣味之老到等艺术方面，当下文学与鲁迅之间就更见距离之遥遥了。

鲁迅为什么将一切俗化？可从鲁迅对现实、对传统文化的态度等方面而找到解释，但还应该加上一条：鲁迅出身于一方富庶人家，但他从小所在，却是汪洋大海般的俗生活图景之中。此种情景，周家大院外无处不在，甚至也随着家佣们带进大院，鲁迅熟悉这一切，甚至在情调上也有所熏染。

[鸟头先生]

《理水》中有一个滑稽可笑的人物，鲁迅未给他名字，只叫他“鸟头先生”。知情人，一眼便能看出，这是鲁迅在影射顾颉刚。“鸟头”二字来自“顧”一字。《说文解字》：“雇”，鸟名；“頁”本义为头。

就单在《理水》一篇中，鲁迅就影射了潘光旦（“一个拿拄杖的学者”）、林语堂、杜衡、陈西滢等，《奔月》影射了高长虹，《起死》又再度影射了林语堂。《采薇》中有：“他喜欢弄文学，村中都是文盲，不懂得文学概论，气闷已久，便叫家丁打轿，找那两个老头子，谈谈文学去了；尤其是诗歌，因为他也是诗人，已经做好一本诗集子。”又有：“做诗倒也罢了，可是还要发感慨，不肯安分守己，‘为艺术而艺术’。”这样的话总让人生疑：又是在影射谁呢？至于说鲁迅在杂文中影射或干脆指名道姓地骂了多少人，大概得有几打了。当年，顾颉刚受不了，要向法律讨一个说法。其时，鲁迅在广州，顾致函鲁迅：“拟于九月中回粤后提起诉讼，听候法律解决。”望鲁迅“暂勿离粤，以俟开审”。鲁迅却迅速答复：请就近在浙起诉，不必打老远跑到广东来，我随时奔赴杭州。鲁迅之手法，曾遭许多人抨击，但他最终也未放弃这一手法。甚至在小说中，也经常使用这一手法。说鲁迅的小说是又一种杂文，多少也有点道理。然而，我们却很少想到：鲁迅的影射手法，却也助长了他小说的魅力。

“春秋笔法”，这是中国特有的笔法。借文字，曲折迂回地表达对时政的看法，或是影射他人，甚至是置人于死地，这方面，我们通过千百年的实践积累了丰厚的经验，甚至摸索出和创建了许多技巧（有些技巧与中国的文字有关，它们还是那些以其他文字写作的人学不来的）。这一历史既久，影射就成了一种代代相传的惯用武器。在人看来，这一武器面对中国特有的社会体制，面对特有的道德观念和特有的民族性，是行之有效并且是很有杀伤力。“旁敲侧击”“含沙射影”“指桑骂槐”……一部成语词典，竟有一串成语是用来概括这种战术的，久而久之，这一战术成了普通百姓日常行为的一部分。若为某种说话不便的原因所制约，两个中国人会在一种看上去毫无障碍的情况之下，依然畅达对话，一切的一切都不会明确指出，只是云山雾罩，用的是代称、黑话之类的修辞方式。不在语境中的人听了，只觉得一头雾水，但对话的双方却心领神会。只可惜中国人说话的技巧，没有用到外交事务上，却用在了日常生活及政治斗争上。正是因为这样一个文字上的传统，所以到了“文化大革命”时期，才会有将一切文学作品都看成是影射之作而大加挞伐直至使许多人亡命的悲剧。

影射之法，自有它的历史原因，也就说，当初是社会情势逼出来的。但，后来，它演变成了中国人的一种攻击方式、话语方式，乃至成为一种心理欲求，影射竟成了一种生存艺术。

影射的最高境界自然是：似是非是。具体说，被影射者明知道这就是在攻击他，但却不能对号入座。若要达到这样的效果，就要讲隐蔽——越隐蔽就越地道；就要讲巧妙——越巧妙就越老到。这曲笔的运用，可以在前人的文字中找到无穷尽的例子。

影射之法，若从伦理角度而言，当然不可给予褒义，更不可给予激赏，但要看到它在艺术方面却于无形之中创造了一番不俗的业绩：它的隐晦（不得不具有的隐晦），恰恰暗合了艺术之含蓄特性。又因作者既要保持被影射者之形状又要力图拂去其特征，为自己悄悄预备下退路，自然就会有许多独到而绝妙的创造，作品中就会生出许多东西并隐含许多东西。鲁迅将顾颉刚的“顧”一字拆解开来，演化为“鸟头先生”，既别出心裁，又使人觉得“鸟头先生”这一称呼颇有趣味，若不是鲁迅要影射一下顾颉刚，兴许也就很难有这种创造。而有时因硬要在故事中影射一下什么，便会使读者产生一种突兀和怪异：这文章里怎么忽然出来这样一个念头？便觉蹊跷，而一觉蹊跷，就被文字拴住了心思。

影射又契合了人窥探与观斗的欲望。我们倘若去回忆我们对鲁迅作品的阅读体会，你得承认：他作品中的影射始终是牵着你注意、使你发生好奇心的一种吸引力。

时过境迁，我们不必再去责备鲁迅当年的手段了——他使用这一手段，有时也是出于需要与无奈。更要紧的是，他将“影射”纳入了艺术之道——也许是无意的，但在客观效果上，它与艺术之道同工合流，竟在某些方面成全了他的小说。

从某种意义上讲，凡小说都是影射——整体性的影射。

故此，“影射”一词，也可以被当作一个褒义词看。

[我们先前——比你阔的多啦！]

“我们先前——比你阔的多啦！”不用说明，我们都知道这句“名言”出自何处。

我们记住了许多出自鲁迅小说的言辞：“妈妈的……”“儿子打老

子”“那赵家的狗，何以看我两眼呢？我怕得有理”“救救孩子”“多乎哉？不多也”……还有一些话，被人稍稍做了改动：“都说冬天的狼吃人，哪晓得春天的狼也吃人。”……

这些言辞可以在不同场合、从多种角度被我们引用，那一刻我们会觉得这些言辞在表达自己的意念方面皆准确无误，并意味无穷，而听者也无不会心。在引用这些言辞时，我们有时可能会想到它们是出自鲁迅的小说，有时干脆就记不起来，将它们当成了自己的语言。

回首一部中国小说史，将小说写到这个份上的大概只有两人，一是曹雪芹，再一就是鲁迅。《红楼梦》的生活离我们已经十分遥远，但我们仍然记着焦大的那句话：这里，除了门口那两尊石狮子，没有一个干净的。被我们记住的还有许多。而其他小说家，即便是被我们推崇的，其小说也都没有如此效应。沈从文的小说自然写得很好，在夏志清、朱光潜眼里，唯有他才是真正的小说家。然而，我们即使记住了他笔下那些优美的句子，也是无法将它们取出用于我们的对话的——你在对话中说出一句“翠翠在风日里长养着，触目为青山绿水”，总会让人觉得奇怪——那是另一种语言，是无法进入我们对话的语言，这种语言只有在特别的语境中才能被引用。

世界上有不少作家，他们作品中的一些言辞，都在后来被人传诵与引用。但这些言辞十有八九都是格言性质的。诗不用说，小说的情况也大致如此。而这些出自《红楼梦》与鲁迅小说中的言辞，却都不是格言，而就是一些看上去极为普通的日常语言。

此种语言何以有如此能量？对此，我们从未有过追问。鲁迅小说提供的事实未能得到理论上的阐明从而使其转化为经验，这是件很可惜的事情。

这些言辞，其中的一部分，也许是鲁迅无意识采用的，但有一部分肯定是鲁迅很理性地看出了它的意义。他在这些极其日常化的语言背后一定看到了什么——它们的背后沉淀着一个民族的根性、一个阶级的态度，甚至是一种超越民族与阶级的属于人类的精神与心态。“儿子打老子”，不再是某一具体行为。鲁迅看出了“儿子打老子”背后的一种心理，而这种心理是可以被引申的。最终，他看出了这句话背后的精神胜利法的心理机制，而这种机制并非为一人所有，而是为一群人乃至整体意义上的人所有。同样，“我们先前——比你阔的多啦”的背后，也藏着巨大的可被挖掘的潜力。鲁迅发现了一个重大的秘密，人或一个民族就藏匿在一些其貌不扬的日常语言的背后——不是每一句话，而只是其中的一小部分。这一小部分混杂于其中，犹如沙子混杂在沙子中间。要发现它们是一些金子，这就牵涉到一个作家的眼力了。

鲁迅是有眼力的。

这些言辞作为符号，它代表着一种普遍性的意义或者说代表着一种基本性的状态。它们具有很强的涵盖能力与囊括能力。这些言辞看似形象，但在功能方面却具有高度的抽象性。因为这些言辞是饶有意味的，因此，我们就像感受一句包含了普遍性意义的成语一样感受了这些言辞。当我们再面对某一种现象或某一种状态，而又深知若要将它们表述出来是件很麻烦的事情时，我们立即就想到了“我们先前——比你阔的多啦”之类的言辞，只要一经说出，我们就再也无须多说，因为这个句子就代表着那个你欲言但难言的意思。

小说能在生长它的土地上达到这样的效果，自然是不易的。仅此一点，鲁迅就是难以越过的高峰。

[咯支咯支]

鲁迅自然是严肃的。那副清癯的面孔，给我们的唯一感觉就是庄严、冷峻、穿透一切的尖刻。然而，他的小说却始终活跃在严肃与不严肃之间。我读《肥皂》——严格来说，不是读，而是听，听我父亲读，那时我十岁——

四铭从外面回来了，向太太说起他在街上看到了一个十八九岁的姑娘，是个孝女，只要讨得一点什么，便都献给祖母吃。围着的人很多，但竟无一个肯施舍的，不但不给一点同情，倒反打趣。有两个光棍，竟肆无忌惮地说：“阿发，你不要看这货色脏。你只要去买两块肥皂来，咯支咯支遍身洗一洗，好得很哩！”四铭太太听罢，“哼”了一声，久之，才又懒懒地问：“你给了钱么？”“我么？——没有。一两个钱，是不好意思拿出去的。她不是平常的讨饭，总得……。”“嗡。”四铭太太不等四铭将话说完，便慢慢地站了起来，走到厨下去了。后来，在四铭与四铭太太吵架时，四铭太太又总提这“咯支咯支”：“我们女人怎么样？我们女人，比你们男人好得多。你们男人不是骂十八九岁的女学生，就是称赞十八九岁的女讨饭：都不是什么好心思。‘咯支咯支’，简直是不要脸。”“咯支咯支”这个象声词，在《肥皂》中多次出现。它第一次出现时，我就禁不住笑了。我的笑声鼓舞了父亲，再读到“咯支咯支”时，他就在音量与声调上特别强调它，让我一次又一次地去笑。几十年来，这个象声词一直以特别的意思储存在我的记忆里。这绝对是一个米兰·昆德拉所言的不朽的笑声。在这个笑声中，我领略到了鲁迅骨子里的幽默品质，同时，我也在这笑声中感受到了一种小市民的无趣的生活氛围，并对鲁迅那种捕捉具有大含量的细节的能力深感敬佩。

在现代文学史上，具有幽默品质的作家并不多，而像鲁迅这一路的幽默，大概找不出第二人。这种幽默也没有传至当代——当代有学鲁迅也想幽默一把的，但往往走样，不是失之油滑，就是失之阴冷。

鲁迅的幽默有点不“友善”。他的幽默甚至就没有给你带来笑声的动机。他不想通过幽默来搞笑。他没有将幽默与笑联系起来——尽管它在实际上会产生不朽的笑声。他的幽默不是出于快乐心情，而是出于心中的极大不满。他的幽默有点冷，是那种属于挖苦的幽默。鲁迅的心胸既是宽广的（忧民族之忧、愁民族之愁，很少计较个人得失，当然算得宽广），又是不豁达的（他一生横眉冷对、郁闷不乐、难得容人，当然算不得豁达）。他的幽默自然不可能是那种轻松的、温馨的幽默。也不是那种一笑泯恩仇的幽默。是他横竖过不去了，从而产生了那样一种要狠狠刺你一下的欲望。即使平和一些的幽默，也是一副看穿了这个世界之后的那种具有心智、精神优越的幽默。他在《孔乙己》《阿Q正传》中，以及收在《故事新编》里头的那些小说中，都是这样一副姿态。那时的鲁迅，是“高人一等”的，他将这个世界都看明白了，并看出了这个世界的许多可笑之处，虽然有着对弱小的同情，但他是高高在上的，是大人物对小人物的同情。

鲁迅的幽默是学不来的，因为那种幽默出自一颗痛苦而尖刻的灵魂。

二〇〇一年四月十日于北京大学燕北园

面对微妙——读《围城》

一

由于意识形态方面的原因，钱钟书的《围城》在过去各种各样的关于中国现代文学史的著作中，几乎没有被给予位置，甚至被忽略不计（同样影响了当代许多作家的沈从文先生居然也只是被轻描淡写地提及），而一些现在看来无论在思想上还是在艺术上都无太大说头的作家，却被抬到了吓人的位置上。如果就从这一点而言，“重写文学史”又何以不可呢？《围城》固然不像那位夏志清教授推崇的那样“空前绝后”（这位先生的文学史写作更成问题），但不能不说它确实是中国现代文学史上的一个奇迹。它的不可忽略之处，首先在于它与那个时代的不计其数的文学作品鲜明地区别开来，而成为一个极其特殊的现象——从思想到叙事，皆是一种空前的风格，我们很难从那个时代找出其他作品与之相类比。

在《围城》走俏的那段时间里，出来了许多关于《围城》的文章，但大多数是谈《围城》的那个所谓“鸟笼子”或“城堡”主题的。人们对这样一个主题如此在意（似乎《围城》的性命一大半是因为这个主题所做的担保），仔细分析下来，并不奇怪。中国当代作家与中国当代读者都写惯了读惯了那些形而下的主题，突然面对这样一个如此形而上的主题，自然会产生新鲜感，并为它的深刻性而惊叹。况且，这部作品早在几十年前就问世了——几十年前，就能把握和品味这样一个充满现代哲学意味的主题，便又让人在惊叹之上加了一层惊叹（一些新时期的作家还对这一主题做了生硬而拙劣的套用）。而我看，《围城》之生命与这一主题当然有关，但这种关系并非像众多评论者所强调的那样不得了的重要。且不说这一主题是舶来品，就说《围城》的真正魅力，我看也不在这一主题上。若不是读书家们一再提醒，一般读者甚至都读不出这一主题来。《围城》最吸引人的一点——如果有什么说什么，不去故作高深的话——就是它写出了一些人物来。我们的阅读始终是被那些人物牵引着的。其实，钱钟书本人的写作初衷也是很清楚的：“在这本书里，我想写出现代中国某一部分社会，某一类人物。写这类人，我没忘记他们是人类，只是人类，具有无毛两足动物的基本根性。”（《围城》）

这些年，中国的现代派小说家们横竖不大瞧得起“小说是写人的”这一传统定义了。他们更热衷于现代主题、叙事和感觉方面的探索。他们的小说再也不能像从前的小说那样在你阅读之后，一些人物永存记忆而拂之不去了（记住的只是一些零碎的奇异的感觉和一些玄学性的主题）。把“小说是写人的”作为全称判断和金科玉律，恐怕不太合适。

但，完全不承认“小说是写人的”，恐怕也不合适。依我看，写人大概还是小说这样一种文学样式的一个很重要的选择。创新并不意味着抛弃从前的一切。有些东西，是抛弃不掉的，就像人不能因为要创新而把饮食也废除掉一样（不能说饮食是一种陈旧的习惯）。“创新之狗”已撵得中国的作家停顿不下，失却了应有的冷静。这样下去，恐怕要被累坏的。

人还是很有魅力的，并且人类社会也最能体现这个世界的难解难读。不能全体反戈一击，都将人打出它的领域。毋庸置疑，《围城》的生命，主要是依赖方鸿渐一伙人而得以存在的。钱钟书苦心设置并认真地对付着书中的任何一个人（真是一丝不苟）。方鸿渐、赵辛楣、苏文纨、孙柔嘉几个主要人物如网中欲出水却又未出水的鱼一般鲜活，自不必说，即使一些过场的、瞬间就去的人物，也一个个刻画得很地道（如鲍小姐、曹元朗、褚慎明等）。就刻画这些人物而言，钱钟书的功夫已修炼得很到家了。

钱钟书对人这种“无毛两足动物”是不乐观的。他宁愿相信荀子而不相信孟子。《围城》将“人性恶”这一基本事实，通过那么多人物的刻画，指点给我们。凡从他笔下经过的人物，无一幸免，一个个皆被无情地揭露了。但，他未像今天的小说家们一写起人性恶来就将其写得那么残忍，那么恶毒，那么令人绝望。他的那种既尖刻又冷酷的刻画似乎更接近事实，也更容易让人接受。写什么，一旦写绝了，失却弹性，总是一件不太理想的事情。写人更不能写绝了。一写绝了，也就没有琢磨的味道了。《围城》中人，至今还使人觉得依然游动于身旁，并且为外国人所理解，原因不外乎有二：一是写了人性；二是写了人类的共同人性。我们有些小说家也写人，但却总抵达不到人性的层面，仅将人写成是一个社会时尚的行动实体（比如柳青笔下的梁生宝）。结果，人物仅有考证历史的意义（我曾称这些人物为“人物化石”)。即使写了，又往往不能抵达人类共同人性的层面，结果成为只有中国人能理解的人。这种人性，如果称作民族性格可能更为准确。《围城》妙就妙在这两个层面都占，并且又把民族特有的性格与人类的共同人性和谐地糅在了一块儿。中国读《围城》，觉得《围城》是中国的。世界读《围城》，又觉得《围城》是世界的。

二

《围城》是一部反映高级知识分子的长篇小说。

近几年，常听朋友们说：中国当代小说家，写了那么多关于农民和市民的长篇小说，并且有很成功的（主要是新时期的小说)，为什么却没有一部很像样的写高级知识分子的长篇小说（本人就不止一次地被人问过：你为什么不写一部反映大学教授生活的作品）？也有回答，但这些回答似是而非。照我的朴素之见：形成如此事实，乃是当代小说家们自知笔力薄弱所致。农民和市民总容易把握一些，而知识分子——特别是高级知识分子太难以把握了。道理很简单，知识分子因为文化的作用，有了很大的隐蔽性。他们比一般乡下人和一般市民复杂多了。他们总是极婉转极有欺骗性地流露着人性，你洞察力稍微虚弱一些，就不能觉察到他们的那些细微的心态和动作。另外，用来叙述这个世界的话语，也是很难把握的。一个小说家的文化修养如未到达一定程度，是很难找到一套用以叙述这个世界的话语的。而那种乡土的及胡同的话语，如你有一定的生活经验，相对而言，就容易掌握多了。《围城》似乎也只能出自于一个学贯中西的学人之手。

米兰·昆德拉总写那些文化人。对此，他有一个很清醒的认识：因为这些人更具有人类的复杂性。世界的复杂性，得由这些具有复杂性的人物呈现。中国当代小说的弱点，却正在于几乎把全部的篇幅交给了农民和市民（主要是农民）。有人以“中国本是农业国”来为这一现象进行辩解，一部分是出于事实，一部分却是出于掩饰自己不胜写文化人生活的虚弱。《围城》这种如此深透并驾驭自如地写文化人生活的长篇小说，几乎是绝无仅有。方鸿渐比陈奂生难研究，又比陈奂生有研究头，这大概是推翻不了的事实。

三

连续不断地扑空，构成了一部《围城》。所谓扑空，就是一种努力归于无用，一个希望突然破灭，一件十拿九稳的事情在你扬扬得意之时，倏忽间成为逝去的幻景。打开《围城》，我们可以看到一个又一个的扑空圈套。就方鸿渐而言，他的全部故事就是一个又一个扑空的呈现：海轮上，他与鲍小姐相逢，并有暧昧关系，然而那鲍小姐登岸后，居然不再回头瞧他一眼；大上海，他全心全意爱恋唐晓芙，结果却是遭唐晓芙一顿奚落和指责，只留下心头长久隐痛；他与孙柔嘉的结合，只是陷入一种绝望和失落；他原以为要做教授，结果只勉强做了个副教授；他准备好了一大套言辞，决心在高松年续聘他时，好好报复一下高松年，然而那高松年却像忘了他似的并不将他续聘……其他一些人物，也不过是扑空游戏中的一个个角色而已：赵辛楣紧追苏文纨，半道上，苏文纨突然闪到一旁跟了曹元朗；李梅亭来了三间大学，春风得意，但很快得知，他的文学主任之位已被人抢先一步占了……那个所谓的“鸟笼子”和“城堡”主题，实际上也就是一个关于扑空的主题。

“理想不仅是个引诱，并且是个讽刺。在未做以前，它是美丽的对象；在做成之后，它变为惨酷的对照。”（《围城》）说到底，扑空是人类的一种存在形式，《围城》则是对这一存在形式的缩写。人屡经挫折，却又为什么能够继续保持生存的欲望？那是因为造物主在设计“扑空”这一存在形式时，又同时在人的身上设计了憧憬的机制。人有远眺的本能。当一个目标成为泡影时，人又会眺望下一个目标。憧憬与扑空构成一对永恒的矛盾，在他们之间产生了一种张力，这种张力推动着生命。憧憬——扑空——再憧憬——再扑空……这便是人的生命的线索。如果让人放弃憧憬，除非有一次过于“惨酷”的扑空，使人完全失去心理平衡。方鸿渐的最后一次扑空似乎已达到了摧毁他的力量，以至于他在扑空之后，万念俱灭，陷入死一般的沉睡之中，对未来不再做任何憧憬了。

扑空似乎又是长篇小说推进叙事的一个经常性的动力。从某种意义上讲，长篇小说的结构就是扑空圈套的联结。长篇小说不停地叙述着一个比一个大的扑空，我们的阅读过程抽象出来就是：期待——消解——再期待——再消解……而这种结构又如我们上面所说，是存在使然。长篇小说对存在的隐喻能力，自然要强于短篇小说。

四

读《围城》，你会引申出一个概念：小说是一种智慧。

熟读《围城》之后，你会记住很多议论生活、议论政治、议论时尚、议论风俗人情等的话语和段子。这些话语和段子，自然地镶嵌于叙述与对话之中，从而创造了一个夹叙夹议的经典的小说文本。有一种小说理论，是反对小说有议论的。这种理论认为，小说的责任就是描述——小说的全部文字的性质，都只能是描述性的，而不能是判断性的。眼下，一些批评家借用叙事学理论所阐发的观点似乎又有这样一条：夹叙夹议是一种全知全能的叙述，而全知全能的叙述，是权威主义所导致的。这种理论认为，这样一种叙述，多多少少地表明了叙述者对存在之认识的肤浅——存在是不确定的，一切皆不可测，而这种叙述居然用了万能的上帝的口吻！这种理论似乎暗含这样的意思：权威话语的放弃，是小说的历史进步。对这种理论，我一直觉得它不太可靠，甚至觉得它多少有点故作深刻。什么叫小说？我极而言之说一句：小说就是一种没有一定规定的自由的文学样式。对上面那样一种小说理论，只需抬出一个小说家来，就能将其击溃：米兰·昆德拉。他的全部小说，都是夹叙夹议的（其中还掺进许多几乎是学术论文那样的大段子），都是用了权威的口吻（他大谈特谈“轻”“媚俗”之类的话题），他的形象就是一个俯瞰一切、洞察一切的上帝形象，其实，人读小说，都是求得一种精神享受，鬼才去考究你的叙述为哪一种叙述、叙述者又是以何种姿态进入文本的。鬼才会觉得那种权威话语对他不尊重而非要所谓的“对话”。再说，人总是要去说明和理解这个世界的，这是任何人也不可阻挡的欲念。在这种情况之下，有着米兰·昆德拉创作的这些智慧型小说，难道不是件很叫人愉快的事情吗？他的那些形象化的抽象议论，常醍醐灌顶，叫人惊愕，叫人觉醒，叫人产生思想上的莫大快感，那些批评家们不也连连称颂吗？

我认为，小说之中，就该有《生命中不能承受之轻》《围城》一路的小说。

如果说米兰·昆德拉的小说所呈现的是一种纯粹的西方智慧，那么，钱钟书的小说所呈现的则是一种东西方相杂糅的智慧。那些话语和段落（关于哲学、关于政治家、关于不言与多言、关于文凭的意义、关于女人如何贴近男人等），闪现着作者学贯中西之后的一种潇洒和居高临下的姿态。与那些近乎书呆子、只有一些来自于书本上的智慧的学者相比，钱钟书又有着令人惊叹的生活经验。他的那些智慧染上了浓重的生活色彩（关于女人的欲望，关于女人喜欢死人，关于旅行的意义等）。

不少人对钱钟书在《围城》中掉书袋子颇有微词，对此，我倒不大以为然。问题应当这样提出：掉了什么样的书袋子？又是如何掉书袋子的？如果书袋子中装的是一些智慧，而这些智慧又是那样恰到好处地自然而然地出现于故事中间，耀起一片片光辉，又为何不能呢？学人小说，是必然要掉书袋子的。掉书袋子反而是学人小说的一个特色。我倒很喜欢他的咬文嚼字，觉得这本身就是一种智慧。他把一个一个字，一个一个句子，一个一个典故拿来分析，使我们从中看出许多有趣的问题来。阅读《围城》，常使我想到米兰·昆德拉。他的小说中，就有许多词解。一个个词解，便是一个个智慧。

钱钟书叫人不大受用的一点，大概是他让人觉得他感觉到自己太智慧了。那种高人一等的心理优越感，让人觉得有点过分。他对人和世界的指指点点，也使人觉得太尖刻——尖刻得近乎刻薄了。不过，对于《围城》，全在于什么人看，不同的人会有不同的感觉。

五

《围城》最让我欣赏的还是它的微妙精神。我高看《围城》，很大程度上就是因为这一点。写小说的能把让人觉察到了却不能找到适当言辞表达的微妙情绪、微妙情感、微妙关系……一切微妙之处写出来，这是很需要功夫的。小说家的感应能力和深刻性达不到一定份上，是绝对写不出这一切的。而一旦写出了就意味着这位小说家已经进入很高的小说境界了。《红楼梦》之所以百读不厌，越读越觉精湛，其奥秘有一半在于它的微妙。我几次重复过我曾下过的一个结论：一个艺术家的本领不在于他对生活的强信号的接收，而在于他能接收到生活的微弱信号。中国当代小说家的薄弱之处，就正在于他们感觉的粗糙，而缺乏细微的感觉。他们忙于对大事件、大波动的描述，而注意不到那些似乎平常的生活状态和生存状态，注意不到那些似乎没有声响、没有运动的事物和人情。而事实上，往往正是这些细微之处藏着大主题、大精神和深刻的人性，以及人的最基本的生存方式。

钱钟书写微妙的意识很执着。《围城》选择的不是什么重大题材，也无浓重的历史感。它选择的是最生活化的人与事。在写这些人与事时，钱钟书写微妙的意识一刻不肯松弛，紧紧盯住那些最容易在一般小说家眼中滑脱掉的微妙之处。他要的就是这些——“这些”之中有魂儿。苏文纨不叫“方先生”而改叫“鸿渐”这一变化，他捕捉住了。褚慎明泼了牛奶，深为在女士面前的粗手笨脚而懊恼自己时，方鸿渐开始呕吐，于是褚心上高兴起来，因为他泼的牛奶给方的呕吐在同席者的记忆里冲掉了。江轮上，孙柔嘉一派无知和天真，因为她知道无知与天真对于一个男人来说是有很大魅力的。过桥时，孙柔嘉对方鸿渐表现出了一种女人的体贴，但这种体贴极有分寸，也极自然，以至于仿佛这又不是一种女人的体贴，而仅仅是一种无性别色彩的人的心意。方鸿渐说他梦见小孩，孙柔嘉说她也梦见了。方鸿渐对他与孙柔嘉之间的关系尚无意识时，孙柔嘉就说有人在议论她和他。方鸿渐得知韩学愈也有假博士文凭时，觉得自己的欺骗罪名减轻……所有这一切，都被钱钟书捕捉住了。而这些地方，确实是最有神的地方。

《围城》有数百个比喻句（“像”字句占大多数）。这些比喻句精彩绝伦。苏文纨将自己的爱情看得太名贵，不肯随便施与，钱钟书写道："现在呢，宛如做了好衣服，舍不得穿，锁在箱子里，过了一两年忽然发现这衣服的样子和花色都不时髦了，有些自怅自悔。”张先生附庸风雅，喜欢在中国话里夹无谓的英文字，钱钟书说这“还比不得嘴里嵌的金牙，因为金牙不仅妆点，尚可使用，只好比牙缝里嵌的肉屑，表示饭菜吃得好，此外全无用处”。形容天黑的程度，钱钟书说像在“墨水瓶里赶路”。夸大地说一句：《围城》的一半生命系于这几百个比喻句上，若将这几百个比喻句一撤精光，《围城》便会在顷刻间黯然失色，对于《围城》的这一种修辞，不少人已注意到，也对其做过分析，指出了它的特色及它所产生的讽刺性等效果。而我以为，钱钟书对这一修辞手段的选择，是他在叙述过程中，竭力要写出那些微妙感觉时的一种自然选择。这些比喻句最根本性的功能也在于使我们忽然一下子把那些微妙的感觉找到了。当我们面对微妙时，我们深感人类创造的语言的无能。我们常常不能直接用言辞去进行最充分、最贴切、最淋漓尽致的表述，为此，我们常在焦躁不宁之中。一种语言的痛苦会袭往我们，比喻便在此时产生了。但不是所有比喻都可以治疗这种痛苦的，只有那些高明的比喻才有这样的能力。钱钟书的比喻，都是些令人叫绝的比喻。读《围城》时觉得痛快，正在于它让那些恍惚如梦的微妙感觉肯定和明确起来了，并让我们从欲说无辞的压抑中一跃而出，为终于能够恰如其分地去表述那些微妙的感觉而感到轻松。

一九八九年五月于北京大学二十一楼一〇六室

附录：曹文轩出版年表

《没有角的牛》（中篇小说），中国少年儿童出版社1983年2月

《古老的围墙》（长篇小说），江苏人民出版社1985年5月

《云雾中的古堡》（短篇小说），重庆出版社1986年2月

《哑牛》（短篇小说），少年儿童出版社1986年12月

《中国八十年代文学现象研究》（学术专著），北京大学出版社1988年6月

《埋在雪下的小屋》（中篇小说），广西人民出版社1988年9月

《暮色笼罩的祠堂》（中短篇小说集），中国少年儿童出版社1988年11月

《忧郁的田园》（中短篇小说集），北京十月文艺出版社1989年1月

《思维论》（学术专著），上海文艺出版社1991年5月

《山羊不吃天堂草》（长篇小说），江苏少年儿童出版社1991年12月

《绿色的栅栏》（短篇小说集），教育科学出版社1992年4月

《红帆》（短篇小说集），安徽教育出版社1993年11月

《水下有座城》（与左珊丹合著）（短篇小说集），黑龙江少年儿童出版社1994年3月

《山羊不吃天堂草》（长篇小说，繁体字版），台湾民生报社1994年7月

《红葫芦》（短篇小说集），台湾民生报社1994年7月

《埋在雪下的小屋》（短篇小说集），台湾国际少年村1994年12月

《少年》（散文集），台湾民生报社1996年7月

《蔷薇谷》（短篇小说集），福建少年儿童出版社1996年8月

《荒漠的回响——曹文轩文学论集》，二十一世纪出版社1997年1月

《追随永恒》（散文集），北京大学出版社1997年

《三角地》（中短篇小说集），台湾民生报社1997年7月

《草房子》（长篇小说），江苏少年儿童出版社1997年12月。

《红瓦》（长篇小说），北京十月文艺出版社1998年4月

《面对微妙》（论文集），泰山出版社1999年2月

《根鸟》（长篇小说），春风文艺出版社1999年4月

《红瓦房》（长篇小说），台湾小鲁出版社2000年4月

《二十世纪末中国文学现象研究》（学术专著），北京大学出版社2000年10月

《红瓦黑瓦》（长篇小说），韩文版2001年1月

《疲软的小号》（小说集），人民文学出版社2002年5月

《草房子》（长篇小说），日文版 2002年6月

《小说门》（学术专著），作家出版社2002年7月

《甜橙树》（短篇小说集），台湾民生报社2002年9月

《白栅栏》（短篇小说集），台湾民生报社2002年9月

《忧郁的田园》（短篇小说集），台湾印刻出版公司2002年10月

《曹文轩选集》（9卷本），作家出版社2003年1月

《细米》（长篇小说），上海文艺出版社2003年6月

《曹文轩读小说》（散文随笔集），台湾天卫出版公司2004年1月

《草房子》（长篇小说），韩文版，2004年3月

《与王同行》（随笔集），光明日报出版社2004年5月

《天瓢》（长篇小说），长江文艺出版社2005年3月

“曹文轩纯美小说系列”（8册），江苏少年儿童出版社2005年3月

《青铜葵花》（长篇小说），江苏少年儿童出版社2005年4月

《红葫芦》（短篇小说集），韩文版，2005年5月

《草房子》（英文版），长河出版社2005年

《天际游丝——曹文轩精选集》，新世界出版社2005年9月

《梦的花纹》（长篇小说，韩文版），2005年10月

《曹文轩自选集》，长江文艺出版社2006年4月

《大王书》（长篇系列小说），接力出版社2007年12月

《我的儿子皮卡》（系列小说），二十一世纪出版社2009年8月

《丁丁当当》（系列小说），中国少年儿童出版社2012年1月

《枫林渡》（长篇小说），明天出版社2014年5月

《火印》（长篇小说），天天出版社2015年5月

《蜻蜓眼》（长篇小说），江苏凤凰少年儿童出版社2016年6月